Além da meia-noite

Universo dos Livros Editora Ltda.

Rua do Bosque, 1589 - Bloco 2 - Conj. 603/606

Barra Funda - São Paulo/SP - CEP 01136-001

Telefone/Fax: (11) 3392-3336

www.universodoslivros.com.br

e-mail: editor@universodoslivros.com.br

Siga-nos no Twitter: @univdoslivros

LARA ADRIAN

Além da meia-noite

São Paulo

2017

Grupo Editorial
UNIVERSO DOS LIVROS

Diretor editorial
Luis Matos

Editora-chefe
Marcia Batista

Assistentes editoriais
Aline Graça
Letícia Nakamura

Tradução
Cristina Calderini Tognelli

Preparação
Jonathan Busato

Revisão
Francisco Sória
Giacomo Leone Neto

Arte
Aline Maria
Valdinei Gomes

Capa
Zuleika Iamashita

Dados Internacionais de Catalogação na Publicação (CIP)
Angélica Ilacqua CRB-8/7057

A186s Adrian, Lara.

Além da meia-noite / Lara Adriam; tradução de Cristina Calderini Tognelli -- São Paulo : Universo dos Livros, 2017.

384 p. - (Midnight Breed ; 8)

ISBN: 978-85-503-0231-7

Título original: *Deeper than midnight*

1. Ficção norte-americana 2. Vampiros 3. Literatura erótica I. Título II. Tognelli, Cristina Calderini III. Série

---

17-1438 CDD 813.6

Para todos os leitores que me pediram uma história sobre Hunter desde que ele entrou nestas páginas, há quatro livros. Espero que apreciem a aventura!

Agradecimentos

Obrigada, em primeiro lugar, à minha editora, Shauna Summers, por sua paciência e orientações, por advogar a favor dos meus livros desde o início (estou me referindo ao primeiro dia, treze anos atrás, em meio a uma montanha de neve suja!), e por continuar a me moldar numa escritora melhor cada vez que conversamos a respeito do meu trabalho.

Agradeço também à minha agente literária, Karen Solem, pelos conselhos e incentivo, por administrar habilmente todos os detalhes que, de outra forma, me levariam à loucura, e por acreditar em mim e em minha carreira no período em que eu mais necessitava.

Ao restante dos meus colegas de edição, tanto nos Estados Unidos como no exterior, muito obrigada pelo carinho, pela atenção, pelo apoio que dão aos meus livros. É um privilégio tê-los todos me respaldando.

À minha assistente e amiga, Heather Rogers, uma dívida crescente de agradecimentos por assumir o desafio de me manter organizada ao mesmo tempo em que garante que sempre haverá diversão e assuntos criativos em meu website e na comunidade do Facebook.

E para meu marido, John, por mais do que eu poderia expressar adequadamente em palavras ou numa página. Tudo, sempre, por sua causa.

Capítulo 1

A boate era particular, quase desconhecida, e por um motivo mais do que razoável. Localizada no fim de um beco estreito coberto de gelo no bairro de Chinatown, em Boston, o lugar atendia a uma freguesia bastante exclusiva, senão discriminadora. Os únicos humanos com permissão para entrar no antigo prédio de tijolos aparentes eram o estábulo de moças atraentes – e alguns belos rapazes – mantidos de prontidão para satisfazer as necessidades da clientela tarde da noite.

Escondida entre as sombras de um vestíbulo em forma de arco no nível da rua, a porta de metal sem identificação não revelava nenhum indício do que jazia por trás dela, não que algum morador ou turista em seu juízo perfeito se detivesse para fazer perguntas. A placa grossa de metal estava protegida por uma grade de ferro. Do lado externo da entrada, um guarda corpulento pairava como uma gárgula com gorro de lã e roupas de couro.

O homem era da Raça, bem como o par de guerreiros que surgiu entre as trevas do beco. Ante o som das botas de combate esmagando a neve e a sujeira congelada do pavimento, o guarda levantou a cabeça. Debaixo do nariz torto, os lábios finos se curvaram revelando dentes também tortos e as pontas afiadas das presas do vampiro. Os olhos se estreitaram com a chegada inesperada dos visitantes, e ele exalou um rosnado baixo, a respiração morna evaporando ao sair pelas narinas numa coluna de fumaça no ar gélido da noite de dezembro.

Hunter registrou uma corrente de tensão nos movimentos do seu colega de patrulha enquanto os dois se aproximavam do guarda. Sterling Chase se mostrara ansioso desde que os dois deixaram o complexo da Ordem para a missão daquela noite. Agora ele avançava num passo agressivo, tomando à frente, os dedos contraindo-se e esticando-se enquanto repousavam nada sutilmente sobre a pistola semiautomática de grosso calibre guardada no coldre.

O guarda também deu um passo à frente, colocando-se imediatamente no caminho deles. Com as pernas grossas afastadas e as botas plantadas no asfalto em sinal de aviso, a cabeça grande do vampiro se abaixou. Os olhos, antes estreitados numa pergunta, agora se arregalaram ao reconhecer Chase.

– Você só pode estar brincando. O que veio fazer no território da Agência de Policiamento, *guerreiro*?

– Taggart – anunciou Chase, mais num rosnado do que num cumprimento. – Vejo que sua carreira não correu o risco de melhorar desde que me demiti da Agência. Rebaixado a bancar o porteiro para a ralé de bêbados e depravados, hein? O que está reservado para você depois? Trabalhar de segurança num shopping?

O agente arreganhou os lábios em uma imprecação seca.

– É preciso bastante coragem para mostrar sua cara, ainda mais por aqui.

A risada de Chase em resposta não foi nem ameaçadora nem divertida.

– Tente olhar no espelho de vez em quando, e depois podemos conversar sobre quem tem coragem de mostrar a cara em público.

– É proibida a entrada de qualquer um que não seja da Agência de Policiamento – avisou o guarda, cruzando os braços musculosos sobre o peito largo. Um peito largo cruzado pela faixa de couro de um coldre, e havia mais metal pesado ao redor de sua cintura. – A Ordem não tem o que fazer aqui.

– Acha mesmo? – Chase grunhiu. – Diga isso a Lucan Thorne. É ele quem vai acabar com o seu traseiro se você não sair da frente. Isso se nós dois, que estamos aqui gelando os calcanhares sem nenhum motivo, não resolvermos fazê-lo por você.

A boca do agente Taggart se fechou ante a menção a Lucan, o líder da Ordem e um dos primogênitos mais longevos e formidáveis da Raça. O olhar precavido passou de Chase a Hunter, que aguardava num silêncio reservado atrás de seu colega guerreiro. Hunter não tinha nenhuma desavença com Taggart, mas já calculara ao menos cinco maneiras diferentes de desarmá-lo – matando-o com precisão, bem ali onde estava, caso se mostrasse necessário.

Era para isso que Hunter fora treinado. Nascido e criado para ser a arma empunhada pela mão implacável do principal adversário da Ordem, ele estava mais do que acostumado a enxergar o mundo em termos lógicos, desprovidos de emoção.

Já não servia ao vilão chamado Dragos, mas suas habilidades letais permaneciam no centro de quem, e do que, ele era. Hunter era letal – de modo infalível – e, no instante em que seu olhar e o de Taggart se cruzaram, ele enxergou essa conclusão inegável refletida nos olhos do outro macho.

O agente Taggart piscou, depois recuou um passo, desviando-se do olhar de Hunter e deixando livre o caminho para a porta da boate.

– Pensei mesmo que você se mostraria disposto a reconsiderar – Chase disse quando ele e Hunter avançaram até a grade de ferro e entraram no ponto de encontro da Agência de Policiamento.

A porta devia ser à prova de som. Dentro da boate escura, a música alta retumbava no ritmo das luzes giratórias multicoloridas que iluminavam o palco central feito de espelhos. Os únicos dançarinos eram um trio de humanos seminus rodopiando diante de uma plateia de vampiros de olhares cobiçosos, acomodados em espaços reservados e nas mesas no piso abaixo do palco.

Hunter observou a loira de cabelos longos no centro rodopiar ao redor de um poste de acrílico pregado do palco ao teto. Girando o quadril, ela ergueu um dos enormes e artificiais peitos até que se encontrasse com a língua viperina. Enquanto ela acariciava o mamilo com *piercing*, os outros dançarinos – uma mulher tatuada de cabelos roxos espetados e um rapaz de olhos castanhos que mal cabia na tanga de vinil vermelho brilhante ao redor do quadril – afastaram-se para cantos opostos do palco espelhado a fim de executarem suas próprias danças-solo.

A boate cheirava a perfume barato e suor, mas esse odor não mascarava os vestígios de sangue humano fresco. Hunter seguiu o rastro olfativo com o olhar, parando num reservado de canto, onde um vampiro, no costumeiro terno escuro e camisa branca dos agentes de policiamento, alimentava-se com empenho da garganta de uma mulher nua que gemia esparramada em seu colo. Alguns machos da Raça bebiam de suas anfitriãs de sangue humanas, enquanto outros fregueses do estabelecimento de vampiros pareciam interessados em satisfazer necessidades mais carnais.

Atrás dele, perto da porta, Chase ficou tão imóvel quanto uma estátua. Um grunhido baixo escorreu do fundo de sua garganta. Hunter dispensara não mais do que um olhar de passagem para o espetáculo sobre o palco e para a alimentação, mas o de Chase estava fixo e ávido, tão franco quanto o dos outros machos da Raça ali agrupados. Talvez até um pouco mais.

Hunter estava muito mais interessado no punhado de cabeças que agora se virara na direção deles em meio ao aglomerado de agentes. Sua chegada fora notada, e os olhares fervilhantes que emanavam de cada par de olhos sobre eles exprimiam que a situação poderia ficar feia bem rapidamente.

Assim que Hunter assimilou essa possibilidade, um dos vampiros que os encarava reclinado num sofá próximo se levantou para confrontá-los. O macho era grande, bem como os dois colegas que se ergueram para se unir a ele conforme avançava pela multidão. Todos os três estavam visivelmente armados debaixo dos ternos escuros de belo corte.

– Ora, ora. Vejam só quem o gato arrastou para dentro – o agente que liderava o grupo disse de maneira arrastada, com um vestígio de sotaque sulista em suas palavras bem medidas e em suas feições repletas de *finesse*, quase delicadas. – Tantas décadas de serviço para a Agência, e mesmo assim você jamais se dignou a se juntar a nós em um lugar como este.

A boca de Chase se curvou, mal escondendo as presas alongadas.

– Você parece desapontado, Murdock. Esta merda nunca foi o meu lance.

– Não, você sempre se considerou acima das tentações – replicou o vampiro, seu olhar tão sagaz quanto o sorriso. – Tão cuidadoso. Tão rigidamente disciplinado, mesmo em relação a seus apetites. Mas as coisas mudam. As pessoas mudam, não é, Chase? Se vir algo de que gostar aqui, basta dizer. Em nome dos velhos tempos, entende?

– Viemos atrás de informações sobre um agente chamado Freyne – Hunter interferiu quando a resposta de Chase pareceu demorar mais do que o necessário. – Assim que obtivermos o que precisamos, vamos sair daqui.

– É mesmo? – Murdock o avaliou com uma curiosa inclinação da cabeça. Hunter percebeu o olhar do vampiro se desviar sutilmente de seu rosto para os *dermaglifos* que desciam pelas laterais do pescoço e ao redor da nuca. O macho só precisou de um instante para compreender que o desenho elaborado das marcas na pele de Hunter indicava que ele era um Primeira Geração, algo incomum na Raça.

Hunter não se aproximava em nada da idade dos seus colegas guerreiros de Primeira Geração: Lucan e Tegan. Todavia, gerado por um dos Antigos da Raça, seu sangue era tão puro quanto o deles. À semelhança dos irmãos de Primeira Geração, sua força e seu poder equivaliam aos de dez vampiros das gerações mais recentes. E sua educação como um dos assassinos do exército pessoal de Dragos – uma formação secreta conhecida apenas pela Ordem – tornava-o mais letal do que Murdock combinado às duas dúzias de agentes dentro do clube.

Chase, por fim, pareceu sair de seu devaneio.

– O que pode nos dizer a respeito de Freyne?

Murdock deu de ombros.

– Ele está morto. Mas, pensando bem, imagino que já saiba disso. Freyne e toda a sua unidade foram mortos na semana passada numa missão de resgate de um jovem sequestrado de um Refúgio Secreto. – Sacudiu de leve a cabeça. – Uma perda lamentável. Não só a Agência perdeu diversos bons homens, mas também o objetivo da missão ficou aquém do desejado.

– Aquém do desejado – Chase sorriu. – É, pode-se dizer isso. Segundo o ponto de vista da Ordem, a missão de resgate de Kellan Archer esteve completamente fodida desde o princípio. O garoto, o pai e o avô... inferno, a família Archer inteira... – todos dizimados numa única noite.

Hunter não disse nada, deixando que Chase lançasse o anzol como bem quisesse. Grande parte do que ele dissera era verdade. A noite da tentativa de resgate fora sangrenta e resultara em muitas mortes, o pior cabendo aos membros da família de Kellan Archer.

Mas Chase escondeu que houvera sobreviventes. Dois, para ser mais exato. Ambos foram afastados da carnificina daquela noite e agora estavam sob a proteção da Ordem em seu complexo particular.

– Não vou discordar que a situação poderia ter terminado melhor tanto para a Agência como para os civis que perderam suas vidas.

Erros, por mais lastimáveis que sejam, acontecem. Infelizmente, talvez jamais poderemos definir de quem foi a culpa na tragédia da semana passada.

Chase riu baixo.

– Não tenha tanta certeza disso. Sei que você e Freyne eram amigos havia muito tempo. Inferno, sei que metade dos homens nesta boate trocavam favores com ele regularmente. Freyne era um cretino, mas sabia como reconhecer uma oportunidade quando a via. Seu maior problema era a boca grande. Se ele tiver alguma ligação com o sequestro de Kellan Archer ou com o ataque que deixou o Refúgio Secreto dos Archer em destroços, e vamos dizer que eu tenha certeza absoluta de que Freyne estava envolvido, então são grandes as chances de ele ter contado isso a alguém. Estou disposto a apostar que ele se vangloriou com pelo menos um destes babacas perdedores do pulgueiro que é esta boate.

A expressão de Murdock contraía-se a cada segundo em que Chase falava, os olhos começando a se transtornar de fúria, as íris escuras reluzindo em luz âmbar a cada decibel ao qual a voz de Chase se elevava acima da multidão.

Agora, metade do ambiente tinha parado para observá-los. Diversos machos se ergueram de seus assentos, anfitriãs de sangue e dançarinas meio drogadas deixadas de lado sem consideração alguma enquanto uma horda crescente de agentes começava a convergir ao redor de Chase e Hunter.

Chase não esperou até que a multidão atacasse.

Com um grunhido selvagem, saltou sobre um grupo de vampiros, terminando num *flash* de punhos se movimentando em arcos e presas escancaradas.

Hunter não teve escolha a não ser se juntar à briga. Meteu-se no meio da multidão violenta, seu único foco o parceiro, com a intenção de tirá-lo de lá inteiro. Afastou cada um que se aproximava quase sem esforço algum, perturbado pela ferocidade com que Chase lutava. Seu rosto estava tenso e selvagem enquanto ele desferia um soco após outro na aglomeração de corpos que o pressionava por todos os lados. Suas presas estavam imensas, tomando conta da boca. Os olhos ardiam como carvão em seu crânio.

– Chase! – Hunter berrou, imprecando quando sangue da Raça jorrou no ar. – Não tinha como saber se pertencia ao seu companheiro ou a outro macho.

Tampouco teve oportunidade de tentar descobrir.

Um borrão de movimento do lado oposto da boate captou a atenção de Hunter. Desviou o olhar naquela direção e se deparou com Murdock encarando-o, com um celular pressionado ao ouvido.

Uma expressão inconfundível de pânico trespassava as feições de Murdock quando seus olhares se cruzaram sobre a multidão que brigava. Sua culpa agora era evidente, escrita na tensão alva ao redor da boca e nas gotas de transpiração que surgiram no buço, ressaltadas na luz giratória do palco vazio. O agente falou rapidamente ao telefone, os pés deslocando-se numa trajetória apressada até os fundos do estabelecimento.

Na fração de segundo que Hunter demorou para se desvencilhar de um agente que o atacava, Murdock sumiu de vista.

– Filho da puta. – Hunter saltou por cima do tumulto, forçado a abandonar Chase a fim de perseguir aquele que, agora ele sabia, era a pista que estavam desejando encontrar naquela noite.

Passou a correr, confiando que sua velocidade de Primeira Geração o levaria até os fundos da boate e a porta que ainda estava entreaberta, indo parar no corredor estreito pelo qual Murdock fugira. Não havia sinal dele nem à direita nem à esquerda do beco, mas o eco inconfundível de passos numa rua lateral adjacente se fazia ouvir em meio à brisa gélida.

Hunter disparou atrás dele, virando na esquina bem quando um grande sedã preto freou cantando pneus junto à calçada. A porta de trás foi escancarada por dentro. Murdock entrou e fechou-a num baque atrás de si, enquanto o motor do carro rugia uma vez mais.

Hunter já corria atrás do carro quando os pneus produziram fumaça no gelo e no asfalto, mas, em seguida, com um salto de maquinaria e metal berrante, o veículo girou na rua, acelerando como um demônio no meio da noite.

Hunter não desperdiçou sequer um segundo. Saltando na lateral do prédio de tijolos mais próximo, agarrou-se a um cano enferrujado e praticamente se catapultou para o telhado. Correu, as botas de combate comendo as telhas conforme ele ia de um telhado a outro, mantendo contato visual com o carro que se desviava do trânsito noturno da rua abaixo.

Quando o carro virou numa esquina para uma rua reta escura, Hunter se lançou no ar. Desceu no teto do sedã com um baque de quebrar ossos. A dor do impacto foi sentida, mas apenas por um segundo. Ele se segurou, sentindo apenas uma calma determinação enquanto o motorista tentava se desvencilhar dele ao virar o volante de um lado a outro.

O carro arremessava e virara, mas Hunter se mantinha no lugar. Esticado sobre o teto do carro, com os dedos de uma mão cravados na beirada do para-brisa, ele abaixou a outra mão para retirar sua 9 milímetros do coldre. O motorista fez mais uma manobra de zigue-zague, quase batendo num caminhão de entregas estacionado numa tentativa de se livrar do passageiro indesejado.

Com uma semiautomática na mão, Hunter se ergueu em um salto de gato, saindo do teto e caindo sobre o capô do sedã acelerado. Deitado, mirou no motorista com o dedo firme no gatilho, pronto para estourar o macho atrás do volante se fosse para colocar as mãos em Murdock e arrancar todos os segredos do bastardo traidor.

O tempo desacelerou, e houve um instante – apenas uma fração de segundo – em que a surpresa tomou conta dele.

O motorista usava uma coleira grossa ao redor do pescoço. A cabeça estava raspada, e boa parte do escalpo era coberta por um misto emaranhado de *dermaglifos*.

Ele era um dos assassinos de Dragos.

Um Caçador, assim como ele.

Um Primeira Geração, nascido e criado para matar, como ele.

A surpresa de Hunter logo foi eclipsada pelo dever. Estava mais do que ávido em erradicar o macho. Fora seu juramento à Ordem quando se unira a eles – sua promessa pessoal de dizimar até a última das caseiras armas mortíferas de Dragos.

Antes que Dragos tivesse a oportunidade de soltar toda a extensão da sua maldade no mundo.

Os tendões no dedo de Hunter se contraíram na fração de segundo que ele necessitou para realinhar o cano de sua Beretta no meio da testa do assassino. Enquanto começava a apertar o gatilho, sentiu o carro deslizar debaixo dele quando o motorista pisou fundo no freio.

Com borracha e metal fumegando em protesto, o sedã parou.

O corpo de Hunter continuou se movendo, viajando pelo ar e aterrissando muitos metros adiante no asfalto frio. Ele rolou ao cair e logo se levantou como se nada tivesse acontecido, a pistola erguida, atirando uma vez após a outra no carro imóvel.

Ele viu Murdock sair e disparar em fuga num beco escuro logo atrás, mas não havia como lidar com ele antes que o Primeiro Geração também saísse do carro, o cilindro de uma pistola de grosso calibre destravado e carregado, mirando diretamente em Hunter. Encararam-se, a arma do assassino erguida para matar, olhos frios com a mesma determinação desapaixonada que Hunter mostrava de pé no meio do asfalto coberto de gelo.

Balas explodiram das duas armas ao mesmo tempo.

Hunter se desviou da trilha do perigo no que, para ele, pareceu um movimento calculado e lento. Sabia que seu oponente fizera o mesmo quando a sua bala voou na direção do oponente. Outra rajada de tiros estourou, dessa vez uma chuva de balas quando os dois vampiros esvaziaram suas câmaras um no outro. Nenhum deles foi ferido mais do que superficialmente.

Estavam equiparados demais, treinados pelos mesmos métodos. Ambos eram difíceis de matar e preparados para lutar até o último suspiro.

No borrão dos movimentos e das intenções letais, o par largou as armas descarregadas e levou a disputa para o corpo a corpo.

Hunter se desviou de uma sucessão veloz de golpes no tronco que o assassino tentou desferir ao atacá-lo. Um chute poderia tê-lo atingido no maxilar caso ele não tivesse desviado a cabeça abruptamente, depois outro foi direcionado à sua virilha, mas desviada quando Hunter agarrou a bota do assassino e o girou em pleno ar.

O assassino recobrou o equilíbrio sem problema algum, avançando mais uma vez. Desferiu um soco que Hunter segurou, esmagando ossos ao apertar o punho, e em seguida virou-se para usar o corpo como uma alavanca, ao mesmo tempo em que esticava o braço para trás a partir do cotovelo. A junta se partiu com um estalido alto, e ainda assim o assassino apenas grunhiu, o único indício da dor que sentia. O braço ferido ficou penso e inútil na lateral do corpo quando ele girou para mais um soco no rosto de Hunter. Esse golpe atingiu o alvo, rasgando a pele logo acima do olho direito, e o baque foi tão forte que a visão de Hunter se encheu de estrelas. Sacudiu-se do torpor momentâneo bem a tempo de interceptar um segundo golpe – pé e punho indo em sua direção ao mesmo tempo.

E assim seguiram, ambos arfando pelo esforço, ambos sangrando nos pontos em que o outro conseguira levar a melhor. Nenhum deles pediria clemência, pouco importando quanto tempo o combate levaria ou quão sangrento se tornaria.

Misericórdia era um conceito estranho para eles, assim como a compaixão. Duas acepções retiradas de seu vocabulário ainda no tempo em que eram garotos.

A única coisa pior que a compaixão ou a misericórdia era o fracasso, e quando Hunter segurou o braço fraturado do oponente e o empurrou no chão com o joelho plantado no meio da coluna do assassino, viu o reconhecimento do fracasso iminente reluzir como uma chama escura nos olhos frios do Primeira Geração.

Ele perdera a batalha.

E sabia disso, assim como Hunter o soube quando vislumbrou claramente a coleira negra ao redor do pescoço do assassino no instante seguinte.

Hunter esticou a mão para apanhar uma das pistolas largadas no chão. Girou-a na mão, usando o cano de metal como um martelo, e baixou-o na coleira que dava a volta no pescoço do assassino.

De novo, mais forte desta vez, um golpe forjou uma marca no material impenetrável que abrigava o dispositivo diabólico. Um dispositivo projetado por Dragos e seu laboratório com um único propósito: garantir a lealdade e a obediência da arma letal que criara para servi-lo.

Hunter ouviu um zunido baixo quando o invólucro danificado ativou a detonação. O assassino de Dragos esticou a mão para trás – fosse para se certificar da ameaça ou para tentar detê-la, Hunter jamais teria certeza.

Rolou para longe... bem quando os raios ultravioleta foram lançados de dentro da coleira.

Um *flash* de luz ofuscante surgiu e desapareceu num segundo enquanto o feixe letal decepava a cabeça do assassino num corte perfeito.

Quando a rua voltou a ficar escura, Hunter fitou o cadáver do macho que se assemelhava a ele de tantas maneiras. Um irmão, apesar de não existir nenhum sentimento de fraternidade entre os assassinos do exército pessoal de Dragos.

Não sentiu remorso algum pelo indivíduo morto à sua frente, apenas uma vaga sensação de satisfação por haver um a menos para levar adiante os esquemas distorcidos de Dragos.

Ele não descansaria até que não restasse nenhum.

Capítulo 2

Como fundador e líder da Ordem – inferno, como um macho da Raça da Primeira Geração com mais de novecentos anos nas costas –, Lucan Thorne não estava acostumado a levar sermão de ninguém.

Mesmo assim, ouviu num silêncio latente enquanto um agente do alto escalão da Agência de Policiamento, chamado Mathias Rowan, deixava-o a par do que acontecera havia poucas horas num dos locais de encontro privativos da Agência em Chinatown. A mesma boate para onde ele enviara dois dos guerreiros da Ordem, Chase e Hunter, em uma patrulha naquela noite. Não podia fingir surpresa ao ouvir que a situação saíra do controle, ou que houvera uma tempestade de violência, com Chase no meio dela.

Ou melhor, no começo, no meio e no fim, de acordo com Rowan.

Em circunstâncias normais, nem Lucan pessoalmente nem tampouco a Ordem como um todo se importariam por importunar a Agência. Pelo tempo em que existiam, a Ordem e a Agência de Policiamento operaram segundo seus próprios termos, seguindo suas próprias leis. Lucan fundara a Ordem baseando-se em justiça e em ação; o credo da Agência mirara a política e a construção de um império desde o início.

Isso não significava que não houvesse homens bons e confiáveis em seus escalões – Mathias Rowan era uma dessas notáveis exceções.

Sterling Chase fora outra. Não muito mais do que um ano atrás, Chase ainda fazia parte da elite da Agência, um garoto de ouro bem-nascido, bem relacionado, de bons modos cuja trajetória de carreira poderia não ter conhecido limites.

Mas agora?

A boca de Lucan estava pressionada numa linha fina enquanto ele pensava e andava de um lado para outro na sala de estar dos aposentos privados que ele e sua Companheira de Raça, Gabrielle, partilhavam no subterrâneo do complexo da Ordem. Não poderia desconsiderar que Chase fora um ativo valioso para a Ordem desde que trocara as camisas brancas engomadas da Agência pelo uniforme básico preto e os métodos inclementes de um guerreiro. Ele ingressara completamente comprometido com os objetivos e as missões da Ordem. Aprendera rápido sobre as patrulhas e dera cobertura aos traseiros de mais de um dos guerreiros no calor da batalha.

Mas Lucan também não tinha como negar que nos meses mais recentes Chase estava patinando em gelo muito fino. Vinha se descontrolando de tempos em tempos, perdendo o foco. A raiva de Lucan chegou bem perto da explosão ao ouvir a recapitulação de Mathias Rowan sobre a briga que se sucedeu no centro da cidade.

– Tenho notícias de que três agentes ficaram com a vida por um fio e outro parece ter passado por um picador de papel – informou Rowan do outro lado da ligação. – Isso sem contar os feridos que saíram andando ou os que ainda não apareceram. É unânime: estão todos dizendo que os seus guerreiros chegaram ao local procurando uma desculpa para começar a briga. Chase em especial.

Lucan sibilou uma imprecação. Tivera um pressentimento ruim ao designar Chase para a patrulha em Chinatown naquela noite. Tal fora a razão de enviar Hunter como companheiro de patrulha – a cabeça mais fria da Ordem acompanhando o canhão mais solto. O fato de que nenhum deles ligara para se reportar na última hora não o deixava mais contente com sua decisão.

– Escute – disse Rowan, e depois exalou um suspiro cansado. – Considero Chase um amigo, e isso já há muito tempo. Ele é o motivo pelo qual concordei em ser os olhos e os ouvidos da Ordem na Agência. Quanto ao que tem lhe acontecido pessoalmente, não sei dizer de onde vem essa mudança, mas pelo bem dele, talvez pelo bem de todos, é melhor ele começar a se acertar. Longe de mim ditar como deve administrar sua operação, Lucan...

– Sim – ele o interrompeu com mordacidade. – Longe disso, agente Rowan.

O silêncio se estendeu por mais do que um instante na outra ponta. Lucan sentiu uma mudança no ar ao seu redor e levantou o olhar enquanto Gabrielle entrava na sala.

Deixou Rowan na espera com apenas uma palavra de aviso, porque queria observar sua bela companheira andar. Ela trazia uma bandeja de chá ao sair da biblioteca, e silenciosamente a depositou na cozinha. A bandeja fora arrumada para duas pessoas: Gabrielle e outra fêmea, que chegara ao complexo no início da noite. Apenas uma das xícaras delicadas fora tomada. Apenas um dos pratos de porcelana estava sem a fatia de bolo de chocolate e os docinhos selecionados.

Lucan não teve que adivinhar qual das mulheres comera. Um vestígio de chocolate em pó adornava a curva lasciva da boca perfeita de sua companheira ruiva. Ele lambeu os próprios lábios ao observar Gabrielle, faminto como sempre por saboreá-la. Se não fosse pelo assunto incômodo que tinha em mãos, sem mencionar o dilema menor que aguardava sua decisão na sala ao lado, Lucan poderia dispensar todas as exigências, exceto a que o deixaria nu com sua mulher no menor espaço de tempo possível.

O olhar rápido para ele lhe confidenciou que ela conhecia a direção de seus pensamentos. A verdade provavelmente devia estar escrita em sua cara. Só foi preciso resvalar a língua para sentir as pontas afiadas de suas presas descendo pela boca e, pelo modo como sua visão se aguçava, imaginou que seus olhos estivessem mais âmbar do que cinza agora, e o desejo reconduzindo-o à sua verdadeira natureza, do mesmo modo que a sede de sangue o faria.

Um sorriso se formou devagar nos lábios de Gabrielle quando ela caminhou em sua direção. Os olhos castanhos eram profundos e suaves, os dedos carinhosos e convidativos esticando-se para afagar seu rosto tenso. O toque dela o acalmou, como sempre, e seu grunhido soou mais como um ronronado quando ela entremeou os dedos nos cabelos negros do parceiro.

Com Mathias Rowan estacionado do outro lado da linha silenciada, Lucan afastou o telefone e inclinou a cabeça para baixo, na direção da boca de Gabrielle. Resvalou os lábios nos dela, a língua lambendo com suavidade o rastro de chocolate que temperou o beijo.

– Deliciosa – ele sussurrou, enxergando a avidez de suas íris refletidas nas profundezas insondáveis das dela.

Gabrielle passou os braços ao redor dele, mas estava franzindo o rosto. Manteve o tom de voz baixo, apenas a boca se movendo:

– Tudo bem com Chase e Hunter?

Ele assentiu, depositando um beijo em sua testa. Parecia estranho desconsiderar aquela preocupação. No ano e meio em que estava ligado pelo sangue a Gabrielle, partilharam tudo. Confiava nela mais do que confiara em qualquer um em sua consideravelmente extensa vida.

Ela era sua companheira, sua parceira, sua amada. Sua mais preciosa confidente, e merecia saber o que ele sentia como homem. Aquilo que ele temia no coração e na alma, como chefe do complexo, que, a certa altura, passou a se parecer mais com um lar para ele do que com o centro nervoso estratégico do quartel-general das missões da Ordem.

Enquanto os guerreiros batalhavam diariamente com demônios pessoais, enquanto a Ordem recebera alguns golpes, suportando per-

-das perturbadoras, bem como alguns triunfos muito necessários – enquanto a população do complexo praticamente dobrara em relação a menos de dois anos atrás, quando muitos dos guerreiros se apaixonaram e encontraram suas companheiras –, um fato incômodo ainda persistia.

Não tinham sido capazes ainda de deter Dragos e sua loucura.

O fato de ele ainda estar respirando, ainda ser capaz de provocar o tipo de derramamento de sangue e destruição que orquestrara na semana anterior, com o sequestro de um jovem do Refúgio Secreto de uma família influente da Raça e a dizimação subsequente de sua residência, na qual todos morreram, era um fracasso que Lucan considerava muito pessoal.

Uma realidade que o atingia bem no íntimo.

Mas isso era algo que ele não poderia partilhar com Gabrielle, não agora. Não suportaria fazê-la sentir o mesmo medo que o atormentava. Vinha suportando sozinho quantos fardos eram possíveis. Até ter todas as respostas, até seus planos estarem estabelecidos e prontos para serem colocados em ação, eram fardos que ele teria de suportar.

– Não se preocupe, amor. Tudo está sob controle. – Depositou outro beijo carinhoso em sua testa. – Como estão as coisas na outra sala?

Gabrielle ergueu de leve os ombros e meneou a cabeça.

– Ela não fala muito, mas isso não é de se admirar, considerando tudo pelo que passou. Só o que ela quer é ir para a casa da família. Também compreensível, claro.

Lucan grunhiu, totalmente de acordo. Mais do que tudo, queria mandar a hóspede deles para casa. Compadecendo-se da situação da mulher ou não, a última coisa de que precisava era de mais um civil sob o teto do complexo nos próximos dias.

– Imagino que não há notícias sobre a carona dela?

– Nada na última hora. Brock disse que ele e Jenna avisarão assim que o tempo melhorar o bastante em Fairbanks para poderem sair de lá.

Lucan praguejou.

– Mesmo que a tempestade pare agora, eles ainda estão a um dia de viagem daqui. Terei que designar outra pessoa para isso. Talvez seja uma bela maneira de tirar Chase do meu caminho por um tempo. Inferno, depois do que acabei de ouvir hoje, isso talvez seja a única coisa que me impeça de matá-lo.

Gabrielle estreitou o olhar, falando sério:

– De jeito nenhum você vai mandar aquela pobre mulher de volta a Detroit com Chase como acompanhante. Isso não vai acontecer, Lucan. Eu mesma a levarei antes de deixar que isso aconteça.

Ele não estivera falando totalmente a sério, mas não pretendia discutir com ela. Não quando seu queixo se erguia naquele ângulo teimoso que revelava que ela não tinha intenção alguma de recuar.

– Ok, esqueça que eu disse isso. Você venceu. – Trazendo-a para perto com o braço, baixou a mão até a curva de sua nádega. – Como é que você sempre consegue ganhar?

– Porque você sabe que eu tenho razão. – Ela se aproximou ainda mais, erguendo-se na ponta dos pés até a boca resvalar na dele. – E porque, admita, vampiro, você não me aceitaria de outro modo.

Com um arquear da sobrancelha, ela mordiscou o lábio inferior dele e depois escorregou para longe do abraço antes que ele fisgasse sua isca. Não que isso já não tivesse acontecido. Gabrielle sorriu, completamente ciente da condição dele ao girar e começar a recuar até a biblioteca onde sua convidada a aguardava.

Lucan parou até ela sair da sala, esforçando-se para reagrupar os pensamentos. Pigarreando, tirou Rowan da espera e voltou a aproximar o telefone da orelha. Deixara o agente aguardando em silêncio por bastante tempo.

– Mathias – disse ele –, quero que saiba que a Ordem aprecia o que tem feito para nos ajudar até aqui. Quanto ao que aconteceu na boate hoje à noite, asseguro-lhe que não foi a minha intenção.

Percebo que, como diretor regional da Agência, isso o coloca numa posição desconfortável.

Era o mais próximo que chegaria de um pedido de desculpas. Havia uma política duradoura, ainda que não formalizada, entre os guerreiros de Lucan e os membros da Agência buscava-se não cagar no quintal uns dos outros; apesar disso, as circunstâncias mais recentes tinham mudado.

Mudado tudo, e drasticamente.

– Não estou preocupado comigo – respondeu Rowan. – E não lamento minha decisão de ajudá-los. Quero ver Dragos apreendido, a qualquer custo. Mesmo se isso significar que farei alguns inimigos na Agência.

Lucan grunhiu, reconhecendo o juramento do outro.

– Você é um bom homem, Mathias.

– Depois do que o bastardo fez, ainda mais depois do horror da semana passada, como eu não haveria de querer que ele fosse detido, assim como os seus guerreiros querem? – A voz de Rowan tinha uma pontada de paixão que Lucan entendia muito bem. – Não fico chocado por existir corrupção dentro da Agência, menos ainda que um neandertal como Freyne se alie ao louco varrido que é Dragos. Só queria ter enxergado essa possibilidade antes de ela explodir na minha cara na noite do resgate de Kellan Archer.

– Você não é o único que lamenta – respondeu Lucan, sério ao pensar a respeito. Também enviara diversos guerreiros naquela missão, a fim de garantir que o jovem do Refúgio Secreto fosse afastado em segurança dos seus sequestradores, um trio de assassinos de Primeira Geração que levara o garoto seguindo as ordens de Dragos. O objetivo principal fora conquistado, mas não sem muito dano colateral e perguntas intrigantes como consequência.

– Como está o garoto? – Rowan perguntou.

– Ainda em recuperação na enfermaria. – O abuso físico sofrido por Kellan Archer fora sério, mas era a angústia mental que ele sofrera durante e após o sequestro que deixava Lucan mais preocupado com seu bem-estar a longo prazo.

– E o avô?

Lucan pensou no macho Archer mais velho em silêncio sóbrio por um instante. Lázaro Archer era um dos poucos remanescentes da Primeira Geração da Raça, muito ancião. Com quase mil anos de idade, tivera uma existência estimada, pacífica, os últimos séculos de vida passados na Nova Inglaterra como chefe do Refúgio Secreto de sua família. Educara filhos fortes que criaram seus próprios filhos – Lucan não sabia ao certo quantos descendentes Lázaro e sua Companheira de Raça de toda uma vida poderiam alegar como seus.

Não que isso importasse.

Não mais.

Numa única noite sangrenta, a companheira de Lázaro e todos os parentes que fizeram do Refúgio Secreto em Boston seu lar foram dizimados. Um dos filhos de Lázaro, o pai do rapaz, Christophe, fora assassinado à queima-roupa por Freyne, o traidor que participava da equipe de resgate de Kellan montada pela Agência de Policiamento. Lázaro e Kellan eram tudo o que restara da linhagem dos Archer, ainda que a sobrevivência deles não fosse de conhecimento público.

– Tanto o garoto quanto o avô estão indo como se esperava – Lucan respondeu. – Até eu conseguir determinar o motivo de terem sido alvo de Dragos, não ficarão a salvo em nenhum outro lugar senão aqui, no complexo.

– Evidente – Rowan respondeu. Houve uma pausa do lado dele, depois uma inspiração calma. – Conhecendo Chase, sei que ele se culpa por parte do que aconteceu durante a missão de resgate...

Lucan sentiu as sobrancelhas se unirem ao se lembrar de mais um dos recentes problemas causados por Chase durante o cumprimento do dever.

– Deixe que eu me preocupe com meus homens, Mathias. Fique de olho nos seus.

– Claro que sim – ele respondeu, num tom neutro e profissional. – Cuidarei de quaisquer problemas resultantes do incidente de hoje à noite na boate. Se qualquer informação interessante sobre Freyne ou sua conexão com Dragos surgir nesse meio-tempo, fique tranquilo que o informarei.

Lucan murmurou um agradecimento. Se Rowan não tivesse conquistado uma carreira tão sólida no alto escalão da Agência, daria um excelente guerreiro. Deus bem sabia que a Ordem necessitava de mãos extras e algumas cabeças a mais no lugar se as coisas piorassem ainda mais na guerra contra Dragos.

E se as coisas continuassem a desandar com um certo membro da equipe atual.

Assim que o pensamento fez o maxilar de Lucan se contrair, a linha interna do complexo tocou com uma chamada do laboratório de tecnologia. Encerrou a ligação com Rowan e apertou o botão do interfone.

– Eles chegaram – Gideon anunciou, antes que Lucan tivesse a oportunidade de ladrar um alô. – Acabei de vê-los passando pelos portões da propriedade. Estou com eles no circuito interno de segurança enquanto falamos. Estão dirigindo ao redor do hangar agora mesmo.

– Já era hora, porra – Lucan rosnou.

Desligou o interfone e saiu de seus aposentos. As batidas dos coturnos ecoaram ao longo dos corredores de mármore branco que formavam uma espécie de sistema nervoso central até o coração do complexo subterrâneo. Fez uma curva e percorreu a distância que o levaria ao laboratório de tecnologia em que Gideon ficava estacionado praticamente 24 horas por dia, sete dias por semana, ultimamente.

Muito à sua frente, a audição aguçada de Lucan captou o gemido hidráulico do elevador que descia da garagem localizada no térreo do complexo até uma centena de metros abaixo da terra.

Quando passou pelo laboratório de tecnologia, Gideon saiu para recebê-lo no corredor. O guerreiro inglês e gênio residente do complexo deixara seu interior nerd à solta aquela noite, vestido com calças jeans cinza, tênis All Star verdes e uma camiseta amarela Hellboy. O cabelo loiro bem cortado estava mais desarrumado do que de costume, como se ele tivesse passado as mãos pelo escalpo mais de uma vez durante a espera por notícias de Hunter e Chase.

– Já faz um tempo que não vejo essa carranca letal – Gideon comentou, os olhos azuis aguçados por cima das lentes claras dos óculos sem armação. – Parece que você está prestes a mastigar os caras e depois cuspi-los.

– Pelo cheiro, parece que alguém já fez isso por mim – Lucan grunhiu, as narinas inflando com o cheiro de sangue da Raça fresco antes mesmo da abertura das portas de aço do elevador para dar passagem aos guerreiros errantes.

Capítulo 3

– Tem certeza de que não posso lhe oferecer nada para comer ou beber?

Gabrielle voltou à biblioteca com a face corada, os olhos castanhos um pouco mais brilhantes do que estiveram quando ela saíra levando a bandeja de chá, havia poucos minutos. Com o olhar distraído por um instante, a Companheira de Raça de Lucan Thorne levou as pontas dos dedos aos lábios num gesto ausente que não chegou a esconder o sorriso particular que lhe curvou os lábios. Ela piscou por um instante e caminhou até seu lugar no sofá.

– Desculpe por fazê-la esperar. Lucan e eu acabamos demorando numa pequena negociação – comentou, tão gentil e hospitaleira como uma velha amiga, a despeito do fato de serem completas desconhecidas até poucas horas antes. – Está frio para você aqui? Olhe só, você está tremendo.

– Não é nada. – Corinne Bishop se afundou mais dentro do xale de lã e meneou a cabeça, mesmo quando um tremor sacudiu seus ossos. – Estou bem, de verdade.

Seu desconforto não tinha nada a ver com a temperatura no interior do complexo da Ordem. Luxo e calor a rodeavam ali, do tipo que ela mal compreendia. Maravilhara-se com a magnitude do complexo subterrâneo no instante em que chegara, e certamente a biblioteca elegante onde agora estava sentada com Gabrielle era o cômodo mais especial em que estivera havia muito tempo.

Seu lar nos vários anos anteriores havia sido pouco melhor do que uma tumba. Desde o momento de sua captura, quando contava com apenas dezoito anos de idade, Corinne tinha sido mantida em cativeiro ao lado de algumas outras jovens, todas aprisionadas por um lunático chamado Dragos pelo simples fato de que tinham nascido Companheiras de Raça.

Com as mãos cruzadas sobre o colo, Corinne baixou o olhar e distraidamente passou o polegar sobre a minúscula marca de nascença escarlate no dorso da mão direita – a mesma marca que cada uma das Companheiras de Raça tinha em algum lugar da pele. Era o desenho de uma lágrima e uma lua crescente que a tornava parte de um mundo extraordinário – o mundo imortal e secreto da Raça. Motivo pelo qual fora retirada da pobreza e da negligência quando criança, depois de ter sido abandonada na porta dos fundos de um hospital em Detroit pouco após seu nascimento.

A diminuta marca de nascença era responsável por sua entrada nas vidas de Victor e de Regina Bishop, seus pais adotivos. O casal unido pelo sangue com seu próprio filho da Raça abrira a mansão suntuosa do Refúgio Secreto tanto para Corinne como para sua irmã adotiva, Charlotte, dando às duas indesejadas e não reclamadas meninas um lar amoroso e nada além do melhor que a vida tinha a oferecer.

Se ao menos ela tivesse sido madura o bastante para apreciar todas as bênçãos que tivera...

Se ao menos tivesse a chance de dizer à família uma vez mais que os amava... antes que aquele vilão chamado Dragos a levasse à força e a lançasse no que parecia um inferno interminável.

Fora a pequena marca rubra no dorso de sua mão que lhe causara tanta dor e sofrimento. Fora torturada e sofrera abusos, sendo mantida viva contra sua vontade e obrigada a suportar coisas nas quais mal aguentava pensar, quanto mais narrar, uma vez que estava livre dos horrores. Tanto ela como as outras prisioneiras de Dragos – as cerca de vinte que conseguiram sobreviver aos tormentos e experimentos o suficiente para serem resgatadas pelos guerreiros da Ordem e suas incrivelmente corajosas e habilidosas Companheiras de Raça.

Nos últimos dias desde o resgate, Corinne e as outras prisioneiras libertadas estavam morando em Rhode Island, no Refúgio Secreto de outro casal cuja generosidade e cuidados foram uma bênção divina. Amigos de confiança da Ordem, Andreas Reichen e sua companheira, Claire, forneceram às libertadas abrigo, roupas… o que quer que fosse preciso para ajudá-las a reconquistar algum senso de normalidade enquanto suas vidas recomeçavam longe do alcance de Dragos.

Mas a única coisa de que Corinne precisava era da família. Ficara atônita ao saber que, de todas as Companheiras de Raça capturadas e aprisionadas por Dragos, ela fora a única levada de um Refúgio Secreto. Todas as outras fêmeas foram levadas de abrigos de mulheres fugitivas ou arrancadas das suas existências solitárias, sem que sequer soubessem que eram especiais de alguma maneira até que a maldade de Dragos arrancasse as viseiras de seus olhos.

Mas Corinne já sabia quem era. Tivera uma família que a amara, uma que certamente sentira sua falta e, no fim, lamentara sua possível morte conforme as décadas se passaram sem que regressasse. Ela era diferente das outras vítimas de Dragos. Todavia, sofrera o mesmo que elas – talvez até mais, pois pensar na angústia dos pais e irmãos tornara-a hostil diante de seu captor.

A urgência de retornar ao lugar a que pertencia, de voltar para as pessoas que a ajudariam a se curar – talvez as únicas capazes de ajudá-la a recuperar tudo o que perdera durante o tempo em cativeiro – era uma necessidade que a consumia mais e mais conforme os dias e as horas preciosas passavam.

Só lhe restava desejar que ainda a recebessem no seio familiar novamente. Só podia rezar que, durante os longos anos em que estivera ausente, eles não a tivessem esquecido. Só podia almejar de todo o coração que pudessem ainda amá-la.

Levantou o olhar e se deparou com o ar preocupado de Gabrielle.

– Quando Brock acha que estará de volta a Boston?

Gabrielle exalou um suspiro suave enquanto balançava a cabeça.

– Provavelmente levará ainda um ou dois dias. Pode demorar até mais, se a neve não parar logo de cair em Fairbanks.

Corinne não conseguiu disfarçar seu desapontamento. Sair do cativeiro e descobrir que o guarda-costas de sua infância em Detroit era um de seus salvadores lhe dera o primeiro fio de esperança verdadeiro. Brock se tornara um membro da Ordem desde os tempos de seu desaparecimento. E também se apaixonara recentemente. Fora esse amor que o levara ao Alasca havia alguns dias, mas dera sua palavra a Corinne que, assim que ele e sua companheira, Jenna, regressassem, ele a levaria pessoalmente em segurança para sua casa em Detroit.

Corinne precisava do apoio de Brock. Ele sempre fora seu confidente, seu verdadeiro amigo. Jovem, sempre confiara nele para mantê-la protegida. Ela precisava saber que estava segura agora, com a certeza de que nenhum perigo poderia atingi-la no trajeto de volta para casa.

Alguma parte amedrontada dela se preocupava de que talvez não tivesse forças para bater à porta da frente da casa da família sem alguém como Brock, alguém em quem podia confiar completamente ao seu lado.

– Pelo que Andreas e Claire me contaram, você não tentou se comunicar com sua família – Gabrielle disse com suavidade, interrompendo seus pensamentos. – Eles não sabem que você está viva?

– Não – Corinne respondeu.

– Não gostaria de ligar para eles? Tenho certeza de que haveriam de querer saber que você está aqui, que está livre de qualquer perigo e que em breve voltará para casa.

Ela balançou a cabeça.

– Faz tanto tempo. Lembro-me do número antigo de telefone, mas eu não saberia como procurá-los…

– Isso não é um problema, sabe. – Gabrielle apontou para uma caixa branca que descansava sobre uma mesa na biblioteca. – Não demoraria mais do que um minuto ou dois para encontrá-los pelo computador. Você poderia ligar para eles agora mesmo. Se quiser, pode até conversar com eles pelo vídeo.

– Obrigada, mas não. – Os termos e conceitos eram todos novos para Corinne, quase tão opressivos quanto a ideia de falar com qualquer um dos pais sem estar perto deles e tocá-los, sentir os braços ao redor dela uma vez mais. – É só que eu… eu não sei o que dizer a eles depois de todo esse tempo. Não saberia o que lhes contar.

Gabrielle assentiu em sinal de compreensão.

– Você precisa estar pessoalmente lá para fazer isso.

– Sim. Só preciso ir para casa.

– Claro – Gabrielle disse. – Não se preocupe. Faremos com que vá para lá o mais rápido possível.

Ambas ergueram o olhar quando uma batida suave soou na soleira da porta da biblioteca pelo lado exterior. Uma linda loira de olhos cor de lavanda abriu a porta do corredor.

– Estou interrompendo?

– Não, Elise. Entre. – Gabrielle se levantou e gesticulou para que a outra mulher entrasse. – Corinne e eu só estávamos conversando enquanto aguardamos notícias de Brock e Jenna.

Elise entrou e lançou um sorriso caloroso para Corinne.

– Pensei em vir e esperar com vocês enquanto todos voltam das patrulhas.

Corinne fora apresentada a algumas das mulheres da Ordem depois de sua chegada naquela noite. O companheiro de Elise, se ela bem se lembrava, era um guerreiro chamado Tegan. Disseram-lhe que ele e boa parte dos membros da Ordem estavam ausentes em missões na cidade, todos concentrados no único objetivo de caçar Dragos e os que lhe eram leais.

Esse pensamento a tranquilizava bastante. Por certo, com um grupo tão extraordinário determinado a apanhá-lo, Dragos não tinha chances de escapar.

No entanto, escapara.

Mais de uma vez, pelo que Corinne sabia, ele conseguira ficar um passo à frente da Ordem. Eles constituíam uma força poderosa, mas Corinne sabia em primeira mão que Dragos não era nenhum fraco. Tinha seus soldados e suas próprias táticas terríveis.

Era louco – perigosamente louco. Corinne também sabia disso por experiência própria, e as terríveis provas desse conhecimento preencheram-na como uma onda de tristeza antes que conseguisse detê-la. Sentiu-se fraca sob o peso das torturas relembradas e se ergueu do sofá para ficar de pé ao lado de Gabrielle e Elise. A ansiedade chegou rápido, mais rápido do que na última vez. Quando Gabrielle saíra da biblioteca, Corinne conseguira de alguma maneira voltar a se controlar.

Mas não dessa vez.

As estantes do teto ao chão se turvaram em sua visão enquanto as paredes pareciam se apertar, caindo para dentro por todos os lados. Na parede oposta a ela, uma tapeçaria grande, com o desenho de um cavaleiro negro num corcel preto, agora parecia se revirar e se retorcer, as belas feições do homem e seu lindo cavalo se transformando em algo demoníaco e zombeteiro.

Fechou os olhos, mas a escuridão não melhorava as coisas em nada. De repente, estava de volta à cela da prisão de Dragos. De volta ao buraco escuro, nua e trêmula. Só, num vácuo úmido, à espera da morte. Rezando pela morte, já que seria sua única fuga daquele horror.

Corinne inspirou fundo, mas sentiu apenas um fio de oxigênio entrar nos pulmões enquanto o espaço ao seu redor se condensava no nada.

– Corinne? – Gabrielle e Elise disseram seu nome ao mesmo tempo. Ambas as mulheres esticaram as mãos para ampará-la e mantê-la de pé.

Corinne sentiu um arquejo em busca de ar.

– Preciso sair... Tenho que sair desta cela...

– Consegue andar? – Elise lhe perguntou, a voz revelando urgência, mas também controle. – Segure-se em nós, Corinne. Você vai ficar bem.

Ela conseguiu assentir enquanto a ajudavam a sair para o corredor. O mármore frio e branco se estendia em ambas as direções. O corredor era amplo e infinito, instantaneamente calmante. Ela permitiu que o brilho claro e imaculado das paredes preenchesse sua visão enquanto inspirava fundo e sentia parte dos pulmões contraídos começar a relaxar.

Sim, graças a Deus.

Já começava a se sentir melhor.

Gabrielle esticou a mão para afastar os cabelos negros de Corinne do rosto.

– Está melhor agora?

Ela assentiu, ainda respirando com dificuldade, mas sentindo que o pior da ansiedade sumia.

– Às vezes... às vezes sinto como se ainda estivesse lá. Ainda trancada naquele lugar horrível – sussurrou. – Sinto muito. Estou tão envergonhada.

– Não fique. – O sorriso de Gabrielle demonstrava empatia, sem indicar piedade. – Não tem que pedir desculpas nem ficar envergonhada. Não entre amigas.

– Venha – disse Elise. – Vamos levá-la para a mansão. Podemos caminhar um pouco pela propriedade até que se sinta melhor.

Quando o elevador da garagem do complexo parou com suavidade no subterrâneo, Hunter olhou para seu parceiro de patrulha numa avaliação silenciosa.

Com a cabeça abaixada entre os ombros, cabelos dourados escuros emaranhados sobre a testa, Sterling Chase se recostava na parede oposta do elevador, a respiração passando entre os dentes. O uniforme preto estava rasgado e sujo de sangue, lacerações e contusões inchadas transformavam seu rosto em caricatura. O nariz por certo estava fraturado, o lábio superior partido e sangrando pelo queixo. Muito provavelmente, o maxilar também fora quebrado.

Os ferimentos do guerreiro adquiridos na briga na cidade eram numerosos, mas nada que não cicatrizasse com tempo e algumas alimentações decentes.

Não que Chase parecesse preocupado com sua condição.

As portas do elevador sussurraram ao se abrir, e ele cambaleou para fora no corredor, na frente de Hunter, com arrogância a cada passo.

Lucan bloqueou o caminho poucos passos além do elevador. Apoiou a palma no meio do peito de Chase para detê-lo fisicamente quando o outro macho não se mostrou inclinado a parar.

– Divertiu-se hoje em Chinatown?

Chase grunhiu, o lábio superior se abrindo ainda mais quando ele lançou um sorriso sombrio para Lucan.

– Deduzo que Mathias Rowan entrou em contato com você.

– Sim. Mais do que posso dizer a respeito de vocês – Lucan replicou tenso, o olhar furioso passando da aparência destroçada de Chase para Hunter, cujo uniforme estava manchado com sua porção do sangue de agentes da Agência de Policiamento. – Rowan me contou tudo sobre a merda que aconteceu. Ele disse que tem múltiplos mortos e feridos, e que todos os agentes com quem falou colocaram a culpa do ataque gratuito em você, Chase.

Ele zombou em resposta.

– Gratuito o meu cu. Cada um dos agentes naquele lugar estava procurando um motivo para me irritar.

– E você mal podia esperar para agradá-los, é isso? – Ante o olhar irado de Chase, Lucan sacudiu a cabeça. – Você é estourado, cara. A merda de hoje é só mais uma cagada que você deixou para que outro limpasse. Está começando a virar um padrão, e não gosto disso. Nem um pouco.

– Você me mandou fazer um trabalho – Chase replicou, zangado. – Às vezes as coisas saem do controle.

Os olhos de Lucan se estreitaram, o ódio irradiando de seu corpo, um calor palpável que Hunter conseguia distinguir de onde estava, a poucos passos, junto a Gideon.

– Não tenho certeza se você ainda sabe qual é o seu trabalho, Chase. Se soubesse, não estaria voltando de mãos vazias, fedendo a sangue e mau temperamento. Até onde me diz respeito, você fracassou hoje à noite lá. Quantas informações juntou a respeito de Freyne? Estamos minimamente mais próximo de encontrar uma pista sobre Dragos ou quaisquer das suas possíveis associações?

– Talvez sim – Hunter interveio.

Agora Lucan desviou sua carranca para ele.

– Explique.

– Um agente chamado Murdock – Hunter respondeu. – Ele abordou Chase e a mim quando chegamos à boate. Conversamos um pouco, mas ele não se mostrou disposto a informar nada útil. Assim que a briga começou, ele pareceu particularmente ansioso. Vi quando ele deu um telefonema para alguém antes de escapar no meio do caos.

– E isso é uma pista? – Chase murmurou com pouco caso. – Claro que Murdock fugiria. Conheço o cara. Ele é um covarde que prefere cravar uma faca nas costas a entrar numa briga cara a cara.

Hunter ignorou o comentário do parceiro enquanto sustentava o olhar do líder da Ordem.

– Murdock saiu pelo beco atrás do local. Um carro já se aproximava para apanhá-lo. O motorista era um assassino de Primeira Geração.

– Deus do céu – Gideon observou ao lado de Hunter, enfiando a mão nos cabelos loiros espetados.

O rosto de Lucan se endureceu, enquanto Chase ficou absolutamente calado onde estava, agora ouvindo atentamente aos outros.

– Persegui o veículo a pé – Hunter prosseguiu. – O assassino foi neutralizado.

Levou a mão às costas do uniforme, de onde tirou a coleira detonada que retirara de seu oponente. Gideon tirou o polímero enegrecido de sua mão.

– Mais um item para a sua coleção, certo? Você está marcando muitos pontos ultimamente. Bom trabalho.

Hunter mal piscou ante o elogio desnecessário.

– E quanto a Murdock? – Lucan questionou.

– Fugiu – Hunter respondeu. – Escapou da cena enquanto eu desabilitava o motorista. Depois disso tive que escolher entre tentar rastreá-lo ou voltar para a boate para recuperar meu parceiro de patrulha.

A decisão de ajudar seu colega guerreiro o fez refletir durante mais do que um momento. A lógica e o treinamento como um dos soldados de Dragos ordenava que ele seguisse na missão como uma única entidade: completamente independente, impessoal e eficiente. Murdock era um alvo determinado. Interrogá-lo certamente traria informações valiosas; sua captura era essencial para o sucesso da patrulha da noite. Para Hunter, apreender o agente fugitivo parecera um objetivo bastante lógico.

Contudo, a Ordem operava sob outro princípio, um que ele jurara seguir ao se juntar a ela, pouco importando quanto contrastasse com o mundo que outrora conhecera. Os guerreiros tinham um código entre eles para cada missão, um consenso de que, se uma equipe saía junta, voltaria junta, e nenhum indivíduo seria deixado para trás.

Nem mesmo se isso significasse perder um inimigo no alvo.

– Conheço Murdock – Chase disse, erguendo o dorso da mão até o queixo para limpar parte do sangue que sujava a pele. – Sei onde mora, conheço os lugares que frequenta. Não vou demorar para localizá-lo...

– Você não vai fazer porra nenhuma – Lucan o interrompeu. – Estou retirando-o da missão. Até eu dar uma contraordem, qualquer contato com a Agência será feito por intermédio de mim. Gideon pode descobrir tudo o que precisarmos sobre as propriedades e hábitos pessoais de Murdock. Se achar que tem algo útil a dizer, fale com Gideon. Eu decido quando, onde e quem é o melhor para ir atrás desse cretino do Murdock.

– Tanto faz. – Os olhos azuis de Chase reluziram debaixo das sobrancelhas abaixadas. Ele começou a se afastar.

A cabeça de Lucan virou o mínimo, a voz baixa como um trovão ao longe.

– Não disse que terminei.

Chase zombou.

– Parece que você tem tudo sob controle. Por que vai precisar de mim?

– Isso é uma coisa que venho me perguntando a noite inteira – Lucan replicou, no mesmo tom. – Pra que porra preciso de você?

Chase resmungou algo baixo ao respirar. Deu mais um passo e, de repente, Lucan estava bem diante dele, movendo-se tão rapidamente que fora difícil até para Hunter percebê-lo. Empurrou Chase com uma dose da força de um Primeira Geração, um golpe frontal que fez o outro guerreiro voar até a parede do corredor.

Chase se endireitou com uma imprecação sibilada. Com os olhos reluzentes como carvão quente, avançou com um rosnado, revelando as presas.

Dessa vez foi Hunter quem se moveu com rapidez.

Interceptando a ameaça ao líder da Ordem – ao seu líder –, ele se colocou entre os dois vampiros, a mão agarrando a garganta de Chase.

– Para trás, guerreiro – ele avisou para seu irmão de armas.

Era o único aviso que Hunter concederia. Se Chase sequer tremulasse com algum sinal de mais agressão, Hunter não teria escolha a não ser esmagar a combatividade de dentro dele.

Dentes e presas cerrados, lábios afastados das gengivas, Chase sustentou seu olhar numa resposta silenciosa. Hunter sentiu um movimento no espaço no corredor atrás de si. Ouviu um arquejo feminino – apenas uma brisa de ar entre lábios semiabertos.

O olhar de Chase se desviou daquela direção e parte da fúria tensa o abandonou. Enquanto ele relaxava, Hunter o soltou e recuou do confronto.

– O que está acontecendo, Lucan?

Hunter se virou junto aos outros machos no corredor e se viu encarando a companheira de Lucan, Gabrielle, parada atrás dele com duas outras fêmeas. Hunter conhecia a bela loira com olhos cor de lavanda clara. Fora ela – a companheira de Tegan, Elise – quem arquejara, pois a mão ainda cobria a boca.

– Vou dar o fora daqui – Chase murmurou, notadamente submisso ao passar por Hunter e os outros, seguindo pelo corredor na direção dos seus aposentos.

Hunter mal notou a partida do guerreiro.

Sua atenção estava fixa na terceira fêmea no corredor. Esbelta, com a pele alva por trás de uma cortina de cabelos compridos cor de ébano que escondiam parcialmente o rosto de sua vista, ela o manteve absolutamente hipnotizado por um momento. Ele não conseguia se desviar dos olhos azul-esverdeados que afilavam nos cantos externos. Como não conseguia especificar sua cor, ele nem tentou. Em vez disso, procurou determinar o motivo de considerar sua presença tão cativante.

– Está tudo bem? – Gabrielle perguntou, movendo-se para perto de Lucan com evidente preocupação.

– Sim – ele respondeu. – Está tudo bem agora.

Hunter pairou para mais perto da mulher não identificada, sem perceber que seus pés se moviam até estar diretamente na frente dela, que então ergueu o olhar, levantando o perfeito rosto oval até que passasse por toda a sua extensão suja de sangue, e seus olhos se colassem nos daquele indivíduo.

Ela lhe era desconhecida, mas, de algum modo, também estranhamente familiar.

Inclinou a cabeça, tentando solucionar a sensação peculiar de que a vira antes em algum lugar. E deixou escapar o pensamento que martelava em sua cabeça:

– Eu conheço você…?

Gabrielle pigarreou e aproximou-se, como se quisesse proteger a fêmea dele.

– Corinne, este é Hunter. Ele é um membro da Ordem. Diga olá, Hunter.

Ele grunhiu um cumprimento, ainda encarando-a.

– Eu o vi na noite do resgate – ela disse tranquilamente. – Você era um dos guerreiros que levou a mim e as outras para o Refúgio Secreto de Claire e Andreas.

Portanto, ela estivera no meio das cativas que Dragos vinha aprisionando. Supôs que fazia sentido. Acenou vagamente, sua curiosidade de certa forma satisfeita pela lembrança. Mas não a vira em Rhode Island, tinha quase certeza disso. Estava certo de que se lembraria daquele rosto com olhos luminosos.

– Lamento informar, mas ainda não sabemos quando Brock e Jenna chegarão – Gideon informou para a bela morena. – A previsão do tempo no Alasca não parece promissora para os próximos três dias, no mínimo.

– Mais três dias? – A testa lisa de Corinne se crispou com uma ruga. – Preciso mesmo ir para casa. Preciso da minha família agora.

Lucan expeliu um suspiro.

– Compreendo. Como Brock está a alguns mil quilômetros e um punhado de tempestades de neve distante de Boston no momento, outra pessoa terá que...

– Eu a levarei. – Hunter sentiu o olhar de Lucan aterrissar nele no instante em que as palavras saíram de sua boca. Retribuiu o olhar do outro Primeira Geração e acenou incisivamente. – Farei com que ela chegue em segurança até o lar de sua família.

Parecia uma tarefa simples de realizar. Todavia, estabeleceu-se um silêncio repentino e demorado. A mais surpresa de todas parecia a própria Corinne. Ela o encarava muda e, por um segundo, perguntou-se quanto a uma recusa à oferta.

– De carro, vocês irão demorar umas catorze horas – Gideon disse. – No total, isso dá uns dois dias, já que estamos falando de viagens noturnas apenas. Se saírem agora, cobrirão uns cento e sessenta quilômetros antes de o sol começar a nascer. Ou posso pedir que preparem um de nossos aviões particulares para ficar pronto ao pôr do sol. Em poucas horas de voo, vocês chegarão lá.

Lucan o encarou, depois assentiu.

– Quanto mais rápido, melhor. Vou precisar de você de volta na patrulha amanhã à noite.

– Considere feito.

Capítulo 4

Chase ficou sentado no escuro sozinho, agachado num canto tomado pelas sombras na pequena capela do complexo.

Não sabia por que suas botas o levaram até ali, o santuário tranquilo e iluminado por velas, em vez de até seus aposentos pessoais um pouco mais além do mesmo corredor. Nunca fora de procurar conselhos ou perdão do poder maior, e Deus sabia que ele estava perdido demais para rezar, de qualquer maneira.

Por certo não tinha esperança alguma de ser absolvido. Não pelo alto, tampouco por Lucan ou qualquer outro dos seus irmãos na Ordem. Nem mesmo por si próprio.

Em vez disso, alimentava sua fúria. Abria os braços para a agonia dos seus ferimentos, o beijo ferrenho da dor profunda que lhe dava algum tipo de sentimento. E, tal qual um viciado, perseguia essa sensação com abandono desesperado e negligente.

Melhor do que a alternativa.

A dor era a embriaguez sombria e perversa que o impedia de ansiar por outra amante mais perigosa.

Sem a dor, ele só teria fome.

E sabia onde isso terminaria, é claro.

Seu intelecto não estava tão perdido quanto seu corpo e sua alma;

a razão lhe confidenciava que um dia esse comichão perigoso o mataria. Havia algumas noites – cada vez mais frequentes, ultimamente – em que ele simplesmente não se importava.

– Sterling, você está aqui?

A voz feminina fez com que sua cabeça se levantasse, exigindo sua atenção completa da mesma maneira como fizera no corredor alguns minutos atrás. Inclinou a cabeça e atentou para seus movimentos, mesmo que o viciado dentro dele ansiasse pelo isolamento das sombras que o encobriam.

Afundou-se nessas sombras, usando seu dom particular de coletar a escuridão ao seu redor. Foi um esforço desaparecer; ainda mais difícil se manter assim. Relaxou um instante depois, sibilando uma imprecação enquanto as sombras o abandonavam.

– Sterling? – Elise o chamou com suavidade na capela.

Suas passadas foram cuidadosas ao entrar, como se ela não se sentisse totalmente segura com ele. Mulher inteligente. Ainda assim, ela não parou e voltou-se para sair, como ele teria preferido.

– Acabei de ir ao seu quarto, por isso sei que você não foi para lá. – Ela exalou, o suspiro parecendo confuso e triste. – Você pode se esconder, mas sinto sua presença aqui. Por que não responde?

– Porque não tenho nada a lhe dizer.

Palavras duras. E totalmente não merecidas, em especial para a fêmea que havia se tornado a Companheira de Raça de Tegan no último ano e, por muito tempo antes disso, a viúva enlutada do próprio irmão de Chase. Quentin Chase fora abençoado imensuravelmente quando Elise o escolhera para ser seu companheiro – e sequer imaginara que o irmão mais novo acalentava um desejo secreto e vergonhoso pela felicidade que Quent e Elise conheceram.

Pelo menos ele já não tinha mais que brigar com aquele desejo.

Abandonara sua fixação. Existia uma nobreza embaçada nele que queria acreditar que desistira de desejar Elise porque ela entregara seu coração a outro de seus irmãos – um irmão de armas que mataria por ela, morreria por ela, assim como ela faria por Tegan.

O amor de Tegan e Elise era inquebrável, e embora Chase jamais tivesse se rebaixado para testá-lo, a verdade mais simples era que sua avidez por dor substituíra Elise depois disso como alvo primário da sua obsessão.

Ainda assim, viu-se prendendo a respiração enquanto ela entrava ainda mais na capela, encontrando-o agachado no canto dos fundos, a coluna dorsal afundada no ângulo formado pelas paredes de pedra.

Silenciosa, ela atravessou a pequena distância entre as duas colunas de bancos de madeira. Sentou-se na beirada do mais próximo de onde ele estava agachado e simplesmente o encarou. Ele não tinha que olhar para ela para saber que o belo rosto estava entalhado com desapontamento. Provavelmente também pena.

– Talvez não tenha me entendido – ele disse com algo um pouco melhor do que um rosnado. – Não quero conversar com você, Elise. É melhor que saia agora.

– Por quê? – ela perguntou, continuando onde estava. – Para que você possa mergulhar na autopiedade sozinho? Quentin ficaria horrorizado em vê-lo assim. Teria vergonha.

Chase grunhiu.

– Meu irmão está morto.

– Sim, Sterling. Ele morreu no cumprimento do dever para a Agência de Policiamento. Morreu com nobreza, fazendo seu melhor para que este mundo fosse um lugar mais seguro. Você pode dizer com toda a honestidade que é isso o que você está fazendo?

– Não sou Quentin.

– Não, você não é. Ele era um homem extraordinário, corajoso. Você poderia ser ainda melhor do que ele, Sterling. Você poderia ter sido muito mais do que o que vejo diante de mim neste instante. Sabe, ouvi sobre como você tem estado em suas missões recentemente.

Vi você voltar desta maneira vezes demais, dilacerado e volátil. Tão repleto de raiva.

Chase levantou-se e se afastou alguns passos dela, mais do que pronto para encerrar a conversa.

– O que eu faço é da minha conta. Não da sua, e eu tampouco sou.

– Entendo – ela respondeu. Levantou-se do banco para se aproximar dele. Franziu a testa, cruzando os braços delgados diante do corpo. – Prefere que todos que se importam com você simplesmente o deixem em paz, sozinho, é isso? Quer que eu e todos os demais simplesmente o deixemos sentado num canto escuro em algum lugar para sentir pena de si próprio?

Ele escarneceu e lançou um olhar penetrante para ela.

– Pareço estar sentindo pena de mim mesmo?

– Você parece um animal – ela respondeu, a voz baixa, mas não de modo que ele a tomasse como um sinal de medo. – Você vem agindo como um animal, Sterling. Olho para você e sinto que já não o conheço mais.

Ele sustentou seu olhar confuso.

– Você nunca me conheceu, Elise.

– Já fomos uma família – ela o relembrou com gentileza. – Pensei que éramos amigos.

– Não era amizade o que eu queria de você – ele respondeu de modo direto, deixando-a absorver a franca confissão que ele só tivera coragem de disfarçar polidamente até então. Quando ela deu um passo desconcertado para trás na passagem vazia entre os bancos, ele riu, satisfeito. – Sinta-se à vontade para fugir agora, Elise.

Ela não fugiu.

Aquele único passo recuado foi só o que ela se permitiu. A companheira de Tegan já não era a criança desamparada e frágil que se comprometera com Quentin Chase. Era uma mulher forte que passara pelo seu próprio tipo de inferno, e voltara sem se partir ao meio. E não se partiria por Sterling Chase agora, pouco importando o quanto ele se esforçasse para empurrá-la para fora de sua vida.

Como se para prová-lo a si mesmo, ele diminuiu a distância entre eles.

Estava imundo de sangue e sujeira; nem ele conseguia suportar seu fedor. Mas, apesar dos poucos centímetros que o separavam da beleza imaculada de Elise, ela não se afastou. Sua expressão era de tristeza e expectativa, mesmo antes de ele abrir a boca e proferir as palavras que o libertariam daquele elo frágil com o passado.

– A única coisa que eu sempre quis de você, Elise, é abrir suas pernas e...

Ela o esbofeteou com força no rosto, um baque sólido que ecoou pela capela silenciosa. Seus olhos púrpura reluziram sob a luz das velas, brilhando com lágrimas não derramadas.

Nenhuma delas caiu, não por ele.

Provavelmente nunca mais, a julgar pelo olhar ferido que o fitava.

Chase recuou, um passo cambaleante para trás, o formigar da mão dela ainda quente em sua pele. Levantou os dedos para tocar a face.

Em seguida, sem nem mais uma palavra ou pensamento quanto ao que poderia esperar por ele no futuro, desapareceu diante do olhar desaprovador de Elise e subiu pela escadaria da capela, indo para a noite fria do lado externo – usando toda a velocidade que a sua genética da Raça lhe dava.

Corinne estava na beirada de uma ampla varanda de mármore com vista para o jardim coberto de neve nos fundos da propriedade da Ordem. Sozinha por um instante enquanto Gabrielle pegava casacos para que elas saíssem da mansão, pendeu a cabeça para trás para inspirar uma lufada do ar frio de dezembro. O céu invernal estava escuro e sem nuvens, um mar impenetrável de azul-escuro salpicado com estrelas reluzentes.

Há quanto tempo não inspirava o cheiro revigorante e ligeiramente amadeirado da brisa do inverno?

Quanto tempo desde que sentira o ar fresco em sua tez?

As décadas de aprisionamento a princípio se passaram longamente, nos dias em que ela estivera determinada a marcar a passagem do tempo, lutando cada segundo como se pudesse ser o último. Depois de um tempo, percebera que não era a morte que seu captor desejava. Para seus objetivos, necessitava dela viva, mesmo que por pouco. Foi então que parou de contar, parou de lutar, e seu conceito de tempo se amalgamou numa única noite interminável.

Agora ela estava livre.

No dia seguinte, estaria em casa com sua família.

No dia seguinte, sua vida recomeçaria e ela seria uma nova pessoa. Sobrevivera, mas, em seu coração, perguntava-se se um dia voltaria a se sentir inteira. Tanto lhe fora tirado. Algumas coisas que ela jamais poderia ter de volta.

E ainda outras...

Mais tarde teria tempo para lamentar todas as coisas que perdera para a maldade de Dragos.

Fechando os olhos, inspirou mais uma lufada do ar noturno fresco e reparador. Ao soltá-lo, o som da risada de uma criança a sobressaltou.

A princípio, pensou apenas que se tratasse de um engano de sua mente, um dos muitos jogos cruéis que a escuridão gostava de fazer com ela durante seu tempo em cativeiro. Mas, em seguida, a risada alegre soou de novo, sendo trazida pela brisa de algum lugar no vasto jardim.

Era a risada de uma menina – de uma criança de talvez oito ou nove anos, Corinne estimou, observando a menina correr rapidamente na neve que a atingia nos calcanhares, envolta numa parca grossa cor-de-rosa com calças combinando.

Atrás dela apenas alguns passos, um par de cachorros diferentes e sem coleira, com as línguas caídas nas laterais da boca enquanto a perseguiam. Corinne não conseguiu deixar de sorrir ao ver o terrier marrom teimoso tentar tão desesperadamente alcançar o outro cão, muito maior e mais elegante. Para cada passada tranquila do belo animal lupino branco e cinza, o pequeno vira-lata latia e perseguia seu rastro, finalmente passando por entre as patas compridas de seu companheiro para ser o primeiro a alcançar a menina.

Ela gritou quando o cachorrinho a atacou nas pernas, latindo todo contente enquanto o segundo cão se aproximava deles sacudindo o rabo e começava a lamber o rosto da criança.

– Ok, ok! – a menininha ria. – Luna, Harvard… Ok, vocês venceram! Eu me rendo!

Quando o par desistiu dela e começou a brincar um com o outro, duas mulheres surgiram no gramado coberto de neve, vindas de outra parte do jardim. Uma delas estava evidentemente grávida por baixo do imenso casaco, caminhando com passos cautelosos ao lado de uma fêmea alta e atlética que segurava um par de guias na mão enluvada.

– Brinque com cuidado, Luna – ela disse para o maior dos cachorros, que obedeceu de imediato, abandonando seu colega canino para correr em círculos ao redor de sua evidente tutora.

– Aquela é Alex – Gabrielle informou, indo para a beirada do terraço onde Corinne estava. Vestia um casaco preto de lã e lhe estendeu outro. Ele tinha uma leve fragrância de cedro, e era tão confortável quanto uma coberta quentinha. – Alex é companheira de Kade – Gabrielle prosseguiu. – Ela havia saído com ele quando você chegou ao complexo, por isso não teve a chance de conhecê-la.

– Mas eu me lembro dela – Corinne respondeu, com os pensamentos recuando para a noite do resgate. – Ela e algumas outras mulheres foram as que nos ajudaram a sair das celas no porão. Foram elas quem nos encontraram.

Gabrielle assentiu.

– Isso mesmo. Alex e Jenna estavam lá, junto a Dylan e Renata. Se Tess não estivesse prestes a ganhar o bebê de Dante, acredito que ela também teria estado lá.

Corinne voltou a olhar para o jardim quando as duas as avistaram e levantaram as mãos numa saudação. A menina voltou a gargalhar, largando-se num montinho de neve, sendo imediatamente seguida pelos cachorros.

– Aquela pestinha adorável ali é Mira – Gabrielle acrescentou, meneando a cabeça ante as travessuras da menina. – Renata tem cuidado dela desde que as duas moravam em Montreal. Quando ela e Nikolai se apaixonaram, no verão passado, trouxeram Mira para o complexo, para morarem juntos como uma família. – A companheira de Lucan reluzia quando voltou a olhar para Corinne. – Não sei quanto a você, mas adoro finais felizes.

– O mundo seria muito melhor com mais deles – Corinne murmurou, reconfortada pela boa sorte de Mira mesmo quando um tipo gélido de dor abriu uma diminuta fissura no centro de seu ser. Deixou o vazio de lado enquanto Alex e Tess avançaram juntas pelos degraus que levavam ao terraço.

A respiração de Gabrielle condensou-se no ar frio.

– Não está frio demais para você aqui, Tess?

– Está maravilhoso – a mulher muito grávida respondeu ao avançar aos poucos ao lado de Alex. Sua face estava rosada debaixo do capuz da parca. – Juro, se Dante tentar me manter engaiolada dentro do complexo mais um dia, talvez ele não viva para ver o filho nascer. – A ameaça foi completamente dissipada pelos olhos água-marinha contentes e pelo sorriso radioso. Ela estendeu a mão enluvada. – Olá, sou Tess.

Corinne apertou de leve a lã quente e assentiu como cumprimento.

– Prazer em conhecê-la.

– Alex – disse a outra Companheira de Raça, também

estendendo a mão com um sorriso. – Não sei como descrever o alívio em saber que você e as outras que Dragos aprisionou estão a salvo agora, Corinne.

Ela assentiu.

– Sou muito grata a todas vocês, muito mais do que as palavras podem expressar.

– E amanhã à noite Corinne irá para casa – Gabrielle acrescentou.

– Amanhã? – Alex a fitou, curiosa. – Isso quer dizer que Brock e Jenna estão voltando do Alasca?

– Ainda estão presos pela tempestade de neve – Gabrielle respondeu. – Mas Hunter se prontificou a acompanhar Corinne até Detroit no lugar de Brock.

No silêncio estendido que pareceu cair sobre as mulheres da Ordem, Corinne reviveu o momento em que o guerreiro imenso e estranhamente indecifrável despejara sua oferta de levá-la para casa. Por certo não esperara isso dele, pois não lhe parecera do tipo caridoso, nem mesmo na noite do resgate, quando ele e alguns outros guerreiros da Ordem acompanharam de carro as prisioneiras libertadas de Dragos para o Refúgio Secreto em Rhode Island.

Teria sido difícil não notar Hunter naquela noite. Com suas feições entalhadas e ameaçadoras e uma estrutura musculosa distribuída em quase dois metros de altura, ele era o tipo de macho que dominava qualquer ambiente em que entrava sem sequer tentar. Enquanto as horas que seguiram o resgate foram carregadas de emoção para todos os envolvidos, Hunter fora o tranquilo, aquele que se mantivera na periferia e meramente executara suas funções com eficiência estoica.

Mais tarde naquela noite, uma das mulheres tinha sussurrado que ouvira Andreas e Claire conversando reservadamente sobre Hunter. Ela lhe dissera que, aparentemente, num passado não muito distante, ele fora uma espécie de aliado de Dragos. Corinne não tinha como fingir que não reconhecia o ar de perigo que cercava o misterioso guerreiro. Não poderia negar que o pensamento de estar próximo a ele a deixava nervosa, antes e agora.

Não era preciso muito esforço para visualizá-lo sob a forma como ele estivera no complexo havia pouco, com as roupas de combate sujas de sangue e um arsenal de armas terríveis circundando a cintura fina. E era preciso um esforço ainda menor para relembrar a admirável cor dourada de seus olhos e o modo como seu olhar de águia se deteve nela no instante em que a viu.

Por que ele prendera sua atenção tão completamente, ela não conseguia sequer começar a imaginar. Só o que sabia era que se sentira capturada por um olhar penetrante, avaliada de um modo que fez com que se sentisse tanto valorizada quanto exposta.

Mesmo agora, sua pele tinia com a lembrança dessa tomada de consciência.

Estremeceu, apesar de seu corpo não estar nem um pouco frio dentro das dobras quentes do casaco. Depois tentou se livrar daquela sensação, esfregando as mãos sobre os braços para dissipar o formigamento quente e peculiar em suas terminações nervosas.

– Hunter! – Sem pré-aviso, Mira escapou da brincadeira na neve e disparou numa corrida em direção ao terraço. – Hunter, venha aqui com a gente!

Corinne virou a cabeça junto às outras mulheres, acompanhando a disparada de Mira através das portas francesas abertas que davam para a mansão atrás delas.

Hunter estava parado imediatamente dentro das portas envidraçadas.

Já não estava com as roupas pretas sujas dos pés à cabeça; tomara banho e vestia jeans soltos e uma camisa branca para fora da calça que revelava indícios dos *dermaglifos* que cobriam seu peito e tronco. Os pés estavam descalços, apesar da época do ano, e os fios espetados dos cabelos úmidos caíam-lhe sobre a testa.

E ele a observava de novo… observava-a com atenção. Há quanto tempo estaria ali?

Corinne tentou se desviar dele, mas os penetrantes olhos dourados não a libertavam. O olhar não se desviou de Corinne para se concentrar na menina que se aproximava até o último instante, quando Mira se lançou alegremente em seus braços fortes.

Ele a ergueu sem esforço algum, segurando-a na curva do cotovelo e ouvindo enquanto a menina tagarelava animadamente sobre as aventuras do seu dia. Corinne não ouvia o que ela dizia, mas ficou evidente que ele gostava da menina, mantendo a voz baixa, em tons indulgentes.

Nos poucos instantes em que conversou com ela, algo passou por sua expressão inescrutável. Algo que o fez ficar imediatamente imóvel. Lançou mais um olhar na direção de Corinne – um olhar demorado que pareceu atravessá-la – antes de lentamente depositar a menina no chão. Depois se afastou, voltando para o coração do complexo.

Mesmo depois que ele se foi, que Mira voltara a brincar com os cães no jardim cheio de neve e as outras Companheiras de Raça voltaram a conversar, Corinne ainda sentia o calor inquietante dos olhos de Hunter sobre ela.

Ele *vira* o rosto de Corinne Bishop antes, sim.

Não durante o resgate das prisioneiras de Dragos. Tampouco no Refúgio Secreto em Rhode Island, onde ela e as outras prisioneiras libertadas receberam abrigo e proteção.

Não, ele vira essa mulher meses atrás, disso ele agora tinha certeza.

Tal compreensão o atingira como um golpe físico quando erguera a pequena Mira nos braços, havia poucos instantes. Apenas um vislumbre do rosto inocente da criança – dos olhos da jovem Companheira de Raça, que tinham o poder de refletir o futuro – foi o que bastou para lembrá-lo.

Embora lentes de contato produzidas sob encomendabrandassem o dom de Mira, houve uma vez, meses atrás, em que Hunter inadvertidamente olhara em seus olhos espelhados e vira uma mulher implorando por clemência, suplicando para que ele não fosse o assassino que nascera para ser.

Em sua visão, a mulher tentava imobilizar sua mão, pedindo desesperadamente que ele poupasse aquela vida – apenas uma vez, apenas por ela.

Solte-o, Hunter...

Por favor, estou implorando... Não faça isso!

Você não entende? Eu o amo! Ele significa tudo para mim...

Apenas solte-o... você tem que deixá-lo viver!

Na visão, a expressão da mulher se entristecera ao perceber que ele não seria dissuadido, nem mesmo por ela. Na visão, ela gritara com uma angústia de partir o coração no instante em que Hunter soltou o braço da sua pegada e desferiu o golpe final.

Aquela mulher era Corinne Bishop.

Capítulo 5

Seu nome era Dragos, como seu pai antes dele, embora existissem poucos que o conhecessem dessa forma.

Apenas um punhado de associados necessários, seus tenentes naquela guerra promovida por ele mesmo, conheciam sua verdadeira identidade e suas origens. Claro, seus inimigos também o conheciam. Lucan Thorne e seus guerreiros da Ordem o expuseram, obrigando-o a se esconder mais do que uma vez. Mas ainda não haviam vencido.

Nem venceriam, ele garantiu a si mesmo enquanto andava de um lado para o outro no escritório de painéis de carvalho de sua propriedade particular.

Do lado externo das janelas muito bem fechadas bloqueando a luz forte do meio-dia, uma tempestade de inverno rugia. Vento e neve sopravam do Atlântico, açoitando o vidro e sacudindo as telhas conforme chicoteavam por sobre as rochas do seu covil insular. Os pinheiros altos que cercavam sua vasta propriedade assobiavam e gemiam enquanto o temporal soprava para o Oeste, seguindo em direção à terra firme, a poucos quilômetros do rochedo que agora ele chamava de lar.

Dragos se deleitava com a fúria da tempestade do lado de fora. Sentia uma tempestade similar queimando dentro de si toda vez que pensava na Ordem e nos golpes que eles tinham dado em sua operação. Desejava que sentissem o açoite de sua ira, soubessem que, quando ele fosse colher a sua vingança – e isso logo aconteceria –, ela seria sangrenta e absoluta. Não teria piedade, não concederia nenhum tipo de misericórdia.

Dragos ainda ruminava sobre os planos que reservava para Lucan e o, por enquanto, impenetrável complexo secreto em Boston quando uma batida educada soou do outro lado da porta do escritório.

– O que é? – ladrou, o pavio tão curto quanto sua paciência.

Uma de suas Servas Humanas abriu a porta. Ela era bela e jovem, com cabelos loiro-avermelhados e rosto branco de faces rosadas. Avistara-a atendendo mesas numa cidadezinha pesqueira algumas semanas atrás e resolvera que talvez ela se mostrasse divertida em seu covil.

Estava certo.

Dragos se alimentara dela atrás de uma das latas de lixo do restaurante que fedia a tripas de peixe e maresia. A princípio ela se opusera, arranhando seu rosto e chutando-o nos momentos que antecederam a mordida que abocanhara totalmente seu pescoço. Ela emitira uma espécie de grito e tentara dar-lhe uma joelhada nas bolas.

Por isso, ele a estuprara, brutal e repetidamente, com muito prazer. Em seguida, quase a sangrou até a morte e a transformou naquilo que hoje ela era – sua Serva, abnegada, devotada, absolutamente dominada. Ela já não resistia a nada que ele lhe exigisse, pouco importando o quão depravado isso fosse.

A moça entrou no seu escritório com uma inclinação acanhada da cabeça.

– Tenho a correspondência de sua caixa postal em terra firme, Mestre.

– Excelente – ele murmurou, deixando-a entrar com um punhado de envelopes e colocá-los sobre a ampla mesa no meio da sala grandiosa.

Quando ela se virou de frente, sua expressão era neutra, mas receptiva, a marca registrada de um Servo Humano aguardando o comando seguinte de seu Mestre. Caso ele comandasse que se ajoelhasse e o chupasse ali mesmo, ela o faria sem a mínima hesitação. Responderia com a mesma obediência se ele lhe dissesse que apanhasse o abridor de cartas de prata e cortasse a própria garganta.

Dragos inclinou a cabeça e a avaliou, perguntando-se qual dos dois cenários o divertiria mais. Estava para se decidir por um deles quando seu olhar se desviou para um grande envelope de pergaminho sobre a pilha da correspondência sobre a mesa. O endereço do remetente em Boston e a caligrafia à mão na frente do convite prendeu sua total atenção.

Dispensou a Serva com um giro entediado do pulso.

Acomodando-se sobre a almofada macia de sua cadeira de escritório enquanto a jovem saía silenciosamente do ambiente, apanhou o envelope branco e sorriu, resvalando os dedos sobre a escrita caprichada do pseudônimo que recentemente passara a usar nos círculos humanos.

Dragos assumira tantas identidades falsas no decorrer dos seus séculos de existência, tanto entre os seus pares da Raça como entre os humanos, que mal se dava ao trabalho de lembrá-los. Isso já não importava; o tempo de esconder quem ele era, e do que era capaz, praticamente chegara ao fim. Estava tão próximo agora. Pouco importava a mais recente interferência da Ordem. Os esforços deles em impedi-lo eram insignificantes, e tinham chegado tarde demais.

O anúncio da festa em sua mão era apenas mais um passo em seu trajeto até o triunfo. Estivera cortejando o jovem senador do Estado de Massachusetts em boa parte daquele ano, seguindo cada movimento do jovem e ambicioso político e garantindo que os cofres da campanha do senador permanecessem mais do que amplamente abastecidos.

O humano acreditava estar destinado à grandiosidade, e Dragos vinha fazendo tudo o que podia para que ele subisse o mais rápido possível. Até a Casa Branca, se dependesse dele.

Dragos abriu o envelope e deu uma olhada nos detalhes do convite. Seria um evento exclusivo, um jantar dispendioso de angariação de fundos para os colegas lobistas do senador, sem mencionar seus mais influentes – e mais generosos – contribuintes de campanha. Ele não perderia essa festa por nada no mundo. De fato, mal suportaria a espera.

Em algumas poucas noites, viraria a mesa em seu favor, e ninguém seria capaz de impedi-lo de concretizar sua visão. Certamente não os humanos. Eles estariam alheios até o final, exatamente como ele queria.

Tampouco a Ordem seria capaz de impedi-lo. Dragos estava se certificando a respeito naquele exato instante, tendo enviado um dos seus Servos para retirar as armas especializadas de que necessitava para combater Lucan e seus guerreiros naquela nova forma de guerra, e para garantir que ninguém na Ordem ficasse de pé para se colocar em seu caminho novamente.

Ao recolocar o convite do senador na mesa, seu laptop soou com a chegada de um e-mail de serviço grátis não rastreável. *Bem na hora*, pensou, ao clicar e abrir o relatório de seu Servo em campo. A mensagem era simples e sucinta, tal como se esperaria de um antigo militar.

Ativos localizados.
Contato inicial bem-sucedido.
Seguindo para retirada, conforme planejado.

Não havia necessidade de responder. O Servo Humano conhecia os objetivos de sua missão e, por motivos de segurança, o endereço de e-mail já seria desativado na outra ponta. Dragos apagou a mensagem de sua caixa e se recostou na poltrona.

Do lado de fora, a ventania de inverno continuava firme. Recostou-se e fechou os olhos, atento à sua fúria num estado de calma satisfeita, contente em saber que todas as peças de seu plano grandioso finalmente começavam a se encaixar.

Seu nome era Dragos, e logo cada homem, cada mulher, cada criança – da Raça ou dos humanos – se curvaria diante dele como seu chefe supremo e rei.

Tudo mudou.

Esse era o pensamento que vinha martelando na cabeça de Corinne desde o instante em que ela e Hunter chegaram a Detroit, na noite seguinte.

Décadas de aprisionamento nos laboratórios de Dragos fizeram com que se esforçasse para se adaptar às incontáveis mudanças e progressos no mundo que outrora conhecera, desde o modo como as pessoas falavam e se vestiam até como moravam, trabalhavam e viajavam. Desde o momento em que foi solta, Corinne sentiu como se tivesse, de algum modo, deslizado rumo a uma nova realidade, uma estranha perdida num estranho mundo futurista.

Mas nada a atingiu tanto quanto a sensação que teve quando ela e Hunter deixaram o aeroporto num carro fornecido pela Ordem e fizeram o trajeto pela cidade até o Refúgio Secreto de seus pais. O centro vibrante do qual se lembrava já não existia mais. Ao longo do rio, terrenos com espaços abertos agora abrigavam construções – algumas modernas, com luzes acesas nos escritórios elevados; outras pareciam abandonadas havia tempos, negligenciadas e decadentes. Vigorava apenas um punhado de pessoas andando nas ruas, apressadas pela avenida principal, passando pelos corredores escuros de negligência.

Mesmo no escuro, a dicotomia do cenário de Detroit era chocante, inacreditável. Quarteirão a quarteirão, tinha a sensação de que o progresso sorria para uma parte enquanto cuspia em outra.

Não percebera o quanto estava preocupada até Hunter parar o

grande sedã preto diante da propriedade do Refúgio Secreto iluminada pela lua que um dia chamara de lar.

– Meu Deus – sussurrou de seu assento ao lado dele no carro quando o alívio a assolou. – Ainda está aqui. Finalmente estou em casa...

Mas mesmo o Refúgio parecia diferente do que ela se lembrava. Corinne teve dificuldades para se livrar do confinamento do cinto de segurança, ansiosa agora, e mais do que pronta para se libertar das amarras desconfortáveis que Hunter insistira que usasse durante o trajeto. Inclinou-se para a frente, espiando pelo vidro escurecido da janela do passageiro. Sua respiração saiu num suspiro contido enquanto ela espiava além do portão de ferro fundido e da cerca em volta, sabendo que nenhum deles existia da última vez em que estivera em casa.

Seria apenas um sinal dos tempos, perigosos para todos na cidade, ou seu desaparecimento fizera o invencível pai se sentir tão vulnerável que precisara cercar a si e a toda a família atrás de uma espécie de prisão? Qualquer que fosse a causa, sentiu culpa e tristeza ao ver a feia barreira cercando tão belos terrenos.

Por trás da entrada da fortaleza estava a mansão de tijolos vermelhos cujas numerosas janelas acortinadas reluziam com luzes suaves ao fim de um longo caminho de pedras. Os grandes carvalhos ladeando o caminho para carros amadureceram e engrossaram durante sua ausência, os galhos despidos pelo inverno se cruzando uns aos outros muito acima do pavimento como um dossel de braços protetores. Adiante, no meio do gramado da imensa casa ao estilo do Renascimento grego, a fonte de pedra calcária e o poço dos desejos, em que ela e a irmã adotiva, Charlotte, costumavam brincar no calor do verão quando meninas, foram, em algum momento, substituídos por pedras decorativas e uma coleção de plantas.

Na infância, aquela propriedade lhe parecera imensa. Um mundo especial, particular e mágico.

Era terrivelmente triste o quanto considerou aquele mundo algo garantido apenas um punhado de anos mais tarde, como uma jovem teimosa que parecia ter pressa em se afastar de tudo o mais rápido possível.

Agora, desejava voltar com uma necessidade próximo ao desespero.

Corinne levou os dedos à boca, um soluço preso na base da garganta.

– Não consigo acreditar que estou aqui de fato. Não consigo acreditar que estou em casa.

O impulso fez com que segurasse a maçaneta, ignorando o grunhido baixo do companheiro estoico ao seu lado, no banco do motorista. Corinne saltou para fora do veículo e andou poucos passos na direção do portão. Uma rajada de vento frio atravessou o gramado coberto de neve diante dela, esfriando seu rosto e fazendo com que ela se enterrasse ainda mais no casaco de lã grosso.

Às suas costas, sentiu um calor repentino emanar em sua direção e soube que Hunter estava ali. Nem o ouvira saindo do carro para segui-la, devido ao modo como se movia. Sua voz soou baixa e grave:

– Seria melhor permanecer no carro até ser levada em segurança até a porta.

Corinne se afastou dele e avançou para tocar nas barras de metal preto do portão fechado.

– Sabe quanto tempo fiquei afastada? – murmurou. Hunter não respondeu, apenas continuou em silêncio atrás dela. Fechou os dedos ao redor do ferro frio, exalando uma lufada de vapor num sorriso baixo sem humor. – No verão passado, seriam setenta e cinco anos. Consegue imaginar? O tanto de vida que foi roubado de mim. Minha família nessa casa... todos pensam que estou morta.

Doía pensar no sofrimento que seus pais e seus irmãos passaram durante o desaparecimento. Por algum tempo depois de seu sequestro, Corinne se preocupara com a família, em como eles estariam lidando com a situação. Por muito tempo depois da abdução, agarrou-se à esperança de que eles procurariam por ela – que nunca desistiriam de procurá-la até que a encontrassem, especialmente o pai. Afinal, Victor Bishop era um homem poderoso dentro da Raça. Mesmo naquela época, ele já era abastado e com boas conexões. Tinha todos os meios à sua disposição; portanto, por que não revirou toda a cidade e tudo dali até a prisão até que sua filha fosse encontrada e levada para casa?

Era uma pergunta que a corroera todas as horas de sua escravidão. O que ela não soubera então foi que seu sequestrador se dera ao trabalho doentio de convencer à sua família e a todos que a conheciam de que ela já não estava mais viva. Brock, que fora seu segurança durante a infância muito antes de se tornar um guerreiro da Ordem, levara-a para o lago depois que foi libertada e explicara tudo o que sabia sobre seu desaparecimento. Apesar de ter sido gentil com os fatos, não havia como suavizar os detalhes horrendos do que Brock lhe revelara.

– Alguns meses depois de eu ter sido levada, o corpo de uma mulher foi retirado do rio num ponto não muito distante daqui – contou a Hunter baixinho, com repulsa na voz. – Ela tinha a mesma idade que eu, a mesma altura e estrutura corporal. Alguém a vestiu com as minhas roupas, o mesmo vestido que eu estava usando na noite do sequestro. Fizeram outra coisa também. O corpo dela...

– A mulher foi mutilada – Hunter interveio, quando a revolta fez com que lhe faltassem as palavras. Ela o fitou com um olhar questionador. Ele sustentou seu olhar com praticidade. – Brock mencionou seu desaparecimento. Sei que o corpo foi alterado numa tentativa de esconder a identidade da vítima.

– Alterado – Corinne repetiu. Abaixou o queixo, franzindo a testa ao olhar para a mão que trazia a marca de nascença das Companheiras de Raça. – Para convencer minha família de que a defunta era eu, seus assassinos também cortaram suas mãos e seus pés. Até arrancaram sua cabeça.

Bile subiu por seu estômago ao considerar a crueldade – a mais completa depravação – que levaria alguém a fazer tal coisa com outra pessoa.

Claro, as coisas que Dragos fizera com ela e com as outras Companheiras de Raça aprisionadas em seus laboratórios foram apenas levemente menos abomináveis. Corinne fechou os olhos com força ante a massa de lembranças que voou até ela como morcegos saídos da escuridão: celas de concreto úmidas; mesas frias de metal equipadas com algemas de couro grossas inescapáveis, implacáveis. Existiram muitas agulhas e exames. Testes e procedimentos. Dor, fúria e a mais absoluta desesperança.

Os gritos terríveis e agonizantes das loucas e das moribundas, e das que ficaram perdidas em algum ponto no meio disso.

E sangue.

Tanto sangue – o seu e aquele regularmente forçado em sua garganta a fim de que ela, como as outras fêmeas ali, permanecessem jovens e espécimes viáveis para os propósitos distorcidos de Dragos.

Corinne estremeceu, passando os braços ao redor do vazio profundo e frio que parecia atingir seu centro naquele instante. Era uma dor oca, que ela tentava deixar de lado havia muito tempo. Mas que só ficara desde seu resgate.

– Está frio – disse seu estoico acompanhante de Boston. – Seria melhor você retornar para o carro até que eu possa levá-la em segurança para a casa.

Ela assentiu, porém seus pés continuaram imóveis. Agora que estava ali – agora que o momento pelo qual rezara por tanto tempo estava de fato acontecendo –, ela não tinha certeza de ter coragem de enfrentá-lo.

– Eles acreditam que eu esteja morta, Hunter. Durante todo esse tempo, eu não existi para eles. E se tiverem se esquecido de mim? E se estiverem mais felizes sem mim? – A dúvida a esmagava. – Talvez eu devesse ter tentado entrar em contato com eles antes de sair de Boston. Talvez vir até aqui não fora tão boa ideia.

Virou-se de frente para ele, esperando que ele afirmasse em alguma medida que seus medos eram infundados. Desejava ouvi-lo dizer que seu súbito ataque de nervos não passava disso – algo reconfortante que Brock teria dito caso estivesse ali com ela agora. Mas a expressão de Hunter era inescrutável. Seus olhos dourados de águia a encararam, sem piscar. Corinne expeliu um suspiro suave.

– O que você faria se fosse a sua família ali dentro?

Um ombro largo se ergueu de leve sob o pesado sobretudo de couro.

– Não tenho família.

Ele disse isso com a mesma casualidade com que diria que estava escuro no momento. Uma declaração do óbvio. Uma que não convidava a perguntas, mas que, contudo, fez com que quisesse saber mais sobre ele. Era difícil imaginá-lo de qualquer outro modo que não como o guerreiro rígido, quase desapaixonado, diante dela. Difícil imaginá-lo com o rosto suave e arredondado de uma criança em vez dos ângulos afiados dos ossos da face e das linhas retas e implacáveis do maxilar. Era impossível imaginá-lo sem o uniforme de combate preto e o arsenal de facas e armas que reluziam dentro das dobras do longo casaco.

– Você deve ter pais – ela insistiu, curiosa agora. – Alguém deve tê-lo educado?

– Não há ninguém. – Ele olhou para além dela, um momentâneo desviar de olhos. O maxilar ficou rígido, e seus olhos dourados estreitaram e endureceram. – Notaram nossa presença.

Assim que ele disse isso, as luzes de segurança colocadas ao redor da propriedade se acenderam, uma após a outra, iluminando o jardim e a passagem para carros. O brilho era ofuscante, inescapável.

Preocupação se infiltrou nas veias de Corinne quando meia dúzia de homens armados saíram de algum lugar por trás das luzes. Os guardas eram da Raça, claro, e se aproximaram dela e de Hunter com tanta rapidez que Corinne mal conseguiu acompanhá-los.

Hunter não teve esse problema.

Postou-se diante dela num instante, guiando-a para as suas costas com um braço firme mas gentil, ao mesmo tempo em que assumia postura de combate. Não sacou nenhuma das armas quando os seguranças do seu pai avançaram para o portão com ameaça nos olhares, cada um dos seis vampiros brandindo grandes rifles negros, os canos agora apontados para o peito de Hunter.

Corinne não deixou de notar que, mesmo sem a ameaça de uma arma em sua mão, a simples visão de Hunter pareceu fazer com que os seguranças do pai se assustassem um pouco. Nenhum da espécie deles o confundiria com qualquer coisa que não fosse da Raça, e, baseando-se nos olhares coletivos de apreensão ao avaliarem o uniforme militar preto e a frieza letal, eles não precisaram de mais de um segundo para entender também que ele era um integrante da Ordem.

– Abaixem os braços – Hunter disse, sua calma imperturbável soando ainda mais letal do que de costume. – Não desejo ferir ninguém.

– Esta é uma propriedade particular – um dos seguranças conseguiu pronunciar. – Ninguém passa pelo portão sem ser anunciado.

Hunter inclinou a cabeça.

– Abaixem. Os. Braços.

Dois deles obedeceram como por instinto. Quando o outro começou a abaixar o rifle também, um sibilo soou pelo aparelho acoplado ao seu colarinho.

– Mas que diabos está acontecendo aqui, Mason? Relate de imediato!

– Ah, meu Deus – Corinne sussurrou. Reconheceu a voz de barítono no instante em que a ouviu, mesmo elevada pela raiva pouco característica. A esperança a abraçou como se tivesse asas, dizimando todos os seus medos e incertezas. Espiando por trás de Hunter, ela praticamente gritou de alívio: – Papai!

O grupo de guardas não podia parecer mais aturdido. Mas, quando ela tentou passar por Hunter e avançar um passo, um deles levantou o cano do rifle. Hunter colou no portão num segundo – até menos que isso. Corinne observou atordoada quando o guerreiro se colocou diante dela como um escudo vivo de músculos e ossos, determinado e letal.

Ela não sabia dizer como ele conseguira segurar o cano do rifle do guarda com tamanha facilidade, mas num momento o cano de aço estava apontado para ela, e no seguinte estava dobrado num ângulo agudo, preso entre as barras do portão de ferro. Hunter lançou um olhar de alerta para o restante dos homens, e nenhum deles pareceu ávido em testá-lo.

A voz de Victor Bishop ecoou novamente pelo equipamento de comunicação:

– Alguém me diga que diabos está acontecendo. Quem está aí com vocês?

O guarda chamado Mason era alguém que Corinne reconhecia. Ele fizera parte da equipe da casa pelo tempo que se lembrava, um macho da Raça generoso, mas sério, que fora amigo de Brock e costumava apreciar jazz quase tanto quanto ela. Na época, ele costumava pentear os cabelos loiro-acobreados para trás com gomalina. Agora estavam cortados mais curtos, e um boné laranja-claro fazia com que seus olhos arregalados parecessem ainda maiores.

– Senhorita Corinne? – ele perguntou com hesitação, encarando-a com descrença evidente. – Mas... como? Quero dizer, bom Deus... será... pode ser você mesmo?

Ante o assentimento mudo dela, um sorriso se formou em seu rosto. O guarda sussurrou uma leve imprecação ao agarrar o equipamento de comunicação na lapela do casaco e aproximá-lo da boca.

– Senhor Bishop? Aqui é Mason. Estamos no portão de entrada e… Hum, bem, senhor, não vai acreditar nisso, mas estou olhando para um milagre aqui.

Capítulo 6

A fêmea estava segura e sua missão estava encerrada.

Foi o que Hunter disse a si mesmo quando Corinne Bishop foi levada pela equipe de segurança do pai. Os guardas de imediato abriram o portão, em meio a repetidos pedidos de desculpas pelo modo inadvertidamente hostil com que fora recebida. O guarda chamado Mason tinha os olhos úmidos ao fitá-la, a voz partida mal contendo a emoção enquanto ele esfregava a mão no rosto e murmurava sua descrença ao vê-la diante dele. Fazendo os seguranças irem à frente, Mason passou um braço protetor ao redor dos diminutos ombros de Corinne e começou a acompanhá-la pela passagem para carros com piso de pedras.

Hunter ficou para trás próximo ao portão, observando-a a caminho da mansão logo à frente.

A tarefa de entregá-la em segurança em sua casa fora cumprida, o que o libertava para regressar ao aeroporto onde o avião particular da Ordem aguardava para levá-lo de volta a Boston. Num momento, Corinne Bishop estaria abrigada no Refúgio Secreto de sua família e, em poucas horas, ele poderia retomar seus assuntos mais urgentes de perseguir Dragos e o exército de assassinos de Primeira Geração que o serviam.

Todavia, ainda existia a visão de Mira...

Corinne se virou para olhar para ele quando estava mais à frente. Os longos cabelos de ébano eram balançados pelo vento frio, que açoitava as longas madeixas no rosto pálido e na fronte. Os lábios estavam entreabertos como se ela tivesse a intenção de falar, mas as palavras se perderam, sendo encobertas pela respiração que o vento capturou e afastou. Seu olhar se demorou no dele. Hunter sentiu aquele olhar prolongado e atormentado alcançá-lo ao longo da distância que os separava, tão palpável quanto um toque.

Enquanto aguardava que Corinne Bishop fosse guiada para longe, viu o rosto marcado por lágrimas e tomado de desespero da mulher da visão premonitória de Mira. Ouviu sua voz, carregada de medo e angústia.

Por favor, estou implorando...

Eu o amo...

Você tem que deixá-lo viver...

Além da lógica que o lembrava que o dom da criança vidente jamais estivera errado, algo desconhecido instigava Hunter por dentro. O tático furtivo dentro dele foi rápido ao sugerir que a visão era um quebra-cabeça que exigia ser solucionado. O assassino dentro dele o precavia que a premonição de Mira poderia levá-lo a um inimigo a ser descoberto e destruído.

Mas existia outra parte sua que olhava para Corinne Bishop naquele momento, com a beleza suave e a resistência férrea que a transportara para fora do calabouço de Dragos com a coluna ereta, e ele não conseguia imaginar-se como aquele que terminaria por esmagá-la como fizera na visão de Mira.

Sentiu um respeito estranho por ela, pelo que devia ter sofrido nas mãos de Dragos. E, mais estranho ainda para ele, percebeu que não queria ser aquele que provocaria sofrimento e lágrimas em Corinne Bishop.

Era essa parte ilógica, humana demais que o fez desviar o olhar dela e começar a recuar para o carro que o aguardava além do portão. Se partisse agora, seriam grandes as chances de nunca mais seu caminho se cruzar com o daquela fêmea.

Poderia voltar para Boston, e a visão que se danasse.

Quando ele deu os primeiros passos, a porta de entrada da mansão se escancarou em convergência com o som de um grito feminino agudo.

– Corinne! Tenho que vê-la! Quero ver minha filha!

Hunter parou para olhar por sobre o ombro para uma morena atraente que saiu correndo da casa. Ela não perdera tempo em vestir um casaco, tendo, aparentemente, largado o que estivera fazendo e saído apressada, vestindo apenas uma blusa branca de cetim e uma saia justa escura. Os saltos altos batiam e derrapavam conforme ela corria pela passagem de pedras, soluçando ao se apressar na direção dos guardas e de Corinne no meio do caminho.

Corinne se afastou dos outros e correu para encontrá-la.

– Mãe!

As duas mulheres caíram num abraço impetuoso, ambas chorando e rindo, agarrando-se com força enquanto falavam palavras sussurradas e apressadas pontuadas por lágrimas de alegria.

Victor Bishop surgiu apenas um segundo após sua aliviada companheira. O chefe do Refúgio se aproximou em silêncio, o rosto ainda pálido e atordoado sob o luar, as sobrancelhas negras abaixadas sobre os olhos pretos imóveis. Um grito engasgado passou pela garganta do macho da Raça.

– Corinne...

Ela levantou o olhar quando ouviu seu nome, assentindo quando ele se aproximou com cautela.

– Sou eu mesma, papai. Ah, Deus... Nunca pensei que voltaria a vê-los novamente!

Hunter observou o reencontro, ouvindo enquanto o aflito pai de

Corinne tentava entender tudo o que estava acontecendo.

– Não entendo como isto pode estar acontecendo – Bishop murmurou. – Você sumiu há tanto tempo, Corinne. Você estava morta...

– Não – ela assegurou, afastando-se dos braços dele para se deparar com o olhar atordoado. – Fui sequestrada naquela noite. Fizeram com que acreditassem que eu estava morta, mas não estava. Durante todo esse tempo, fui mantida prisioneira. Mas nada disso importa agora. Só estou muito feliz por estar em casa novamente. Jamais acreditei que ficaria livre.

A cabeça de Victor Bishop balançou lentamente. As sobrancelhas se afundaram ainda mais, acentuando a confusão de sua expressão.

– Mal consigo acreditar. Depois de todos esses anos... Como é possível que você esteja aqui diante de nós?

– A Ordem – Corinne respondeu. O olhar encontrou Hunter atrás do agrupamento de seguranças de Bishop. – Devo minha vida aos guerreiros e às suas companheiras. Eles encontraram o local onde eu era mantida. Na semana passada, eles me resgataram e as diversas outras prisioneiras e nos levaram a uma casa segura em Rhode Island.

– Na semana passada... – Bishop murmurou, parecendo surpreso e perturbado. – E ninguém pensou em nos avisar? Deveríamos ter sido informados sobre você de imediato... Deveríamos ter sido informados de que você estava viva, pelo amor de Deus.

Corinne suavemente segurou as mãos dele nas suas.

– Eu não poderia deixar que soubessem de outra pessoa que não eu, pessoalmente. Eu queria ser capaz de ver seus rostos e passar meus braços ao redor de vocês quando lhes contasse o que aconteceu comigo. – Sua expressão se tornou solene, quase pesarosa, um olhar que não passou despercebido por Hunter. – Ah, papai... Há tantas coisas que preciso contar.

Enquanto a mãe de Corinne a abraçava com força e continha outro soluço, o maxilar de Victor Bishop ficou ainda mais tenso.

– E quanto ao seu sequestrador? Bom Deus, por favor me digam que o maldito que a levou de nós está morto...

– Ele será – Hunter respondeu, sua interrupção atraindo os olhos de todos ali reunidos. – A Ordem o persegue mesmo agora. Logo aquele que fez isso já não mais existirá.

O olhar de Bishop perscrutou Hunter dos pés à cabeça.

– "Logo" não é bom o bastante quando minha família corre risco, guerreiro. – Apontou para seus homens. – Tranquem o portão e ativem os sensores perimetrais. Não devemos mais ficar aqui fora. Regina, leve Corinne para dentro. Entrarei logo atrás.

Os seguranças de Bishop se apressaram em cumprir suas ordens. Enquanto a mãe a direcionava para casa, Corinne se soltou e voltou para onde Hunter estava. Estendeu-lhe a mão.

– Obrigada por me trazer para casa.

Ele a encarou por um momento, dividido entre o olhar firme e forte dela e a mão pálida e delicada que se estendia em sua direção, esperando seu cumprimento.

Hunter segurou os dedos delicados.

– De nada – murmurou, tomando o cuidado de não esmagá-la quando sua mão grande devorou a outra muito menor.

Não estava acostumado a contatos físicos, e nunca sentiu nenhuma necessidade de gratidão. Todavia, foi impossível não perceber como a pele de Corinne era macia contra sua palma e as pontas dos dedos. Como veludo quente contra o raspar áspero de sua mão dura e calejada pelo manuseio das armas.

Aquilo não deveria ter significado nenhum, mas, de alguma maneira, a ideia de tocar naquela fêmea lhe despertou todo tipo de interesse nele. Interesse indesejado e injustificado, coisa que ficou ainda mais clara quando as súplicas angustiadas da visão de Mira ecoaram no fundo de sua mente.

Deixe-o ir, Hunter...

Por favor, estou implorando... Não faça isso!

Não consegue entender? Eu o amo! Ele significa tudo para mim...

Ele a soltou, mas o calor dela continuou aninhado em sua palma quando ele cerrou o punho e o abaixou para a lateral do corpo.

Corinne limpou a garganta, depois lançou um aceno leve e girou para voltar para perto de sua mãe. Quando as duas fêmeas começaram a andar para a casa juntas, Victor Bishop surgiu no campo de visão de Hunter, a cabeça virada para observar as mulheres andando pelo caminho para carros. Quando elas já tinham se afastado o suficiente, ele exalou uma imprecação baixa.

– Jamais sonhei que este momento aconteceria – murmurou ao voltar a olhar para Hunter uma vez mais. – Enterramos essa menina há décadas. Ou, ao que parece, quem pensamos que fosse ela. Regina levou muito tempo para deixar de ter esperanças de que o corpo que meus homens puxaram para fora do rio meses mais tarde não era de fato o da filha.

Hunter ouviu em silêncio, observando o rosto de Bishop enrubescer e se contorcer de emoção enquanto falava.

– Perder Corinne quase a destruiu. Regina continuava esperando por um milagre. Ela se ateve àquela esperança por mais tempo do que imaginei ser possível. No fim, ela desistiu. – Bishop passou a mão pela testa crispada e lentamente meneou a cabeça. – E agora... graças a Deus e à Ordem, hoje à noite ela finalmente conseguiu seu milagre. Todos nós conseguimos.

Hunter não reconheceu o elogio, tampouco a mão que o vampiro do Refúgio Secreto mantinha esticada. Manteve os olhos em Corinne enquanto ela e a mãe terminavam o trajeto da comprida passagem para carros, em seguida entrando pela porta da frente da acolhedora casa iluminada logo adiante. Observou até que a porta se fechasse atrás delas e ele tivesse a certeza de que sua protegida temporária estava totalmente transferida para o abrigo dos braços da família.

No silêncio prolongado, Victor Bishop pigarreou e recolheu a mão para o lado do corpo.

– Como posso retribuir o que a Ordem fez hoje?

– Mantenha-a a salvo – respondeu Hunter, e logo se virou, afastando-se de Bishop e seguindo para o carro que o aguardava na rua.

As veias de Lucan latejavam furiosamente enquanto ele estava, junto a diversos membros da Ordem, no laboratório de tecnologia do complexo. Com os cotovelos plantados na beirada da grande mesa de conferência, ele e os outros ouviam enquanto Gideon narrava as descobertas repugnantes a respeito de Murdock, o agente da Agência de Policiamento que fugira da briga na boate particular em Boston na noite anterior e que ainda deveria reaparecer em algum lugar.

– Além das boates de strip-tease que costumava frequentar, Murdock também parecia preferir anfitriões de sangue mais raros, ou seja, muito jovens. Há mais do que uma mancha em seus registros na Agência referente à importunação de humanos menores de idade, e não apenas com a intenção de se alimentar. Há também algumas citações por uso excessivo de força com os humanos e também com a população civil dos Refúgios Secretos. Lembrem-se, isto é apenas o que está em seus registros. Se eu escavar um pouco além da superfície, provavelmente encontraremos uma pilha muito maior de coisas nojentas sobre esse cara.

Gideon invadira e copiara os registros do vampiro do Banco de Dados Internacional de Identificação, que tinha informações sobre quase todos os indivíduos da Raça. Havia exceções, claro, como Lucan e um número incerto de indivíduos das gerações iniciais, nascidos séculos antes que qualquer tipo de tecnologia existisse. Lucan encarava o monitor iluminado onde a fotografia de um macho de cabelos castanhos arrumadinho e com um sorriso forçado demais enchia a tela.

– Quanto à família? Alguém de quem possamos arrancar informações sobre a possível localização do cretino?

Gideon meneou a cabeça.

– Nunca teve uma Companheira de Raça, e não há nenhum registro de família em seu arquivo. Mais uma coisa: Murdock vive aqui nos últimos cinquenta e poucos anos. Antes disso, mais ou menos na época em que seus problemas com garotos e violência foram documentados, ele fazia parte da Agência em Atlanta. Parece que o diretor daquela região pessoalmente recomendou a promoção de Murdock e sua transferência para cá.

Do lado oposto da mesa, vestida com uniforme preto e equipamentos de patrulha como os guerreiros homens ali reunidos, a companheira de Nikolai, Renata, riu com escárnio. Os cabelos escuros na altura do queixo balançaram ao longo da linha do maxilar quando ela se recostou na cadeira e cruzou os braços diante do peito.

– Quer melhor modo de se livrar de um problema do que despachá-lo para algum outro lugar? Vi muito disso nas equipes dos orfanatos em Montreal.

– Parece que esse nojento do Murdock precisa ser neutralizado – Rio disse do lado oposto a Nikolai e Renata. Os olhos de topázio ardiam de desprezo, tornando a teia de cicatrizes que atravessava o lado esquerdo de seu rosto parecer ainda mais selvagem.

Outro dos guerreiros, Kade, assentiu com a cabeça coroada de cabelos negros espetados.

– Uma pena que Hunter e Chase não acabaram com ele na boate ontem à noite. Poderiam ter feito um favor ao mundo.

– Murdock é a ralé – Lucan concordou –, mas, se existe uma possibilidade de ele estar ligado a Dragos ou à sua operação, mesmo que remotamente, então precisamos garantir que ele continue respirando até que forneça o suficiente para nos levar até lá.

– E quanto a Sterling? – Foi Elise quem falou, sua voz titubeante ao se virar para Lucan de seu lugar sentada entre ele e seu companheiro, Tegan. Enquanto o restante do grupo falava sobre suas missões e a nova prioridade de localizar o agente Murdock, Elise se manteve calada, pensativa. Agora ela demonstrava sua preocupação na linha rígida da boca e na tempestuosa cor de lavanda de seu olhar. – Faz quase vinte e quatro horas que ele sumiu. Não temos nenhuma notícia dele?

Por um momento, ninguém disse nada. A ausência de Sterling Chase era o elefante branco na sala, o assunto nas mentes de todos, embora não em suas línguas.

– Nenhuma notícia – Gideon respondeu. – O celular cai direto na caixa de mensagens, e ele não está retornando nenhuma de minhas ligações.

– O mesmo comigo – Dante informou do outro lado da mesa de conferências. De todos os guerreiros, o companheiro de Tess era com certeza o aliado mais próximo de Chase. Pouco mais de um ano atrás, quando Chase entrara na Ordem, ele e Dante não paravam de se provocar. Desde então, ficavam na retaguarda um do outro como amigos e como irmãos. Mas até mesmo Dante parecia duvidar de Chase agora.

– Tentei falar com ele pouco antes de a reunião começar, mas não obtive resposta. Harvard está nos evitando pra valer desta vez.

– Isso não se parece em nada com ele. – Elise voltou-se para Tegan quando ele se esticou para segurar sua mão. – Ele é responsável demais para simplesmente sumir assim sem dar explicações.

– Será? – A pergunta de Tegan foi gentil, mas havia tensão em seu maxilar, uma aguda demonstração de proteção, ao fitar sua Companheira de Raça atormentada. – Sei que quer acreditar no melhor de Chase, mas você precisa encará-lo com olhos francos agora. Você o viu ontem à noite, Elise. E me contou como ele agiu com você na capela. Aquele era o Chase que você acha que conhece?

– Não – ela respondeu suavemente, os olhos abaixados quando balançou lentamente a cabeça loira.

Mais cedo naquele dia, Elise contara a todos sobre seu confronto com Chase nos momentos que antecederam sua partida do complexo, como ele a atacara verbalmente, tomado de ira e aspereza. Lucan se irritara ao ouvir todo o relato, mas não mais do que Tegan. O outro Primeira Geração ainda vibrava com irritação palpável em reação às ações de Chase, a despeito de como lidava com os sentimentos de sua amada companheira em relação a seu antigo parente.

– Eu não deveria tê-lo abordado – Elise murmurou. – Sabia que estava atormentado. Devia ter me afastado e o deixado em paz. Foi isso o que ele me pediu que fizesse. Eu não deveria ter forçado...

– Ei – Tegan disse, gentilmente erguendo seu queixo com as pontas dos dedos. – Você não o empurrou para fora daquela porta ontem à noite. Ele foi porque quis. – Tegan olhou para Lucan. – Vamos encarar os fatos: Harvard está andando em gelo fino já há algum tempo. Talvez seja hora de começarmos a olhar para ele objetivamente. Hora de parar de arranjar desculpas para Chase e reconhecer o que, tenho certeza, mais de um de nós está pensando a seu respeito ultimamente.

Lucan entendeu o significado do olhar deliberado de Tegan e na declaração que pairava sobre a sala como uma mortalha fúnebre. Inferno, como poderia confundir a opinião de Tegan, considerando sua própria história recente e a batalha que travara não tanto tempo atrás para resistir e não cair como vítima da fraqueza que afligia toda a Raça?

– Sede de sangue – constatou Lucan, sério perante a ideia. Relanceou para os rostos de seus irmãos de Raça sentados ao redor da mesa, mais ciente do que qualquer um deles, exceto Tegan, do que significava ser um viciado na sede. Uma vez que um vampiro pisava nesse caminho, o declínio era rápido. Um mergulho vertical sem volta. – Sem querer ofender, T., mas espero que esteja enganado.

O olhar de Tegan permaneceu firme, certo demais.

– E se eu não estiver?

Quando ninguém mais preencheu o silêncio, Dante sibilou uma imprecação.

– De todo modo, precisamos arrastar o traseiro de Harvard de volta ao complexo e colocá-lo na linha. Alguém precisa dizer a ele que dê um jeito naquela cabeça antes que seja tarde demais. Eu mesmo posso socar isso dentro dele pessoalmente, se for necessário.

Lucan queria concordar com o argumento de Dante, mas se viu meneando a cabeça quanto mais pensava a respeito.

– Chase sabia o que estava fazendo quando saiu daqui. E, se não sabia, então está claro que a esta altura já sabe. Temos problemas maiores com que lidar do que limpar mais uma das asneiras de Harvard. Ele saiu sem permissão, e isso logo depois de uma missão que poderia ter resultados ainda piores caso Hunter não o estivesse acompanhando na patrulha. Não esqueçamos que Chase fracassou em manter Lázaro e Christophe Archer a salvo durante o resgate de Kellan na semana passada. Ele anda metendo os pés pelas mãos a torto e a direito. Francamente, está se mostrando um ponto fraco.

– Posso ir atrás dele, tentar trazê-lo de volta – Dante insistiu. – Cristo, Lucan, o que é isso... Ele provou ser firme no combate. Salvou meu traseiro mais de uma vez, e fez muitas coisas boas para a Ordem desde que subiu a bordo. Não acha que merece o benefício da dúvida?

– Não se o seu comportamento colocar em risco os objetivos da Ordem – Lucan revidou. – E não se a presença dele aqui arriscar a segurança do complexo ou qualquer um dentro destas paredes. Como Tegan disse, ninguém expulsou Chase do grupo. Ele saiu daqui por vontade própria.

Dante o encarou num silêncio severo, junto aos demais sentados ao redor da mesa.

Esta não era uma decisão que Lucan queria tomar, mas ele era o líder e, no fim, sua palavra era a lei. Nenhum dos guerreiros discutiria o assunto novamente. Nem mesmo Dante, que se recostou no assento e murmurou uma imprecação baixa.

Lucan pigarreou.

– Agora, voltando a Murdock...

Antes que ele conseguisse terminar o pensamento, as portas de vidro do laboratório de tecnologia sibilaram ao se abrirem, e a companheira de Rio, Dylan, entrou apressada. Seu rosto salpicado por sardas estava pálido em contraste com a cor afogueada dos seus cabelos; os olhos, arregalados de pânico.

– Tess me mandou – ela disse de pronto, derrapando ao parar. – Ela está na enfermaria. Precisa de ajuda, rápido!

Dante saltou da cadeira.

– Ah, cacete. É o bebê?

– Não. – Dylan meneou a cabeça. – Nada disso, Tess está bem. É Kellan Archer. Tem alguma coisa errada com ele... Muito errada. Ele está com muita dor. Não conseguimos fazê-lo parar de ter convulsões.

A reunião se encerrou com uma movimentação rápida, Lucan e Dante na dianteira. Todos foram para a enfermaria na ponta extrema do corredor.

Dylan não exagerara quando disse que a situação com o jovem Kellan Archer estava ruim. O jovem da Raça estava dobrado ao meio no seu leito na enfermaria, agarrando o abdômen e gemendo em evidente agonia.

– Sua náusea começou a piorar meia hora atrás, mais ou menos – Tess informou ao grupo formado no quarto. O avô de Kellan, o civil de Primeira Geração Lázaro Archer, estava num dos lados do leito; Tess, do outro. A mão dela estava pousada de leve nas costas do adolescente quando outra convulsão atravessou seu corpo.

– O que há de errado com Kellan? – perguntou a pequena Mira, que estava ao lado da companheira de Gideon, Savannah. A menina segurava um livro aberto ao encontro do peito, como se estivesse lendo-o pouco antes. Seus olhos estavam arregalados e ansiosos. – Ele vai ficar bem?

– Kellan está com muita dor de barriga – Savannah lhe disse, olhando de Gideon para Lucan ao afastar a menina da cama. Ela falava e se movia na mais absoluta calma, mas seus olhos castanho-escuros estavam sérios de preocupação.

O fato era que ninguém sabia o que havia de errado com Kellan Archer. Em vez de se recobrar depois de ter sido sequestrado e torturado por ordem de Dragos, ele parecia estar enfraquecendo. Precisava se alimentar, isso era certo, mas ainda não estava em forma para se aventurar no mundo externo e encontrar uma anfitriã.

Já era ruim o bastante que Lucan tivesse sido obrigado a abrir o quartel-general para Lázaro Archer e seu neto depois que Dragos aniquilara o Refúgio Secreto deles, dizimando todos os seus parentes. Se as coisas não melhorassem para Kellan logo, Lucan teria que quebrar mais uma regra do complexo e trazer uma humana ali para alimentar o rapaz.

Renata esticou o braço para segurar a mão de Mira.

– Venha, ratinha. Por que você não vem comigo e com Savannah um tempinho? Podemos voltar quando Kellan estiver se sentindo melhor, combinado?

Mira assentiu, mas manteve a cabeça virada na direção do jovem que sofria na cama até as duas Companheiras de Raça a tirarem do quarto. Assim que saíram, o jovem vampiro se dobrou ainda mais num espasmo, a saliva escorrendo por sua boca aberta.

– Por favor – Lázaro disse. – Por favor, façam algo para ajudar meu menino. Ele é tudo o que me resta agora...

Um gemido horrível escapou da garganta do jovem da Raça. Ele engasgou e ofegou; depois, içando o tronco, inclinou-se ao longo do leito e começou a vomitar. Um jorro de líquido escapou de sua boca enquanto ele se inclinava mais e vomitava de novo.

Dante avançou e tirou Tess do caminho, protegendo-a ao seu encontro. Dylan e Rio se apressaram em pegar toalhas de papel enquanto

Elise se aproximava para amparar o rapaz e ajudá-lo a se limpar.

Ele continuou vomitando, espasmos prosseguindo mesmo depois de seu corpo ter expelido o pouco que tinha a dar. Ele tentou falar, um gemido envergonhado de desculpas, mas só conseguiu pronunciar um som rouco.

– Shhh – Elise sussurrou, alisando os cabelos úmidos quando ele se despejou no colchão. – Está tudo bem agora, Kellan. Não se preocupe com nada mais a não ser se sentir melhor.

Dylan estava ajoelhada, limpando a sujeira no chão, enquanto Rio tirava a coberta e o lençol sujos. Lucan ouviu Dylan arquejar e viu quando ela ficou subitamente imóvel ao lado da cama de Kellan Archer.

– Hum… Rapazes? – Ela se levantou com um punhado de papel toalha molhado na mão. – Acho que sei o que estava deixando Kellan enjoado.

Lucan encarou, com uma sensação de náusea crescente, enquanto Dylan estendia o fardo úmido e sujo. No meio dele havia um disco prateado do tamanho de uma moeda.

– Ah, Cristo. Mas que porra – Gideon murmurou. Seu rosto estava pálido quando ele estendeu a mão para retirar o objeto do seu ninho úmido de cuspe e ácido gástrico. – Não acredito nisso. Filho da puta!

– O que é isso? – Tegan perguntou, sério como o restante deles.

– É um chip de GPS – Gideon respondeu. – Um maldito aparelho de rastreamento. – Passou uma mão pelos cabelos e se virou para Lucan. – Fomos expostos.

Lucan exalou fundo, a magnitude do seu erro atingindo-o como um trem de carga desgovernado no meio do peito.

Agora tudo fazia sentido. O sequestro de Kellan Archer. O resgate fácil demais. O ataque simultâneo ao Refúgio Secreto dos Archer – um ataque tão completo que garantia que o rapaz não teria nenhum outro lugar para ir a não ser para as instalações da Ordem.

Dragos encenara a coisa toda com esse propósito.

Agora ele sabia onde eles moravam. Já sabia havia dias, desde que Lucan tomara a decisão de permitir civis no lar da Ordem.

A única pergunta que ainda restava era quanto tempo tinham até que Dragos e seu exército caseiro de assassinos levassem a guerra até os portões de entrada da mansão.

Capítulo 7

– Está com fome, querida? Pedi a Tilda que preparasse algo gostoso para você, mas se quiser comer alguma coisa antes que o jantar fique pronto, peça que irei pegar para você. Qualquer coisa que desejar…

– Estou bem. – Corinne se afastou da janela do cômodo ao qual fora levada havia pouco tempo, depois que a mãe a acompanhara para dentro da casa e o pai desaparecera dentro do escritório com Mason e os demais seguranças do Refúgio Secreto.

Toda a atenção e os cuidados estavam deixando Corinne pouco à vontade. Agora que estava em casa, só o que queria eram alguns momentos de privacidade com os pais. Tempo para lhes dizer quantas saudades sentira da família… e quão desesperadamente necessitava da sua ajuda.

Quando a mãe começou a se perguntar em voz alta se deveria ligar para a cozinha para que levassem uma bandeja de comida até o quarto, Corinne se aproximou dela e a segurou pelas mãos.

– Estou bem, de verdade. Por favor, não precisa sentir que tem que me mimar assim.

– Mas não consigo evitar. Sabe quantas vezes rezei pela chance de mimá-la novamente? – A pele de Regina estava úmida e fria, os dedos trêmulos ao segurar os de Corinne com insistência. Lágrimas se avolumavam em seus olhos. – Bom Deus, você está mesmo aqui? Estou olhando para você... sinto você, viva e linda como sempre, mas mal consigo acreditar que isso esteja acontecendo. Vivemos um pesadelo depois do seu desaparecimento.

– Eu sei – Corinne reconheceu com suavidade. – Lamento tudo pelo que vocês também passaram.

– Lottie chorou durante semanas depois que você desapareceu. Ela ficará tão feliz quando souber que você está em casa novamente.

Corinne sorriu com o pensamento de reencontrar sua irmãzinha. Apesar de ambas terem nascido com a marca das Companheiras de Raça, ela e Charlotte não eram parentes de sangue. Todavia, foram ferrenhamente devotadas uma à outra – talvez ainda mais do que se fossem irmãs de sangue, tendo nascido negligenciadas e abandonadas quando pequenas, só para se tornarem uma família como tuteladas dos Bishop.

– Ela está aqui, mãe?

– Ah, não, querida. Charlotte tem o seu próprio Refúgio Secreto em Londres, com seu companheiro e dois filhos. Na verdade, o mais novo dela e a sua Companheira acabaram de comemorar o nascimento do primeiro filho há poucas semanas.

Corinne sentiu certa tristeza em seu íntimo. Cinco anos mais nova que Corinne, Lottie ainda era uma adolescente desajeitada na época do sequestro. Agora era uma adulta com um companheiro e filhos também adultos. Corinne devia estar feliz pela irmã; no íntimo, ela estava. Mas as novidades só enfatizavam o fato de que o tempo marchara célere enquanto Corinne estivera fora.

Ainda mais doloroso era o lembrete de todas as coisas que perdera – as coisas preciosas que tinham sido tiradas dela – enquanto Dragos a mantivera aprisionada. Agora que estava ali, de volta à casa dos pais, podia colocar todas as energias em reclamar para si as peças de sua vida interrompida.

– Não vi Sebastian quando cheguei – comentou, lembrando-se do jovem da Raça estudioso e lindo que fora sempre tão paciente com suas irmãs adotivas. Ele contava vinte anos quando Corinne fora sequestrada. Agora, provavelmente, devia ser líder de seu próprio Refúgio Secreto, com uma bela Companheira de Raça e meia dúzia de filhos também.

O longo silêncio antes de sua pergunta ser respondida fez com que Corinne inspirasse fundo de ansiedade.

A boca de Regina Bishop tremulou.

– Claro, você não teria como saber. Perdemos Sebastian para a sede de sangue há mais de quarenta anos.

Corinne fechou os olhos.

– Oh, Deus. Não o nosso doce Sebastian.

– Eu sei, querida. – A voz da mãe era baixa, ainda carregada de sofrimento pela perda do filho já há tantas décadas. – Sebastian mudou nos anos depois de seu desaparecimento. Sabíamos que ele enfrentava uma batalha, que sua sede o consumia, mas ele se afastou de nós. Tentou esconder seus problemas, não aceitou nossa ajuda. Em uma noite, ele se envolveu numa terrível matança na cidade. Quando voltou para casa, estava coberto de sangue. Nenhum de nós conseguiu falar com ele. Ele já havia se tornado um Renegado, perdido demais para ser salvo. E sabia disso. Sebastian sempre foi tão perceptivo, tão inteligente e sensível. Trancou-se no escritório do pai. Ouvimos um tiro um momento depois.

– Sinto muito. – Corinne a abraçou, sentindo a angústia quando a mulher mais velha refreou um soluço. – Deve ter sido horrível.

– Foi. – Olhos tristes depararam-se com o seu olhar quando ela se afastou do abraço da mãe. – Até ter perdido um filho – e, até esta noite, pensei que tinha perdido dois –, ninguém consegue imaginar a sensação de vazio dentro de nós.

Corinne não disse nada, sem saber como responder àquilo. Ela carregava o próprio vazio, e suportava sua perda mesmo agora. Uma perda que a tinha levado para casa, ainda mais do que suas necessidades egoístas de conforto e da proteção dos braços da família.

– Você deve reconhecer este quarto, não? – a mãe perguntou abruptamente, enxugando os cantos dos olhos.

Indiferente, porém contente com a distração momentânea, Corinne observou o ambiente. Seu olhar passou pela elegante cama de cerejeira escura, a cômoda e o baú antigos que ainda lhe pareciam tão familiares, a despeito de todos aqueles anos. A roupa de cama e as cortinas estavam diferentes. Assim como as paredes, não mais recobertas por seda brilhante cor de pêssego, mas pintadas num tom suave de cinza.

– Este costumava ser meu quarto.

– Ainda é – Regina respondeu com alegria forçada na voz. – Podemos deixá-lo exatamente como era antes, se preferir. Começando amanhã mesmo, querida. Eu a levarei para comprar roupas novas, e podemos agendar um horário com o decorador para modificar o quarto inteiro, do teto ao chão. Vamos arrumar tudo, e parecerá que você não esteve nem um dia sequer afastada. Tudo pode ficar exatamente como era antes, Corinne. Você vai ver.

Corinne mal notava que meneava a cabeça até perceber a expressão abatida da mãe.

– Nada poderá jamais ser o mesmo. Está tudo diferente agora.

– Daremos um jeito, querida. – A mãe assentiu, como se apenas sua certeza fosse suficiente para isso. – Você está em casa agora, e isso é o mais importante. Nada do resto importa.

– Sim – Corinne murmurou. – Importa. Coisas aconteceram enquanto fiquei afastada. Coisas terríveis que preciso lhe contar. A você e a papai…

Ela não queria despejar tudo daquela maneira. Sua intenção era se sentar com ambos os pais e gentilmente lhes contar as circunstâncias de seu cativeiro da melhor forma possível. Agora sabia não existir uma maneira graciosa de revelar a verdade, enquanto observava o horror tomar conta do belo rosto de Regina Bishop.

As duas poderiam passar por irmãs em público, ambas jovens, visto que o processo de envelhecimento as detinha na casa dos trinta anos de idade. Isso acontecia com todas as Companheiras de Raça, devido às características genéticas e ao poder de vida eterna encontrado no sangue de um macho da Raça. Corinne estivera desaparecida por mais de setenta anos, deliberadamente mantida jovem e viável porque era isso que interessava a seu captor.

Regina Bishop enxergava essa verdade agora; Corinne notou-a absorvendo essa percepção, como se a mãe não tivesse olhado atentamente para ela até aquele exato instante.

– Conte-me – ela sussurrou. – Conte o que aconteceu com você, Corinne. Por que alguém haveria de querer feri-la?

Corinne sacudiu de leve a cabeça.

– Por que alguém haveria de querer ferir qualquer uma das Companheiras de Raça que estiveram aprisionadas comigo? Insanidade, talvez. Maldade, por certo. É o único modo de explicar as coisas que ele fez. As torturas e os experimentos...

– Oh, querida... – Regina lamuriou-se, as palavras perdidas no ruído sufocado de sua respiração. – Todo esse tempo? Durante todos esses anos você sofreu tais coisas? Até o fim?

– Éramos usadas com um objetivo específico – Corinne respondeu, a voz parecendo dura até para seus próprios ouvidos. – Aquele que nos levou, que nos trancou numa cela escura e nos tratou pior do que gado, precisava de nossos corpos para criar seu exército. Não éramos apenas prisioneiras. Ele também tinha outra coisa lá, uma criatura sobre a qual eu ouvira apenas nas histórias que Sebastian usava para assustar a mim e a Lottie.

O rosto da mãe perdeu toda a cor.

– O que está dizendo?

– Havia um Antigo aprisionado conosco nos laboratórios também – ela disse, falando acima do arquejo de Regina Bishop. – Nosso captor também o usava em experimentos. E o usava para procriação, para ser o progenitor dos vampiros de Primeira Geração que foram criados para o serviço, a escravidão, melhor dizendo, do louco que nos controlava a todos.

Por um longo instante, a mãe simplesmente a fitou, muda e pálida. Uma lágrima rolou por sua face quando a compreensão se completou.

– Oh, minha querida criança...

Corinne pigarreou. Chegara até ali; precisava contar o resto.

– Lutei todas as vezes que pude, mas, no fim, eles eram mais fortes. Demorou muito tempo, mas por fim... há treze anos, pelo que posso estimar, conseguiram o que quiseram de mim. – Ela teve que inspirar fundo para continuar. – Enquanto estive naquelas horrendas celas do laboratório, dei à luz um filho. Eu tenho um filho no mundo em algum lugar. Ele foi tirado de mim poucas horas após o nascimento. Agora que estou livre, pretendo trazê-lo de volta.

Alguma coisa estava errada.

Enquanto estacionava o carro no hangar particular da Ordem no aeroporto, Hunter continuava a pensar no reencontro de Corinne com a família em seu Refúgio Secreto. Perguntava-se por que seus instintos de predador davam voltas em torno de Victor Bishop tal qual um cão de caça numa trilha quase sem rastro.

Quase.

Algo na reação de Bishop a respeito do reaparecimento de Corinne não parecia verdadeiro. O macho da Raça parecera chocado, por certo, e evidentemente emocionado ao ver a jovem que estivera morta para a família durante todo aquele tempo.

Assim como qualquer líder de um refúgio, Bishop se mostrara

notavelmente preocupado com a segurança imediata de seu lar e seus moradores. Estava precavido e protetor, tudo isso esperado. Contudo, Hunter detectara algo mais em Bishop, algo que parecia ir mais fundo do que sua expressão externa de perplexidade e alívio com o inesperado regresso de Corinne.

Havia um distanciamento no olhar de Victor Bishop enquanto ele olhava para a filha. Havia uma hesitação no homem, uma pontada de distração em seu comportamento, mesmo ao abraçá-la e lhe dizer que era um alívio vê-la novamente. Victor Bishop estava escondendo alguma coisa. Ocultava algo de Corinne, disso Hunter tinha certeza.

Mas, pensando bem, quem era ele para julgar alguma demonstração de afeto?

Fora criado para lidar com lógica e fatos, não com sentimentos. Seus instintos foram afiados visando furtividade e combatividade, perseguição e destruição de qualquer alvo designado. Nessas coisas, ele era um perito. E eram elas que o aguardavam em Boston – tanto na perseguição do agente da Agência de Policiamento que fugira da boate em Chinatown como na descoberta da localização de Dragos e de seus inúmeros assassinos domésticos.

Mas ainda assim...

A suspeita incomodava Hunter quando ele saiu do veículo e caminhou em direção ao jatinho particular dentro do hangar. À frente dele, nos degraus abaixados do Cessna, um dos pilotos saiu e o cumprimentou com um sorriso educado.

– Senhor Smith – murmurou o humano. Ele e seu copiloto faziam parte de uma discreta frota a serviço da Ordem de modo permanente. Hunter não conhecia os detalhes, a não ser que os humanos que operavam os jatos particulares exclusivamente para a Ordem eram excelentes e recebiam uma boa soma para não fazerem perguntas a respeito da clientela tipicamente noturna. – Temos permissão para taxiar e decolar assim que estiver pronto.

Hunter deu um leve aceno de compreensão, os instintos ainda o incomodando quando ele apoiou o pé no primeiro degrau. Foi então que entendeu.

Algo que Victor Bishop dissera.

E quanto ao seu sequestrador?, ele exigira saber de Corinne.

Bom Deus, por favor me digam que o maldito que a levou de nós está morto...

Apesar de nem Corinne nem Hunter terem mencionado nenhum detalhe sobre onde ela estivera ou sobre quem a mantivera presa, Victor Bishop falou como se soubesse que a culpa por seu sequestro era de um único indivíduo.

Um indivíduo que deixava o líder do Refúgio Secreto visivelmente ansioso. "Paranoico" era a palavra que saltava à mente de Hunter quando ele se lembrava das ordens apressadas que fizeram os guardas de Bishop correrem para proteger a propriedade e escoltar sua companheira e Corinne de volta à mansão. Agora que Hunter pensava sobre isso, Victor Bishop agia como um homem prestes a ser encurralado.

A pergunta era: por quê?

– Algo errado, senhor Smith?

Hunter não respondeu. Girou na escada do avião e atravessou o piso de concreto do hangar, as botas ecoando com força a cada longa passada. Voltou para o carro e ligou o motor.

O sedã preto rugiu à vida e os pneus cantaram quando ele afundou o pé no acelerador, retornando para confrontar Victor Bishop e quaisquer segredos que estivesse escondendo.

Capítulo 8

Corinne estava sentada com a mãe à mesa de jantar, observando um tanto distraída enquanto Tilda trazia o último dos pratos da cozinha do refúgio. A comida tinha uma aparência maravilhosa, o aroma era ainda melhor, mas ela estava sem apetite. Seu olhar ficava se desviando na direção do vestíbulo adjacente logo além da sala de jantar, para as portas fechadas do escritório de seu pai.

– Tenho certeza de que ele terá terminado daqui a pouco, querida. – Regina sorriu da cadeira à sua direita. – Ele não gostaria de nos fazer esperar, deixando que a deliciosa comida de Tilda esfrie.

À cabeceira da mesa, a cadeira do pai continuava vazia. Um lugar fora colocado para ele, mas o prato e as taças de cristal estavam ali apenas para seguir a tradição; nenhum membro da Raça consumia comida ou bebida humana. Corinne não fez menção de começar a comer. Encarou a cadeira de mogno vazia, tentando, com a força do pensamento, afastar Victor Bishop de seus negócios e de seu posto de provedor – e protetor – da família.

– Que tal se começarmos com um pouco de sopa? – Regina sugeriu, levantando a tampa da grande terrina de prata que estava na mesa entre elas. Mergulhou uma concha, depois serviu a sopa para Corinne. – O aroma não está delicioso? É um *consommé* muito delicado de carne com chalotas e cogumelos selvagens.

Corinne sabia que a mãe só estava tentando cuidar dela, trazer uma sensação de normalidade para uma situação que nada tinha de normal. Olhou para seu prato de porcelana servido com a sopa saborosa de legumes, e desejou gritar.

Não conseguiria comer agora. Não conseguiria fazer nada até que conversasse com o pai e o ouvisse garantir que ninguém – nem mesmo um monstro sádico como Dragos – a manteria afastada de seu filho. Até que tivesse ouvido essas palavras e conseguisse acreditar que seria possível encontrar o filho e trazê-lo de volta, nada mais importava.

– Talvez eu devesse conversar com ele no escritório – disse, já afastando a cadeira da mesa e se levantando.

A mãe abaixou a colher, as sobrancelhas delicadas se unindo.

– Querida, o que há...

Corinne saiu da sala de jantar e atravessou o vestíbulo, as mãos se retorcendo de ansiedade nas laterais do corpo a cada passo.

Ao se aproximar das portas fechadas do escritório particular de Victor Bishop, o som de vidro se quebrando soou lá dentro.

– Pai? – Preocupada, Corinne apoiou a palma contra o painel lustrado de madeira e bateu à porta algumas vezes. Batidas hesitantes, cheias de pânico, um medo súbito e sombrio assolando-a. Mais sons de briga emanavam de dentro – papéis caindo, um grunhido abafado. – Papai, está tudo bem?

Ela tentou a maçaneta. Destrancada – ainda bem. A mãe e um par de seguranças do pai, Mason e outro macho da Raça, estavam logo atrás quando ela abriu a porta e entrou.

Para sua surpresa – e mais completa confusão e descrença – Victor Bishop fora jogado de costas na superfície de sua mesa, agora se esforçando para respirar debaixo da pegada esmagadora da mão enorme que o prendia como um torno pela garganta. Quem atacava seu pai era a última pessoa que Corinne esperava ver novamente.

– Hunter – ela sussurrou, incrédula, aterrorizada.

Sua mãe guinchou o nome de Victor e logo soltou um soluço sentido.

Atrás de Corinne, Mason e o outro guarda mudaram de posição com cautela. Ela sentia a tensão, sentia os dois machos da Raça medirem suas chances de sacarem as armas e desabilitarem a ameaça imprevista. Jamais conseguiriam.

Corinne viu a verdade no rosto impassível de Hunter. A expressão daqueles olhos dourados era gélida, letal, tranquila. Percebeu imediatamente que tirar a vida de alguém não era algo que faria aquele guerreiro titubear. Ele só precisava apertar a pegada: apenas uma simples flexão dos dedos fortes e ele arrancaria a vida de seu pai num segundo.

A preocupação de Corinne a perfurou, e, num instante de medo e preocupação, sentiu uma corrente de poder se agitar dentro dela. Era seu dom surgindo silenciosamente, o zumbido baixo de uma energia audiocinética que a possibilitava captar qualquer som e manipulá-lo a amplitudes ensurdecedoras. Ele formigava nela agora, aguardando, pronto. Mas ela não podia arriscar. Não com a garganta do pai aprisionada daquela maneira na pegada de Hunter.

Quando Mason se aproximou minimamente, mais desejoso do que ela em testar a intenção de Hunter, Corinne o deteve com um leve meneio da cabeça.

Estava atordoada, confusa. O que Hunter fazia novamente no Refúgio Secreto? Ela não precisava se perguntar como ele entrara. As cortinas pesadas das portas francesas do escritório se agitavam com a brisa invernal vinda de fora. Ele entrara sorrateiramente, um invasor com um único propósito – um único alvo – em mente.

– Por quê? – ela murmurou. – Hunter, do que se trata isso?

– Conte a ela. – Ele retornou o olhar implacável para seu pai. Victor Bishop gaguejou, tentando agarrar a pegada inflexível em sua garganta, mas era inútil. Seus músculos relaxaram, a cabeça caiu para trás na mesa com um gemido cheio de saliva e desesperançado. Hunter mal piscou. – Conte a verdade ou eu o matarei aqui e agora.

A pulsação de Corinne latejava nas têmporas, o medo revirava suas entranhas. Ela não sabia o que despertava preocupação maior – a ameaça letal ao macho da Raça que a criara ou o temor que a cutucava nas laterais da mente ao olhar para Hunter e reconhecer que ele não era um macho que agiria levianamente.

Não, ele não era outra coisa a não ser deliberado. Não o conhecia há muito tempo, mas Hunter se portava com uma reserva tranquila e capaz que não deixava espaço para irracionalidade e equívocos.

O fato de seu pai estar na mira da ira do guerreiro deu um nó em suas entranhas. Teve a consciência instintiva e profunda de que seu mundo estava prestes a rachar diante dela. Não acreditava que suportaria isso, não depois de tudo pelo que passara. Não depois de tudo a que sobrevivera.

– Não – disse, querendo negar o sentimento que já a inundava. Aferrou-se a essa negação, mesmo ela parecendo tão frágil quanto um fio em sua mão. – Por favor, Hunter... Não faça isso. Por favor, deixe-o ir.

Ele inclinou a cabeça de leve em sua direção quando ela falou. Algo peculiar reluziu no seu olhar, um instante de distração. Talvez um momento de dúvida? Mas ele não fez menção de liberar seu pai. Em seguida, suas sobrancelhas se abaixaram numa leve carranca.

– Ele sabe o que aconteceu com você na noite do seu desaparecimento. Sempre soube que você foi sequestrada, e por quem. E sabe muito mais do que isso.

– Não. É impossível. – Sua voz soava tão baixa, um pouco mais do que ar passando por seus pulmões. Sentiu o fio da negação começar a se romper em suas mãos. – Você está errado quanto a isso, Hunter. Está cometendo um erro terrível. Papai, por favor... diga a ele que ele está errado...

Victor Bishop pareceu desinflar ainda mais naquele instante. Ele estava suando, tremendo, reduzido a um estado de fraca sujeição sob a força inexorável. O belo rosto que costumava instilar tanto conforto em Corinne quando criança agora afundava, rubro e brilhante com gotas de transpiração. Os olhos se detiveram nos seus, e em seguida ele gaguejou algo que soou como um fraco pedido de desculpas.

Corinne ficou entorpecida, sentindo todo o sangue sumir de sua cabeça e membros. O peso se acomodou em seus pés, quase a derrubando de joelhos. O ar ao redor de Mason e do outro segurança se tornou palpavelmente tenso, ambos os machos esperando que a situação ou explodisse ou se dissolvesse.

Ao seu lado, Corinne sentiu o corpo da mãe estremecer, tão desestabilizado quanto o dela.

– Victor, você não teria como saber essas coisas – Regina insistiu. A mão pálida pairou sobre a boca, tão delicada quanto um pássaro até cair, voltando para junto do corpo. – Você sofreu quando esta menina desapareceu. Ficou de coração partido, como o restante de nós. Você não poderia ter fingido aqueles sentimentos. Somos ligados pelo sangue, eu teria sabido se você não fosse sincero.

– Sim – ele disse num grasnido. Corinne observou os tendões na mão grande de Hunter relaxarem, mas apenas o bastante para permitir um mínimo de liberdade. Victor Bishop ainda estava preso, ainda completamente à mercê do guerreiro. – Sim, Regina, eu sofri. Fiquei despedaçado quando ela sumiu. Eu teria protegido minha família de todos os modos. É o que fiz, na verdade. Eu só estava tentando proteger o que restava da minha família; portanto, não me restava alternativa a não ser permanecer calado.

Corinne fechou os olhos quando as palavras foram absorvidas, inesperadas e amargas. Ela não conseguia falar, apenas levantar as pálpebras e sustentar o olhar dourado e firme do guerreiro cujo rosto não revelava nem piedade nem pena. Apenas uma austera compreensão.

– Eu não tive escolha – Victor Bishop repetiu. – Eu não fazia ideia que ele retaliaria contra mim como fez. Você tem que acreditar em mim...

– Victor – a mãe dela arfou. – O que está dizendo?

Os olhos dele se desviaram de Corinne em direção à Companheira de Raça que fizera parte de sua vida pelos últimos cem anos ou mais.

– Ele disse que teria o meu apoio de um modo ou de outro, Regina. Pensei que era mais esperto do que ele. Eu sabia que tinha mais ligações. Mas, entende? Era isso o que ele queria de mim: as minhas conexões. Precisava do meu endosso para ajudá-lo a subir mais rapidamente dentro da Agência.

Ainda posicionado para matar caso precisasse, Hunter grunhiu baixo quando o pai de Corinne despejou a horrenda confissão.

Não, ela corrigiu internamente. Victor Bishop não era seu pai. Não mais. Ele lhe era um estranho, mais ainda nestes últimos minutos do que nas muitas décadas em que ela esteve longe de casa.

– Houve ameaças quando me recusei a me unir à sua causa – Bishop disse, o desespero tornando ásperas suas palavras. – Não percebi do que ele era capaz naquela época. Meu Deus, como eu poderia saber o que ele estava disposto a fazer?

– Quem foi que o ameaçou, Victor? – sua Companheira de Raça perguntou, a hesitação sumindo tanto de sua voz como de sua postura. – Quem levou nossa filha de nós?

– Gerard Starkn.

– Gerard Starkn? – Regina murmurou. – Ele esteve em nossa casa mais de uma dúzia de vezes no decorrer dos anos. Esteve aqui antes e depois do desaparecimento de Corinne. Bom Deus, Victor, já deve fazer uns cinquenta anos agora, mas me lembro que você discursou em sua festa quando ele foi eleito para o alto conselho da Agência de Policiamento. Está me dizendo que ele teve alguma coisa a ver com isto?

Corinne franziu o rosto, confusa agora. O nome desconhecido trazia uma esperança vaga, errônea. Talvez houvesse algum tipo de erro ali, no fim das contas. Se ele não sabia que Dragos fora quem a sequestrara, talvez as mãos de Victor Bishop não estivessem tão manchadas de sangue quanto ela temia.

Mas o olhar severo de Hunter a despiu mesmo da mais frágil das esperanças. Ele oscilou de leve a cabeça, como se conhecesse a direção de seus pensamentos.

– Dragos usou muitos codinomes. Incluindo esse. Gerard Starkn e Dragos são uma única pessoa.

Corinne olhou para Victor Bishop, procurando por algum fiapo de honestidade no rosto que já não conhecia mais.

– Você sabia disso? Tinha conhecimento de que o homem que chamava de Gerard Starkn era na verdade um monstro que atende pelo nome de Dragos?

Sua expressão se aprofundou, os olhos vazios.

– Contei tudo o que sabia.

– Não – ela murmurou. – Você não me contou tudo. Sabia o que tinha me acontecido, mas não foi atrás de mim. Eu esperei. Rezei, todos os dias. Disse a mim mesma que você não descansaria até que eu fosse encontrada. Até eu ser salva e voltar novamente para casa. Mas ninguém foi atrás de mim.

– Eu não podia – ele disse. – Starkn me disse que, se eu me opusesse a ele, haveria mais sofrimento. Disse que, se eu retirasse meu apoio político, ou se tentasse expô-lo pelo que fizera para subir em sua posição dentro da Agência, o preço pela minha rebeldia seria muito maior do que aquele que eu já pagara. Vocês têm que entender – todos vocês – que fiz o que foi preciso para proteger minha família, o que restou dela.

Regina inspirou fundo, tremulamente.

– Então você simplesmente o deixou ficar com a nossa filha?

Corinne era da família; ela é da família, maldição. Como pôde ter sido tão implacável?

– Ele não me deixou alternativa – Bishop respondeu, aqueles olhos estranhos deslizando para Corinne novamente. – Starkn ameaçou que se, eu tentasse encontrar você, ou se permitisse que alguém suspeitasse que ele estava com você, eu sofreria por Sebastian em seguida. Por isso mantive silêncio. Garanti que suas exigências fossem obedecidas. – A voz dele se partiu por um instante. – Sinto muito, Corinne. Você tem que acreditar que...

– Nunca mais poderei acreditar em nada do que disser – ela respondeu, ferida, sim, mas não prestes a se quebrar.

Passara por coisas piores do que aquilo. Estava exaurida e esgotada pelo peso daquela traição, mas ainda havia uma longa estrada escura diante dela.

Enquanto continuava ali parada, tentando compreender tudo o que estava ouvindo, um terror novo começou a se apossar dela.

– A moça – disse, novas peças se encaixando no quebra-cabeça daquela farsa. – Depois que fui levada, uma moça foi retirada do rio...

Victor Bishop sustentou seu olhar aterrorizado.

– Você tinha sido levada e Starkn deixou claro que nunca voltaria. Enquanto houvesse dúvidas sobre seu desaparecimento... enquanto ainda houvesse esperanças de que você ainda pudesse estar viva...

A verdade caiu sobre ela como chumbo, pesado e frio.

– Foi você quem quis que todos se convencessem de que eu estava morta. Ah, Jesus... Você ordenou que matassem aquela moça inocente. Fez com que a cortassem aos pedaços, só para encobrir seus pecados.

– Ela não era nada – Bishop argumentou, como que para justificar o homicídio. Uma raiva surgiu em sua voz conforme prosseguia: – Ela pertencia à sarjeta, vendendo-se à margem do rio.

– E quanto a mim? – Corinne perguntou, a própria raiva vindo à tona. Raiva que saía de dentro dela num jorro furioso. – Eu também não deveria ser nada para você. Deixou que ele me levasse, me mantivesse todo esse tempo como um animal numa jaula. Pior do que isso. Nunca imaginou o que estaria acontecendo comigo nas mãos dele? Um dia chegou a parar para pensar que ele poderia estar me torturando, me degradando... destruindo tudo o que eu era, pouco a pouco? Nunca imaginou que tipo de tortura um lunático sádico como ele seria capaz de fazer nas entranhas da prisão em que manteve a mim e às outras que ele raptou?

Regina Bishop se desmanchou num acesso de lágrimas. Bishop nada disse – simplesmente encarou Corinne e sua companheira num silêncio impassível.

– Deixe-me levantar – ele grunhiu para Hunter, cujos dedos mais uma vez se apertaram ao redor de sua garganta. – Disse para tirar as mãos de cima de mim. Deve estar satisfeito agora. Já tem a confissão que veio arrancar.

Hunter se inclinou sobre ele.

– Agora vai me contar tudo o que sabe sobre Gerard Starkn. Preciso saber onde ele está e quando o viu pela última vez. Preciso saber com quem ele se associa, dentro da Agência e fora dela. Vai me contar tudo em detalhes, e vai me contar agora.

– Não sei mais nada – Bishop cuspiu com aspereza. – Faz mais de uma década desde que pensei no homem, quanto mais o vi. Não há nada mais a contar, juro.

Mas Hunter não pareceu convencido. Tampouco pareceu inclinado a soltar Bishop de sua pegada letal, mesmo que tivesse as respostas que buscava. Corinne conseguia ver a verdade da intenção letal de Hunter em seu olhar calmo e firme.

Bishop também percebeu isso. Começou a se debater e a lutar. Pulou na mesa, chutando as pernas e derrubando no chão uma pilha de livros com capa de couro.

O dom de Corinne, zunindo mais intensamente nas veias agora, se estendeu para captar o som que aqueles livros caídos causaram. Não conseguiu contê-lo. O barulho aumentou rapidamente, explodindo num trovão prolongado até estremecer o cômodo e tudo dentro dele.

– Corinne, pare! – a mãe berrou, cobrindo os ouvidos à medida que o barulho ribombava, mais e mais alto agora.

Sob o estrondo elevado, os lábios de Bishop recuaram para trás dos dentes, expondo as pontas das presas que se alongavam. Raiva e medo transformaram seus olhos do castanho costumeiro para o ardente âmbar dos da Raça. As pupilas afinaram e se alongaram, assemelhando-se às íris de um felino.

Hunter, todavia, permaneceu tranquilo, absolutamente controlado. Dispensou à explosão do dom cinético de Corinne apenas um breve reconhecimento antes de parecer se desconectar completamente. Os olhos dele sustentaram o tom dourado, o rosto anguloso permanecendo teso, concentrado, mas não furioso. Apertou ainda mais os dedos ao redor da laringe de Bishop.

Corinne afastou os lábios, arfando exausta. Ordenou ao seu dom que diminuísse, e estava prestes a berrar para que toda aquela loucura cessasse.

Mas foi Regina quem falou primeiro.

– Henry Vachon – ela disse num rompante. Victor rosnou, e foi difícil determinar se sua raiva agora era direcionada a seu agressor ou à companheira atordoada. Regina desviou o olhar dele, erguendo o queixo e falando diretamente para Hunter: – Lembro-me de outro macho da Raça, também da Agência de Policiamento. Ele estava ao lado de Starkn quase constantemente toda vez que eu o via em público. Seu nome era Henry Vachon. Ele era do Sul, de alguma parte... Nova Orleans, se bem me lembro. Se quiser localizar Gerard Starkn, ou qualquer que seja seu nome agora, comece por Henry Vachon.

Hunter inclinou a cabeça num vago aceno de reconhecimento,

mas ainda manteve a mão na garganta de Bishop.

– Solte-o – Corinne murmurou lentamente. Estava nauseada por tudo o que ouvira, mas não guardava vingança no coração. Nem mesmo pelo pai que a traíra tão insensivelmente. – Por favor, Hunter... solte-o.

Ele lhe lançou o mesmo olhar estranho de antes, da primeira vez em que ela lhe pedira que não ferisse Victor Bishop. Corinne não conseguia entender a estranha vacilação que diminuía o dourado dos seus olhos. Era uma pergunta, uma pausa silenciosa de incerteza ou expectativa.

– Ele não vale a pena. Deixe-o viver com o que fez. Ele já não existe mais para mim.

Conforme Hunter afrouxou a pegada, Bishop rolou para o chão, tossindo e cuspindo. O rosto gentil de Regina estava aflito, rubro pelo choro. Ela começou a soluçar novamente, desculpando-se com Corinne, implorando perdão pelo que Victor fizera. Tentou puxá-la para seus braços, mas a ideia de ser tocada – por qualquer um agora – era demais para ela suportar.

Corinne recuou. Sentia-se aprisionada naquela sala, sufocando no confinamento do Refúgio Secreto que já não era mais seu lar, e que jamais poderia ser novamente. As paredes pareciam se fechar ao seu redor, o piso se movimentando, fazendo seu estômago arder e sua cabeça rodar.

Tinha que sair dali.

Mason estendeu a mão para ampará-la quando ela avançou um passo incerto em direção às portas abertas do escritório. Desviou-se, evitando a mão reconfortante e os olhos piedosos.

– Preciso de ar – sussurrou, arfando com o esforço de formar as palavras. – Não posso... Preciso... sair daqui...

E logo estava correndo.

Através do vestíbulo da casa-grande até o caminho para carros. Em algum lugar perto dali, ouviu a alegre melodia de uma canção natalina, cânticos joviais se derramando pela noite. Uma perda profunda em sua alma a revolvia por dentro. Inspirou o ar frio, que entrou em seus pulmões e deles saiu célere, como se ela tivesse corrido toda a extensão do caminho ladeado pela neve.

Capítulo 9

Corinne já estava ao lado do portão fechado junto à rua quando Hunter deixou Victor Bishop com os escombros dos seus pecados e saiu de dentro do Refúgio Secreto, indo para o jardim gelado. Ela parecia muito pequena, frágil de certa maneira, apesar da força que demonstrara no interior da casa. Agora que estava ali, sozinha na escuridão, ele percebeu o quanto ela sofria verdadeiramente. Seu corpo tremia, suportando uma dor que ele somente conseguia imaginar enquanto ela se agarrava ao ferro do portão, com os ombros pensos e a cabeça abaixada.

Ela chorava baixinho quando ele se aproximou. Sua respiração soprava lufadas de nuvens pálidas na escuridão. Os soluços eram silenciosos, mas pareciam vir de um lugar muito íntimo. Não sabia o que dizer ao se aproximar dela. Não tinha nenhuma palavra de conforto, não tinha a mínima noção do que ela poderia querer ouvir.

Esticou a mão com a intenção de apoiá-la no ombro trêmulo do modo como vira outros fazendo nos momentos partilhados de sofrimento. Inexplicavelmente, sentia necessidade de acolher sua dor. Corinne parecia tão sozinha naquele instante que ele queria lhe mostrar que reconhecia sua perda de algo importante na casa: a confiança.

Ela notou sua presença antes que tivesse a oportunidade de tocá-la.

Fungando, Corinne levantou a cabeça e olhou para ele por sobre o ombro.

– Você... fez alguma coisa com ele?

Hunter meneou lentamente a cabeça.

– Ele está vivo, ainda que eu não entenda o motivo de você considerar sua morte inaceitável.

Suas sobrancelhas finas se uniram.

– Ele me amou um dia. Até há poucos minutos, ele era meu pai. Como pôde ter feito isso comigo?

Hunter fitou seus olhos determinados, entendendo que ela não procurava respostas. Ela tinha que saber, assim como ele sabia, que a covardia de Victor Bishop se mostrara mais forte do que o laço com a menina que ele levara para casa, criando como a uma filha.

Corinne olhou para além dele, para a escuridão acima de seu ombro.

– Como ele conseguiu viver consigo mesmo durante todo esse tempo, sabendo o que fizera... não só para mim, mas para o restante da família, com todas as mentiras que contou? Como conseguiu dormir depois de assassinar aquela moça para usar sua morte como parte de sua farsa?

– Ele não é merecedor da piedade que você lhe concedeu esta noite – Hunter respondeu, sem nenhuma maldade na declaração, apenas a mais pura verdade. – Duvido que ele a tivesse tratado com a mesma consideração.

– Não o desejo morto – ela sussurrou. – Não poderia fazer isso com minha mãe... com Regina. Ele terá que encontrar um modo de se haver com ela, não comigo. E não com você nem com a Ordem.

Hunter grunhiu baixo com a garganta, nada convencido. O motivo principal por Victor Bishop ainda estar respirando foi a intercessão de sua filha traída. Hunter ficou surpreso quando ela pediu que poupasse o homem. Não devia ter cedido. Afinal, a visão de Mira previra aquilo.

Embora não tão impecavelmente quanto ele teria suposto. A situação lhe parecera diferente. Corinne parecera diferente, pedindo não com o desespero fervoroso que ele testemunhara na visão de Mira, mas com uma fadiga derrotada.

E não apenas isso, Hunter ponderou. O resultado da visão fora diverso daquele que a criança lhe mostrara. Ele contivera a mão. O curso fora alterado, e isso jamais acontecera anteriormente.

Tudo aquilo parecia muito errado.

Uma parte dele estava sendo atraída de volta à residência do Refúgio Secreto mesmo continuando parado ali. Fora treinado para jamais deixar fios soltos que poderiam desfiar-se sobre ele mais tarde. Hunter testemunhara um homem abatido, alguém que provara ser flexível e fraco. Essas coisas podiam ser manipuladas por alguém mais forte, como foram por Dragos durante todos esses anos. Por mais que esta noite Victor Bishop tivesse lhe parecido um adversário de pouca consequência, apesar da sua fortuna e das restantes ligações políticas, o predador experiente em Hunter se revirava com a necessidade de dar cabo do seu trabalho.

Sabendo o que sabia sobre a pequena Mira e seu dom extraordinário, ele se perguntava como era possível que não tivesse desafiado os pedidos de Corinne, desferindo aquele golpe final e previsto.

Notou como ela tremeu diante dele quando uma rajada de frio enregelante soprou pelas barras do portão de entrada.

– Preciso sair daqui – ela murmurou, girando na direção das barras altas. – Não pertenço a este lugar. Não mais.

Ela agarrou o portão com as duas mãos e o sacudiu, cada vez mais forte, e um grito sem palavras emergiu de sua garganta. Ela lançou a cabeça para trás e exclamou para o céu escuro repleto de estrelas:

– Deixe-me sair, maldição! Preciso sair deste lugar agora!

Hunter se moveu para trás dela, encontrando suas mãos. Corinne ficou imóvel, cada músculo seu tenso. Mesmo que antes estivesse tremendo, o corpo dela parecia quente contra o seu. O calor era uma entidade viva, quase uma presença insuportável que fazia todos os seus sentidos se acenderem tal qual um circuito despertado.

Corinne também deve ter sentido. Tirou as mãos de baixo das dele e cruzou os braços diante do corpo. Ele percebeu o quanto estavam próximos: pouco mais de um centímetro separava a coluna dela do seu peito, o corpo pequenino preso na gaiola dos seus braços.

Ela era pequena e delicada, todavia existia uma energia desafiadora irradiando ao seu redor que o atraía para mais perto, provocando-o a inspirar seu cheiro e permitir que o toque retornasse para os dorsos impossivelmente macios das mãos pequenas, testando o calor suave dos longos cabelos negros contra sua face áspera devido aos pelos da barba por fazer.

Ele não estava acostumado a reconhecer uma tentação, quanto mais ceder a uma. Portanto, manteve-se imóvel naquele momento desorientador, ignorando a repentina aceleração da sua pulsação e o calor que ardia em suas veias.

Quando ela recuou e se afastou, Hunter sentiu um rápido alívio. O ar frio encheu o espaço em seus braços. Corinne estava ao seu lado quando ele se moveu para mais perto da tranca do portão de ferro e a torceu, afastando-o o suficiente para que eles passassem.

Os alarmes soaram na mesma hora dentro da casa. Luzes fortes piscavam em todas as partes, iluminando a entrada do Refúgio Secreto e os muros periféricos.

Corinne olhou para ele debaixo do reflexo amarelado das luzes de segurança.

– Tire-me daqui. Não importa para onde iremos, apenas me tire deste lugar, Hunter.

Ele acenou, sério, depois indicou que ela o seguisse para o carro que deixara estacionado mais abaixo na rua quando retornara para confrontar Bishop. Correram juntos, Corinne se acomodando no banco de passageiros enquanto Hunter dava a volta para assumir o volante.

Dirigiu para longe, percebendo que ela não olhara para trás nem uma vez quando deixaram o Refúgio Secreto na escuridão. Apenas ficou sentada rígida ao seu lado, com o olhar distante, fitando para além do vidro do para-brisa sem se concentrar em nada.

Prosseguiram em silêncio por mais de vinte minutos, até ele se dirigir para uma parte tranquila da cidade e encontrar um lugar para estacionar.

– Tenho que me reportar ao complexo – anunciou, tirando o celular do bolso do seu sobretudo de couro.

Corinne mal deu mostras de ter ouvido, seus olhos ocos ainda fixados no horizonte distante.

Hunter fez a ligação, esperando ouvir o rotineiro cumprimento de Gideon: *Fale comigo*. Em vez disso, foi Lucan quem atendeu:

– Onde você está?

– Detido em Detroit – Hunter respondeu, detectando uma inflexão de urgência, de impaciência tensa, no líder da Ordem. – Tem alguma coisa errada – ele adivinhou em voz alta. – Algum desenrolar a respeito de Dragos?

Lucan murmurou uma imprecação sombria.

– É, pode-se dizer que sim. Acabamos de descobrir que ele sabe a localização do complexo. Isto é, deduzimos que ele saiba. Há poucas horas, Kellan Archer vomitou um aparelho de rastreamento. Gideon o está analisando agora mesmo.

– O sequestro foi uma manobra dele – Hunter disse, juntando as peças. Agora o ataque não provocado aos civis que acontecera no decorrer da semana anterior fazia sentido. – Dragos tinha que garantir que a Ordem se apiedaria do menino, por isso matou sua família e dizimou seu Refúgio Secreto. O rapaz precisava ficar isolado, deixando poucas opções à Ordem, a não ser oferecer-se para colocá-lo sobre sua proteção.

– Caímos direitinho – Lucan observou, seco. – Tomei a decisão de quebrar o protocolo e trazer o rapaz para o complexo. Inferno, eu poderia muito bem ter deixado a maldita porta aberta para Dragos, convidando-o a entrar.

Hunter jamais ouvira arrependimentos de Lucan. Se o antepassado da Primeira Geração um dia teve alguma incerteza, nunca o admitira diante de Hunter antes de agora. O fato de ele fazer isso só enfatizava a seriedade da situação.

– Sei como Dragos opera – Hunter disse. – Já vi como ele pensa, como ele monta suas estratégias. O jovem Archer está no complexo há pouco mais de dois dias...

– Setenta e duas horas – Lucan interveio.

Hunter sentiu o olhar de Corinne sobre ele com a menção do nome de Dragos. Agora ela ouvia atentamente, o rosto bastante tenso, banhado pela luz esverdeada do painel do sedã parado. Hunter podia sentir seu medo como um frio enquanto continuava falando com Lucan.

– Dragos devia saber que o aparelho não ficaria sem ser notado por muito tempo. Ele deve ter começado a organizar um ataque mesmo antes de colocar seu plano em ação. Quando atacar, ele irá até o complexo de uma maneira que garantirá o maior estrago à Ordem.

– Ele quer sangue – Lucan respondeu. – O meu sangue.

– Certo. – Hunter sabia, pelo tempo em que estivera a serviço do louco por poder que era Dragos, que aquela batalha entre ele e a Ordem se tornara algo pessoal. Dragos procuraria aniquilar o obstáculo diante dos seus objetivos, mas sua ira o compeliria a fazê-lo de um modo que infligiria o maior sofrimento a Lucan Thorne e àqueles sob seu comando.

O complexo em Boston já não era mais seguro agora, mas não havia necessidade de Hunter dar voz a isso. Lucan sabia. Sua voz séria reverberava com a gravidade da situação, mas seu silêncio pesado era mais revelador ainda.

– Aconteceram complicações na minha missão em Detroit – Hunter falou, um relato que foi recebido com uma imprecação profunda. Ele contou a Lucan o que acontecera no Refúgio Secreto com Corinne e a família dela, das suas suspeitas de que Victor Bishop estivera escondendo algo até a revelação que deixava o futuro de Corinne no limbo, mas que dera à Ordem uma possível pista a respeito de um associado passado de Dragos.

– Henry Vachon – Lucan repetiu, testando o nome que Regina Bishop informara. – Não o conheço, mas tenho certeza de que Gideon conseguirá localizar o bastardo. Estou certo de que não preciso lhe dizer o quanto é importante seguirmos quaisquer pistas sobre Dragos que pudermos.

– Claro – Hunter concordou.

– Farei com que Gideon comece uma pesquisa na internet atrás de Vachon e ligarei quando tivermos qualquer informação. Você deverá ter notícias nossas em uma hora – disse Lucan. – E quanto a Corinne? Ela ainda está com você?

– Sim – Hunter respondeu, relanceando para ela ao falar. – Está aqui no carro comigo.

Lucan grunhiu.

– Bom. Mantenha-a perto de você. Enquanto estivermos no caos no complexo, não é uma boa ideia para nenhum de vocês voltar para cá.

Hunter franziu a testa, ainda olhando para o rosto questionador de Corinne.

– Está deixando a fêmea sob minha custódia?

– Por enquanto. Não consigo pensar num lugar mais seguro para ela ficar.

Apesar das más notícias que atingiram a Ordem pouco antes naquela noite, Lucan não cancelara as patrulhas designadas. Era óbvio que o humor no complexo piorara um pouco.

Ou muito.

Para Dante, parecia que a contagem regressiva para a detonação de uma bomba fora ativada no instante em que Kellan Archer cuspira o aparelho de rastreamento. Todos entenderam o significado daquilo, e a antecipação de problemas – junto à expectativa de que eles surgissem a qualquer momento – não poupou ninguém.

Mas medo e inércia não deteriam a tempestade. Eles tinham que ser mais agressivos, perscrutar cada canto, revirar cada pedra se isso fosse ajudá-los a ficar mais próximos de colocarem as mãos em Dragos. Ele tinha que ser localizado, e tinha que ser detido – agora mais do que nunca.

Essa análise racional e a fúria que a acompanhava eram as únicas coisas que davam a Dante a força de deixar a companhia de Tess e sair em patrulha com Kade naquela noite.

Seu coração estava no complexo, mas sua cabeça totalmente mergulhada no jogo, procurando até pela mais remota pista do agente fugido, Murdock, dos assassinos de Dragos na cidade... de qualquer coisa.

E, a noite inteira, uma parte dele também ficou de olho em outro tipo de pista.

– Espere – disse para Kade, que acabara de virar o Rover numa ruela inunda às margens do Mystic em Southie. – Você viu aquele cara?

Kade desacelerou o SUV preto e espiou na direção que Dante apontava.

– Não vejo ninguém, a não ser duas profissionais mais velhinhas com propensão a gostar de saltos de acrílico e moda da Forever Twenty-One. Quanta elegância.

Dante não conseguia partilhar do senso de humor do outro guerreiro apesar de ele ter razão a respeito das prostitutas que marcavam ponto na esquina do fim do quarteirão.

– Acho que podia ser Harvard – ele disse, quase certo de que a figura sombria larga que desaparecera do lado oposto do velho armazém de tijolos era da Raça. E, pelo modo como o macho se movia, mesmo andando furtivamente na escuridão do quarteirão industrial decadente, Dante estava mais do que disposto a apostar que era Sterling Chase. – Pare o carro.

– Mesmo que seja Harvard, não acho que seja uma boa ideia, cara...

– Foda-se o que você pensa – Dante rugiu, a preocupação com seu amigo desaparecido passando por cima de qualquer outra coisa. – Encoste, Kade. Vou sair.

Ele não esperou até que o veículo parasse. Saltou e começou a correr na direção do lugar em que vira o vampiro. Kade estava logo atrás dele, praguejando baixinho, mas mesmo assim preparado para cobrir sua retaguarda.

Deram a volta no armazém de tijolos e se viram diante de um pátio férreo logo à frente. Uma fila de vagões órfãos estava num dos trilhos, a lateral enferrujada e coberta de grafites de um deles aberta o bastante para que alguém se apertasse para entrar. Um grupo de humanos estava por perto, aglomerado ao redor de um tambor de metal que reluzia com o lixo queimando no fundo. Eles aqueciam as mãos sobre o contêiner, passando um cachimbo de crack de um a outro.

Os viciados nem se deram ao trabalho de olhar para Dante e Kade quando eles passaram perto. Seus rostos eram fantasmagóricos, vazios. Fediam a narcóticos, álcool e roupas maltrapilhas. Os cabelos estavam imundos, os corpos com o fedor da falta de banho. Os olhos vidrados olhavam sem ver, as mentes deterioradas, perdidas pela compressão sedutora do vício.

– Jesus Cristo – Kade sibilou, enojado. – Se Chase estiver vivendo nesta pocilga, ele deve estar bem fodido mesmo.

Incapaz de negar a verdade daquela declaração, Dante sentiu o maxilar se contrair até sentir dor. Chase *estava* fodido. Soube disso assim que ouviu o que acontecera na capela com Elise. O fato de ele ter abandonado a Ordem foi apenas mais um prego no caixão que ele mesmo fizera.

Mas Dante ainda não estava pronto para desistir dele.

Ele tinha que acreditar que Harvard não estava completamente perdido. Talvez, se pudesse encontrá-lo, conseguiria enfiar um pouco de juízo nele. Dar-lhe um chamado de alerta sobre as merdas que aconteceram no complexo há poucas horas e pô-lo a par do que precisava saber.

E, se todas essas opções fracassassem, estava disposto a chutar o traseiro de Harvard dali até a semana seguinte.

– Ele foi por aqui – Dante disse. – Tem que estar aqui atrás em algum lugar.

Kade levantou o queixo, apontando para o vagão de trem aberto. Dante assentiu. Devia ser o único lugar em que Chase poderia estar se escondendo, embora Dante soubesse, assim como qualquer um na Ordem, que se Chase não quisesse ser encontrado seu dom de curvar as sombras seria uma cobertura bem eficaz, pouco importando onde estivesse.

Juntos, ele e Kade se aproximaram do vagão. Dante se colocou no vão de escuridão que saía da grande caixa de metal. O fedor pungente de mais humanos desamparados o assaltou quando ele entrou e deu uma olhada ao redor do espaço escuro. Sua visão era impecável na escuridão, assim como com todos de sua espécie. Não viu nenhum sinal de Chase entre os homens e as mulheres adormecidos, nem no pequeno número aglomerado debaixo da mesma coberta, fitando-o com seus olhares perdidos.

Chase não estava ali, nem mesmo nas sombras mais profundas.

– Harvard – ele disse, tentando alcançá-lo de algum modo. Talvez, se ele ouvisse uma voz familiar…

Nada a não ser o silêncio.

Esperou por um instante, uma parte sua entristecida pelas vidas desperdiçadas que entulhavam o interior sujo do vagão de trem e pelos que fumavam suas drogas ao redor do tambor em chamas. Eram estranhos, humanos, nascidos para nascerem e morrerem em menos do que um século. Mas em suas expressões perdidas e desesperançadas ele enxergava seu amigo Sterling Chase.

Seria isso o que aguardaria Harvard se ninguém impedisse sua queda? Não queria imaginar que Harvard pudesse estar travando uma batalha com demônios próprios. Não queria acreditar que Tegan e Lucan estavam certos – que Chase poderia estar se viciando em sangue. Não existia destino pior para alguém da Raça do que sucumbir à Sede de Sangue e se tornar um Renegado.

E, uma vez perdido, existiam poucas esperanças de retornar à sanidade.

– Maldito – ele grunhiu entre os dentes cerrados.

Desceu do vagão de trem, pousando no terreno gelado ao lado dos trilhos. Ao aterrissar sentiu o choque do celular mudando de posição no bolso do casaco.

Tirou-o e apertou um botão de chamada direta antes de disparar uma explicação para Kade:

– O celular dele – disse, ouvindo o primeiro toque do outro lado da ligação. – Se Harvard correu para este lado, talvez ele esteja com o celular…

As palavras foram interrompidas pelo som suave algumas centenas de metros distante.

Os olhos prateados de Kade reluziram quando ele ergueu as sobrancelhas negras.

– Te pegamos, Harvard.

Ambos dispararam apressados através do trilho do trem na direção do som abafado à frente.

Dante não queria ter esperanças; uma pontada fria de medo

alertava-o de que, mesmo que encontrassem Harvard, poderiam não gostar do que os aguardava no outro lado daquela ligação. Com antecipação controlada, liderou Kade para longe dos trilhos até o meio de duas construções miseráveis destinadas à estocagem. Teve que desligar subitamente, praguejando quando a ligação caiu na caixa de mensagens. Voltou a ligar para o número e o toque soou ainda mais próximo.

Puta merda, estavam praticamente em cima dele agora.

Não havia ninguém por perto. Nenhuma alma, nem mesmo de humanos.

Ele e Kade correram mais longe, mais rápido, até o som do telefone de Chase tocar em estéreo em seu ouvido, de algum lugar muito próximo.

– Por aqui – Kade disse, agachando-se numa pilha de lonas e forros plásticos descartados. Afundou a mão na pilha, espalhando tudo conforme mergulhava até o fundo.

Quando ele desacelerou e praguejou, Dante soube que haviam chegado a um beco sem saída.

Kade levantou o celular, o rosto expressando desapontamento, mas não surpresa.

– Ele nos enganou, cara. Estava aqui, como você disse. Mas não quis ser encontrado.

– Harvard! – Dante gritou, mais irritado do que qualquer outra coisa no momento. A preocupação revirava suas entranhas, o coração batia forte. Lançou sua ira em todas as direções, girando para perscrutar a área, sendo isso inútil ou não. – Chase, maldição, sei que está aqui. Diga alguma coisa!

Kade desligou o celular e o colocou dentro do bolso.

– Venha, vamos sair daqui. Harvard já foi.

Dante assentiu calado. Na noite anterior, Sterling Chase se afastara da Ordem após incontáveis trapalhadas e desculpas. Agora abandonava o melhor amigo que tivera entre os guerreiros. Estava dando as costas para seus irmãos, e, baseando-se no que acontecera esta noite, Dante tinha que admitir que Chase o fazia deliberadamente.

O Harvard que ele conhecera jamais teria feito isso.

Kade estava certo.

Harvard se fora, provavelmente para sempre.

Capítulo 10

Hunter não falara duas palavras com ela no período entre o telefonema para a Ordem e o trajeto de carro de volta ao aeroporto na periferia de Detroit. Não que Corinne estivesse atrás de conversas. Sua cabeça ainda girava com o que acontecera no Refúgio Secreto, seu coração ainda estava em carne viva, escancarado com um corte no meio do seu ser.

Fora até ali à procura da família e encontrara, em vez disso, traição. E ainda mais doloroso era que a esperança de ter o poder e os recursos de Victor Bishop à disposição para encontrar seu garoto perdido agora estava completamente esmagada.

Em quem deveria confiar agora, quando a única família que conhecera a abandonara propositadamente como um monstro?

O desespero apertava sua garganta enquanto ela permanecia sentada na cabine escura do veículo, observando sem prestar atenção ao cenário iluminado pelo luar à medida que Hunter navegava pelo labirinto das estradas de acesso até o aeroporto particular, seguindo um complexo de hangares adjacentes em forma de domo até um terminal público e as pistas de pouso e decolagem.

Corinne não conseguia parar de pensar no filho, na criança preciosa que Dragos roubara de seus braços momentos após o nascimento.

Agora ele já era um rapazinho crescido – um adolescente que nunca conhecera a mãe.

Indefesa como uma das prisioneiras de Dragos, ela não tivera calendários, nenhum relógio, nem mesmo os menores confortos. Contara os anos do filho do único modo que podia: em períodos de nove meses, marcando a passagem do tempo ao observar as gestações das outras Companheiras de Raça cativas. Treze ciclos entre a época em que segurara nos braços o filho recém-nascido e o dia de sua libertação na semana anterior.

A despeito das circunstâncias da horrenda concepção, Corinne amara seu bebê profundamente desde o instante em que o vira. Ele era seu, uma parte vital de quem ela era, pouco importando a maneira selvagem com que ele chegara a este mundo. Lembrava-se da angústia de perdê-lo. Ainda sentia isso, a tristeza por saber em seus ossos que ele estava vivo, mas incerta quanto a onde ele fora levado ou o que acontecera com ele.

Isso a corroía mesmo agora. Venceu o luto renovado enquanto Hunter estacionava dentro de um hangar não sinalizado onde o lustroso jatinho particular branco aguardava. Ele pegou o celular e fez um telefonema. Sua voz grave e profunda se parecia mais com um barulho de fundo – um ruído profundo e estranhamente reconfortante. Só o som dele falando, forte e tranquilo, uma presença confiante, tão facilmente no controle de tudo ao seu redor, de algum modo fez com que as ondas crescentes das recordações parecessem mais navegáveis.

Deixou que a voz a ancorasse enquanto as ondas dolorosas das lembranças – de seu fracasso em manter seu bebê por perto e a salvo – continuavam a encharcá-la.

Se seu reencontro desastroso daquela noite lhe dera algo a que se apegar, era aquela resolução, que se transformara em aço agora que ela compreendia como o abandono podia ser cruel. Ela não desertaria seu filho. Caminharia sobre o fogo do inferno para encontrá-lo. Nem mesmo Dragos e sua maldade a impediriam. Não deixaria que nada – nem ninguém – ficasse em seu caminho.

Hunter estava terminando sua breve conversa, ela percebeu. Encerrou a ligação, depois guardou o aparelho pequeno de volta no bolso do casaco.

Seus olhos se encontraram no interior pouco iluminado do carro.

– Está tudo bem com os seus amigos em Boston?

Apesar de ele não ter falado sobre sua primeira ligação ao complexo da Ordem aquela noite, Corinne ouvira o bastante do lado dele da conversa para saber que algo de ruim acontecera enquanto Hunter estivera com ela. Ouvira o nome de Dragos e a menção a um jovem de um Refúgio Secreto cuja família e lar haviam sido recentemente perdidos por causa da violência de Dragos. Pelo pouco que entendera, e pela expressão esquiva, quase ameaçadora, de Hunter agora, parecia bem claro que Dragos de alguma forma estava em vantagem.

– Eles estão correndo grande perigo, Hunter?

– Estamos no meio de uma guerra – ele respondeu, sua voz enlouquecedoramente calma parecendo mais desanimada que indiferente. – Até Dragos estar morto, todos correm um perigo tremendo.

Ele não se referia somente aos residentes do complexo da Ordem. Nem mesmo aos guerreiros e à espécie da Raça combinados. A guerra a que Hunter se referia abarcava algo muito maior do que isso. Ele falava da ameaça de Dragos para o mundo todo.

Se qualquer outra pessoa tivesse dito tal coisa, ela poderia ter considerado dramático. Mas aquele era Hunter. O exagero não era parte do seu léxico pessoal. Ele era factual e conciso. Era preciso tanto em palavras como em ações, e isso só fez com que o peso da sua declaração recaísse mais forte sobre ela.

Corinne se recostou, incapaz de sustentar o olhar dourado dele. Virou a cabeça e olhou para fora da janela escurecida do carro, observando o pequeno jato deixar a escadinha se desdobrar para fora e descer até o piso de concreto do hangar.

– Vai me mandar de volta para Boston?

– Não. – Hunter desligou o motor do carro. – Não vou mandá-la a lugar nenhum. Você vai continuar comigo por enquanto. Lucan me encarregou da sua segurança temporária.

Ela desviou o olhar da aeronave que aguardava e se aventurou em outro para seu companheiro reservado. Queria discutir, argumentando que não precisava que ninguém a mantivesse a salvo, não quando acabara de saborear um pouco de liberdade, por mais amargo que fosse o seu sabor até o momento. Mas a notícia levantou uma questão maior:

– Se não vamos para Boston, então aonde esse avião irá?

– Nova Orleans – ele respondeu. – Gideon conseguiu confirmar a informação de Regina Bishop quanto a Henry Vachon. Ele possui diversas propriedades em Nova Orleans e presumivelmente mora lá. Neste instante, Vachon é nossa conexão mais confiável até Dragos.

O coração de Corinne bateu com força dentro do peito. Henry Vachon era a melhor ligação até Dragos... O que significava que ele também era a melhor pista *dela* até Dragos. Talvez o único meio que tinha para descobrir o que acontecera com seu filho.

Por mais que rejeitasse a ideia de estar presa a Hunter ou a qualquer outra pessoa, uma parte maior dela entendia que ela dispunha de poucas opções e ainda menos recursos. Se ficar com ele a levasse mais perto de Henry Vachon e de qualquer informação em relação a seu filho, ela tinha que fazer isso. Qualquer coisa pelo filho.

– O que você fará – ela perguntou – se conseguir localizar Vachon?

– Minha missão é simples: determinar a ligação dele com Dragos e extrair quaisquer informações úteis que puder. Em seguida, neutralizar o alvo para desabilitar qualquer possível consequência.

– Você quer dizer que pretende matá-lo – Corinne disse, não uma pergunta, apenas uma constatação grave.

Os olhos inflexíveis de Hunter não titubearam.

– Se eu determinar que Vachon tem, de fato, uma aliança com Dragos, presente ou passada, ele deve ser eliminado.

Ela se sentiu assentindo de leve, mas, por dentro, não sabia bem o que pensar. Não conseguia sentir pena por Henry Vachon se ele tinha alguma coisa a ver com sua provação, mas outra parte dela se perguntou de que forma a ocupação brutal de Hunter impactaria alguém que lidava tão frequentemente com a morte.

– As coisas que você tem que fazer... elas já te incomodaram? – Ela fez a pergunta antes de ter a chance de decidir se podia ou não fazê-la. Antes de ter tempo de se preocupar se queria ou não saber a resposta. – A vida significa tão pouco assim para você?

O rosto belo e severo de Hunter não mexeu um músculo. Os ângulos dos ossos da face e o maxilar bem desenhado eram tão severos e implacáveis quanto aço de pontas afiadas. Somente a boca parecia suave: os lábios cheios não sustentavam nem escárnio nem raiva, apenas uma neutralidade enlouquecedoramente plácida.

Mas eram os olhos que mais a cativavam. Por debaixo da coroa de cabelos loiros cortados curtos, os olhos eram penetrantes, inquiridores. No entanto, por mais fixos que estivessem nos seus, eles pareciam ainda mais determinados a não revelar nada, pouco importando o quanto ela investigasse.

– Lido com a morte – ele respondeu então, sem desculpas nem justificativas. – Foi para esse papel que nasci, e para o qual também fui criado.

– E você nunca questiona? – Ela não conseguia deixar de pressionar, precisando saber. Querendo entender aquele formidável macho da Raça que parecia tão solitário. – Você nunca questiona o que faz... Nunca?

Algo sombrio trespassou seu rosto naquele instante. Houve uma centelha de evasão nos olhos dele, ela concluiu. Breve, porém impossível de não perceber, tendo sumido um segundo depois pela descida dos cílios quando ele apanhou as chaves do carro e as largou no meio do console do veículo.

– Não – ele respondeu por fim. – Não questiono nada que minhas tarefas exijam que eu faça. Nunca.

Ele abriu a porta do motorista e começou a sair do carro.

– O avião está pronto para nós. Devemos ir agora, enquanto a noite ainda está ao nosso lado.

– Eles estão a caminho de Nova Orleans agora.

Lucan levantou o olhar quando Gideon encerrou a ligação de Hunter e voltou para junto da mesa da sala de reuniões onde Tegan e ele estudavam algumas plantas.

– Nenhum outro problema com Corinne Bishop e os parentes dela em Detroit?

– Hunter não parecia preocupado – Gideon respondeu. – Disse que a situação está sob controle.

Lucan grunhiu, sarcástico apesar do peso do assunto tratado ali.

– Onde foi que ouvi isso antes? Famosas últimas palavras de mais de um de nós durante o último ano e meio.

– Pois é. – Gideon levantou uma sobrancelha acima da armação dos óculos azul-claros. – Normalmente seguidas, não muito tempo depois, por um telefonema do campo em que a situação tão asseguradamente sob controle se tornou absolutamente caótica.

Nem o próprio Lucan se colocava acima disso, tampouco Tegan e Gideon, para falar a verdade. Ainda assim, era de Hunter que estavam falando.

Tegan pareceu retomar o fio da meada dos seus pensamentos.

– Se eu não tivesse visto aquele macho sangrar de vez em quando por conta de algumas missões mais complicadas, eu diria que ele é feito de aço e cabos, não músculos e ossos. Aquilo é uma máquina. Ele não fode nenhuma missão; está no DNA dele. Não teremos surpresas da parte de Hunter.

– Melhor não termos – Lucan respondeu. – Por certo já temos as mãos bem ocupadas no momento.

Dito isso, os três voltaram a atenção para o projeto que Lucan esticara sobre a mesa. As plantas eram algo em que ele estivera trabalhando reservadamente nos últimos meses, logo depois de perceber o quanto o complexo estava ficando vulnerável à medida que Dragos se esquivava da Ordem.

Era um projeto de um novo quartel-general.

Ele já conseguira as terras – uma área de oitenta mil metros quadrados nas Montanhas Verdes de Vermont – e o projeto de um bunker extenso e altamente tecnológico, que poderia abrigar uma pequena cidade com a quantidade de cômodos subterrâneos e instalações especialmente projetadas, estava quase pronto. Era imenso, inacreditável, e exatamente o tipo de lugar que a Ordem precisava agora que Dragos conhecia a localização do complexo da Ordem.

O único problema era que uma instalação grande como aquela facilmente demoraria um ano ou mais para ser construída.

Eles precisavam de algo agora, não no futuro.

– Talvez tenhamos que considerar a opção de nos separar – Gideon sugeriu depois de um momento. – Para nenhum de nós falta dinheiro ou propriedades. Quero dizer, nenhuma delas é tão segura quanto este complexo, ou melhor, tão segura quanto este era. Mas não estamos sem opções. Talvez a coisa mais inteligente e rápida a fazer seja cada um de nós pegarmos nossas companheiras e nos mudarmos para locais distintos.

Os olhos verdes de Tegan reluziram sombriamente ao se desviarem com seriedade para Lucan. Não havia necessidade de perguntar o que o outro guerreiro de Primeira Geração estava pensando. Lucan e ele, ainda que nem sempre estivessem de acordo, eram os últimos dos membros fundadores da Ordem. Há uns setecentos anos – desde o início da Ordem –, lutaram lado a lado, vivendo ao longo de inúmeros infernos pessoais e triunfos. Mataram um pelo outro, sangraram um pelo outro... às vezes até choraram um pelo outro. Só para chegarem a este lugar juntos.

Juntos, e não separados.

Lucan viu uma ferocidade medieval inflamada no olhar de Tegan. Ele o entendeu. Também sentia aquilo.

– A Ordem não se dividirá – Lucan respondeu, tenso com a fúria pelo que Dragos os estava forçando a considerar. – Somos guerreiros. Irmãos. Parentes. Não permitiremos que ninguém nos disperse aterrorizados.

Gideon assentiu, solene e silencioso.

– Sim – ele disse, sustentando seus olhares. – Que ideia de merda a minha, não? Não sei em que diabos eu estava pensando.

Partilharam uma risada tensa, todos eles bem cientes de que o restante do complexo confiava neles para decidir o destino de todos. E suas escolhas eram malditamente restritas. Dragos os aprisionara como peixes num barril de pesca, e a qualquer instante ele poderia começar a atirar.

– Reichen e Claire têm propriedades na Europa – Gideon observou. – Não que isso seja o ideal em termos de desocuparmos o complexo aqui e nos realocarmos no exterior, quanto mais assim tão em cima da hora.

Lucan pensou na opção.

– E quanto ao laboratório de tecnologia? Não podemos nos dar ao luxo de tirar a pressão de cima de Dragos, mesmo se sairmos daqui. Com que rapidez você conseguirá montar tudo isto em outra localização?

– Não sairia totalmente impecável – Gideon respondeu –, mas tudo é possível.

– E quanto a Tess? – A pergunta de Tegan caiu como um martelo. – Acham mesmo que ela estaria em condições de suportar uma mudança desse tipo? Além do mais, Dante estaria disposto a assumir o risco?

Tegan sacudiu a cabeça, e Lucan sabia que ele tinha razão. Não podiam pedir a Tess e a Dante que colocassem em risco a saúde e o bem-estar dela e do filho que estava para nascer numa mudança dessa magnitude.

Sem falar no fato de que Lucan tinha dúvidas quanto à viabilidade de montar o quartel-general da Ordem tão distante da presumida base de operações de Dragos. Seria infinitamente mais fácil manter a pressão sobre o bastardo de uma localização mais próxima.

Enquanto ele se debatia com as possibilidades da situação, percebeu um movimento em sua visão periférica e viu que Lázaro Archer andava ao longo das paredes de vidro do laboratório. O civil de Primeira Geração parou diante das portas e levantou a mão num gesto de quem pede permissão para entrar.

– Deixe-o entrar – disse Lucan.

Gideon se inclinou sobre sua estação de trabalho e pressionou um botão, liberando as portas do laboratório com um suave sibilo hidráulico.

Lázaro Archer entrou, com seus quase dois metros de altura e a formidável genética de Primeira Geração lhe dando uma aparência de guerreiro, mesmo tendo vivido muitas centenas de anos longe do combate e do derramamento de sangue.

Isto é, até Dragos deitar os olhos em sua família.

– Como está Kellan? – Lucan perguntou, vendo o estresse de tudo o que acontecera nos olhos graves do ancião da Raça.

– Está melhorando a cada hora – Archer respondeu. – Era o aparato que o deixava doente, pelo visto. Ele é um rapaz forte. Superará tudo isto, não tenho dúvidas.

Lucan deu um leve aceno.

– Estou contente por ambos, Lázaro. Lamento que sua família tenha sido envolvida na guerra entre a Ordem e Dragos. Você não pediu por isto. E evidentemente não merecia aquilo pelo que passaram.

Os olhos escuros de Archer ficaram um pouco mais aguçados quando ele andou até a mesa para se aproximar dos guerreiros. Seu olhar passou brevemente pelas plantas antes de voltar a se concentrar em Lucan.

– Você se lembra do que eu lhe disse naquela noite, depois que meu Refúgio Secreto foi reduzido a cinzas e escombros e meu único filho, Christophe, abatido ao meu lado no veículo onde aguardávamos notícias do resgate de Kellan? Eu lhe fiz uma promessa.

Lucan se lembrava.

– Você me disse que queria ajudar a acabar com Dragos. Ofereceu--nos seus recursos.

– Isso mesmo – Archer confirmou. – O que precisar será seu. A Ordem tem a minha lealdade e o meu respeito, Lucan. Ainda mais agora, depois do que aconteceu com Kellan. Meu Deus, quando penso que todos vocês estão em perigo simplesmente por terem nos ajudado...

– Não... – Lucan o interrompeu. – Não há culpa nisso. Nem sua nem de seu garoto. Dragos os usou. Ele pagará pelo que fez.

– Quero ajudar – Archer repetiu. – Ouvi de algumas das mulheres que vocês estão aqui discutindo os planos para se mudarem do complexo.

O olhar de Lucan passou por Tegan e Gideon antes de voltar para Archer.

– Tínhamos esperanças, porém é possível que isso não seja viável no momento.

– Por que não?

Lucan gesticulou para as plantas.

– Temos planos em andamento, mas não poderemos executá-los

a tempo. Nossa única outra opção é nos mudarmos para o outro lado do oceano, mas, com Dragos concentrando seus esforços aqui na Nova Inglaterra, pelo que sabemos, levantarmos acampamento a milhares de quilômetros de distância não é exatamente nossa melhor escolha.

– E quanto ao Maine?

Lucan franziu a testa.

– Temos algumas terras aqui e acolá, mas nada que possa servir como uma base viável para todo o complexo, seja ele temporário ou não.

– Vocês não – Archer respondeu lentamente –, mas eu, por outro lado, tenho um lugar assim.

Capítulo 11

Chase despertou lentamente, com um odor adocicado subindo por suas narinas e arrastando-o para fora da escuridão espessa do sono.

Os olhos se recusavam a abrir. O corpo estava lento, os membros pesados como chumbo no local em que ele estava deitado de bruços, numa superfície fria e dura que, aparentemente, fora sua cama. Ele grunhiu com a garganta áspera, nada além da sensação seca de algodão na boca. Com esforço, conseguiu suspender uma das pálpebras e espiar seus arredores fétidos.

Luz do dia.

Raios brilhavam acima da sua cabeça, onde o telhado era pouco mais do que uma renda delicada, parte dela remendada de qualquer jeito com tábuas de madeira e sacos plásticos. Não o suficiente para protegê-lo. Um facho brilhante de luz solar batia diretamente no dorso de sua mão despida. Provocara uma queimadura feia em sua pele – parte do fedor que o acordara.

– Puta merda. – Chase se arrastou engatinhando para um canto sombreado.

Foi quando ele viu a outra fonte de cheiro pútrido do vagão de trem. Um humano morto jazia nas proximidades de onde ele estivera dormindo. A parca verde exército do homem fora arrancada de seus ombros, o rosto estava lívido e retorcido em horror. A garganta fora perfurada e dilacerada em inúmeros lugares. "Barbarizado" parecia um termo mais adequado para descrever a evidência grotesca da alimentação desvairada de Chase.

Lembrou-se de sua sede dissoluta. Relembrou ter entrado no abrigo ocupado daquele vagão de trem, fazendo com que os viciados sem teto gritassem ao verem seus olhos brilhantes e suas presas expostas. Quando os humanos fugiram do abrigo improvisado, agarrou o mais lento do bando, a presa mais fácil do rebanho.

Aquele homem perecera lutando, mas não se equiparara a ele de modo algum. Nada poderia ter detido a necessidade feroz que clamava tão sombria e profundamente dentro de Chase quando ele lançara o humano no piso do vagão e se alimentara.

Secando-o.

Matando-o.

A vergonha engolfou Chase quando ele viu o que fizera. Cruzara um limite ali, rompera com uma doutrina imutável da lei da Raça. Desprezara seu próprio código de honra, aquele ao qual se agarrara tão firmemente durante todos os anos de sua vida.

E também havia o problema com a Ordem. Traíra sua confiança. Na noite anterior, quando Dante e Kade o avistaram e o seguiram, preocupados, ele se acovardara nas sombras do pátio férreo como um verme. Sabiam que ele estava ali, usando seu dom para se esconder, deliberadamente ignorando-os. Se ainda lhes restava alguma fé nele, Chase a esmagara ao se recusar a enfrentá-los.

Fora doloroso afastá-los – a Dante, especialmente –, mas teria sofrido mais caso deixasse que seus colegas guerreiros o vissem no estado em que estava. Tinha caçado a noite inteira. Já se alimentara uma vez, mas ainda não se se sentia saciado. A sede o levara à sordidez da área industrial próximo ao rio, onde prostitutas e viciados – fracassados como ele – tendiam a se aglomerar. Sua sede não sabia o que era sentir vergonha, somente ânsia e necessidade.

Chase ainda sentia aquela necessidade, apesar de ter bebido mais do que o necessário havia apenas poucas horas.

Encarou o humano morto, ofendido pela visão e pelo fedor. Precisava sair dali. Com uma dor renovada em seu íntimo, Chase despiu o casaco do cadáver, depois arrancou a camiseta puída cinza e os jeans frouxos. Suas próprias roupas, o uniforme preto que estava usando ao abandonar o complexo da Ordem na noite anterior, estavam encharcadas de sangue, nojentas por conta das alimentações desleixadas. Tirou-as e vestiu as roupas do humano. Os jeans e a camiseta ficaram pequenos, e provavelmente não tinham sido lavados desde que o antigo dono as apanhara em alguma caridade.

Chase pouco se importava, contanto que não chamasse atenções indevidas ao andar por aí como se tivesse assassinado alguém. Pegando o uniforme arruinado com uma mão, andou até a porta entreaberta do vagão de trem. Abriu-a um pouco mais e espiou uma vista que poucos de sua espécie testemunhariam de boa vontade.

A luz do sol iluminava o céu azul do meio da manhã. Iluminava o chão abaixo, reluzindo na neve suja e congelada em lama do pátio férreo. A despeito da feiura das imediações, existia uma beleza naquele momento – o primeiro vislumbre de luz do dia na madrugada fria – que desafiava a miséria ao seu redor.

Desafiava até a urgência da sua sede, fazendo-o parar onde estava e simplesmente olhar para aquele milagroso mundo, que ele sentia escorregar pelos dedos a cada pulsação em suas veias.

Chase levantou o braço para proteger seus olhos hipersensíveis do brilho impossível. Levantou o rosto para cima e deixou o calor desconhecido e glorioso da manhã banhar seu rosto.

E começou a arder.

Não muito tempo depois, a queimar.

Quanto tempo até que o sol o cozinhasse até torrar? Provavelmente meia hora, deduziu, saboreando a queimadura ácida conforme a pele das faces e da testa ficava mais quente. Trinta minutos e não existiria mais fome. Nenhuma vergonha. Nenhuma luta para se manter afastado do abismo que parecia tão receptivo, tão abençoadamente escuro e infinito.

Ele considerou a ideia por um tempo longo e excruciante, testando sua força de vontade.

Mas fracassou, mesmo naquilo.

Com as garras da sede se enterrando nele, Chase saiu pela beirada do vagão e caiu no chão abaixo. Atravessou os trilhos e largou as roupas arruinadas de guerreiro no ventre de um barril de lixo que queimava.

Depois, moveu-se furtivamente até encontrar um abrigo onde esperar o anoitecer, quando retomaria sua caçada uma vez mais.

Chegaram a Nova Orleans nas horas escuras próximo ao amanhecer e pegaram um táxi do aeroporto para um hotel no que Hunter deduzia ser o coração da região turística. Barulhos da rua e música ecoaram abaixo da janela do quarto andar até muito depois do nascer do sol, criando uma confusão que mantinha seus sentidos completamente despertos, em antecipação ao menor indício de problemas.

Não que ele tivesse alguma intenção de dormir. Mal necessitava de descanso; no máximo uma ou duas horas por dia. Fora treinado assim, com uma disciplina que mantinha seu corpo pronto para qualquer situação, a mente preparada para funcionar em reação imediata.

Corinne, por sua vez, dormira como se estivesse morta desde que ali chegaram.

Ele sabia que ela estava exausta, fisicamente desgastada. Suas emoções também foram sobrecarregadas, embora ela não tivesse sucumbido a um acesso de autopiedade improdutiva e lágrimas, fato a que ele tinha que lhe dar seu crédito. Ela se portara com admirável força.

Parecera resolvida desde que saíram do Refúgio de Bishop. Desafiadora, até.

Concordara com bastante graciosidade quando ele informara que ela estava sob sua guarda e proteção, e não houve nenhum dramalhão irracional quando ele lhe disse onde sua missão para a Ordem os levaria – a ambos –, diretamente no território do inimigo potencial Henry Vachon, um conhecido aliado do seu sequestrador e torturador. Corinne pareceu quase ansiosa ante a ideia, fato que atiçou uma curiosidade cuidadosa nele.

Agora ele ouvia os sons da água se movendo na banheira. Corinne entrara para se refrescar pouco depois do meio-dia, depois de ter dormido a manhã toda enquanto ele estudava os mapas da cidade e distritos remotos na sala de estar obscurecida pela cortina fechada.

Notara que ela se esquecera de fechar completamente a porta, e, nos últimos trinta e sete minutos – o total de tempo em que ela passara deitada nua na banheira –, evitara propositalmente olhar para a abertura fina e dourada pela iluminação das lâmpadas que jorrava na escuridão em que ele permanecia sentado.

Focou sua concentração nos mapas espalhados que pegara na recepção do hotel quando ali chegaram. Neles havia uma lista abreviada das ruas, basicamente para os turistas cujos principais objetivos eram, pelo visto, encontrar os restaurantes, os bares e os clubes de jazz mais próximos. Hunter obteria mais informações sobre Henry Vachon por intermédio de Gideon em pouco tempo; até então, sentia que seria um uso benéfico de seu tempo familiarizar-se com as diversas ruas e bairros até o pôr do sol, quando poderia se aventurar a sair e ver por si só a cidade de Vachon.

Qualquer coisa para impedir que seu olhar se desviasse na direção daquela porta parcialmente aberta do lado oposto do quarto.

Sua resolução foi testada quando ele ouviu o gorgolejar da água saindo pelo ralo quando ela puxou a tampa. Sua pele guinchou ao encontro da porcelana, e o barulho da água indicou que ela saíra da banheira. Ele viu o braço delgado se esticar para alcançar a toalha grossa do hotel na barra metálica acoplada à parede. Ouviu o raspar do tecido quando ela começou a enxugar o corpo.

Forçou os olhos a voltarem para o trabalho que cobria a mesa de centro diante dele. Com total concentração, estudou a porção do mapa onde estavam no presente momento, atento a gravar a grade multicolorida e seus nomes de ruas correspondentes na memória. O hotel ficava numa região chamada Quarteirão Francês Alto. Essa parte da cidade abarcava diversos quarteirões entre a rua Iberville e a rua St. Anne, e estava delimitada por um lado por uma rua chamada North Rampart e, do outro, pelo Mississippi...

Pela abertura alaranjada da porta, teve um vislumbre da coxa de Corinne. A toalha escorregou para baixo, depois o pé subiu para se apoiar na tampa fechada do vaso sanitário enquanto ela enxugava a panturrilha longa e magra.

Um calor que estivera crescendo em sua barriga agora se deslocou para baixo.

Hunter queria desviar o olhar.

Tinha toda a intenção.

Mas então ela mudou de posição de novo, e seu olhar se deteve na curva pequena e arredondada do seio. O mamilo que o coroava era rubro como uma rosa escura, em um contraste tentador com a pele leitosa. Ele encarou o botão de rosa apontando de sua pele pálida, suave e arredondada. Nunca antes vira o seio nu de uma fêmea. Num filme ou na televisão do complexo de vez em quando, é claro, mas nenhum daqueles seios inflados e duros se comparava à perfeição delicada que ele via na figura nua de Corinne.

Quis ver mais dela; isso o chocou. Conforme a observava se mover, entrando e saindo de seu campo de visão, uma excitação começou a se enrolar em volta dele, endurecendo-o. Sua pele parecia quente e apertada, esticada demais ao redor do peito e ao longo do pescoço. Mais baixo ainda, a sensação de constrição piorava a cada segundo, o sexo se erguendo, endurecendo com o súbito jorro de sangue em suas veias.

Grunhiu baixinho, se por conta do choque ou da vergonha ele não tinha como saber. Não queria sentir aquela curiosidade em relação a ela, aquela indesejável percepção sexual. Fora treinado – disciplinado sem concessões desde a época em que era apenas um garoto – a ficar acima das necessidades básicas e dos desejos.

Todavia, não conseguia desviar sua atenção de Corinne Bishop agora.

Mesmo quando mudou de posição para aliviar a compressão inconveniente das roupas justas, ele a encarou, roubando mais uma espiada, na esperança de mais um vislumbre. Desejando que a toalha escorregasse a fim de que ele pudesse refestelar seus olhos completamente e saciar a curiosidade que o levava a se apoiar num cotovelo só para ter uma visão mais vantajosa.

Suas têmporas pulsavam, quase tão insistentes quanto o latejar em sua virilha. Caso não tivesse sido criado tão rigorosamente, tão implacavelmente, poderia se sentir tentado a esfregar a mão no latejar exigente da sua excitação, mesmo que só para aliviar seu incômodo. Em vez disso, combateu essa necessidade. Como pôde.

Tudo o que era macho nele estava concentrado nela naquele momento, e Corinne teria que estar inconsciente para não sentir o peso do seu olhar cheio de desejo.

Talvez ela tivesse notado algo, afinal.

Virou-se subitamente e tentou dar um passo para o lado da abertura estreita da porta. Quando se moveu, a toalha que ele tanto desejou que caísse acabou escorregando de sua mão. Pendeu de um lado, revelando sua coluna e a curva superior das nádegas em forma de coração.

Sua respiração ficou presa num arquejo baixo. Não por causa da beleza feminina do corpo dela, mas pela selvageria que evidentemente lhe fora infligida a certa altura.

Uma teia de cicatrizes rubras marcava a tela branca que devia estar em suas costas, do ombro até a nádega. Vergões horrendos feitos por um chicote – e provavelmente também por uma corrente de ferro, a julgar pelo estado de algumas partes da pele – deixaram-no atônito, numa espécie de torpor.

O que ela fora obrigada a suportar?

Exatamente quão profundamente a maldade de Dragos a afetara?

Todo o calor que ele sentira apenas um momento antes foi eclipsado ante a visão daquelas cicatrizes. Sentiu algo esquivo e desconhecido assolando-o naquele instante, sentimentos que pareceram crescer dentro dele, vindos de algum lugar muito íntimo, um ponto inacessível, muito fora de seu alcance. O pesar pelo que fora feito com ela o inundou numa onda sombria e crescente de fúria pela besta responsável por aquilo.

Praguejou, sem conseguir conter o desprezo dentro de si.

A cabeça de Corinne virou para trás, os cabelos negros molhados batendo nos ombros nus quando ela se apressou a se cobrir com a toalha. Os olhos dela se depararam com os seus pela pequena fenda da porta. Havia desafio em seu olhar firme, uma crueza que o fez sentir como se seu conhecimento das feridas dela fosse uma violação tão profunda quanto o castigo em si.

Hunter desviou o olhar, abaixando-o para os mapas.

Manteve os olhos desviados por respeito – por uma empatia que sequer sabia ser capaz de sentir até então. Ouviu quando os pés descalços de Corinne caminharam sobre os ladrilhos do banheiro.

A porta rangeu de leve quando ela a fechou e trancou, bloqueando-o do lado de fora.

Capítulo 12

– Sim, claro. Compreendo. – Victor Bishop estava de pé junto à lareira de seu escritório naquela tarde, falando a partir da linha particular do Refúgio Secreto. Debatera-se se deveria ou não dar aquele telefonema, mas apenas por conta da ira potencial que as notícias indesejáveis poderiam lhe acarretar.

No fim, deduzira que seria melhor para ele reafirmar sua lealdade, certificando-se de levantar a bandeira da cor correta a fim de não se ver sob fogo inimigo provocado uma vez mais.

– Se eu puder lhes dar mais informações, fique tranquilo que entrarei em contato imediatamente. – Ele pigarreou, desprezando o medo que tingia sua voz com um vacilo de embaraço. – Ah, e, por favor, se puder... certifique-o de que não tive nada a ver com a reviravolta atual dos eventos. Jamais traí sua confiança. Estou e sempre estarei a serviço dele.

Com pouco mais do que uma palavra murmurada de despedida, como garantia de que fora ouvido, o telefonema foi encerrado abruptamente do lado oposto.

– Maldição – Bishop rosnou, afastando o aparelho da orelha. Girou sobre si mesmo, tentado a jogar o telefone sem fio na parede mais próxima. Deteve-se, surpreso ao descobrir que não estava sozinho.

Regina estava atrás dele, silenciosa, com os olhos vermelhos condenando-o.

– Pensei que estivesse deitada – observou, propositalmente conciso ao passar por ela e cuidadosamente recolocar o aparelho no console sobre sua escrivaninha. – Parece cansada, querida. Talvez seja melhor voltar a se deitar e descansar um pouco mais.

Ela fora para a cama logo depois que Corinne e o guerreiro de Boston saíram do Refúgio Secreto. Não tentara conversar com Regina desde então; sabia que a admissão da noite passada era uma fenda que jamais seria consertada. Nem mesmo o laço de sangue partilhado bastaria para consertar o que fora quebrado. Estavam ligados um ao outro pelo sangue e por um juramento, mas a confiança dela, o amor, jamais seriam seus novamente.

Tinha que admitir, uma parte sua estava aliviada. A mentira fora um fardo por tempo demais, fora exaustivo demais manter a máscara do pai desolado e confuso no lugar, quando sua conexão visceral com Regina sempre estivera ali, pronta para denunciá-lo. A sensação de estar tudo às claras era boa. Libertadora, a despeito do desprezo que sentia como um veneno ardente entrando nele.

O desprezo de Regina, atingindo-o através de seu olhar acusador e da vibração frenética da pulsação, que reverberava em suas próprias veias.

– Com quem estava falando, Victor?

– Ninguém importante – ele respondeu, dispensando-a com um olhar estreitado.

Ela deu um passo em sua direção, com ambas as mãos cerradas ao longo do corpo.

– Você continua mentindo para mim. Fico enojada em pensar por quanto tempo isso tem acontecido.

A raiva surgiu dentro dele.

– Volte para a cama, querida. Você está evidentemente exausta, e eu detestaria que dissesse coisas das quais pode se arrepender mais tarde.

– Arrependo-me de tudo agora – ela disse, fitando-o com um olhar magoado. – Como pôde ter feito as coisas que fez, Victor? Como pôde viver consigo mesmo depois do que fez com Corinne?

– O que você não parece capaz de entender – ele grunhiu – é que o que eu fiz, fiz por nós. Pelo nosso filho. Starkn teria ido atrás de Sebastian em seguida. Eu não colocaria o nosso menino, o nosso filho de carne e sangue, em risco…

Regina o encarou com olhos arregalados como se ele a tivesse esbofeteado.

– Corinne também é nossa filha, Victor. Ela e Lottie são tão nossas filhas quanto Sebastian. Trouxemo-las para a nossa casa, para os nossos corações, como se elas tivessem nascido de nós.

– Não era o mesmo para mim! – ele estourou, batendo o tampo da mesa com o punho. Uma raiva fútil o trespassava quando pensava no seu menino, no jovem sensível e hipercontemplativo que deveria ter tido o mundo em sua palma. O filho promissor, que poderia ter tido tudo aquilo e muito mais, se não pela teia de mentiras que Bishop tão cuidadosamente tecera ao redor deles.

Não cuidadosamente o bastante, ele refletia agora.

Fora essa mesma teia que, no fim, encontrara Sebastian, estrangulando sua bondade, seu futuro.

– Não importa – Bishop murmurou para sua evidentemente ultrajada Companheira de Raça. – O que está feito, está feito. Foi tudo à toa, de todo modo. Perdemos Sebastian, a despeito de tudo o que fiz para protegê-lo.

Os olhos de Regina o observaram atentamente, como se soubesse de tudo.

– Ele nunca mais foi o mesmo depois do desaparecimento de Corinne – ela disse, mais para si mesma do que para Victor.

– Lembro-me de como Basti se retraiu poucos anos depois, como se distanciou de nós naquelas poucas semanas... antes que a Sede de Sangue assumisse o controle.

Bishop odiava essa lembrança. Odiava lembrar-se do quanto fora sofrido perceber que seu único filho se transformara num Renegado – perdido para a sede, para seu vício de sangue, para a mesma coisa que dava a vida, a força e o poder a toda a Raça. Basti fora um fraco, mas tinha sido a descoberta da corrupção do pai que o empurrara para além do precipício.

Regina teria lido sua culpa agora mesmo sem o laço de sangue.

– O que aconteceu, Victor? Você traiu Sebastian também, não foi?

Bishop cerrou os molares, furioso por ela o estar fazendo reviver o que fora o pior momento de sua vida. O segundo pior – nada poderia superar o dia em que Sebastian, ébrio por sua onda de matança, pegara uma das pistolas de Victor e apontara para a cabeça, apertando o gatilho antes que qualquer um pudesse detê-lo.

– Ele descobriu, não foi? – Ela o pressionou. – Você enganou o restante de nós, mas não a ele. Ele, de alguma forma, descobriu a verdade.

– Cale a boca – Bishop grunhiu, a mente inundada de lembranças.

Sebastian e seu senso de ordem e organização. Como ele se sentira orgulhoso do armarinho de armas de mogno que fizera com as próprias mãos, um presente para o pai. Querendo que fosse uma surpresa, estava transferindo a renomada coleção de armas antigas de Victor do antigo armarinho para o belo novo quando descobriu um painel escondido no fundo.

Os segredos mais sombrios de Victor estavam lá.

Sebastian descobrira que uma prostituta fora assassinada para fazer parecer que era Corinne. Havia recibos da costureira da loja para as roupas que Victor encomendara às pressas seguindo suas exatas especificações. Uma nota dos amigos joalheiros de Victor no centro da cidade, com um rascunho do colar encomendado para substituir aquele que Corinne estivera usando na noite do desaparecimento.

Lembranças tolas que deveriam ter sido queimadas junto à esperança de verem Corinne novamente.

Sebastian ficara horrorizado com a descoberta, mas manteve silêncio. Victor o proibira de tocar no assunto – ameaçara-o, pelo amor de Deus. Dissera que expor sua mentira seria o convite para a morte de todos eles.

O terrível segredo foi um fardo que o filho não conseguiu suportar.

– Foi você – Regina disse com voz dura. – Você foi o responsável pelo que aconteceu com nosso filho. Meu Deus… foi você quem o levou à Sede de Sangue, a explodir seus miolos nesta exata sala.

A fúria de Bishop explodiu para fora dele.

– Eu disse cale a boca!

Embora surpresa com a rispidez na voz dele, Regina não titubeou. Com os punhos ainda cerrados, as juntas dos dedos embranquecidas em seu ultraje, ela se aproximou da mesa onde ele estava parado.

– Você destruiu a vida de Sebastian assim como destruiu a de Corinne, mas isso ainda não bastou para você. Ainda precisava traí-la uma vez mais. – Olhou para o telefone. – Traiu, não foi? Essa ligação que você fez… foi para salvar seu pescoço, mesmo que à custa dela. Não posso viver com isso, não com você. Você é um covarde, Victor. Você me enoja.

Ele a golpeou, esticando o braço ao longo da mesa na direção dela com a mão fechada, atingindo-a no rosto.

Regina caiu no chão com a força do impacto. Ele deu a volta e a encarou de cima, fumegando de raiva, as presas apontando para fora da boca. Ela não se acovardou. Erguendo a cabeça, encarou-o com os olhos estreitos, sem recuar diante das íris transformadas, que a banhavam com uma luz âmbar. Sua língua foi para o canto da boca, sentindo o gosto de sangue que escorria do pequeno corte até o queixo.

– Você faz ideia do que foi feito com ela durante todos estes anos? – Ela o desafiou com amargura. – Ela foi violentada, Victor. Surrada e torturada. Sofreu experimentos como se fosse uma espécie de animal. Teve um filho na prisão. Isso mesmo, Corinne tem um filho. Eles o tiraram dela imediatamente. Ela chegou a pensar que você poderia ajudá-la a encontrá-lo, trazê-lo de volta. Só o que queria era que fôssemos uma família de novo, incluindo-a e ao filho.

Bishop ouviu atentamente, mas permaneceu inalterado. Nem mesmo as lágrimas de Regina, agora descendo pelas faces, causaram algum impacto. Ele tinha mergulhado fundo demais, e há tempo demais. Em vez de sentir pena ou remorso pelas coisas que não podia mudar, ele já calculava maneiras de mudar a situação de modo a poder se favorecer ante Gerard Starkn – ou Dragos, qualquer que fosse o nome que o macho poderoso estivesse usando agora.

Sem oferecer uma palavra, tampouco uma mão, assistiu Regina se levantar. Ela o desprezava; ele sentia isso em seu sangue.

– Quero que você vá embora, Victor. Hoje à noite, quero que saia deste Refúgio.

Era uma exigência tão ridícula que ele gargalhou alto.

– Você espera que eu saia da minha própria casa?

– Isso mesmo – ela respondeu, firme como jamais a vira. – Porque, se você não o fizer, eu exporei sua corrupção para toda a Raça. Você, Gerard Starkn, Henry Vachon... Todos vocês.

Desafiadora, ela se virou sobre os saltos altos e seguiu para a porta aberta do escritório. Ele não permitiu que ela a alcançasse.

Num segundo – menos do que isso –, moveu-se do meio da sala até ficar imediatamente diante dela, bloqueando seu caminho para o vestíbulo.

Agarrou-a com força pelos braços, depois falou entre dentes:

– Não fará nada disso. Você, minha querida, vai segurar essa sua maldita língua. Vai cuidar do seu companheiro, se souber o que é melhor para si mesma.

Seus olhos se arregalaram um pouco, e ele notou sua garganta se movendo ao engolir. Antes que ela falasse, ele já interpretou isso como sinal de medo.

– Ou o quê? – ela o desafiou, com coragem demais para seu gosto. – O que você vai fazer, Victor, me matar?

Embora fosse tão raro a ponto de quase não acontecer, ainda mais naqueles tempos modernos e civilizados, ele não seria o primeiro macho a perder o controle do seu lado mais selvagem matando sua companheira.

Ao olhar para Regina, percebia agora como seria mais fácil continuar sozinho. Seus pecados morreriam com ela. E se Corinne, onde quer que ela fosse parar, pensasse em ficar em seu caminho, tirá-la deste mundo seria o mesmo que arrancar um prego preso debaixo de sua sola. Ela não era nada para ele agora, menos ainda do que fora na noite em que Gerard Starkn a levara consigo.

A pegada de Bishop em sua Companheira de Raça se intensificou, quase que por vontade própria. Ela franziu a testa, a dor fazendo seu belo rosto se enrugar.

– Está me machucando – ela reclamou, lançando um olhar nervoso por cima do ombro dele como se estivesse procurando ajuda.

Ele estava doente de raiva agora, frio com a percepção de que, do mesmo modo como a confiança dela desaparecera, o mesmo tinha acontecido de sua parte, com relação a ela.

– Ameaçar-me foi uma manobra estúpida da sua parte, Regina. Eu poderia ser capaz de perdoar seu desprezo por mim, mas, como acaba de me mostrar, você se tornou uma ameaça ao meu estilo de vida. Um risco ao qual não posso me dar ao luxo…

O súbito clique de uma bala sendo acionada no tambor o surpreendeu. Mas não mais do que a sensação do metal frio encostando em sua têmpora direita.

– Precisa tirar as mãos de cima dela, senhor. Agora.

Mason.

Sem nem olhar, ele reconheceu a voz baixa e firme de um dos seus seguranças mais antigos. Vira o homem em ação mais de uma vez, o bastante para entender que estava numa situação desagradável. Íntegro até o fim, Mason não recuaria de uma luta a menos que já não estivesse respirando. Ainda mais agora, quando ele vinha em defesa da adorável Regina, que havia tempos significava muito mais para Mason do que a mera dona do Refúgio Secreto, conforme Bishop suspeitava. Ele a protegeria com a vida, disso não tinha nenhuma dúvida.

O que significava que ele teria que sujar as mãos de sangue com as vidas de ambos antes que aquele dia chegasse ao fim.

Bishop pensou, desprovido de piedade, que aquilo não tinha importância alguma.

Estava pronto para fazer o que devia para colocar sua vida – e seu futuro – num curso menos complicado.

– Eu disse para soltá-la. – Mason empurrou o cano frio da pistola com um pouco mais de insistência contra sua têmpora.

Bishop afrouxou a pegada em Regina, obedecendo à ordem apenas o bastante para fazer o segurança acreditar que a situação estava sob controle. Assim que sentiu o aperto no gatilho relaxar, Bishop se rebelou contra ele com as presas arreganhadas.

Regina gritou quando ele derrubou a pistola da mão do outro macho. Saiu correndo do escritório quando a arma bateu no chão do vestíbulo.

Bishop atacou seu segurança. Estavam equiparados quanto à força, mas ele tinha a vantagem de sua determinação férrea, sua fúria como uma loucura bombeando o sangue e o cérebro. Com um rugido descontrolado, agarrou Mason pelo peito e o fez voar com toda a força até a parede mais distante do escritório. Ele não concedeu mais de um segundo para que o segurança reagisse.

Saltando sobre ele, esmagou o salto de seu sapato social italiano na virilha de Mason. O vampiro gritou de agonia, os olhos ardentes como carvão, as presas rasgando para fora das gengivas.

Bishop escarneceu. Não conseguia deixar de apreciar a dor que causava no outro macho. Mataria Mason lentamente antes de estrangular Regina com as próprias mãos.

Enquanto esse pensamento dançava em sua mente, percebeu um movimento no vestíbulo.

Regina voltara, sem ter ido muito longe. Trazia a pistola de Mason nas mãos.

Bishop se virou de frente para ela – bem a tempo de ouvir o som metálico quando ela apertou o gatilho. A bala foi disparada, viajando até ele numa nuvem de fumaça. Desviou-se no último segundo possível. Atrás dele, a porta francesa coberta por uma cortina explodiu com o impacto do vidro se quebrando. A luz da tarde entrou pelo buraco na cortina pesada, trazendo consigo o frio da brisa de dezembro.

Bishop bufou, prestes a ridicularizar as mãos trêmulas e a mira ruim da sua Companheira de Raça.

Mas ela voltou a atirar. Atirou nele de novo e de novo, até que ele não teve como se desviar da saraivada de balas. Ela atirou até a câmara da pistola se esvaziar.

Ele cambaleou sobre os calcanhares, abaixando o olhar para o campo escarlate que se alargava em seu peito. Não tinha como conter a hemorragia; só podia encarar aturdido o estrago infernal. Sentiu o coração se esforçar para manter o ritmo, cada respiração um rasgar de garras dentro do peito. As pernas enfraqueceram sob seu peso.

E agora Mason estava de pé, parado diante dele, a hostilidade emanando do corpo grande como uma nuvem escura de tempestade.

Bishop entendeu que aquele era seu fim.

As balas poderiam não matá-lo, mas tinha drenado sua tão necessária força. Os pulmões estavam perfurados, assim como o coração.

Mas ele se agarrou à sua fúria – a única coisa que lhe restava naquele momento final.

Com um rugido que pareceu rasgá-lo por dentro, Victor Bishop avançou sobre sua Companheira de Raça.

As mãos inexoráveis de Mason o detiveram. Seguraram-no e o suspenderam do chão. Em seguida ele estava voando, deslocando-se para trás na direção das portas francesas que davam para o jardim da propriedade do Refúgio Secreto. O corpo atravessou as cortinas e os vidros, parando fraturado e sangrando no chão congelado do lado de fora.

Ele fitou o céu acima, sem conseguir se mexer, nem se salvar da excruciante morte lenta que o aguardava conforme fitava maravilhado a gloriosa e implacável luz do dia.

Capítulo 13

Dragos fechou o celular num rompante, a irritação ainda o inflamando por conta das notícias que recebera havia poucas horas de seu tenente em Nova Orleans.

Henry Vachon, um aliado de muito tempo desde o seu período na Agência de Policiamento, estava muito preocupado com a possibilidade de logo receber uma visita de um dos membros da Ordem. Dragos não duvidou disso nem por um instante. Baseado na informação que Vachon recebera de um muito ansioso Victor Bishop em Detroit, ele deduziu que uma retaliação da Ordem seria apenas uma questão de tempo.

Para tranquilizar Vachon e garantir que a operação não perderia mais um ativo para os guerreiros de Lucan, Dragos chamara reforços pesados e lhes dera ordens para matar. Quanto a Victor Bishop, ele já servira seu propósito havia tempos. Agora não passava de uma desvantagem, pouco importando o quanto ele aparentemente se rebaixara no telefonema para alertar Vachon quanto ao problema. Se Bishop um dia fosse tolo o bastante para dar as caras, Dragos teria imenso prazer em destruí-lo.

Seu mau humor nas últimas horas em nada melhorara com as sacudidas da sua limusine enquanto o motorista avançava ao longo da estradinha de terra rural e escura esquecida por Deus no Norte do Maine.

– Você precisa mesmo cair em cada um dos buracos? – bradou para o Servo Humano. Ignorou o pedido de desculpas tímido que se seguiu. Em vez disso, encarou além da janela, para os quilômetros de floresta escura e pântano gelado. – Tenho sido sacudido aqui há mais de quatro horas desde que chegamos ao continente. Quanto tempo ainda demora?

– Não muito, Mestre. De acordo com o GPS, estamos quase lá.

Dragos grunhiu, o olhar ainda seguindo o desolamento do cenário. Tinham deixado a última cidade para trás havia mais de cento e cinquenta quilômetros – isso se o aglomerado de trailers velhos e veículos enferrujados podia ser chamado de cidade. A civilização humana não chegava tão ao norte assim, não em grandes quantidades. Ou, caso tivesse chegado, fora empurrada de volta às cidades pelas terras acidentadas e pela ausência de atividades.

Somente as almas mais intrépidas escolheriam estabelecer suas vidas naquela fronteira afastada. Ou aqueles com bons motivos para viverem fora do radar, o mais distante que pudessem dos estabelecimentos humanos que tanto desprezavam.

Homens como os que Dragos iria encontrar agora.

O governo humano os chamava de terroristas, cidadãos descontentes procurando colocar a culpa de sua revolta e fracassos pessoais em qualquer outra pessoa que não eles mesmos. Outros os chamariam de bombas sociopatas à espera da crise política ou financeira seguinte para justificar sua violência. Para a maioria, de qualquer forma, homens como esses eram considerados insanos, anomalias dentro da norma da sociedade humana.

Entre eles, sem dúvida chamavam-se de heróis, patriotas. Qualquer um dos três que o aguardavam não hesitaria em se tornar, por vontade própria, um mártir, imitando o punhado de celebridades da sua espécie que haviam passado as vidas nos altares da indignação moral e virtuosa. Era essa crença fervorosa em suas causas pessoais, essa dedicação perigosa e o desejo de agir segundo ela que chamara a atenção de Dragos para esses homens.

O fato de o grupo inteiro deles ter passado um tempo na lista de observação do governo americano durante a última década só tornou a perspectiva de recrutá-los ainda mais agradável.

Do banco de passageiros atrás na limusine, Dragos olhou pelo para-brisa enquanto o motorista diminuía a velocidade, depois virava numa estradinha de terra ainda mais estreita. Aquilo era menos uma estrada que uma trilha, uma camada de neve e gelo compactados que conduzia a terras na floresta.

Os fachos de luz dos faróis balançavam à medida que o comprido sedã sacudia ao longo do caminho. A não ser pelo leve rastro das correntes para neve – deixado pelo seu outro Servo Humano, aquele que organizara a reunião para ele no dia anterior –, parecia que ninguém estivera havia meses naquela terra esquecida.

O Servo Humano, um antigo oficial da Inteligência do Exército, aguardava do lado de fora de um celeiro em ruínas ao fim da estrada.

Ele se aproximou da janela do lado do passageiro da limusine quando ela parou.

– Mestre – ele o cumprimentou, inclinando a cabeça quando Dragos saiu. – Estão aguardando-o lá dentro.

– Diga ao motorista que desligue o motor e as luzes e espere por mim aqui – Dragos murmurou. – Isto não deve demorar muito.

– Claro, Mestre.

Dragos caminhou com cuidado sobre o caminho gelado que seguia em direção à luz fraca brilhando dentro do celeiro. Não pôde deixar de parar para olhar para a estrutura de madeira inclinada e dilapidada, com suas tábuas antigas e apodrecidas, emanando fedor de um rebanho. Tampouco pôde deixar de curvar a boca ao pensar na vitória que logo seria sua.

Que ironia que, dentro de uma construção desfavorável e destruída – nas mãos de uns poucos fracassados locais –, estivessem os meios perfeitos para garantir a derrocada total e irrevogável do poderoso Lucan Thorne e sua maldita Ordem.

Corinne estava sentada numa das camas de solteiro no quarto de hotel em Nova Orleans, mudando a TV de canal em canal com o controle remoto. A atividade mantivera sua mente ocupada por um tempo, impedindo-a de zanzar pelo confinamento do pequeno alojamento como um gato enjaulado. Mas a novidade de tanta conversa e barulho, tudo com imagens vívidas passadas numa tela ao simples toque de um botão, já se desgastara.

Encarou Hunter, que parecia ter ficado mais distante, mais silenciosamente reservado, a cada minuto passado desde o pôr do sol. Ele conversara com Gideon no seu celular cerca de uma hora antes, discutindo o plano de localizar e se infiltrar nas propriedades conhecidas de Vachon na região. Quando o encontrasse, ele o moveria para um local isolado e o interrogaria a fim de tentar obter informações sobre Dragos. Só precisava descobrir o paradeiro atual de Vachon e invadi-lo sem ser pego ou morto no processo.

Tudo isso parecia muito audaz, e extremamente perigoso.

Ela desligou a televisão, deixando o controle na cama ao se levantar e olhar para o mapa marcado que estava sobre a mesinha de centro diante do sofá do outro lado do quarto. Hunter havia tempos deixara de lado o mapa, passando para um eletrônico em seu celular.

Estudou as áreas circuladas onde a Ordem acreditava que as propriedades de Vachon ficavam. Durante o voo de Detroit e no tempo em que passara presa no quarto de hotel esperando o cair da noite com Hunter, Corinne tentara descobrir um modo de encontrar Vachon ela mesma, para interrogá-lo sobre seu filho.

Se deixasse Hunter encontrá-lo primeiro, Vachon estaria morto. Mas se pudesse, de alguma maneira, interceptar o encontro, barganhar pela misericórdia de Vachon com quaisquer meios escassos que ainda lhe restassem, talvez houvesse uma possibilidade de ela encontrar o filho. Pensar em se colocar de novo ao alcance de um dos leais seguidores de Dragos a preocupava. Mas se Henry Vachon estivera mesmo presente na noite em que fora sequestrada, então ela já vira sua pior faceta. Enfrentara a crueldade depravada dele uma vez antes e sobrevivera; ela enfrentaria a ele e a Dragos novamente se isso a levasse até o filho.

Era um plano desesperado. Um plano tolo, equivalente ao suicídio.

Mas ela *estava* desesperada. E disposta a arriscar tudo o que tinha na esperança de se reunir a seu menino.

Olhou para Hunter, parado de pé junto às portas deslizantes de vidro, o corpo grande delineado pelo luar e pelas luzes dos postes do bulevar abaixo. Música tocava do lado de fora do hotel, o suave lamento de um saxofone, alguém tocando o blues. Ela também se aproximou do vidro, atraída como sempre pelos sons suaves da poesia transformada em notas e acordes. Escutou por um tempo, observando o idoso na esquina oposta da rua tocar seu trompete gasto com toda a paixão de alguém com metade da sua idade.

– Quando vai sair para começar a procurar por Vachon?

Hunter levantou a cabeça e se deparou com seu olhar.

– Assim que possível. Gideon está procurando os registros de suas propriedades, plantas de velhos prédios, esquemas de segurança, coisas que podem me auxiliar no reconhecimento. Se conseguir arranjar alguma informação importante em uma hora, ele ligará para mim.

– E se ele não encontrar nada que possa ajudá-lo?

– Então prosseguirei sem isso.

Corinne assentiu, nem um pouco surpresa com sua resposta franca.

Ele não parecia alguém que permitiria que obstáculos o impedissem, mesmo que isso significasse entrar no território inimigo apenas com sua inteligência e quaisquer armas que por acaso portasse consigo.

– Acredita que Vachon lhe dirá onde Dragos está?

O rosto de Hunter estava severamente confiante.

– Se ele souber, irá me contar.

Ela não queria adivinhar como ele garantiria isso. Tampouco conseguia sustentar seu olhar penetrante por mais de um momento quando ele estava apenas a poucos metros dela.

Estar tão perto assim dele, sentindo o peso palpável do olhar dourado, só a fazia se lembrar de como se sobressaltara ao descobrir que ele a observara enquanto tomava banho aquela tarde. Ficou mais que surpresa. Ficou atônita – completamente chocada pelo calor que ardera em seu olhar sempre inescrutável. Sentiu novamente uma onda de calor ao se lembrar disso agora, ainda pior por não existir nenhuma porta para fechar entre eles.

Ela deveria ter ficado afrontada, talvez temerosa, pelo fato de Hunter a ter olhado. Então, como agora, o olhar dele a desestabilizava. Não pelo medo que deveria sentir, mas por sua própria percepção. O guerreiro estoico não a olhara como algum objeto que precisava ser protegido, nem com pena, mas como uma mulher.

Pelo menos até ver suas cicatrizes.

A evidência externa daquilo que ela suportara já era bem feia, mas as feridas mais terríveis ela carregava dentro de si. Ainda havia uma parte sua com uma ferida aberta que não saíra da prisão apavorante de Dragos, uma parte que talvez nunca chegasse à luz do dia. Deixara tanto de si para trás naquelas celas úmidas do laboratório que não tinha certeza se um dia voltaria a se sentir inteira.

Fora essa parte sua que se rebelara ante a ideia de ficar fechada num espaço tão diminuto quanto o pequeno banheiro daquele quarto. Deixara apenas a menor das aberturas na porta, o bastante para se certificar de que poderia enxergar além do pequeno espaço fechado, que teria o poder de sair a qualquer instante. Que não estaria presa ali dentro, nem indefesa, à espera da próxima rodada de tortura por parte daquele que possuía a chave.

Mesmo agora, apenas pensar em espaços fechados e portas trancadas fazia parecer que as quatro paredes se contraíam ao seu redor. Com a pulsação acelerada e a garganta se fechando com a onda crescente de ansiedade, Corinne virou o rosto na direção das portas de correr que davam para a cidade naquela pequena varanda. Esticou as mãos, pressionando as palmas no vidro frio enquanto se concentrava somente em respirar, tentando acalmar o coração.

Não foi o bastante.

– O que foi? – Hunter perguntou, franzindo a testa quando ela inspirou fundo algumas vezes. – Está se sentindo mal?

– Ar – ela arquejou. – Preciso... de ar...

Ela remexeu no mecanismo de abertura da porta, finalmente conseguindo escancará-la e quase cambaleando para fora da varanda. Hunter logo ficou ao seu lado quando ela se agarrou à grade de ferro e inspirou, uma vez atrás da outra, lufadas de ar purificante da noite. Sentiu a presença dele como uma parede de calor ao seu lado, a silhueta ampla pairando próxima, observando-a com preocupação silenciosa.

– Estou bem – ela murmurou, tudo ainda girando ao seu redor, os pulmões ainda contraídos. – Não foi nada... estou bem.

Ele esticou a mão e segurou seu queixo com suavidade, virando-lhe o rosto na sua direção no escuro. Sua testa se franzira ainda mais, aqueles inquiridores olhos dourados vasculhando por baixo da linha tensa das sobrancelhas.

– Você não está bem.

– Estou. Só precisava de um pouco de ar fresco. – Ela recuou um pouco e ele deixou a mão cair, mas o calor de seu toque permaneceu.

Conseguia sentir as linhas largas dos dedos em sua pele enquanto exalava uma respiração trêmula.

Ele a encarou, observando-a estremecer mesmo não estando frio na noite abafada de Nova Orleans.

– Você não está bem – ele repetiu. A voz suave desta vez, mas não menos firme. – Seu corpo precisa de mais descanso. Você precisa se alimentar.

Seu olhar foi para a boca dela ao falar. Demorou-se ali, evidenciando um novo tipo de tumulto em suas veias.

– Quando foi a última vez que tomou uma refeição, Corinne?

Deus, ela não tinha certeza. Já devia fazer mais de vinte e quatro horas, pois foi a última vez que comera fora no complexo em Boston antes de partirem para Detroit. Levantou os ombros de leve. Acostumara-se a sentir o vazio da fome durante o tempo no cativeiro. Dragos alimentara a ela e às outras prisioneiras apenas o bastante para mantê-las vivas. Às vezes, quando sua revolta a levara para a solitária, ela tivera permissão para comer ainda menos que isso.

– Estou bem – ela disse, desconfortável ante a preocupação e a atenta observação de Hunter. – Eu só precisava sair um pouco. Só o que preciso é de um pouco de ar.

Não parecendo nem um pouco convencido, ele lançou um olhar avaliador sobre a grade da varanda para a rua de baixo. Sons fluíam na brisa noturna agradável: pessoas conversavam e riam ao caminhar, veículos passavam pelo pavimento de pedras na avenida próxima, o músico da esquina passava de uma canção a outra. Os aromas de carne assada e temperos picantes provocaram um rugido denunciador no estômago de Corinne.

Hunter voltou a olhar para ela, inclinando a cabeça como numa pergunta.

– Ok – ela concedeu. – Acho que eu poderia comer alguma coisa.

– Então venha comigo – ele respondeu, já voltando para dentro do quarto.

Corinne o seguiu, uma parte sua simplesmente ávida em estar na rua vibrante, de volta entre os vivos. Outra parte mais cautelosa sabia que, se ia colocar seus planos em ação naquela noite – procurando uma maneira de entrar em contato com Henry Vachon por conta própria –, então era melhor encher a barriga e se preparar para a missão desesperadora que a aguardava.

Capítulo 14

Acabaram num pequeno restaurante a alguns quarteirões de distância do hotel, afastado do maior tráfego de turistas.

Não pareceu grande coisa para Hunter. O lugar era uma espécie de caverna escura com não mais do que vinte mesas aglomeradas do lado oposto de um palco modesto e meio torto e uma pista de dança minúscula. O trio no palco tocava algo lento e tórrido, a cantora fazendo uma pausa para acenar apreciativamente para o homem ao piano e o outro que soprava uma série de notas pesarosas em um trompete.

O ar estava esfumaçado com os odores misturados da comida gordurosa e dos temperos estranhos, da fumaça da grelha, de perfume e de corpos humanos demais para o gosto dele. Mas Corinne parecia mais do que contente em estar ali. Assim que ouviu a música jorrando na rua, seguira como um míssil, insistindo que era ali que desejava comer.

Hunter não tinha opinião. Como era o corpo dela que necessitava de sustento, estava mais do que disposto a deixar que ela decidisse aonde eles iriam.

Quanto às suas necessidades, fazia alguns dias desde que se alimentara. Já ficara mais tempo, mas seria insensato forçar seu metabolismo de Primeira Geração chegar a perto de uma semana sem saciar sua sede. Sentia as pontadas dessa sede dentro das veias enquanto estava sentado a uma mesa de canto com Corinne, com as costas contra a parede, o olhar perscrutando a multidão de humanos que preenchia o estabelecimento cavernoso.

Ele não era o único macho da Raça pontuando a aglomeração de *Homo sapiens*. Avistara um par de vampiros assim que ele e Corinne entraram. Não representavam uma ameaça; eram apenas um par de civis de um Refúgio Secreto indolentemente avaliando potenciais anfitriões de sangue, assim como ele fazia. Assim que o notaram observando-os do lado oposto, recuaram para as sombras como um par de peixinhos que acabaram de perceber o tubarão dentro do aquário.

Depois que os jovens machos desapareceram, olhou por sobre a pequena mesa na direção de Corinne.

– A sua refeição está satisfatória?

– Incrível. – Ela apoiou o drinque – uma mistura alcoólica que fora despejada sobre cubos de gelo e uma fatia gorda de limão. – Tudo está, ou melhor, estava delicioso.

Ele nem precisaria ter perguntado, baseado na rapidez – e no entusiasmo – com que ela atacara o prato de peixe com amêndoas e legumes ao vapor. E isso depois de consumir a sopa picante e dois pãezinhos da cesta acomodada na beirada da mesa.

Mesmo tendo evidentemente apreciado a refeição, ela pareceu ficar mais quieta, pensativa, no tempo em que se demoravam ali. Observou-a passar a ponta do dedo ao longo da beirada do copo do seu coquetel. Quando seu olhar encontrou o dele acima da mesa iluminada pela luz de velas, Hunter se viu preso nos olhos escuros exóticos. O brilho da chama brincava com a cor deles, escurecendo o azul-esverdeado natural para uma tonalidade mais verde-floresta. Havia uma certa dureza nos olhos de Corinne Bishop, seus segredos mais dolorosos presos atrás da moita impenetrável daquele verde-mutante.

Ele não achava que ela lhe contaria seus pensamentos. E por mais que se visse curioso, também não achava que lhe cabia perguntar. Em vez disso, permaneceu sentado em silêncio enquanto ela fechava os olhos e se balançava ao som da música que emanava do palco. Acima do rumor das vozes e dos talheres, ouviu Corinne cantarolar suavemente ao ritmo das palavras carregadas de tristeza da cantora.

Depois de um longo momento, ela levantou as pálpebras e o flagrou observando-a.

– Esta é uma canção de Bessie Smith – ela disse, olhando-o na expectativa, como se ele devesse reconhecer o nome. – Uma das melhores dela.

Prestou atenção, tentando entender o que Corinne gostava na música. O som era bastante agradável, uma sequência langorosa, mas a letra parecia comum, quase sem sentido. Ele deu de ombros.

– Os humanos escrevem canções a respeito de coisas estranhas. A cantora parece muito afeiçoada a um novo aparelho doméstico seu.

Corinne estava com o copo encostado nos lábios, terminando de beber seu drinque. Ela o encarou por um longo momento antes que um sorriso alargasse seus lábios.

– Ela não está cantando a respeito de um aparelho doméstico.

– Está, sim – ele a corrigiu, seguro de não ter ouvido mal os versos. Ele fitou a cantora, depois assentiu na direção de Corinne quando o verso se repetiu. – Bem agora. Ela diz que depois que o homem a abandonou, ela saiu e comprou o melhor moedor de café que conseguiu encontrar. Na verdade, ela diz isso mais de uma vez. – Franziu a testa, sem conseguir compreender a lógica em qualquer uma daquelas palavras. – Agora ela parece ter voltado as afeições para um mergulhador de águas profundas.

O sorriso de Corinne se abriu ainda mais, depois ela gargalhou.

– Sei o que a letra diz, mas não é isso o que ela significa. Nem um pouco. – Seus olhos dançavam de divertimento, e ela inclinou a cabeça em sua direção numa pergunta. Avaliando-o. – Que tipo de música você gosta, Hunter?

Ele não tinha certeza de como responder àquilo. Ouvira algumas das coisas que os outros guerreiros tocavam no complexo, mas não sentia uma afinidade específica em relação a nada daquilo. Nunca parou para pensar em música, jamais pausou para considerar o que o agradava. Qual seria o propósito?

Agora ele olhava para a adorável Corinne Bishop, sentada a um braço de distância, iluminada pela luz da vela, prendendo-o em seu olhar lindo e sorridente. Engoliu em seco, surpreso com o quanto ela era extraordinária.

– Gosto... disso – ele respondeu, sem conseguir desviar o olhar do dela.

Ela foi a primeira a romper o contato visual, desviando-o ao pegar o guardanapo branco em seu colo e limpar os cantos da boca.

– Faz tanto tempo que não faço uma refeição tão maravilhosa quanto esta. E blues, claro. Eu costumava ouvir a esse gênero de música o tempo todo... antes.

– Antes de você ser levada – ele disse, vendo sua expressão se tornar pensativa, assombrada. Ele sabia que ela era muito jovem quando Dragos a sequestrara. Ouvira dizer que ela fora cheia de vida, sempre rindo e pronta para aventuras. Conseguia ver traços disso nela agora, ao conscientemente se balançar com a canção mais alegre que vinha do palco, o pé batendo o ritmo debaixo da mesa. – Brock mencionou que costumava acompanhá-la às boates quando a conheceu em Detroit.

– Acompanhar-me? – Quando a cabeça de Corinne se ergueu, ela revelou um meio sorriso. – Se foi isso o que ele lhe disse, ele estava apenas sendo educado. Eu era uma pestinha mimada na época em que Brock era meu segurança. Costumava arrastá-lo a todos os clubes de jazz num raio de vinte quilômetros da cidade. Ele não aprovava, mas acho que sabia que, caso se recusasse a me levar, eu encontraria um modo de ir sozinha. Tenho certeza de que houve muitas vezes em que ele devia ter odiado cuidar de mim.

Hunter meneou a cabeça.

– Ele se preocupava com você. Ainda se preocupa.

O sorriso de resposta dela foi suave, agradecido.

– Fiquei feliz em vê-lo feliz. Fico contente que tenha encontrado uma companheira em Jenna. Brock merece todo o bem em sua vida.

Ela ficou em silêncio quando a garçonete se aproximou para levar os pratos e o copo vazio.

– Quer mais um vodca gimlet, benzinho?

Corinne fez um gesto de dispensa com a mão.

– Melhor não. A que tomei já parece estar me subindo à cabeça.

Hunter também recusou, seu copo de cerveja intocado, pedido exclusivamente para manter as aparências assim que chegaram. Quando a garçonete os deixou sozinhos, Corinne olhou para ele sobre a luz bruxuleante da vela. Suas pupilas eram poços escuros, encantadores e infinitos. Quando ela falou, sua voz estava rouca e suave, um tanto hesitante.

– E quanto a você, Hunter? Como você era ao crescer? De algum modo não acredito que tenha sido do tipo desvairado, impulsivo.

– Não fui nada disso – ele concordou, relembrando seu começo severo. Ele fora sério e disciplinado desde sempre, pelo que se lembrava. Teve que ser; fracassar em qualquer área em sua criação teria significado a morte.

Ela ainda o fitava, tentando compreendê-lo.

– Sei que disse que não tem família, mas você sempre morou em Boston?

– Não – ele respondeu. – Vim para cá quando me uni à Ordem no verão passado.

– Ah. – Ela pareceu surpresa, e não inteiramente satisfeita. – Faz pouco tempo que está com eles. – Abaixou o olhar para a mesa e tirou algumas migalhas perdidas de pão. – Quanto tempo esteve a serviço de Dragos?

Agora foi a vez de ele se mostrar surpreso.

– Naquela primeira noite, no Refúgio Secreto de Claire e Andreas – ela esclareceu. – Alguém os ouviu falando sobre você. Sobre o fato de você ter sido um aliado de Dragos. – Ela o observou com cuidado, atentamente. – É verdade?

– Sim. – Simples. Honesto. Um fato que ela aparentemente já sabia. Então por que ele sentia o súbito desejo de retirar a palavra? Por que tinha esse impulso de garantir a ela que, apesar de ter servido a Dragos, não representava nenhuma ameaça a ela?

Não podia lhe dizer isso. Porque, em seu íntimo, não sabia se era mesmo verdade.

Ele representava uma ameaça para ela?

A visão de Mira parecia indicar que sim. Desde que partiram do Refúgio Secreto em Detroit, tentava dispensar a visão, como se ela já tivesse se concretizado – ainda que alterada, o resultado profético frustrado – durante seu confronto com Victor Bishop.

Mas algo não estava certo com isso.

Nada jamais fora modificado nas visões da menina vidente antes. Seria um tolo se pensasse que isso aconteceria agora, só porque ele se descobria intrigado com a sombriamente bela e ferida Corinne.

Ele ouviu a rápida, porém sutil expiração quando ela absorveu sua franca admissão. Em vez de se recostar à pequena mesa, ele notou que ela gradualmente se afastava, fisicamente se retraindo até que a coluna ficasse toda recostada na cadeira. Por um longo momento, ela permaneceu calada, fitando-o através da luz fraca e da fina cerração que pairava no ambiente.

– Por quanto tempo o serviu? – ela perguntou, agora mais reservada.

– Desde que consigo me lembrar.

– Mas não mais – ela disse, avaliando seu rosto ao falar. Investigando, deduziu, por algum sinal em sua expressão de que ela podia confiar nele.

Ele manteve as feições impassíveis, deliberadamente neutras, enquanto tentava decidir se era ela quem tinha algo a esconder.

– Agora faço para a Ordem o que costumava fazer para Dragos.

Os olhos dela prendiam os dele, tristes com a compreensão.

– Matar – ela constatou.

Hunter inclinou o queixo em concordância.

– Quero que ele e todos os que o servem sejam destruídos. Se eu tiver que caçá-lo e a cada um dos seus seguidores até o último, um a um, farei com que isso aconteça.

Ele estava apenas declarando um fato, mas Corinne olhou para ele com uma estranha suavidade em sua expressão precavida. Havia uma pergunta em seu olhar, afável demais para o gosto dele.

– O que ele fez com você, Hunter? Como Dragos o feriu?

Para seu assombro, Hunter descobriu que não conseguia proferir as palavras. Nunca se vira relutante em admitir o isolamento e a disciplina em sua educação. Jamais se importara o bastante consigo próprio ou com qualquer outra pessoa para sentir qualquer fragmento de humilhação por ter sido criado como um animal – pior do que isso, até.

Nunca se envergonhara das suas origens de Primeira Geração antes – gerado por um Antigo, o último sobrevivente alienígena que, juntamente com seus irmãos extraterrestres, geraram toda a espécie da Raça na Terra. Dragos mantivera em segredo o poderoso vampiro drogado e encarcerado dentro do seu laboratório por longas décadas. Essa mesma criatura selvagem fora atiçada por Dragos sobre incontáveis Companheiras de Raça prisioneiras, como Corinne e as demais fêmeas recentemente libertadas.

Como a Companheira de Raça desconhecida que dera à luz Hunter enquanto estivera aprisionada naquelas celas fétidas.

Ele não fazia ideia do que poderia ter acontecido com ela, não tinha absolutamente nenhuma lembrança. Mas ali com Corinne

Bishop, tendo visto as evidências nas costas delicadas das muitas torturas que ela suportara, Hunter tomou conhecimento de uma vergonha súbita e profunda que o fez desejar negar qualquer ligação com Dragos e os horrores de seus laboratórios.

Com um tendão repuxando em seu maxilar, ele respondeu:

– Não precisa se preocupar com o que me aconteceu. Nada daquilo é pior do que Dragos fez com você.

Sua testa franziu em desaprovação. Mesmo no escuro, Hunter conseguia ver o rubor subindo em sua face. Sem dúvida ela sabia que estava se referindo às suas cicatrizes. Cicatrizes que não teria visto caso não a tivesse espionado durante o banho.

Esperou que ela ficasse brava com a lembrança; imaginou que tinha esse direito. Ele não negaria ter olhado. Provavelmente não negaria que admirara o que vira. A noite toda, tentou esquecer a imagem dela nua no banheiro daquele quarto de hotel. A lembrança voltava vividamente agora, insistente, a despeito dos seus esforços em bani-la da mente.

Quanto às cicatrizes, elas eram chocantes, mas não diminuíam a beleza dela. Não perante seus olhos.

Estava surpreso com o quanto se sentia tentado a lhe dizer isso, quer ela desejasse ouvir ou não.

Corinne o encarou por um longo momento, depois empurrou a cadeira e começou a se levantar.

– Vou procurar o banheiro – murmurou.

Ele se levantou com ela, os olhos perscrutando a multidão.

– Vou com você.

– Para o banheiro feminino? – Ela lhe lançou um olhar de dispensa. – Espere aqui. Volto já.

A não ser segui-la através do restaurante, ela não lhe deu opção a não ser aguardar à mesa. Observou-a se afastar até a luz que indicava "Femmes", antes de desaparecer por uma porta escura vaivém.

Corinne passou apenas um minuto ou dois no banheiro, parada com as costas apoiadas na parede oposta à pia de porcelana lascada e do espelho rachado. Apenas o bastante para recuperar o fôlego, para reordenar os pensamentos o melhor que podia. Aquele único coquetel com o jantar subira direto à cabeça de verdade. Por que mais ela estaria sentada à mesa com Hunter, conversando sobre música e recordando o passado, enquanto deveria estar questionando-o a respeito de quaisquer informações que ele e a Ordem tinham coletado sobre Henry Vachon?

Se Hunter não tivesse mencionado as cicatrizes, ou o lembrete não tão sutil de que vira isso e muito mais no hotel, ela ainda poderia estar sentada lá, perdendo-se nos simples prazeres de uma boa comida e bebida e da música que ela tanto amara quando garota. Apreciara até a rígida companhia de Hunter, o que somente enfatizava o quanto aquele pouco de álcool a afetara.

Saiu do banheiro, voltando à caverna tomada por fumaça do restaurante. De pé, sem a parede do banheiro para mantê-la estável, sentiu a cabeça leve, as pernas relaxadas ao caminhar na direção do trio que tocava para uma pista de dança repleta de casais que dançavam lentamente.

Corinne ficou parada na beirada do pequeno quadrado de piso de madeira gasto e observou as pessoas se moverem sob a luz das velas. Corpos se pressionavam, braços se entrelaçavam conforme a música envolvia toda a boate. Ela sorriu desejosa, sem conseguir conter o sorriso nos lábios ao reconhecer a sensual e provocante letra da canção.

De novo, Bessie Smith. Outro recuo ao passado, a um tempo em que fora inocente, inconsciente de como o mal podia ser cruel e feio.

Fechou os olhos e sentiu a música conhecida se derramar sobre ela, atraindo-a para seu porto-seguro. Era apenas uma ilusão; disso ela sabia. Não poderia fugir de onde estava agora, por mais que quisesse apagar tudo pelo que passara. Não podia ignorar onde estivera, o que perdera… e o que ainda precisava fazer.

Sabia de tudo isso, mas, com a voz da cantora ninando-a num balanço suave no limite da pista de dança, ela não conseguiu resistir ao convite. Foi apenas por um minuto, uma breve indulgência que saboreara, com os olhos fechados, os sentidos à deriva, flutuando numa onda tranquila.

Quando levantou as pálpebras um instante depois, Hunter estava parado na sua frente.

Não disse nada, apenas pairou acima dela, uma parede imponente de músculos e energia sombria, o calor da sua presença transformando os ínfimos centímetros que os separavam em praticamente nada. O belo rosto rigidamente esculpido era-lhe inescrutável. Mas os olhos brilhavam com o calor de um fogo contido, baixo, porém ardente.

Era o mesmo olhar que ela vira no hotel, só que agora não havia nenhuma porta entre eles. Não havia um lugar em que se esconder do olhar ardoroso daquele homem perigoso e letal. Mas não era medo que inundava suas veias conforme Hunter a fitava agora. Nada parecido com isso.

Algo elétrico, algo espontâneo e poderoso se passou entre eles naquele instante. Era a única maneira de ela explicar como suas mãos se ergueram em sua direção, as palmas acabando por se apoiar nos ombros largos. O único modo de explicar o impulso que a fez apoiar a face no peito forte e sussurrar:

– Dance comigo, Hunter. Só por um momento.

Abraçando-se a ele, ela oscilou lentamente no ritmo da letra de Bessie, o ouvido pressionado contra as batidas ritmadas daquele coração forte. Hunter não estava dançando, mas ela não se importou. Seu calor a cercava, fazia com que se sentisse segura, mesmo que ele fosse provavelmente a pessoa mais perigosa naquele ambiente.

Os braços dele a envolveram depois de um longo momento, as mãos grandes repousando de leve, com hesitação, na base da sua coluna. Ele estava duro, quase desajeitado. Ela já não o ouvia respirar;

apenas as batidas crescentes do coração, tão pesadas e intensas que quase abafavam todos os outros sons.

Levantou a cabeça para ele, com as mãos ainda apoiadas nos ombros largos. Os olhos dourados lançavam centelhas cor de âmbar, as pupilas se estreitavam como as fendas dos olhos de um felino. O desejo rolava para fora dele, inconfundível e ardente. Ela recuou um passo hesitante, colocando um fragmento de espaço entre eles, mesmo enquanto sua própria pulsação acelerava com uma súbita e intensa percepção.

E desejo.

A intensidade com que isso a atingiu a assustou. Desejo era algo estranho para ela, depois de tudo por que passara. Depois de tudo que suportara, pensava que nunca ansiaria pelo toque masculino. Mas agora o desejava. Inacreditavelmente, talvez até de maneira estúpida, desejava o toque daquele guerreiro pétreo e letal mais do que qualquer outra coisa naquele momento.

Forçou-se a recuar outro passo.

– Obrigada pela dança – murmurou, a confusão se chocando com o calor que ardia dentro dela. – Obrigada por isto. Por me trazer aqui hoje à noite. Pensei que tivesse esquecido como era me sentir... normal. – Abaixou o olhar, desviando-o do calor dos olhos dele. – Não achei que fosse possível para mim... sentir alguma coisa.

O toque dele em resposta foi leve, mas firme, debaixo do seu queixo. Levantou seu rosto com as pontas dos dedos, até seus olhares se encontrarem uma vez mais. Abaixou sua cabeça na direção da dela.

E a beijou.

Com suavidade, sem pressa, resvalou seus lábios nos dela. Seu beijo era como um experimento, como se ele não soubesse como tomar mais do que ela estava disposta a lhe dar. Por mais envolvente que fosse a sensação da boca dele na sua, ela também foi doce, a primeira vez em que fora tocada com tanto cuidado, com tanto carinho. Que um macho formidável como Hunter pudesse possuir tamanha paciência e contenção a maravilhava.

Não era fácil para ele. Percebeu essa verdade um momento depois, quando os lábios se afastaram e ela viu os olhos dourados transformados em fogos gêmeos que a cauterizavam com seu calor âmbar. A cabeça dele estava pensa em sua direção, somente um respiro entre suas bocas na iluminação nebulosa que os cercava. As pontas das presas brilhavam brancas atrás do lábio superior. A cor intensificava os *dermaglifos* que formavam arcos e floreios graciosos nas laterais do pescoço e ao redor da nuca.

Ele a desejava.

Esse pensamento deveria aterrorizá-la, e não atraí-la ainda mais. Fitou-o, ansiando contra todas as razões por mais uma amostra daquela boca sensual. As mãos dele tremiam em suas costas, onde ainda a segurava após a breve dança. Quando levantou uma delas para afagá-la na face, seu toque foi leve como uma pluma, tão gentil quanto seu beijo, apesar dos calos ásperos dos dedos acostumados a manusear armas.

Corinne exalou de leve quando ele acariciou seu lábio inferior com o polegar. Seu queixo se ergueu na beirada do punho dele, que inclinou a cabeça na direção da dela uma vez mais...

E depois ficou imóvel.

– O que foi, Hunter? – Tentou seguir a direção de seu olhar, mas ele era mais do que uma cabeça mais alto do que ela. – O que você está vendo?

– Vampiros – ele disse, numa voz baixa e discreta. – Um grupo deles acabou de entrar pela frente do restaurante. Há um Primeira Geração entre eles. Um dos assassinos de Dragos.

O coração de Corinne bateu forte contra sua caixa torácica.

– Tem certeza?

– Não existe a mínima dúvida.

A resposta dele foi tão séria que ela teve que se esforçar para respirar.

– Você ainda os vê? O que estão fazendo?

– Vasculhando a multidão. – A mão dele encontrou a sua e a envolveu com força. – Meu palpite é que estão procurando por nós.

Ele a puxou mais para dentro no meio do grupo na pista de dança, avançando em meio aos casais distraídos, o olhar nunca se desviando da área onde estava a possível ameaça.

– Por que eles estariam procurando por nós? – ela perguntou ao se apressar ao lado dele, com o pânico batendo suas asas negras dentro do peito. – Como Dragos saberia que estamos em Nova Orleans?

– Porque alguém lhe contou onde procurar – Hunter respondeu sucintamente. – Alguém que eu deveria ter matado quando tive a oportunidade.

Victor Bishop.

Ah, Deus. Ele a traíra uma vez mais.

Que erro estúpido acreditar que ele não o faria. Pior ainda, ela tornara isso possível ao persuadir Hunter a poupá-lo. Agora só lhe restava esperar que isso não custasse suas vidas.

Enjoada com tal pensamento, furiosa de arrependimento, Corinne segurou com firmeza a mão de Hunter à medida que ele a arrastava pela multidão até os fundos escuros do estabelecimento.

Capítulo 15

Saíram apressados pela porta dos fundos do estabelecimento; o único objetivo de Hunter era levar Corinne a um lugar seguro. Quando a porta de aço se abriu no beco de trás, um par de machos da Raça com ternos da Agência de Policiamento ficou atento em seus lugares de vigia do lado de fora.

Tarde demais.

Hunter os avaliara e desconsiderara como obstáculos insignificantes antes mesmo de o primeiro ter uma chance de empunhar a pistola guardada no coldre na lateral do corpo. Soltando a mão de Corinne, Hunter agarrou a cabeça do macho na frente e a torceu violentamente. A coluna se partiu com um som de tiro abafado enquanto o corpo caía sem vida no chão.

O segundo guarda foi abatido com a mesma presteza.

Hunter virou-se para Corinne, que estava atrás dele, silenciosa devido ao assombro.

– Venha – ele disse. – Não temos muito tempo.

Hunter pegou o celular do bolso da calça enquanto corriam pelo labirinto de becos estreitos. Ligou para Boston e contou a Gideon o que estava acontecendo.

– Merda – o guerreiro murmurou do outro lado. – Se Dragos se preocupou em mandar assassinos para Nova Orleans, imagino que seja seguro deduzirmos que a ligação entre ele e Vachon ainda é válida.

– O que significa que a ligação entre Bishop e Dragos ainda existe – Hunter respondeu ao passar diante de uma loja de vodu que vendia pés de galinha e outras partes de animais num beco particularmente sinistro. – Essa é uma questão que discutirei com Bishop mais tarde.

Gideon exalou fundo.

– Não vai ser preciso, cara. Victor Bishop foi morto esta tarde em seu Refúgio Secreto. O relato feito à Agência em Detroit diz que ele atacou sua Companheira de Raça, e poderia ter feito muito pior caso não tivesse sido detido por um dos seguranças da propriedade.

– Quem o matou?

– Um cara chamado Mason, de acordo com o relatório.

Hunter grunhiu, lembrando-se da postura protetora do segurança do Refúgio Secreto que estivera no portão quando ele e Corinne chegaram. Voltou-se para ela, e notou o olhar de compreensão se instalando nas feições pálidas enquanto ela se esforçava para acompanhar o ritmo das suas passadas. Pelo menos Victor Bishop a magoara pela última vez. Uma parte irracional dele desejou que tivessem sido suas mãos a dar cabo do bastardo mentiroso por tudo o que fizera com ela.

– Precisamos de um lugar para ir – disse a Gideon.

– Não estão no hotel?

– Não. Os mapas e minhas armas foram deixados no quarto.

– Bem, considere-os perdidos. Você não pode voltar para lá. Arriscado demais.

Uma conclusão óbvia, Hunter pensou. Se os homens de Dragos estivessem varrendo a cidade atrás de alguma pista deles, tinha que deduzir que eles também estariam procurando nos hotéis.

– Escute bem. Você acabou de perder a vantagem do efeito-surpresa com Vachon. Levar essa missão adiante sozinho é arriscado demais. Além disso, você tem a fêmea em que pensar. Lucan diz que está na hora de abortar. Volte para o avião. Vou providenciar para que saiam daí o mais rápido possível.

Hunter sentiu um contra-argumento chegando à ponta da sua língua. Seu sabor era estranho para ele, que fora criado para seguir ordens sem nunca questioná-las. Mas uma parte sua queria pôr um fim naquilo – queria ver Henry Vachon e Dragos punidos pelo que tinham feito com Corinne e com as demais garotas. Irritava-o pensar que aquela pista poderia esfriar só porque perdera uma vantagem tática.

Antes que pudesse argumentar com seu irmão em Boston, Gideon voltou a falar:

– Acabei de falar com os pilotos. Estarão com os tanques de combustível abastecidos e esperando pela chegada de vocês. Qual a sua distância até o aeroporto?

Hunter saiu do labirinto de becos e encontrou uma rua que reconhecia e os levaria a uma das ruas principais do Quarteirão Francês.

– Estamos a pé agora, mas chegaremos em vinte minutos, no máximo, de carro.

– Vá para lá. Ligue assim que tiverem decolado. Encontraremos um lugar para vocês dois ficarem até a merda toda se assentar por aqui. Não podemos mais levar nenhum golpe em nossa equipe. Já é ruim o bastante termos perdido um.

– Perdemos um? – A observação pegou Hunter desprevenido. Algo frio contraiu suas entranhas ao pensar em perder um de seus colegas guerreiros. – Alguém morreu em batalha?

– Merda, você não ficou sabendo. É o Harvard. Ele foi embora... Saiu daqui na noite antes de vocês irem para Detroit, e ninguém mais o viu nem falou com ele. Dante e Kade encontraram seu celular perto do rio em Southie. Odeio dizer isso, mas parece que Chase caiu do penhasco e não tem intenção de voltar. – Gideon ficou calado, pensativo por um instante. – Você perguntou se houve uma morte na Ordem? Vou te dizer uma coisa, é exatamente assim que parecem estar as coisas por aqui. A única coisa pior do que isso vai ser quando, no fim das contas, alguém voltar de uma patrulha tendo encontrado um Renegado e descobrirmos que é o Harvard.

– Espero que essa noite nunca aconteça – Hunter disse, surpreso com a intensidade com que sentia isso.

– Você e todos nós no quartel – Gideon respondeu. – Nesse meio-tempo, vamos esperar que nada mais vá pro inferno, ok? Por isso, leve esse seu traseiro até o aeroporto o mais rápido que puder. Avise assim que você e a fêmea estiverem seguros.

– Considere feito – Hunter respondeu inflexível.

Guardou o celular no bolso de novo e correu com Corinne em busca de um meio de transporte para fora da cidade.

Não percebeu os humanos até eles estarem quase em cima dele.

Com a cabeça baixa, Chase tinha a boca presa à garganta de uma anfitriã de sangue que ele seguira após sair de um antro de crack nas entranhas da cidade pouco tempo atrás. Agora grunhia de irritação quando os faróis do veículo que se aproximava oscilavam na parede de tijolos da estreita rua lateral onde ele estava agachado com sua presa.

A viatura policial avançava lentamente entre os prédios de apartamentos, o farolete montado na lateral aceso ao se aproximar da metade do caminho.

Chase se agachou, puxando sua anfitriã desmaiada ainda mais para as sombras da lata de lixo grande que o protegeria só até que os policiais estivessem bem diante dele. A loira gemeu, mas ele não sabia se devido ao torpor da sucção em sua carótida ou pelo efeito da cocaína que maculava seu sangue com gosto pungente e adocicado. Tentou se mexer, mas ele a segurou, ainda não saciado, apesar de já ter sorvido mais que o suficiente.

A viatura policial avançou ainda mais, aproximando-se do ponto em que ele se alimentava avidamente.

Alguma centelha de sanidade o alertou que deveria procurar a sombra. Agarrou-se a ela com a mente, tentando curvá-la segundo sua vontade, agrupando-a à escuridão ao seu redor a fim de se esconder da ameaça da força policial humana que estava a meros segundos de voltar aquela luz odiosa em sua direção.

Chase lutou para dobrar as sombras, mas estava difícil demais dominar seu dom. Ele oscilava fracamente – presente e sumindo num instante –, durando pouco mais de alguns segundos de cada vez.

Ele rosnou, frustrado pela perda do controle.

Quanto tempo mais até que sua habilidade lhe escapasse por completo entre as mãos? Vira os efeitos da Sede de Sangue em outros. Conhecia seu poder destruidor. O vício acabaria com seu talento inato, depois com a sua sanidade, sua humanidade... E, no fim, com a sua alma.

O pensamento se infiltrou no torpor da sua alimentação cobiçosa, tão amargo quanto o sangue drogado que descia por sua garganta. Com um grunhido, despregou a boca da ferida e a lambeu para selá-la, repugnado consigo e com a humana que poderia ter secado se não fosse pela interrupção da polícia.

Arrastou o corpo quase inconsciente ainda mais para trás do contêiner de lixo. Ela se recobraria em pouco tempo, sem ter nenhuma lembrança dos últimos minutos. Então se livraria da estranha letargia e se levantaria, livre para retornar para o vício que primeiro a levara até aquela rua decrépita.

E quanto a ele?

Chase grunhiu, ainda agachado no beco imundo e com a cabeça zunindo ao enxugar o sangue do queixo. O lento avanço da viatura o mantinha curvado na beirada da lata de lixo por muito mais tempo do que ele desejaria. Esperou, observou, circunspecto quando o carro parou bem diante de onde ele estava, os freios guinchando. A sirene do veículo emitiu um som antes de o estrobo azul ser ligado, banhando o beco com sua luz pulsante. Uma das portas se abriu, depois se fechou com suavidade.

– Alguém aí atrás? – Uma voz firme e direta com o sotaque de Boston. Solas duras esmagaram o piso congelado. Um sibilo estático saiu do rádio do policial quando ele se aproximou. – Não é permitido ficar à toa aqui, ainda mais vocês, drogados. – Outro passo. Dois mais e o humano estaria bem diante dele. – Você vai ter que tirar esse seu traseiro chapado daí, a menos que queira que eu o leve para a delegac...

Chase saltou de seu esconderijo como algo saído de um pesadelo muito ruim.

Num grande salto, lançou-se acima da cabeça do policial confuso. Aterrissou sobre o teto da viatura estacionada tal qual um gato, depois saltou para longe do mesmo modo, afastando-se a pé antes que qualquer um dos dois policiais tivesse a oportunidade de entender o que tinham acabado de testemunhar.

Chase correu com toda velocidade que possuía da genética da Raça. Ele ainda tinha isso, ainda tinha a força e a resistência de sua natureza selvagem. Se não outra coisa, o excesso de sangue que consumira amplificara a besta dentro dele. O incitava a seguir, mandando-o noite adentro, cada vez mais distante das luzes brilhantes e do trânsito pesado das principais avenidas no período festivo.

Não soube por quanto tempo correu.

Quando, por fim, desacelerou, estava distante da cidade, em um local desconhecido. Já não passava por ruas, estacionamentos e bairros, mas avançava pelos campos abertos cobertos de neve e repletos de árvores do subúrbio. À frente dele, não muito distante, uma colina de granito tomada de pinheiros se erguia. Registrou vagamente uma das áreas florestais preservadas dos humanos. Um dos poucos terrenos naturais ainda tidos como sacrossantos ante a ameaça do avanço urbano que o esganava pelas laterais.

A localização atiçou algo enterrado nas profundezas de sua mente, um pensamento fugidio de que ele conhecia aquele lugar. Estivera ali uma vez, anos atrás. Chase sacudiu a distração mental ao entrar na reserva natural, não se importando mais com sua localização, apenas com o fato de ainda estar se movendo, deixando o brilho da cidade quilômetros atrás dele.

Agachou-se numa faixa de terreno denso de árvores, apoiando as costas no tronco de um carvalho. Galhos nus tremeram acima da sua cabeça, enquanto a lua se esforçava para sair de trás da densa cobertura noturna. Por um instante, o único som que ouviu foi o da própria respiração acelerada, a batida da sua pulsação latejando no peito arfante.

Ficou sentado ali, sem saber onde sua sede o levaria a seguir.

Na verdade, ele quase não se importava mais com isso.

Com os lábios curvados para trás dos dentes e das presas, sugou o ar invernal, estremecendo pelo frio e pelo retraimento das entranhas envenenadas. Mesmo sentindo-as reviradas, inchadas pelo excesso de sangue absorvido com muita frequência, ele não conseguia deixar de pensar onde arranjar sua presa seguinte. Encarou o céu da meia-noite e tentou imaginar quanto tempo ainda teria para se alimentar antes do alvorecer, que o faria se esconder para aguardar a noite uma vez mais.

Ah, sim, pensou, rindo loucamente para si mesmo. Só o que precisava era ceder à besta de garras afiadas que já o mantinha preso.

Mas foi essa besta que sussurrou para ele quando a floresta ficou estranhamente silenciosa ao seu redor. Ficou imóvel, o predador desperto para a mais completa e aguçada atenção.

A uma distância incerta, um graveto estalou na escuridão. Depois outro.

Chase ficou imóvel, silencioso. Aguardando.

Alguém se aproximava das profundezas das moitas.

Ele o viu um instante depois – um menino magro, pernas correndo cobertas por calças jeans enquanto ele lançava um olhar ansioso para a escuridão da floresta às suas costas. Vestia uma jaqueta de inverno, mas, debaixo do zíper aberto, sua camiseta estava rasgada, marcada por manchas escuras.

Aquela foi uma intromissão tão abrupta, tão bizarra, que não parecia real. Pensou a princípio que o menino fosse uma alucinação. Algum truque de sua mente deteriorada.

Até o cheiro pungente do medo tomar conta das suas narinas. Um medo abjeto, aterrador.

E sangue.

O menino sangrava de um pequeno ferimento no pescoço, dois fios gêmeos de células vermelhas. O cheiro de encontro a seus sentidos como um trem de carga. Chase rolou até ficar agachado sobre as mãos e os joelhos enquanto a criança corria para mais perto do seu esconderijo.

E, então, subitamente, o menino não estava mais sozinho.

Uma mulher emergiu da escuridão diversos metros atrás dele. E depois outra criança, esta um pouco mais velha, um adolescente com olhos arregalados e aterrorizados. Um homem saiu aos tropeços de uma moita um momento depois. Seguido por outra mulher, cambaleando e chorando. Ela também estava suja de sangue, sangrando a partir de uma marca de mordida no antebraço. Correram em diferentes direções, fugindo como um bando de veados assustados.

Como os animais de caça que eram, Chase percebeu, a verdade do que estava vendo alcançando-o em uma compreensão gélida.

Clube de sangue.

Era essa a estranha familiaridade daquele lugar. Já estivera ali antes, mais de uma década atrás, ele, Quentin e uma equipe de inspetores da Agência de Policiamento investigando boatos de festas de caça ilegais organizadas para uma noite de esporte no parque Blue Hills, no subúrbio de Boston.

Não precisava ouvir o rugido animalesco de um dos vampiros em perseguição àqueles humanos amaldiçoados para saber que estava no meio de um jogo para os mais depravados de sua espécie. Banidos pela Raça havia séculos, os clubes que organizavam perseguições aos humanos como esporte – e qualquer outra coisa que um vampiro pudesse desejar – foram condenados, mas não totalmente abolidos. Ainda existiam aqueles que desafiavam as leis. Havia ainda aqueles círculos sociais fechados com seus membros exclusivos, atendendo à elite pervertida da Raça.

Chase procurou o desdém que deveria ter sentido por algo tão repreensível. Sentia uma centelha de ultraje, sua antiga ética da Agência zunindo com o impulso de interferir, mas não foi o bastante para impedir que suas presas descessem ainda mais conforme o odor do sangue derramado permeava a floresta. A fome se revirou dentro dele, fazendo sua pulsação correr quente e selvagem nas veias.

Enquanto os humanos se aproximavam da sua tocaia não planejada, ele se levantou.

Com o olhar âmbar ardendo, saiu de seu esconderijo e se colocou diretamente no trajeto deles.

Capítulo 16

Chegaram ao aeroporto em um El Camino roxo que Hunter pegou em uma rua em Nova Orleans.

O homem que deixara o veículo aberto junto a uma calçada estivera envolvido numa discussão acalorada com duas jovens pouco vestidas numa esquina – mulheres que ele parecia acreditar que lhe devessem dinheiro. Quando ele saltou para fora do carro para berrar com as mulheres e xingá-las, Hunter acomodou Corinne no banco de passageiro, depois rapidamente assumiu o volante e acelerou antes que o homem tivesse a chance de notar que tinham ido.

O jatinho da Ordem os aguardava num hangar particular quando eles entraram com o veículo roubado no espaço cavernoso. Corinne relanceou para Hunter, ainda tentando conciliar o toque carinhoso com que ele a segurara no clube de jazz com a violência letalmente eficiente com que acabara com duas vidas no beco do lado de fora.

– Aqueles seguranças na cidade... – ela murmurou quando ele deixou o câmbio em ponto morto e desligou o motor. – Você partiu seus pescoços como se não passassem de gravetos.

A expressão dele era indecifrável, completamente neutra.

– Temos que ir agora, Corinne. Gideon já telefonou para alertar os pilotos. Eles devem estar esperando por nós lá dentro.

Ela engoliu além do nó de gelo alojado em sua garganta desde que saíram da boate.

– Você assassinou aqueles homens, Hunter. A sangue frio.

– Sim – ele disse concisamente. – Antes que eles tivessem a oportunidade de fazer o mesmo conosco.

Lido com a morte.

Fora isso o que ele lhe dissera na noite anterior. Nascido para desempenhar o papel de um assassino e treinado muito bem para fazer coisas impensáveis. Antes de agora, não passavam de palavras. Apenas uma ameaça de perigo. Agora ela estava sentada ao lado dele, prestes a segui-lo para fora de um carro roubado e entrar num avião que os levaria para só Deus sabia exatamente onde.

No entanto, quando ele saiu de trás do volante e deu a volta para abrir sua porta, estendendo a mão, ela a aceitou.

Andaram ao longo do piso de concreto do hangar, na direção da escada abaixada que dava para a cabine do jatinho particular. Hunter subiu os degraus na frente dela, depois gesticulou para a cabine espaçosa.

– Os pilotos devem estar na cabine de comando – disse quando ela seguiu para uma das doze poltronas reclináveis de couro do interior. – Direi a eles que estamos aqui.

Corinne virou a cabeça para assentir.

Mas, quando sua atenção se voltou para Hunter, tudo pareceu ficar terrivelmente silencioso ao seu redor. Os olhos dele reluziram com um alerta. Estendeu a mão em sua direção.

– Corinne, saia. Saia daqui imediatam...

Antes que ela tivesse oportunidade de reagir, algo imenso – um macho da Raça, facilmente tão grande quanto Hunter e vestido dos pés à cabeça com roupas pretas – saiu da cabine dos pilotos numa explosão atrás dele.

Hunter girou na velocidade da luz, deparando-se com seu agressor e agarrando a mão que segurava uma pistola preta de aparência vil. Tiros foram disparados – uma bala se alojando no teto acima da cabeça de Hunter, duas outras estourando nas laterais internas da cabine. Uma janela estourou, seu vidro temperado formando uma teia de aranha ao redor do buraco da bala.

Corinne se agachou atrás de uma das altas poltronas de couro, observando num misto de terror e atordoamento enquanto Hunter batia no pulso do agressor com a lateral da mão. A pistola caiu no chão da cabine, chutada para longe pela bota de Hunter quando ele desferiu uma série de golpes no pescoço e maxilar do outro macho.

Este não se quebrou como o par de guardas do lado externo do clube de jazz. Ele se equiparava a Hunter em tamanho e, conforme Corinne assistia num horror frenético, percebeu que também se equiparava nas habilidades letais.

O outro macho agarrou Hunter pelo pescoço e o empurrou na parede próxima. Surrou-o numa sucessão de socos no rosto e no crânio. Hunter conseguiu virar, se soltando da pegada punitiva. Com uma mão segurando o pulso do agressor, girou o braço do outro macho até Corinne ouvir o som de ossos se fraturando.

Todavia, o agressor de Hunter não exprimiu nada além de um grunhido ao se virar para enfrentá-lo, esforçando-se para conquistar a vantagem uma vez mais. Hunter não parecia disposto a concedê-la. Esmagou o calcanhar da bota na lateral do joelho do outro, depois desferiu mais um golpe forte em seu abdômen, seguido de outro no crânio coberto de preto. O agressor caiu no chão e a balaclava de lã escorregou com o impacto, revelando seu rosto.

Corinne inspirou assustada.

Enquanto o cabelo de Hunter era cortado rente ao crânio, a cabeça do vampiro estava totalmente raspada. Um padrão complexo de *dermaglifos* se espalhava ao redor das orelhas e ao longo do domo da cabeça. A cor era fraca, não revelando nem a fúria nem a dor que fariam com que as marcas na pele de outro macho da Raça ficassem com cores turbulentas e profundas. Debaixo das linhas escuras das sobrancelhas, olhos cinza determinados eram tão frios e imperturbáveis quanto o aço.

Ele era tão calmo e impassível quanto Hunter. E tão letal quanto.

Embora fossem diferentes um do outro, também eram o mesmo.

Ambos eram assassinos natos.

Ambos treinados para matar ao comando de Dragos.

No instante que ela levou para perceber isso, Hunter direcionou a bota para o rosto do outro macho. Quando seus músculos ficaram tensos e o calcanhar da bota começou sua dura descida, o macho rolou para longe e se lançou para a pequena cozinha entre a cabine de passageiros e a porta destroçada da cabine de comando dos pilotos.

Com o braço certamente fraturado penso na lateral do corpo, o agressor se esticou e puxou para baixo uma prateleira cheia de copos. Girou na direção de Hunter, brandindo um pedaço comprido de cristal como se fosse uma lâmina. Avançou e seu golpe só não atingiu Hunter porque ele desviou de lado e depois enterrou o punho no ventre do agressor. O soco o desequilibrou, a lâmina de vidro se estilhaçando sob seus pés conforme o confronto avançava para a cozinha.

Corinne poderia ter saído correndo. Deveria, provavelmente. Mas pensar em deixar Hunter brigando com um assassino aparentemente incontrolável estava fora de questão. Ela saiu de trás da poltrona, procurando por um meio de ajudá-lo. Seu dom era inútil ali. Sem o auxílio de uma onda sonora estável, sua habilidade de deformar o volume da energia sonora não teria como ser convocada.

Mas, se ela pudesse colocar as mãos na pistola que jazia a poucos metros entre ela e a zona de combate...

Percebeu isso tarde demais.

O agressor de Hunter já tentava alcançá-la, defendendo-se ao mesmo tempo em que aproximava o pé da pistola.

Giraram e se debateram, alterando socos que poderiam derrubar machos mais fracos até a inconsciência. E então, num momento tão rápido que Corinne só conseguiu perceber o movimento, o agressor de Hunter apanhou a pistola e a mirou no rosto dele.

– Não! – Os pés de Corinne se moveram antes mesmo de ela conseguir inspirar para gritar de novo. Correu por trás do outro macho e se lançou às suas costas. Segurando com uma mão, passou as unhas da outra na pele de seu rosto e nos olhos. Enterrou-as o mais fundo que conseguiu, animalesca na necessidade de impedir que uma das feras de Dragos ferisse alguém de quem gostava.

O assassino treinado pouco mais do que arfou ante o ataque. Seu cotovelo bateu com tudo no rosto dela, ferindo-lhe os lábios contra seus dentes. Ela sentiu o sabor de sangue na boca. Sentiu-o escorrer pelo queixo quando seu lábio superior rasgou.

E logo era ela quem voava para trás, lançada das costas largas como se não fosse nada.

Fracassada ou não, sua tentativa de distraí-lo dera a Hunter a oportunidade de desviar a pistola da sua mira quando o agressor apertou o gatilho. Abaixou a cabeça e avançou contra o outro macho com toda a força do seu corpo, o ombro largo empurrando-o para trás sobre os calcanhares.

Empurrou-o para fora da porta aberta no alto da escada abaixada. Ambos rolaram para fora do avião juntos. Corinne se levantou e correu até a abertura, assistindo quando os dois aterrissaram com força no concreto logo abaixo.

Hunter lançou um olhar rápido em sua direção – apenas o suficiente para se certificar de que ela estava bem. Corinne sentiu o calor dos olhos dourados quando eles se acenderam em seu rosto, no rastro do sangue que agora ela limpava do queixo.

Ouviu o grunhido baixo dele, o primeiro som que emitia durante toda a briga. Quando ele se virou para o assassino semiconsciente que estava de costas debaixo dele, os movimentos de Hunter foram precisos e inabaláveis. Tirou a arma da mão frouxa do seu agressor e se pôs de pé. Acima do corpo vestido de preto, mirou o cano da pistola para a cabeça careca e coberta de *dermaglifos*.

Não, não era bem isso, Corinne percebeu.

Ele não mirava exatamente para a cabeça, mas sim para um estranho anel preto de material duro que circundava o pescoço do outro como uma espécie de coleira.

Mesmo do alto da escada, ela conseguiu ver os olhos do assassino se arregalarem de compreensão quando Hunter abaixou a pistola para aquela coleira preta e grossa. Agora via medo no outro macho. Agora, finalmente, via o reconhecimento da derrota.

Hunter atirou.

Um facho de luz foi a resposta ao tiro, tão brilhante que Corinne teve que proteger os olhos do súbito clarão. Quando ele se desfez um instante depois, um pouco de fumaça erguia-se do corpo do assassino, que jazia inerte no concreto, a cabeça decepada num único corte.

– Ah, meu Deus – ela sussurrou, sem entender bem o que testemunhara.

Hunter surgiu por trás da escada abaixada quando ela chegou ao último degrau.

– Você está bem?

Ela assentiu, depois sacudiu a cabeça de leve, tentando entender o que acabara de ver.

– Como você... O que fez com ele?

Estoico uma vez mais, a não ser pelas centelhas âmbar que reluziram sombriamente quando seu olhar parou sobre seu lábio machucado, Hunter a afastou da carnificina no chão. Foi até lá e apanhou a coleira preta grossa do pescoço queimado do assassino.

– Os pilotos foram mortos antes da nossa chegada. Dragos deve ter olhos em toda a cidade agora. Ele pode enviar mais atrás de nós. Temos que ir.

Ela desviou um olhar incrédulo por sobre o ombro quando ele a guiou para longe do corpo.

– Vai simplesmente deixá-lo ali?

Hunter assentiu com seriedade.

– As portas do hangar estão abertas. Chegada a manhã, o sol destruirá o que resta dele.

– E se não o fizer? – ela pressionou. – E se Dragos ou seus homens chegarem aqui primeiro e perceberem o que você fez? E se forem atrás de você?

– Então eles saberão o que os aguarda se tentarem. – Estendeu a mão, com a palma para cima, esperando que ela a aceitasse. – Vamos sair daqui, Corinne.

Ela hesitou, a incerteza se agarrando à beirada da sua consciência. Mas, em seguida, pousou a mão na dele, deixando que a conduzisse para longe do massacre.

Capítulo 17

A fêmea humana gritou quando viu Chase emergir de trás do carvalho grande. Seu rosto estava banhado pela luz âmbar do olhar transformado quando ela emitiu mais um grito agudo e mudou de direção tentando evitá-lo.

Ele poderia tê-la derrubado com facilidade.

Poderia, mas, no instante seguinte, a floresta entrou em erupção com o jorro do clube de sangue em perseguição à caça que fugia. Da escuridão, nos calcanhares dos humanos, um vampiro atacou num salto amplo para agarrar um dos homens que corria. Quando ele cravou os caninos na garganta da presa, três outros machos da Raça surgiram das sombras a uma grande velocidade, todos convergindo sobre os humanos aterrorizados como uma matilha de lobos salivantes.

Foi então que Chase percebeu um rosto conhecido.

Murdock.

O filho da puta.

Chase ouvira boatos sobre os interesses perversos do macho durante o seu tempo de serviço na Agência de Policiamento, portanto não devia ser surpresa ver Murdock saltando da escuridão para agarrar o garoto de camiseta ensanguentada.

Mas isso surpreendeu Chase. Desviou sua atenção de sua própria sede de sangue com mais eficiência do que uma boa dose de sol do meio-dia. Ficou enfurecido ao vê-lo depois da altercação daquela noite há poucos dias em Chinatown – uma época que parecia pertencer ao século passado para ele agora.

E ficou enojado ao ver Murdock prender um punhado do cabelo da criança no punho e empurrá-la para o chão, prestes a virar o pescoço delicado num ângulo melhor para se alimentar.

Chase se lançou sobre o vampiro com um rugido violento.

Derrubou-o de cima do menino que se debatia e chorava. Enquanto o jovem escapulia freneticamente, Chase rolou com Murdock na neve e nos arbustos. Cravou o punho no maxilar do vampiro, deliciando-se com o barulho dos ossos se quebrando sob suas juntas.

Um dos membros do clube de sangue percebeu a invasão. Largou o humano que apanhara e saltou sobre as costas de Chase, que o lançou para trás; o vampiro se chocou contra uma árvore nas proximidades.

Murdock começou a se debater, tentando escapar. Antes que conseguisse ter a oportunidade, Chase pegou um galho de carvalho caído e o esmagou em seu joelho. Ele berrou em agonia, rolando para longe para amparar a perna machucada enquanto Chase voltava a atenção para o outro vampiro, que vinha em sua direção, sibilando por entre as presas escancaradas e ensanguentadas.

Chase girou com o pedaço de carvalho preso na mão bem quando o companheiro de Murdock já estava quase sobre ele. Empurrou o galho retorcido num movimento rápido e furioso – empalando o bastardo através da pele e do esterno, bem no meio do coração.

Os dois participantes restantes do clube de sangue pareceram perder o interesse em seu esporte quando viram um dos deles caído morto no chão, o sangue jorrando do ferimento no peito, e outro se retorcendo em agonia nas moitas próximas cobertas de neve.

Ficaram imóveis onde estavam, afrouxando as mãos e deixando que as presas aterrorizadas escapassem.

Chase se virou em sua direção, os olhos ferozes lançando fachos âmbar na floresta escura, a arma coberta de sangue presa na mão, pronta para provocar mais estragos.

Sem uma palavra, o par de infratores disparou em direções opostas, desaparecendo no meio da noite.

A floresta ficou silenciosa novamente, a não ser pelos gemidos sofridos de Murdock.

Chase inspirou fundo. O intelecto e a razão lentamente se infiltraram na névoa sombria de sua fúria e da sede incômoda que ainda o acompanhava. A situação na qual se encontrava dificilmente era a ideal. Um agente morto sangrando no chão. Dois outros fugidos que certamente o denunciariam por atacá-los sem provocação. Dada a sua recente reputação, poucos acreditariam caso dissesse que se deparara com eles numa caçada ilegal, e somente fizera o necessário para pôr um fim a ela.

E também havia o problema dos humanos fugidos. Ele sabia tão bem quanto qualquer um da sua espécie como era perigoso permitir que os humanos voltassem à população em geral sem primeiro apagar suas memórias a respeito de qualquer conhecimento sobre a Raça. Séculos de cuidadosa coexistência poderiam ser apagados num instante se humanos histéricos em quantidade suficiente gritassem a palavra "vampiro".

Chase rosnou, dividido entre a responsabilidade perante sua raça e a necessidade mais profunda e pessoal de extrair qualquer informação de Murdock sobre Dragos.

Sabia a coisa certa a fazer. Recuou um passo de Murdock, pronto para se colocar no encalço dos humanos fugidos e conter a situação.

O gemido de sirenes ao longe, mais alto a cada segundo, o fez parar. Já podia ser tarde demais.

Encarou Murdock.

Murmurando uma imprecação, suspendeu o vampiro machucado sobre o ombro e entrou nas moitas.

Havia bastante combustível no tanque do El Camino roxo para cobrirem uma boa distância para fora da cidade. Longe assim do centro restaurado de Nova Orleans, as casas eram pequenas e esparsas, muitas ainda destruídas ou abandonadas pela devastação do furacão que arrasara a cidade havia alguns anos.

Conforme dirigia, Hunter mantinha um olho calculista no horizonte leste, onde o dia logo nasceria. O azul-escuro do lado oposto já cedia seu posto para as cores pastéis da manhã. Olhou para Corinne, silenciosa no banco do passageiro. O lábio partido estava inchado. Os olhos, fixos na estrada deserta adiante. Ela parecia cansada: os ombros delicados tremiam, pelo choque ou pelo frio, ele não sabia bem.

– Pararemos daqui a pouco. Você precisa descansar e o amanhecer está próximo.

O aceno dela foi vago, pouco mais de um tremor para dar a entender que ouvira. Inspirou fundo e expirou lentamente.

– Você o conhecia?

Hunter não precisava perguntar a quem ela se referia.

– Nunca o vi antes desta noite.

– Mas você e ele... – Ela engoliu em seco, depois se aventurou a uma olhada de lado. – Vocês lutaram da mesma maneira. Nenhum de vocês teria parado até que o outro estivesse morto. Vocês dois foram tão cruéis, tão implacáveis. Tão impassíveis enquanto brigavam.

– Sim, ambos fomos treinados para matar.

– Sob o comando de Dragos. – Ele sentiu o olhar fixo sobre si enquanto ela falava, viu de lado sua expressão pesarosa. – Quantos existem?

Hunter deu de ombros, incerto.

– Só posso imaginar. Nunca nos contaram sobre os outros. Dragos nos manteve isolados, com apenas um Servo Humano para cuidar de nossas necessidades básicas. Quando éramos chamados para o serviço, nosso trabalho sempre foi feito de forma isolada.

– Você matou muitas pessoas?

– O bastante – ele respondeu, depois franziu a testa e meneou a cabeça. – Não, não será o bastante até eu ver Dragos morto de uma vez por todas. Mesmo que eu tenha que acabar com todos os outros iguais a mim a fim de chegar a ele. Então será o bastante.

Ela virou o olhar para a estrada, calada e pensativa.

– O que era a coisa que usou para matar o assassino no aeroporto? Ele usava uma espécie de coleira. Você a pegou quando saímos, e vi que mirou nela antes de atirar. A explosão depois foi bem brilhante.

Hunter ainda enxergava a intensa explosão de luz em sua mente. Havia vezes em que ainda sentia o confinamento da própria coleira, a que ele tirara na noite em que se juntara à Ordem.

– É um equipamento de obediência projetado por Dragos. Em seu interior, a coleira abriga luz ultravioleta concentrada. Ela não pode ser desativada nem removida sem acionar o detonador. Apenas Dragos pode desativar o sensor.

– Ah, meu Deus – ela sussurrou. – Você quer dizer que é uma algema. Uma algema letal.

– Eficiente, com certeza.

– E quanto a você? – Corinne perguntou. – Você não usa uma coleira daquelas.

– Não mais.

Ela o observou atentamente, olhos fixos nele quando saíram da estrada principal e tomaram uma rua lateral em direção ao que parecia uma fileira de casas abandonadas.

– Se você também costumava usar um desses equipamentos horrorosos, como conseguiu se libertar?

– Dragos não teve escolha a não ser me libertar. Ele tinha organizado uma reunião com seus aliados no verão passado num local particular na periferia de Montreal. A Ordem descobriu o que ele estava armando e se mobilizou para atacar. Dragos ordenou que eu desse cobertura enquanto ele e seus homens evacuavam o local.

Ele sentiu o olhar de compreensão de Corinne na maneira silenciosa como ela ouvia.

– Era você contra quantos da Ordem? Ele o mandou para a morte.

Hunter deu de ombros.

– Isso só me mostrou o tamanho do seu desespero e do seu desprezo por mim. Tanto ele quanto eu sabíamos que, se eu não atacasse os guerreiros naqueles instantes seguintes, ele e seus associados não teriam a mínima chance de escapar. Eu lhe disse que iria, mas só se ele me libertasse.

Fazia algum tempo que ele não pensava naquela noite na floresta da periferia de Montreal. Na verdade, sua jornada em direção à liberdade começara antes naquele mesmo verão – na noite em que entrara no chalé particular de um vampiro de Primeira Geração chamado Sergei Yakut, com ordens de Dragos para matá-lo, e viu-se encarando os olhos espelhados e hipnotizantes de uma garotinha inocente.

– Foi Mira quem me deu a coragem de exigir minha liberdade – ele disse, uma abertura cálida se formando no meio do peito só de pensar na criança. – Ela é uma vidente. Tem o dom da premonição. Foi nos olhos dela que eu me vi livre do controle de Dragos. Se não fosse por ela, talvez eu jamais soubesse que era possível viver de outra maneira.

– Ela salvou sua vida – Corinne murmurou. – Não é de admirar que você goste tanto dela.

– Eu daria a minha vida por ela – ele respondeu, de maneira tão automática quanto respirava.

E era verdade. A observação o abalou em certo nível, mas ele não tinha como negar o carinho que sentia pela menina. Tornara-se muito protetor em relação a ela, assim como estava ficando em relação à bela mulher sentada ao seu lado agora.

Mas, enquanto sua afeição por Mira era algo suave, sua preocupação com Corinne Bishop era totalmente diferente. Era mais profunda, queimava com uma intensidade que só parecia crescer e ficar mais forte a cada momento em que estavam juntos. Desejava-a; isso se tornara evidente ao se beijarem. Queria beijá-la de novo, e isso era um problema.

Quanto aos outros sentimentos que ela atiçava, não sabia o que fazer com eles. Tampouco desejava. Seu dever era com a Ordem, e não havia espaço para distrações. Por mais tentadoras que fossem.

Corinne levou bastante tempo para responder.

– Toda criança merece ter alguém disposto a fazer o que for necessário para mantê-la em segurança, para garantir sua felicidade. Família deveria ser isso, não? – Quando ela olhou para ele agora, sua expressão parecia perturbada, assombrada de alguma forma. – Não acredita que isso seja verdade, Hunter?

– Eu não saberia. – Ele diminuiu a velocidade diante de um pequeno chalé de caça escuro com janelas protegidas por tábuas de madeira e uma varanda meio pensa. Parecia abandonada, como o restante das casas pobres que ainda estavam de pé depois do recuo das águas havia alguns anos. Fundações de cimento rachadas marcavam os lugares onde outras casas estiveram antes. – Isto deve servir – disse ao parar o carro.

Ela ainda o encarava estranhamente do outro lado do banco do El Camino.

– Você nunca teve ninguém mesmo, nem quando era criança? Nem mesmo sua mãe?

Ele desligou o motor e tirou a chave do contato.

– Não havia ninguém. Fui levado da Companheira de Raça que me pariu no laboratório de Dragos ainda pequeno. Não tenho nenhuma lembrança dela. O Servo Humano designado para cuidar de mim por Dragos foi o responsável por minha criação. Qualquer que tenha sido.

O rosto dela ficou pálido e frouxo.

– Você nasceu no laboratório? Você... foi tirado da sua mãe?

– Todos nós fomos – ele respondeu. – Dragos projetou nossas vidas desde o instante da nossa concepção. Controlou tudo a fim de garantir que nos tornássemos suas perfeitas máquinas mortíferas, leais somente a ele. Nascemos para sermos seus assassinos. Seus Caçadores[1], e nada mais.

– Caçadores. – A palavra pareceu dura em sua língua. – Pensei que Hunter fosse seu nome. É o seu nome?

Ele conseguia ver sua confusão. Franziu ainda mais a testa enquanto ela processava silenciosamente o que ouvira.

– Hunter é o único modo pelo qual fui chamado desde o dia em que nasci. Ainda é o que sou. O que sempre serei.

– Ah, meu Deus. – A expiração suave dela estremeceu um pouco. Algo mais trespassou pelo rosto dela naquele instante, algo que ele não soube decifrar. Parecia tristeza. Parecia um terror renovado e profundo. – Todas as crianças nascidas nos laboratórios de Dragos eram levadas embora. Todas foram criadas como você? Todos aqueles meninos inocentes? É isso o que todos eles se tornaram...

Não foi uma pergunta, mas ele lhe respondeu com um aceno franco e solene.

Corinne fechou os olhos, não dizendo mais nada. Desviou a cabeça para longe dele, em direção ao vidro escuro da janela do passageiro.

No silêncio constrangedor e duradouro que se seguiu, Hunter abaixou a mão e abriu a porta do motorista.

– Espere aqui. Vou verificar a casa para garantir que é um abrigo aceitável.

---

1 *Hunter*, em inglês. (N.T.)

Ela não respondeu. Nem sequer olhou para ele, o rosto agora abaixado contra o ombro direito. Quando ele se afastou, pensou ter visto lágrimas rolando por suas faces.

Corinne praticamente saltou para fora do carro assim que Hunter entrou na casa. O trajeto prolongado dentro do espaço confinado bastara para atiçar sua ansiedade, ainda mais considerando o que testemunhara no aeroporto naquela noite. Mas algo muito pior a fizera sair apressada do carro para o lado externo úmido prestes a alvorecer.

Medo e horror tomaram conta dela, ameaçando revirar seu estômago à medida que avançava para uma placa de concreto no jardim abandonado ao lado. Afundou-se na fundação úmida e enterrou o rosto nas mãos.

Em todos os seus pesadelos quanto ao que poderia ter acontecido com seu filho, jamais imaginara o destino brutal que Hunter acabara de lhe descrever.

Hunter. Caçador...

Bom Deus, sequer era um nome de verdade. Apenas um rótulo para um objeto, não diferente do que poderia ser usado para se referir a uma lâmina ou uma pistola, ou qualquer outro instrumento manufaturado com o único propósito de destruição.

Insignificante.

Dispensável.

Desumano.

Enxugou as lágrimas que começaram a cair mesmo antes de Hunter ter saído do veículo. Seu coração se condoía por seu sofrimento prévio, mas também se rasgava dentro do peito pela compreensão de que seu bebê – a linda e inocente criança que amara assim que vira – ainda estava preso no mundo horrendo de Dragos.

Um soluço se ergueu em sua garganta quando se lembrou do rostinho doce da criança que ela parira treze anos atrás. Ainda conseguia visualizar os punhos se agitando quando a Serva Humana enfermeira o carregara numa manta branca simples. Ainda via seus olhos – de formato amendoado e azul-esverdeados, como os seus, o escalpo marcado pelos *dermaglifos* coberto por uma penugem de cabelos negros, da mesma cor que os seus.

Seu filho também teria a habilidade audiocinética, herdada geneticamente dela, do mesmo modo que herdaria a força e o poder de Primeira Geração da criatura que o gerara. O dom que Corinne deu ao filho era algo que ninguém poderia tirar dele. Essa habilidade para sempre o cunharia como sendo dela, pouco importando o que Dragos fizera com ele nos anos em que o curvara às suas missões e aos seus ideais distorcidos.

Seu filho também tinha um nome. Corinne o sussurrara para ele naquele primeiro momento em que seus olhos se encontraram e se prenderam na sala de parto. Ele a ouvira, mesmo naqueles poucos minutos fora do seu útero, disso ela tinha certeza. E ouvira-a chorar por ele quando a enfermeira o levara para longe dela um instante depois, para nunca mais vê-la.

Deus, quantos dias, semanas e meses – quantos anos – ela lamentara a ausência dele em sua vida? E pensar, agora, no motivo pelo qual ele nascera? Imaginar no que ele se tornara nos treze anos sob controle de Dragos a deixava enjoada de angústia.

Agarrava-se desesperadamente à esperança. Talvez, no fim, ele não estivesse vivendo aquela existência. Talvez tivesse sido afastado dela com algum outro propósito, e não estivesse acorrentado aos desejos de Dragos por uma algema ultravioleta. Não estivesse sendo forçado a existir como uma máquina mortífera sem saber verdadeiramente quem era, sem ninguém para segurá-lo e cuidar dele com amor e carinho.

E, caso ele fosse um dos muitos meninos de Primeira Geração que Dragos criara como assassinos em seus laboratórios? Talvez ele, de alguma forma, tivesse escapado à terrível escravidão, assim como Hunter fizera. Por um segundo vergonhoso, desejou que ele estivesse morto, se fosse para poupá-lo da existência desoladora que Hunter descrevera.

Mas ele estava vivo. Sabia disso do mesmo modo como todo pai devia saber, a despeito da distância dos filhos. Bem dentro em seu íntimo, ela tinha certeza de que seu menino ainda respirava.

Em algum lugar…

A desesperança de encontrá-lo quando nem sequer sabia por onde começar a pressionava enquanto permanecia sentada naquela placa de concreto, fitando o vasto terreno do que outrora devia ter sido um bairro aprazível na periferia de Nova Orleans. Agora, já não restava nada dele. Famílias transferidas, lares negligenciados e destruídos, incontáveis vidas dilaceradas por uma força impossível de deter.

Ela enfrentara uma tempestade toda sua nas décadas em que Dragos a mantivera aprisionada. Ele ainda não a vencera. Não a abatera. E não conseguiria, contanto que ela ainda tivesse um sopro de vida dentro do corpo.

Só podia rezar para que seu filho fosse igualmente forte.

Afinal, Hunter conseguira escapar e começar uma vida nova. Mas, pensando bem, Hunter tivera a Ordem para ajudá-lo a fugir de sua existência prévia. Tivera Mira a instilar aquela centelha muito necessária de esperança de que ele poderia ter uma chance, uma saída.

O que seu filho tinha?

Ele não sabia que havia alguém que o amava e que desejava a sua liberdade. Ele não tinha como saber que existiam esperanças, por mais ínfimas que fossem, de que alguém ansiava por encontrá-lo para lhe dar a vida que ele merecia.

Quanto a Corinne, não sabia onde o filho estava, quanto mais se ele poderia ser salvo. E também existia Hunter e a Ordem. Para eles, seu filho era apenas mais um dos ativos letais de Dragos. Um que todos eles juraram destruir – ainda mais Hunter, que sabia melhor do que ninguém como eram perigosos os como ele. A Ordem declarara guerra a Dragos e a todos que o serviam, e por um bom motivo. Eles considerariam seu filho um inimigo.

Embora não quisesse pensar, existia uma parte aterrorizada dela que se preocupava que eles poderiam estar certos.

Corinne passou o dorso da mão no rosto úmido quando Hunter saiu da casa ao lado. Ele a viu sentada ali e caminhou por cima da grama coberta de lama. Ele era a escuridão delineada contra a aurora vindoura, as grandes botas de combate pretas mordendo torrões de grama à medida que as pernas musculosas o aproximavam dela. O casaco se debatia atrás dele como uma vela de couro preta a cada passo ritmado.

Ele franziu a testa ao se aproximar.

– Por que saiu do carro?

Ela limpou a última das lágrimas.

– Não gosto de lugares confinados. Além disso, a noite foi longa e estou cansada.

Ele parou diante dela, fitando-a de forma questionadora.

– Você está chorando.

– Não. – A mentira provavelmente fora rápida demais para ser convincente, mas, para seu alívio, Hunter não a pressionou. O olhar desceu para seu lábio, e as sobrancelhas se uniram ainda mais.

– Seu lábio está sangrando de novo.

Instintivamente, ela esticou a língua para encontrar o pequeno corte feito na noite anterior. Sentiu o gosto de sangue – apenas o mais leve traço; não era motivo para alarme. Mas os olhos de Hunter ainda estavam fixos nela. As pupilas estreitadas. Âmbar reluzia no dourado de suas íris.

– O alvorecer se aproxima – ele disse, a voz baixa, num grunhido rouco. – Venha comigo. A casa está desocupada já há algum tempo. Servirá como um abrigo adequado.

Ela se levantou e o seguiu. A casa abandonada cheirava a mofo, salmoura e lama seca. Hunter andou na frente dela, juntando as duas metades de uma cortina que ainda estava pendurada diante de uma janela quebrada da sala de estar. Acima das cabeças, um ventilador de teto pendia como uma tulipa invertida, as lâminas de madeira empenadas pela inundação que se elevara para cobri-las por só Deus sabia quantos dias antes de, finalmente, recuar.

Apenas poucos itens de mobiliário permaneciam no lugar, em meio a lembranças esmagadas, papel de parede descascado e detritos cobertos de poeira que sujavam o chão. Hunter passou por cima, mostrando a ela o melhor caminho. Em uma porta adjacente descendo pelo corredor, ele parou e apontou para que ela seguisse em frente.

– Limpei uma parte ali para que possa descansar um pouco.

Corinne passou por ele e olhou para dentro. Boa parte do piso fora limpo, varrido da sujeira que infestava as outras partes da casa. Um colchão fino e sujo de lama fora colocado de lado contra a parede oposta, mantida no lugar por uma cômoda pesada, apesar de estragada pelo furacão.

Hunter despiu o casaco longo de couro e o estendeu no meio do piso mais limpo.

– Para você dormir – explicou, quando ela lhe voltou um olhar questionador.

– E quanto a você?

– Darei meu relatório para a Ordem, depois ficarei de guarda no outro cômodo enquanto você descansa. – Ele se virou para passar por ela e voltar para o corredor.

– Espere. Hunter... – Ela se abraçou, já se sentindo muito sozinha no confinamento do quartinho lúgubre. – Pode ficar comigo aqui... só até eu dormir?

Ele a fitou sem dizer nada por quase tempo demais para ela

suportar. Sabia que ele provavelmente era a última pessoa de quem deveria procurar consolo, ainda mais depois do que o vira fazer na noite anterior. Depois de tudo o que ouvira sobre a criação dele e sua missão pessoal para a Ordem, ela sabia que aquele macho letal era potencialmente o pior aliado que ela poderia ter para encontrar – e salvar – o filho.

Todavia, quando olhou para Hunter nas sombras suaves da casa dizimada pelo furacão, ela não enxergou nem crueldade nem selvageria. Enxergou o mesmo comedimento e carinho que ele demonstrara no clube de jazz na cidade, nos momentos que antecederam o beijo tão inesperado na pista de dança. Seus olhos dourados nadavam no mesmo calor agora, o fogo do seu olhar deslizando suavemente para sua boca.

Agora Corinne ficara sem fala, imóvel, insegura quanto ao que a perturbava mais: o pensamento de beijá-lo de novo ou o de que ele simplesmente poderia lhe dar as costas e deixá-la ali sozinha.

– Deite-se – ele murmurou, a voz grossa e rouca. As pontas das presas reluziram por trás do lábio superior carnudo quando ele falou.

Corinne recuou e se deitou sobre o casaco estendido. Ele andou em sua direção num movimento lento e predatório, depois afundou ao seu lado enquanto ela se esticava hesitante de lado sobre o couro macio. O corpo dele era uma comprida parede de calor ao longo da sua coluna e nádegas arredondadas, as coxas firmes e sólidas contra as suas. Mesmo estando completamente vestidos, cada terminação nervosa dela se reavivava ao percebê-lo. Um desejo surgiu bem em seu âmago, como um esticar lento de asas, colocando um farfalhar em seus já erráticos batimentos cardíacos, roubando seu fôlego tão sôfrego.

O braço de Hunter a envolveu, uma faixa de músculos e ossos pesados aprisionando-a com gentileza contra ele. O poder irradiava de cada centímetro do corpo dele, mas, em vez de medo ou de ansiedade pela sensação de estar sendo presa, Corinne se sentiu protegida.

Sentiu-se segura, algo que não experimentava havia muito tempo.

Protegida nos braços do homem mais letal que jamais conhecera.

Capítulo 18

As horas do meio da manhã no quartel-general da Ordem em Boston normalmente equivaliam a luzes apagadas, hora de descanso para Lucan e os demais moradores do complexo.

Não hoje.

E, por mais que ninguém dissesse nada, como chefe daquele lar em expansão, Lucan sabia que a tensão que afligia a todos estava chegando ao limite. Mesmo Mira parecia contida; a perceptiva criança vidente silenciosamente comia os últimos pedaços de panquecas e linguiça ao lado de Renata na grande mesa de jantar, em vez de tagarelar em sua costumeira velocidade.

A improvisada reunião de café da manhã fora ideia de Gabrielle. O fato de as fêmeas residentes estarem comendo no complexo ao lado de seus companheiros guerreiros, e não na mansão no térreo, fora insistência de Lucan. Apesar de parecer estranho ver todos amontoados nos aposentos que dividia com Gabrielle, dezenove pessoas agrupadas ao redor da mesa comprida que ela encomendara havia alguns meses de um artesão de um Refúgio Secreto, aquilo era muito mais palatável do que pensar em ter qualquer uma delas longe de suas vistas durante as horas em que ele não poderia fazer nada para protegê-las.

Protegê-las? Merda.

Que bela piada isso se tornara.

Lucan zombou de si mesmo, bem ciente de que a Ordem nunca estivera mais vulnerável. A segurança um dia garantida do complexo fora reduzida a uma leve camada de verniz, agora que Dragos tinha acesso à sua localização precisa.

Não só isso, mas Dragos também parecia estar na ofensiva em algum outro lugar, pela ligação que Hunter fizera havia poucas horas. O ataque ao hangar do aeroporto realizado por um dos assassinos de Dragos matara os dois pilotos do jatinho e deixara Hunter retido em Nova Orleans com a civil Corinne Bishop. No momento, estavam se escondendo num buraco deixado pela destruição do Katrina, à espera do pôr do sol e das instruções de Lucan.

E também havia a questão do desaparecimento de Sterling Chase. Lucan declarara que o guerreiro estava desligado do grupo desde que saíra sem permissão, mas o fato era que o incomodava terem perdido Harvard. Incomodava a todos, e sua ausência daquela mesa – e das missões – era sentida por toda a Ordem. Mas querê-lo não o traria de volta, e, como fora decisão de Chase se afastar, retornar teria que ser uma decisão também dele.

A única coisa boa no complexo fora o recente regresso seguro de Brock e Jenna do Alasca no fim da noite anterior. O imenso macho da Raça de Detroit e sua bela humana estavam sentados na ponta oposta de Lucan à mesa, os dedos morenos e longos de Brock entrelaçados nos mais finos e brancos de Jenna conforme o casal conversava com Kade e Alex. O fato de Jenna não ser uma Companheira de Raça não parecia deixar o vínculo com Brock menos intenso. Pensando bem, chamar Jenna Darrow de humana já não era mais tão acurado, considerando o pedacinho do tamanho de um grão de arroz de DNA alienígena que ela vinha carregando em sua coluna dorsal nas últimas duas semanas.

Tinha ficado afastada apenas poucos dias, mas o *dermaglifo* que aparecera espontaneamente em sua nuca antes de ela partir começara a dar a volta nos ombros. Era muito estranho ver as marcas da raça na pele de uma humana – uma fêmea, além do mais. E o fato de que o corpo de Jenna parecia se curar de ferimentos à mesma velocidade dos da espécie de Lucan, aliado aos superpoderes recém-descobertos de força e agilidade, estava tornando a antiga policial do Alasca uma tremenda adição ao arsenal pessoal da Ordem.

A que ponto chegaria a transformação genética de Jenna ninguém sabia precisar.

Deus, que viagem estranha vinha sendo aquela, Lucan pensou ao passar os olhos nos rostos reunidos ao redor da mesa. A maioria daqueles rostos era-lhe desconhecida apenas um ano e meio atrás, e agora todos eram tão conhecidos como se fossem de sua família.

Mesmo Lázaro Archer e o neto, Kellan, pareciam-lhe menos desconhecidos e mais membros da família do complexo naquele punhado de dias em que ficaram sob a proteção da Ordem. Lázaro se mostrara um macho forte e honrado. Quanto a si mesmo, Lucan se mostrou agradecido pela oferta do outro Primeira Geração de uma propriedade no Maine para ser o quartel-general temporário da Ordem. Era o bote salva-vidas de que precisavam, e do qual ele pretendia tirar vantagem o mais rápido possível.

– Quero lhe agradecer novamente pela oferta, Lázaro – disse, olhando para a esquerda da mesa, onde Archer sorria distraidamente enquanto ouvia o debate animado entre seu neto adolescente e a jovem Mira a respeito de um livro que tinham lido recentemente.

Os olhos azuis de Lázaro Archer estavam solenes ao se depararem com os de Lucan.

– Por favor, não precisa me agradecer. Devo a você e à Ordem mais do que posso um dia retribuir. Salvaram a vida de Kellan e também a minha. Estarei sempre em dívida. Além disso – acrescentou com um dar de ombros –, aquele lugar no Norte permanece sem uso praticamente desde que o construí nos anos 1950. Eleanor acreditava que o conceito todo era ridículo: ela riu dizendo que eu era louco quando lhe disse que queria construir um bunker secreto e um abrigo antibombas debaixo da casa, como tantos humanos fizeram no período conhecido por ele como Guerra Fria. Disse que, no caso de um desastre nuclear, preferiria virar fumaça junto ao resto da população a cozinhar como um punhado de sardinhas enlatadas debaixo da casa. Nunca a convenci a passar mais do que uma noite lá. Tão teimosa quanto linda era minha Ellie.

Lucan observou a expressão do macho mais velho se tornar saudosa ao mencionar a Companheira de Raça. Era a primeira vez que mencionava o nome dela desde o ataque ao Refúgio Secreto que a matara e ao restante da família de Archer. Eleanor Archer e todos os demais naquela residência tinham sido reduzidos a cinzas e pó por Dragos. Todas aquelas vidas perdidas para que ele pudesse agarrar firme no pescoço da Ordem.

Lázaro Archer expirou e meneou a cabeça.

– Não pensei naquele lugar, ou no desgosto de Ellie por ele, em muito tempo. Como já lhe disse antes, se julgar a propriedade adequada para a Ordem, considere-a sua.

Lucan assentiu.

– Tomaremos essa decisão hoje à noite, quando formos dar uma olhada no lugar.

Algumas cadeiras na direção da outra ponta da mesa, Gideon interceptou o olhar de Lucan e revelou mais detalhes:

– Já carreguei um programa de CAD e comunicação no laptop que levaremos conosco. Poderemos importar fotos do local, internas e externas, depois o software as converterá em plantas baixas e projetos num instante. Também tenho receptores de satélite prontos para funcionar para que possamos ligar alguns comunicadores assim que chegarmos lá, a fim de fazermos testes para preparar o local.

Lucan mal conseguiu reprimir o sorriso ao ouvir Gideon mergulhar no modo nerd.

– A parafernália técnica fica por sua conta quando chegarmos.

Notou que Savannah ficara calada ao lado de Gideon enquanto eles conversaram sobre a viagem planejada para o Norte. Gideon também não deixou de perceber a reação de sua Companheira, e deu um aperto suave na mão que estava sobre a mesa.

– Não se preocupe, amor. É só uma excursão em campo, não uma missão. Nada de armas e explosivos envolvidos. Uma pena – acrescentou, com um sorriso maroto.

Mesmo de onde estava sentado, Lucan conseguiu ver que os olhos castanhos suaves de Savannah estavam sérios. Sua voz saiu baixa, mais magoada do que Lucan jamais a ouvira.

– Não consigo fazer piadas sobre isso, Gideon. Não mais. Essa merda toda está ficando real demais para mim.

De repente, ela se levantou da mesa e começou a tirar os pratos e talheres. Como uma demonstração de solidariedade feminina não declarada, Gabrielle, Elise e Dylan rapidamente seguiram o exemplo de Savannah, apanhando o que podiam, depois desaparecendo através das portas vaivém que davam para a cozinha anexa.

Gideon pigarreou.

– Pelo visto terei que aplacar algumas preocupações antes de sairmos hoje à noite.

Lucan grunhiu.

– Talvez tenha que se rastejar e pedir desculpas também.

– Ela se preocupa com você – Tess disse a Gideon, a mão repousando sobre a curva de sua barriga de gestante. – Jamais revelará o quanto, porque sabe que você precisa que ela seja forte. Mas a preocupação está sempre com ela. – Ante o assentimento de compreensão de Gideon, Tess voltou o olhar afetuoso para seu próprio companheiro, Dante, ao seu lado. – A preocupação está sempre com todas nós, toda vez que um de vocês sai numa missão. Toda vez que vocês saem do complexo, levam nossos corações com vocês.

– Uma carga preciosa – disse Dante, levantando a mão dela da curva da barriga formada pelo filho e pressionando um beijo em sua palma.

O sorriso de resposta de Tess se retorceu numa careta de dor. Inspirou fundo o ar, depois o soltou num sibilo.

– Seu filho está ficando agitado de novo agora de manhã. Acho melhor eu... voltar para o nosso quarto e... descansar um tempinho.

Dante se pôs em ação, ajudando-a com cuidado enquanto Renata, Jenna e Alex ficavam de prontidão ao lado. Lucan ficou de pé antes de sequer perceber que se movia, assim como o restante dos machos da Raça ali na sala, todos levantando num silêncio circunspecto, provavelmente parecendo tão inúteis quanto se sentiam.

– Estou bem – Tess anunciou, ofegante demais para o gosto de Lucan. Ela andou lenta e cuidadosamente, um braço amparando a parte baixa da barriga e a outra mão agarrando firme Dante enquanto ele gentilmente a afastava da mesa. Tecnicamente, ainda faltavam duas semanas para ela, mas, embora Lucan não fosse um perito nesse tipo de coisa, ele deduzia que o parto iminente aconteceria antes disso.

– Consegue chegar até o sofá na sala ao lado, doçura? – Dante perguntou, tenso e preocupado, um modelo de futuro pai devotado.

Tess dispensou a pergunta com um aceno.

– Quero andar... É melhor se eu me mexer um pouco. Depois que me deitar, vou ficar lá por um bom tempo.

– Ok – Dante concordou. – Vamos bem devagar, está bem? Isso mesmo, doçura. Pequenos passos. Você está indo muito bem.

O casal se despediu, depois começou o trajeto lento para seus aposentos no complexo. Gabrielle voltou para a sala de jantar com Savannah e as outras, a tempo de ver Tess e Dante indo embora. Depois de alguns instantes de silêncio constrangido, Mira se virou com um olhar preocupado para Renata.

– O bebê de Tess vai nascer logo?

O olhar grave de Renata passou pelos rostos ansiosos na sala antes de se voltar com um sorriso paciente e afetuoso para Mira.

– Sim, acho que sim, ratinha. Não vai demorar muito para o bebê chegar.

Mira franziu a testa.

– É melhor Hunter se apressar para voltar para casa, ou não vai ver o bebê quando ele nascer. A propósito, onde ele está?

– Ainda numa missão – Niko respondeu, suavemente se intrometendo como a figura paterna que se tornara para a garotinha. – Hunter tem assuntos importantes em Nova Orleans, mas voltará assim que puder.

– Bem, isso é bom – Mira declarou. – Porque ele precisa estar aqui antes do Natal, com certeza. Vocês sabem que ele nunca teve um Natal antes? Prometi que faria uma decoração para o quarto dele.

Ante a menção da menina das festividades que se aproximavam, uma nova mortalha caiu na sala de jantar. Lucan sentiu o peso de tantos olhares deliberadamente evitando-o, todos eles esperando que ele desse uma de *Grinch*[2] e anunciasse à criança inocente que não haveria Natal no complexo.

Inferno, ele sequer tinha certeza se existiria um complexo no Natal, que seria – maldição – em menos de duas semanas.

Renata se agachou junto à cadeira de Mira.

– Tenho uma ideia, ratinha. Por que você não vem comigo e me mostra o que está fazendo para Hunter?

– Ok – ela respondeu, depois se virou para Kellan com um sorriso amplo. – Quer ver também?

---

2 O Grinch, personagem de Dr. Seuss transformada em filme, é uma criatura verde e mesquinha que odeia o espírito natalino. (N.T.)

– Claro. – O adolescente deu de ombros como se não desse a mínima, mas saiu da cadeira assim que a palavra saiu de seus lábios. Trotou sorumbático atrás de Renata e de Mira, com pernas e braços relaxados.

– Renata tem razão quanto ao bebê, sabem – Savannah se dirigiu a todos na sala. – Tenho uma quantidade suficiente de parteiras do meu lado materno e já assistiu a um bom número de partos para saber que é questão de dias antes que Tess entre em trabalho de parto. Pelo modo como está andando, pode ser até uma questão de horas.

Lucas sentiu a testa franzindo.

– Dias? Horas? Precisamos de mais algumas semanas.

Lázaro Archer o fitou solenemente.

– A natureza está pouco ligando para o que é conveniente. Nunca se importou.

Lucan grunhiu, bem ciente da verdade irônica. Também sabia que poderia ganhar tempo precioso caso conseguisse desferir um golpe em Dragos de alguma maneira, fazer com que o bastardo fugisse de novo. Era tempo que eles precisariam para avaliar a possível realocação do complexo, e tempo que Tess e Dante mereciam a fim de verem o filho nascer em condições pacíficas com alguma semelhança de normalidade.

Olhou para Gideon.

– Numa estimativa otimista, quanto tempo precisa para nos fazer funcionar caso determinemos que a propriedade de Archer é viável?

– Tenho o laptop, vamos viajar. Acreditando que teremos acesso satélite lá sem problemas, conseguirei que os sistemas básicos funcionem em algumas horas. A coisa toda – sistemas, telecomunicações, câmeras de segurança, aquecimento, sensores de movimento e o resto – vai levar umas duas semanas no mínimo.

Lucan expeliu uma imprecação junto a um longo suspiro.

– Tudo bem. Não é grande notícia, mas teremos que fazer com

que dê certo. E quanto a pistas sobre Dragos? – perguntou ao grupo reunido. – Algum sinal sobre o paradeiro de Murdock?

– Nada certo – Tegan respondeu da outra ponta da mesa. – Interroguei alguns dos seus associados, mas não me disseram nada. Ninguém que eu tenha encontrado viu ou ouviu falar dele desde o incidente na outra noite em Chinatown. Mas Rowan colocou investigadores da Agência atrás de Murdock. De um modo ou de outro, encontraremos o filho da puta.

Lucan assentiu gravemente.

– Que isso aconteça logo, ok? Neste instante, ele é a nossa melhor chance de conseguir localizar Dragos daqui. Enquanto trabalhamos, Hunter vai sair para fazer um reconhecimento em Henry Vachon hoje à noite em Nova Orleans. Baseado no ataque que Dragos ordenou ontem à noite, parece que a ligação entre Vachon e ele é mais do que certa.

Alguns olhares graves se prenderam ao seu, reconhecendo o quanto Hunter e sua companheira civil chegaram perto da morte e sobreviveram contra mais um dos assassinos de Dragos. A expressão de Brock era a mais preocupada. Compreensível, considerando-se sua história com Corinne Bishop quando ele trabalhara como segurança da família dela no Refúgio Secreto em Detroit. O guerreiro se mostrara quase desenfreado quando lhe contaram os detalhes da malfadada reunião de Corinne com Victor Bishop e das revelações que resultaram de seu regresso a Detroit. Ele ainda estava visivelmente ultrajado com as novidades.

– Henry Vachon, visivelmente, é escória, com ou sem uma ligação recente com Dragos – ele disse, a voz trêmula de fúria. – Eu pessoalmente gostaria de ver o bastardo esquartejado, mas odeio a ideia de que Hunter terá que deixar Corinne desprotegida nem que seja por um minuto enquanto coleta as informações de que precisamos.

– Isso também me preocupa – Lucan respondeu. – Hunter está

confiante de que estão num local seguro por enquanto, mas precisam encontrar um abrigo melhor. Infelizmente, não podemos arriscar a região hoteleira, tampouco ter certeza quanto a nenhum dos Refúgios Secretos. Temos que deduzir que a população civil lá embaixo pode ter alianças secretas com Henry Vachon ou com o próprio Dragos.

– Que tal alguém da população humana? – A pergunta de Savannah fez com que todas as cabeças se virassem. – Conheço um lugar em que ficarão em segurança por um tempo. Não fica longe da cidade, mas também não é muito conhecido.

– Savannah… – Gideon interveio com suavidade. – Não podemos pedir que ela…

– Quem é a humana em questão? – Lucan perguntou.

Savannah olhou para ele.

– Minha irmã Amelie. Ela mora no pântano Atchafalaya há mais de setenta anos. Ela é de confiança. O fato de Gideon e eu estarmos vivos hoje, aqui na frente de todos vocês, é prova disso.

Gideon assentiu, ainda que com relutância.

– Savannah e eu devemos nossas vidas a Amelie Dupre. Ela é confiável, Lucan. Aposto minha vida nisso. Na verdade, foi o que fiz.

– Amelie sabe o que Gideon é – Savannah acrescentou. – Sabe dele desde a noite em que ele apareceu na soleira da casa dela procurando por mim há trinta anos, e manteve nosso segredo durante todo esse tempo.

A novidade de que uma humana nos pântanos da Louisiana sabia da existência da Raça não agradou muito a Lucan. Ainda assim, ele seria um tolo caso não considerasse a opção que Savannah e Gideon acabavam de lhe dar. Alianças com humanos dificilmente eram sua primeira escolha – na verdade, ficavam no fim da lista no que se referia a ele –, mas a situação era desesperadora, e o tempo, definitivamente, não estava do lado da Ordem naquele momento.

– Quanto tempo acredita que levará até entrar em contato com sua irmã?

– Posso ligar para ela agora mesmo – Savannah respondeu. – Sei que estará disposta a nos ajudar. Só o que preciso é dizer quando ela deverá esperar que eles cheguem.

– Diga-lhe que chegarão assim que a noite cair – Lucan respondeu.

Capítulo 19

Corinne dormira sem despertar até o meio da tarde. Apesar de Hunter agora estar abaixado do lado oposto do quarto, ainda sentia as curvas suaves do corpo dela pressionando o seu. Ainda sentia a fragrância em seus cabelos e na pele pelas horas em que passara ao seu lado enquanto ela dormia.

Agora a observava inspirar e expirar, antecipando cada inalação suave, hipnotizado com as batidas da sua pulsação, que acelerara o ritmo debaixo da pele de alabastro na base da elegante garganta.

Sua fome por ela não diminuíra apesar do distanciamento físico que ele escolhera colocar entre eles. Desejava-a de uma maneira surpreendente, uma que superava até sua necessidade mais primitiva de sede como membro da Raça. Seu desejo por ela o perturbara antes, mas agora, depois do tormento de tê-la abraçado por boa parte do dia, tinha invadido seus sentidos. Pior do que isso, invadira sua lógica, deixando-o fixado naquele conforto quando deveria estar planejando sua missão de reconhecimento para mais tarde naquela mesma noite.

Tentou desviar seu foco para a ligação que recebera da Ordem havia poucas horas. Tinham encontrado uma casa segura para Corinne e ele a uma hora de carro a oeste da cidade. Assim que o sol se pusesse, ele a levaria para o abrigo designado, depois partiria sozinho para investigar os paradeiros conhecidos de Henry Vachon, quem sabe conseguindo coletar informações certas de onde o bastardo poderia ser encontrado. A antecipação de se aproximar de um dos prováveis tenentes de Dragos fazia com que o predador dentro dele ansiasse pela noite.

Corinne soltou um gemido no leito improvisado no chão. Hunter saltou de pé, os pensamentos sobre Dragos e seus colegas deixados de lado no instante em que ela começou a se mexer. Suas pernas se debatiam como se ela lutasse para se soltar de amarras invisíveis. A boca se retorcia numa careta enquanto ela arquejava em golfadas rápidas de ar.

Hunter se abaixou atrás dela sobre seu casaco de couro e a abraçou. Não sabia o que dizer para acalmá-la. Não tinha experiências em que se basear, por isso simplesmente passou os braços frouxamente ao seu redor enquanto ela se debatia sem parar junto a ele. Agora ela arquejava, sussurrando indiscernivelmente, o pânico aparecendo mais a cada segundo.

Ele sentiu as batidas frenéticas da pulsação quando um grito escapou por seus lábios. Foi uma única palavra, um arquejo exclamado que a assustou e despertou, seu rosto a menos de um centímetro do dele. Suas pálpebras se levantaram.

– Você está segura – ele lhe disse, as únicas palavras que tinha a oferecer ao fitar as poças aterrorizadas azul-esverdeadas de seu olhar. Levantou a mão lentamente e afastou uma mecha de cabelos pretos da testa suada. – Está segura comigo, Corinne.

Ela assentiu de leve.

– Tive um pesadelo. Pensei que estava de novo lá... naquele lugar horrível.

– Nunca mais – ele assegurou. Era uma promessa, uma pela qual percebeu naquele instante que estava preparado para morrer. Ela não se afastou quando ele continuou a afagar a curva delicada da face e da mandíbula. Seus olhos, contudo, permaneceram fixos nele, avaliando-o.

– Por quanto tempo você ficou comigo enquanto eu dormia?

– Um pouco.

Ela balançou a cabeça de leve, não o impedindo de continuar com os dedos vagueando por seus cabelos soltos.

– Você ficou bastante tempo. Me abraçou para que eu pudesse dormir.

– Você me pediu – ele respondeu.

– Não – ela discordou com suavidade. – Pedi apenas que ficasse até eu adormecer. O que você fez foi… gentil. – Seus olhos estavam fixos nos dele com tamanha gratidão que ele se sentiu envergonhado. Quando ela voltou a falar, a voz ficara mais baixa, como se fosse difícil juntar as palavras. – Não estou acostumada a ser abraçada. Mal consigo me lembrar do que é ser tocada com um pouco de carinho e afeto. Não sei mais como devo me sentir.

– Se eu estiver lhe causando desconforto…

– Não – ela respondeu rapidamente, estendendo o braço para apoiar a palma de leve no peito dele. Ela ficou ali, um pedacinho de calor repousando sobre as batidas fortes de seu coração. – Não, você não me causa nenhum desconforto, Hunter. Nem um pouco.

Ele franziu a testa, observando sua mão grande acarinhando os inacreditáveis contornos delicados do rosto dela. As pontas dos dedos estavam calejadas pelo manuseio das armas e por toda a violência. Sua pele raspou contra a perfeição aveludada dela.

– Você é a coisa mais delicada que já toquei. Quero ser cauteloso com você. Preocupo-me que possa se quebrar sob minhas mãos ásperas.

Ela sorriu diante disso, uma curva acentuada dos seus lábios que fez com que ele ardesse de vontade de beijá-la.

– Suas mãos são perfeitamente gentis. E gosto do modo como está me tocando agora.

O elogio sussurrado atravessou o corpo dele como um raio. A

pulsação latejava em seus ouvidos, o sangue corria por suas veias e artérias como um jorro crescente de lava. As pontas dos caninos desceram, reagindo tão evidentemente quanto outra parte de sua anatomia. Combateu a reação febril do seu corpo, certo de que conseguiria refreá-la enquanto tracejava o desenho do maxilar dela, depois passava o polegar sobre o lábio inferior. Deus, como ela era macia. Tão linda.

Ela exalou um suspiro prazeroso e curto enquanto ele continuava a estudá-la com as mãos e os olhos.

– Você é sempre tão cuidadoso e carinhoso com suas mulheres?

Deu de ombros, quase admitindo que nunca houvera nenhuma outra mulher – nenhuma vez. Fora criado como uma máquina, tendo-lhe sido negados todos os contatos físicos a não ser aqueles disciplinadores. Até os poucos dias em que estivera com Corinne, ele não sentira necessidade de mais.

– A intimidade não fez parte da minha criação. Não fui treinado para esse tipo de contato.

– Você está se saindo muito bem, se quer saber minha opinião.

Mais uma vez ela sorriu, e mais uma vez o corpo dele reagiu com um coice ardente de desejo. Sabia que ela devia estar sentindo a vibração que parecia emanar de cada célula do seu corpo. Tinha que sentir a saliência da sua excitação, pressionando-a insistentemente na coxa, que, de alguma maneira, encontrara um lugar entre as suas pernas, sem nem mesmo um centímetro separando-os.

Ele queria beijá-la. Queria aplacar um pouco da dor que se abria nele enquanto curvava o arco macio da nuca dela e a trazia para mais perto. Ela não resistiu, nem por um instante.

Hunter se moveu em sua direção e abriu sua boca sobre a dela. O beijo que partilharam na noite anterior fora inesperado, doce, experimental. Este era totalmente outra coisa.

Os lábios se fundiram, os rostos se pressionaram, as mãos se tocaram, eles se abraçaram. O beijo foi faminto e urgente, cobiçoso com o desejo mútuo. Hunter espalmou a mão na parte de trás da cabeça de Corinne e a arrastou para mais perto do seu abraço. Cada batida do coração lançava fogo por suas veias. As presas latejavam, projetando-se em toda a sua extensão a partir das gengivas e preenchendo sua boca. Seu pau pulsava contra a deliciosa maciez do corpo dela, acendendo algo primitivo dentro dele, algo animalesco e não totalmente sob controle.

Ele não achava que seu desejo poderia se projetar ainda mais, mas, em seguida, sentiu a língua exploradora de Corinne resvalando seu lábio superior. Gemeu algo ininteligível, incapaz de formular palavras enquanto seu corpo estava no limite de se soltar de suas amarras. Entreabriu os lábios num respiro sôfrego e quase perdeu a cabeça quando a língua de Corinne se aventurou para dentro.

Beijaram-se longamente, o corpo dele todo tenso e duro enquanto Corinne parecia ficar cada vez mais flexível em seus braços, derretendo em seu abraço. Sentiu o esmagamento suave dos seios em seu peito e, curioso, desceu a mão para espalmá-los sobre o tecido fino do suéter. Amparou um dos montes pequenos, maravilhando-se com o erotismo de acariciá-la e ouvi-la emitir arquejos trêmulos de prazer.

Ele não conseguia parar. Precisava de mais disso... de mais dela.

Com a pulsação acelerada e o desejo rugindo com uma intensidade que quase o esmagava, Hunter rolou sobre ela, deitando-a de costas. Cobriu-a com seu corpo, a boca presa à dela num beijo exigente, a força da excitação fazendo com que enterrasse o quadril em sua pelve.

Embora nunca tivesse vivenciado o clímax sexual, o desejo de senti-lo agora se enterrava nele com garras afiadas. Sentiu Corinne se mexer debaixo de si, ouvia-a gemer quando passou as mãos pela extensão de seus braços. A necessidade de possuí-la, de clamá-la para si, gritou dentro dele a cada batida frenética de sua pulsação.

Ele levou um momento para perceber que Corinne ainda gemia, mas não com o mesmo desejo que latejava dentro dele, mas sim com algo que soava terrivelmente como medo.

Segurava as mãos dela acima da cabeça, os dedos envolvendo os pulsos delicados como algemas. Ela estava se debatendo, e, através do torpor de seu desejo egoísta, ele subitamente percebeu que ela lutava para se soltar da pressão inclemente do seu corpo.

O gemido dela era mais uma lamúria, depois um soluço sem som. Assustado consigo mesmo, Hunter se afastou rolando para longe dela imediatamente.

– Desculpe – disse de uma vez, sentindo-se pior do que um estúpido quando ela se pôs de pé, os braços cruzados diante do corpo como um escudo. – Corinne, eu não quis... Sinto muito.

Ela lhe lançou um olhar frágil.

– Você não tem do que se desculpar. Eu não devia ter deixado que fizesse isso. Eu devia saber que não ia conseguir – ela disse, inspirando profundamente. – Não estou pronta para isto, Hunter. Talvez eu esteja louca por pensar que um dia estarei.

Quando ela se afastou, ele se esforçou para recobrar o juízo.

– É por causa de Nathan?

Ela se virou para ele de repente. Sua expressão era consternada, os olhos arregalados de alarme. Sua voz mal era audível.

– O que disse?

– Nathan – ele respondeu. – Foi esse o nome que você chamou em seu sono, pouco antes de despertar do pesadelo. Ele é o motivo de você não estar pronta? É porque seu coração pertence a outro macho?

Ela não estava respirando. Encarou-o imóvel pelo que mais pareceu uma eternidade.

– Você não sabe do que está falando – ela respondeu por fim, as palavras afiadas com a determinação. – Não chamei o nome de ninguém enquanto dormia. Você deve ter imaginado isso.

Ele não imaginara, mas se conteve e não a pressionou mais. O momento juntos se partira naquele instante. Ainda que sua pulsação ainda latejasse, que seu sexo ainda estivesse duro, pronto para o gozo, percebeu que ela não queria mais nada com ele agora. Seu silêncio se alongou, o rosto se fechando conforme ela recuava dele, cautelosa. Seu olhar parecia acusá-lo de alguma maneira, como se ela subitamente se lembrasse de que ele não passava de um estranho… talvez até um inimigo.

Ele se sentiu desajeitado, envergonhado, confuso – coisas que lhe eram desconhecidas até então, por causa dessa mulher. Por causa dos seus cuidados com ela, e do olhar acuado que ela lhe lançava enquanto aumentava a distância entre eles.

A premonição de Mira voltou como um tapa na cara. A súplica de Corinne. As lágrimas. Ela implorando para que ele poupasse a vida de um macho que ela não suportaria perder.

E agora Hunter tinha certeza de saber o nome do macho.

Nathan.

Não entendia por que saber disso o faria cerrar os dentes, mas fez. Grudou o queixo com tanta força que seus molares doeram.

– Hunter – Corinne começou a dizer, parando para inspirar fundo. – O que acabou de acontecer entre nós…

– Não voltará a acontecer – ele terminou por ela.

Quando desejo e orgulho o morderam com suas lanças gêmeas, ele abafou mentalmente as emoções inúteis. Aferrou-se à rígida disciplina que sempre lhe servira tão bem – uma disciplina que parecia determinada a abandoná-lo quando ele se deparou com o olhar de confusão ferida que inundava os adoráveis olhos de Corinne Bishop.

– O sol logo vai se pôr – ele lhe disse. – Partiremos logo depois.

Ela se retraiu, com a expressão preocupada agora.

– Para onde?

– Uma casa segura foi providenciada. Você ficará lá enquanto eu retomo minha missão para a Ordem.

Ele se virou e a deixou para trás, parada e sozinha no quarto.

– Senhor Masters, por certo agradeço a generosidade que tem mostrado com a minha campanha nos últimos meses. Este cheque... – O senador arqueou uma sobrancelha muito bem aparada ao olhar uma vez mais para a polpuda doação corporativa. – Bem, senhor, francamente, uma contribuição desta magnitude é arrebatadora. Inédita, de fato.

Dragos cruzou os dedos sob o queixo e sorriu de sua aveludada poltrona de convidado oposta à escrivaninha luxuosa do político.

– Que Deus abençoe a democracia e a Corte Suprema dos Estados Unidos.

– De fato. – O senador riu pouco à vontade, o pomo de adão resvalando contra a engomada camisa social branca e a gravata borboleta do smoking. Seu impecável cabelo loiro estava penteado para trás do belo rosto, os poucos fios grisalhos nas têmporas dando aos trinta e poucos anos do senador ares de sabedoria e distinção.

Dragos se perguntou por um momento se ele conquistara aquelas faixas distintas num salão de beleza, depois decidiu que não se importava. Era a política do senador – bem como suas conexões da Ivy League[3] – que realmente interessavam a Dragos.

– Sinto-me honrado que o senhor e a TerraGlobal tenham demonstrado tamanha fé nos objetivos de minha campanha – ele disse, com um olhar intenso que, sem dúvida, garantia ao solteiro mais cobiçado de Boston tudo o que pedisse em sua jovem vida privilegiada. – O senhor tem a minha garantia pessoal de que todo o dinheiro que contribuiu será utilizado de maneira prudente e para bons fins.

– Não tenho dúvida quanto a isso, senador Clarence.

– Por favor – ele disse, colocando o cheque na primeira gaveta da

3 Ivy League é o nome dado ao grupo das oito universidades americanas de maior prestígio acadêmico: Brown, Colúmbia, Cornell, Dartmouth, Harvard, Pensilvânia, Yale e Princeton. (N.T.)

escrivaninha e trancando-a. – Você precisa me chamar de Robert. Ah, diabos, me chame de Bobby – todos os meus amigos me chamam assim.

Dragos retribuiu o sorriso educado.

– Bobby, então.

– Quero que saiba, senhor Masters, que partilho do seu comprometimento em relação aos assuntos verdadeiramente importantes que impactam nossa grande nação. Prometi fazer minha parte em Washington para nos ajudar a voltar ao lugar onde merecemos estar – onde *precisamos* estar, como a maior nação do mundo. E quero que saiba que minha briga está apenas começando, agora que tenho a honra de ocupar este cargo em um momento tão crucial da nossa história. Estou aqui porque quero fazer alguma diferença.

– Claro – Dragos concordou, pacientemente suportando o discurso patriota que ouvira mais de uma vez enquanto Bobby Clarence estivera em campanha. – Você e eu partilhamos muito dos mesmos interesses. Não é o menor deles sua dedicação em favor das iniciativas antiterroristas. Admiro sua tolerância zero contra aqueles que se envolvem em atividades tão deploráveis. Aprovo sua vontade de estabelecer um limite no que se refere à segurança nacional.

Bobby Clarence se inclinou em direção à mesa, os olhos estreitados com uma intensidade bem ensaiada.

– Entre mim e você, Drake, se é que posso chamá-lo assim? – Dragos gesticulou para que ele prosseguisse, sorrindo para si mesmo ao dar permissão para que o humano se dirigisse a ele usando um de seus muitos codinomes. – Entre mim, você e estas quatro paredes, eu não me oporia a trazer de volta as execuções públicas no que se refere a todo e qualquer terrorista, especialmente aqueles que crescem tal qual ervas daninhas em nosso próprio solo americano. Pendurem os bastardos pelas bolas e lancem uma matilha de cães esfomeados em suas tripas, é o que digo. Infelizmente, meus auxiliares provavelmente diriam que isso não seria um bom *slogan* de campanha.

Ele explodiu numa gargalhada hilária, um da qual Dragos partilhou, embora não pelos mesmos motivos. Sua risada de Dragos devia-se a um divertimento particular, e uma antecipação quase nervosa em relação ao momento em que puxaria alguns fios que resultariam em seu derradeiro triunfo contra a Ordem.

O interfone do senador tocou avisando uma chamada. Ele educadamente pediu licença, depois levantou o aparelho e o aproximou da orelha.

– Sim, Tavia? Um-hum. Tudo bem, tudo bem. Ah, maldição. Já está na hora? Por favor, ligue para o escritório do presidente do conselho e peça desculpas por mim, sim? Diga que estou na minha última reunião do dia e que ele terá que ir ao jantar beneficente antes de nós. Nos juntaremos a ele e aos demais assim que possível. Sim, sei que ele odeia mudanças de última hora, mas ele terá que lidar com isso. – Bobby Clarence lançou uma piscadela marota na direção de Dragos. – Diga a ele que me atrasei devido a questões da Segurança Nacional. Isso deve lhe dar algo em que pensar até chegarmos lá.

O senador encerrou a ligação de sua assistente e deu de ombros, num gesto de desculpas.

– Ninguém me contou que ser eleito seria a parte fácil deste trabalho. Cumprir os compromissos agendados é um problema, ainda mais nesta época do ano. Vou lhe dizer, passei mais tempo num maldito smoking no mês passado do que nas trincheiras em que deveria estar.

– Você é um homem solicitado – Dragos respondeu, pressentindo que a exasperação quanto às festas e funções sociais era apenas uma fachada pública do garoto de ouro. Que, certamente, funcionara muito bem durante as eleições, e era isso o que importava para Dragos, desde que começara a apostar grandes somas no fato de que aquela estrela brilhante de Cambridge o colocaria cara a cara com os verdadeiros poderosos da humanidade.

– Você tem compromissos e eu não deveria retardá-lo ainda mais

– Dragos anunciou, levantando-se da poltrona, apesar da pressa do senador em lhe garantir que tinham todo o tempo do mundo para conversar. – Obrigado por concordar em me ver assim tão rápido e tão tarde.

O senador Clarence deu a volta na mesa e ajudou Dragos a vestir o casaco de cashmere. Esticou a mão e o cumprimentou com um aperto amigável.

– O prazer foi meu em falar com você hoje, Drake. Estou à disposição para repetirmos a qualquer momento.

Acompanhou Dragos até a porta e a abriu. Diante dela, do outro lado, com a mão levantada como se estivesse prestes a bater, estava uma mulher muito alta e atraente, vestida num terno cinza e blusa marfim de gola alta. Os cabelos castanhos espessos estavam presos junto à nuca, sem um fio fora do lugar. O conjunto poderia ser desinteressante numa mulher menos bela, mas não nela.

– Ah, Tavia! – Bobby Clarence exclamou quando Dragos parou subitamente diante dela, atordoado com a aparição da mulher a meros centímetros de seu rosto. Ela deu um passo abrupto para trás, o olhar inteligente passando do sorriso intrigado de Dragos para o suave de seu empregador. O senador apoiou uma mão no ombro de Dragos. – Drake, já foi apresentado à minha assistente pessoal, Tavia Fairchild?

– Um prazer – ele sussurrou, abaixando a cabeça ao cumprimentá-la.

– Senhor Masters – ela respondeu, aceitando a mão estendida e dando um aperto breve, mas firme e profissional. – Não tivemos a oportunidade de nos conhecer, mas reconheço seu nome de várias das correspondências do senador.

– A memória de Tavia para nomes e rostos é inacreditável – pavoneou-se o chefe orgulhoso. – Ela é a minha arma secreta, sempre me mantendo a par e a tempo dos compromissos. Ou pelo menos tentando.

– Não tenho dúvidas – Dragos respondeu, sem conseguir desviar os olhos da mulher.

Cílios escuros protegeram o olhar verde-folha quase ansiosamente antes de sua atenção se desviar dele, fazendo-o pensar se em algum nível instintivo aquela mulher pressentia que ele era mais do que aparentava ser debaixo daquele terno conservador e do casaco de lã. Dragos permaneceu fascinado, enfeitiçado mesmo, quando ela se virou para o senador e lhe entregou um pequeno embrulho de presente com uma fita vermelha e um ramo fresco de azevinho.

– Para a esposa do presidente. É um broche antigo que encontrei na rua Newbury no fim de semana passado. Imaginei que, como ela aprecia camafeus...

– O que eu lhe disse, Drake? – comentou Bobby Clarence, apontando na direção dela com seu queixo perfeitamente desenhado ao receber o presente e sacudir a caixa. – Arma secreta. Ela sempre faz com que eu pareça ser melhor do que sou.

Tavia Fairchild pareceu receber o elogio com facilidade, continuando perfeitamente profissional:

– Devo ligar para a garagem para pedir que preparem seu carro, senador?

– Sim, isso seria ótimo, Tavia. Obrigado. – O senador deu mais um tapinha amigável no ombro de Dragos enquanto sua bela assistente voltava para sua mesa e pegava o telefone. – Posso persuadi-lo a ir comigo, Drake? Poderemos conversar um pouco mais, e eu ficaria feliz em apresentá-lo a alguns bons companheiros na festa beneficente dos Agentes de Primeiros-Socorros de hoje. Acredito que encontrará muitos indivíduos que pensam como você, e que apreciarão partilhar suas ideias a respeito de algumas das coisas que estivemos discutindo.

Dragos se permitiu um sorriso indulgente.

– Sinto, mas não poderei. – Suas ambições estavam numa reunião muito mais importante do que a dos departamentos de polícia e bombeiros da cidade. – Obrigado pelo convite. Contudo, é melhor eu ir embora agora.

– Tem certeza? – o senador pressionou, com um sorriso de vencedor. – Só a comida já valerá a pena. Esses caras amam comer. Você também amaria, ainda mais pagando quinhentos paus pela refeição, preparada pelo melhor *chef* italiano do Norte.

– Ah, bem que eu queria – Dragos confessou. – Mas mantenho uma dieta muito restrita. Não me dou bem com comida italiana.

– Ah, lamento ouvir isso. – Bobby Clarence riu ao caminhar para um armário próximo e tirar um casaco caro forrado de seda. – Você estará na festa de Natal em minha casa, não estará?

Dragos assentiu.

– Não perderei por nada neste mundo.

– Excelente. Tavia realmente se excedeu, organizando tudo para mim – mesmo os convites escritos à mão.

– É mesmo? – Dragos dirigiu um olhar aprovador para a jovem fêmea, que já pegara seu casaco e bolsa e estava no processo de desligar o computador e direcionar as ligações do escritório para a caixa de mensagens.

– Eu não deveria anunciar isso publicamente – o senador acrescentou –, mas temos confirmada a presença de um convidado de honra amanhã à noite. Um bom amigo e um mentor meu da época de Cambridge. Alguém que estou certo que gostará de conhecer, Drake.

Apesar de o jovem político estar tentando ser sutil, Dragos não precisava de mais pistas para saber que o convidado VIP, e bom amigo de Bobby Clarence, não era outro que não seu professor predileto da universidade, que se amarrara sabiamente a outra estrela emergente e aterrissara no segundo posto de maior poder no país. Era essa conexão que tornara Bobby Clarence tão valioso para Dragos.

Na noite seguinte, Dragos ganharia as mentes – e as almas – de ambos os homens.

– Até lá – ele disse, estendendo o braço e apertando entusiasticamente a mão do humano que de nada suspeitava. Relanceou para a bela assistente de Bobby Clarence e curvou a cabeça. – Senhorita Fairchild, foi um prazer conhecê-la finalmente.

Com o olhar astuto dela acompanhando-o, e a despedida otimista do senador ecoando pelo corredor adjacente, Dragos saiu do escritório e seguiu a direção dos elevadores. Quando chegou ao nível da rua e entrou na limusine que o aguardava, suas bochechas ardiam por causa do largo sorriso, contente e descaradamente ávido.

Capítulo 20

O trajeto até a casa segura que a Ordem providenciara para eles levou cerca de uma hora de carro. Estavam há diversos quilômetros de distância da autoestrada, viajando ao longo de um caminho não pavimentado que os conduzia cada vez mais para o interior de uma área pantanosa, com aglomerados de ciprestes sinistros cobertos de musgo.

Quando Hunter fez a curva num caminho para carros não marcado – ou que Corinne deduziu que fosse um –, os faróis iluminaram diversos pares de olhos amarelos no nível do solo mais à frente. As moitas fechadas sacudiram quando as criaturas do pântano que ali se escondiam se apressaram para o interior sombrio de seus domínios silvestres.

– Tem certeza de que este é o lugar correto? – Corinne perguntou, quando Hunter se aprofundou na escuridão. – Não me parece com um lugar em que alguém construiria uma casa.

– Não há erro algum – ele respondeu. – É aqui que Amelie Dupre reside.

Era a primeira coisa que ele lhe dizia durante toda a viagem. O soldado impassível estava a todo vapor agora, não que ela devesse se surpreender com seu tom profissional. Não tinham se afastado muito amigavelmente.

Embora ela quisesse conversar sobre o que acontecera – explicar sua reação apavorada para o que fora tão prazeroso, tão incrivelmente prazeroso no início –, a vergonha mantinha sua língua pregada no céu da boca. Isso e a surpresa atordoante de ter ouvido a voz de Hunter pronunciar o nome do seu filho.

Não estava preparada para isso, nem antes e nem agora, para falar a verdade. O instinto de proteger seu filho, de negar sua existência se isso significasse mantê-lo a salvo de ser descoberto, a salvo de qualquer perigo, surgira nela da mesma forma como teria afastado a mão de uma fogueira. A mentira fora um reflexo, e agora jazia entre os dois como um abismo.

Desviou o olhar do rosto inescrutável dele quando o carro desacelerou e os faróis iluminaram telhas de madeira cinzenta desgastadas pelo tempo de uma antiga casa rústica aninhada no meio das árvores fantasmagóricas. Uma senhora negra num vestido floral aguardava debaixo da cobertura da varanda, observando-os. Os braços estavam cruzados sobre os seios fartos, mas, quando o carro se aproximou e parou, ela levantou uma mão, acenando lentamente.

Hunter desligou o motor e guardou as chaves no bolso do casaco de couro.

– Espere aqui até eu dizer que é seguro.

Quando ele saiu do veículo e deu a volta para se encontrar com a mulher, Corinne se perguntou que tipo de ameaça ele imaginava que poderia aguardá-los ali. Mas compreendeu, pela maneira como ele se movia, pela linha rija dos ombros e o avanço das pernas longas, que era seu treinamento que controlava o que fazia agora.

Tendo passado tantas horas em sua companhia, era fácil esquecer como ele era grande, como ele podia ser simplesmente letal. Ele irradiava perigo, mesmo sem as habilidades que o transformaram num dos soldados mais mortíferos de Dragos. Tendo sentido a boca dele se mover com tanta suavidade sobre a sua, era fácil esquecer como as mãos podiam ser impiedosas se ele sentisse a ameaça de um inimigo ou tivesse motivos para suspeitar de algo. Ele não assumiria nenhum risco ali, por menores que pudessem parecer. Corinne queria dispensar aquela precaução, mas, se ele estava sendo superprotetor, ela percebeu, tocada, que era porque queria mantê-la a salvo.

Ele se movia com a graciosidade de uma pantera e precisão militar, e, conforme se aproximava da anfitriã sorridente e maternal, por um instante Corinne se preocupou que a pobre velhinha pudesse se assustar e correr na direção oposta. Nada disso. Corinne ouviu a cadência suave da sua voz pelo vidro da janela do carro, acolhendo a ambos e os convidando a entrar.

Hunter virou a cabeça e encontrou o olhar de Corinne. Assentiu de leve com a cabeça, depois se aproximou e abriu sua porta antes que ela tivesse a oportunidade de sair por conta própria. Voltou com ela para junto da anciã e depositou a mão de Corinne na palma estendida que aguardava para cumprimentá-la.

Olhos esbranquiçados se moviam de um lado a outro sem enxergarem enquanto Amelie Dupre segurava a mão de Corinne numa pegada acolhedora. Seu sorriso era amplo e radiante, tomado de uma gentileza que parecia irradiar de dentro dela. E, quando ela falou, sua voz envelhecida era um raspar suave e musical.

– Olá, minha filha.

Hunter fez rápidas apresentações enquanto o olhar cego de Amelie os procurava no escuro. Deu um tapinha maternal na mão de Corinne.

– Entre, entre, minha filha. Tenho uma chaleira no fogo e uma panela de gumbo em fervura baixa desde a tarde.

– Parece delicioso – Corinne disse, sem escolha que não seguir Amelie Dupre, que a conduzia pelos degraus rangedores da varanda. Olhou para Hunter, notando que ele ficara para trás, com o celular já pressionado na orelha, sem dúvida falando com a Ordem para avisá-los que haviam chegado sem incidentes.

A casa não parecia grande coisa do lado de fora, mas, por dentro, tinha uma decoração toda nova, as paredes pintadas em tons terrosos e adornadas com peças de arte e diversas fotos emolduradas de várias décadas passadas. Uma fotografia em particular chamou a atenção de Corinne enquanto caminhava logo atrás de Amelie Dupre, maravilhando-se com a habilidade da senhora em se mover pelo cômodo sem nenhum auxílio nem hesitação.

Parou para olhar a foto mais de perto. Não era atual – tinha muitos anos, baseando-se nas roupas antigas e no tom amarelado. Mas o rosto de uma jovem vibrante com um halo de cabelos de ébano cacheados era inconfundível. Corinne a conhecera no complexo da Ordem em Boston.

– Minha linda irmãzinha, Savannah – Amelie Dupre confirmou, tendo voltado para ficar ao lado de Corinne. – Meia-irmã, na verdade. Tínhamos a mesma mãe, que Deus guarde sua doce e atormentada alma.

– Eu não sabia – Corinne disse, voltando a andar atrás da mulher grisalha até uma cozinha amarela alegre nos fundos da casa.

A chaleira começara a apitar no fogão. Amelie tateou os botões, desligando o certo na primeira tentativa enquanto tampava a panela fervente de gumbo na boca adjacente. Abriu a porta do armário e pegou duas canecas de barro.

– Conhece minha irmã? – ela perguntou, os dedos deslizando pela superfície da bancada até encontrarem uma lata.

– Eu a conheci de passagem – Corinne respondeu, sem saber o quanto poderia dizer a alguém de fora do complexo da Ordem, mesmo essa pessoa sendo um parente. – Savannah parece muito simpática.

– Não há pessoa melhor no mundo, garanto – Amelie confirmou, com um sorriso erguendo sua voz. – Nos falamos algumas vezes ao ano, mas sempre retomamos o assunto bem onde o deixamos, como se ela nunca tivesse ido embora.

Corinne observou a senhora colocar saquinhos de chá nas canecas, depois estender a mão para uma luva térmica pendurada num gancho de sucção na frente do fogão. Sentiu-se tentada a oferecer ajuda, mas Amelie Dupre era incrivelmente autossuficiente. Usando o indicador para marcar a beirada da caneca, ela despejou a água quente sem se queimar nem derramar uma gota sequer. Corinne não sabia se ela mesma seria tão precisa.

– E como anda aquele belo homem dela? – Amelie casualmente perguntou, ao levar as duas canecas fumegantes para a mesa. – Se conheceu minha irmã, sei que também deve ter conhecido Gideon. Aqueles dois ficaram inseparáveis desde o começo; meu Deus, já deve fazer uns trinta anos.

A senhora se sentou, gesticulando para que Corinne fizesse o mesmo na cadeira ao lado da sua. Como Hunter estava ocupado do lado de fora, ela se sentou e assoprou de leve na beirada da caneca.

– Um-hum – Amelie entoou pensativamente, sua visão cega parecendo perdida em pensamentos. – Difícil de acreditar que já faz tanto tempo que aquela confusão aconteceu.

– Confusão? – Corinne perguntou ao sorver o chá quente com cuidado. Não podia negar que estava curiosa em saber mais, não apenas sobre a mulher que abrira sua casa para ela e Hunter, mas também sobre o casal que parecia uma parte tão integral da Ordem.

– Não gosto de pensar nas lembranças ruins, minha filha, e esta é basicamente a pior delas. – Esticou-se para cobrir a mão de Corinne, dando-lhe um tapinha. – Muito sangue foi derramado naquela noite. Duas vidas quase foram perdidas ali no meu jardim. Soube que Gideon era diferente assim que botei os olhos nele, e isto muito antes que a idade começasse a roubar minha visão, claro. Eu jamais teria imaginado o que ele era verdadeiramente, caso não tivesse visto com meus próprios olhos. O ferimento à bala o teria matado. E também mataria Savannah, se ele não tivesse feito o que fez para salvá-la. Se ele não tivesse mordido seu próprio pulso e lhe dado o seu sangue.

Corinne percebeu que estava prendendo a respiração, ouvindo fascinada.

– Você o viu alimentá-la... Você sabe o que ele é, Amelie?

– Um membro da Raça. – A mulher assentiu. – Sim, eu sei. Contaram-me tudo aquela noite. Confiaram a vida deles a mim, e essa é uma verdade que pretendo levar para o túmulo quando minha hora chegar. – Amelie tomou um gole de chá. – Aquele homem lá fora... Ele também é da espécie de Gideon. Mesmo uma mulher cega como eu consegue ver isso. Ele tem um poder sombrio. Senti esse poder vibrando antes mesmo que ele saísse do carro.

Corinne abaixou o olhar para a caneca.

– Hunter é um pouco... intimidador, mas vi o bem dentro dele. É honrado e corajoso, como você e Savannah souberam que Gideon era.

Amelie deu um grunhido baixo. Ainda segurava a mão de Corinne, o polegar esfregando indolente a marca de nascença em forma de lágrima e lua crescente. Conforme continuava a tracejar o contorno da pequena marca, Corinne percebeu que ela a estava avaliando.

– É igual à dela – murmurou, com a testa franzindo. – Savannah tem essa mesma marca de nascença, só que a dela está na omoplata esquerda. Mamãe costumava dizer que era o lugar em que as fadas a beijaram antes de colocá-la em seu ventre. Pensando bem, mamãe também não deixava de ser especial.

Corinne sorriu.

– Toda Companheira de Raça nasce com essa mesma marca em algum lugar do corpo.

– Hum... – A senhora refletiu. – Imagino que isso torne você e Savannah uma espécie de irmãs, não?

– Sim, imagino que sim – Corinne concordou, confortada tanto pelo chá quanto pela gentil aceitação da anfitriã. – Faz tempo que você mora aqui, Amelie?

Ela assentiu com a cabeça grisalha.

– Setenta e dois anos neste mesmo lugar. Nascida naquele outro cômodo, para falar a verdade. Savannah também, apesar de, quando ela nasceu, eu já ser crescida e adulta o bastante para ajudar no parto. Sou vinte e quatro anos mais velha que minha irmãzinha.

Setenta e dois anos, Corinne pensou, avaliando o rosto idoso e os cabelos prateados. Se não fosse pelo sangue do Antigo que fora forçada a tomar durante o tempo em que permaneceu no laboratório de Dragos, seu corpo estaria uns vinte anos mais envelhecido do que o de Amelie Dupre. Parecia-lhe irônico agora que a coisa que ela desprezava – os nutrientes que vinham de uma criatura que não era deste mundo – possibilitara que sobrevivesse às torturas de Dragos. Mantivera-a forte quando o que ela mais queria era se deitar e morrer. Era por causa desse sangue alienígena que tivera o filho que estava por aí em algum lugar, um pedaço do seu coração que, de maneira preocupante, afastava-se cada vez mais do seu alcance.

– Você tem mais família? – perguntou a Amelie quando a dor em seu peito pareceu crescer mais do que conseguia suportar.

A anciã ficou radiante.

– Ah, sim, tenho. Duas filhas e um filho. Também tenho oito netos. Minha família está toda espalhada agora. As crianças nunca amaram o pântano como eu amo. Não está no sangue deles, em seus ossos, do modo como está comigo e esteve com meu falecido marido. Partiram para a cidade assim que puderam. Ah, eles vêm me visitar a cada uma ou duas semanas, para garantir que estou bem e me ajudar a cuidar da casa, mas nunca é o bastante, ainda mais na minha idade. O tempo faz com que se queira manter todos os que se ama por perto.

Corinne sorriu e deu um leve aperto na mão enrugada. Ficou contente com a cegueira da mulher naquele instante, grata pela lágrima que escorria do canto de seu olho não ser percebida.

– Não acredito que precisamos ser velhos para sentirmos isso, Amelie.

O rosto gentil da mulher se inclinou de leve, e uma expressão pensativa atravessou sua expressão.

– Faz tempo que não vê os seus, minha filha?

Corinne ficou imóvel, subitamente se perguntando se os olhos enevoados viam mais do que ela imaginava. Sentindo-se ridícula, levantou a mão livre e a mexeu diante do olhar de Amelie. Nenhuma reação. Será que a anciã de alguma maneira lera sua mente? Olhou por sobre o ombro, certificando-se de que Hunter não estava por perto para ouvir.

– Como pode saber...?

– Ah, não sou nenhuma vidente, se é isso o que está pensando – Amelie disse com uma risada. – Savannah é a única em nossa linhagem com algum dom verdadeiro. De acordo com mamãe, a menina era mais cigana que cajun, mas quem é que pode ter certeza? O pai de Savannah não passava de um boato em nossa família. Mamãe nunca pareceu disposta a falar dele. Quanto a mim, sou apenas uma parteira velha o bastante para reconhecer uma mulher que já deu à luz. Algo muda depois que trazemos uma vida ao mundo. Se é sensível a esse tipo de coisa, você consegue sentir... Como uma intuição, imagino.

Corinne não tentou negar.

– Não vejo meu filho desde que ele era bebê. Foi tirado de mim assim que nasceu. Nem sei onde ele está.

– Ah, minha filha... – Amelie arfou. – Sinto muito por você. E também por ele, porque percebo o amor que há em seu coração. Você precisa encontrá-lo. Não deve perder as esperanças.

– Ele é tudo o que importa para mim – Corinne respondeu lentamente.

Mas, mesmo quando disse isso, soube que não era completamente verdade. Outra pessoa também estava se tornando importante.

Alguém em quem queria confiar a verdade. Alguém para quem ela lamentava ter mentido e afastado, quando ele não demonstrara outra coisa a não ser afeto.

Odiava o muro que estava se erguendo entre eles. Queria derrubá-lo antes que ficasse mais alto, e isso significava abrir-se completamente para Hunter. Queria confiar nele, e isso equivalia a dar-lhe o poder de provar que ela estava certa... ou errada, caso, no fim, não passasse de uma tola.

Só o que sabia era que tinha que lhe dar uma chance.

– Pode me dar licença um minuto, Amelie? Quero ver por que Hunter está demorando.

Ante o aceno da senhora, Corinne se levantou da mesa e voltou para a frente da casa. Antes mesmo de chegar à varanda, viu que Hunter e o carro roxo não estavam mais lá.

Ele partira para sua missão sem dizer uma palavra.

Murdock recobrou a consciência num grito estrangulado.

Chase observou o vampiro se debater e lutar na corrente que o mantinha suspenso pelos tornozelos em uma viga central de um silo antigo e vazio em algum lugar no meio do nada. O sangue descia das lacerações e contusões de diversas horas pelo corpo nu do agente. O ar dentro do silo estava um pouco frio, aumentando a tortura do filho da puta, que obstinadamente se recusava a contar a Chase o que ele precisava saber.

Em boa parte das horas do dia que passaram no abrigo infestado por ratos, Chase tentara arrancar as informações de Murdock com os punhos. Quando isso não surtiu resultados, e quando a paciência curta de Chase começou a diminuir com o sol que se punha do lado de fora e o aumento de sua sede, pegara a adaga do próprio Murdock e tentara obter a verdade fatiando-o.

A certa altura, o vampiro desmaiara. Chase só notara quando sua mão ficou banhada com o sangue do outro macho, seu corpo grande inerte, sem reagir à dor.

Então Chase abaixou a adaga e esperou.

Observou Murdock se esforçar para voltar a ficar alerta, as correntes batendo no espaço fechado. O macho tossiu e cuspiu sangue no chão quase dois metros abaixo da cabeça dele. Uma mancha grande jazia no concreto sujo, a poça congelada de sangue e de urina hidratando os restos mofados de ração animal e fezes de rato espalhadas. A poça brilhante de células vermelhas frescas atraía seus olhos como um farol, fazendo com que ele desejasse esquecer os negócios que precisavam ser resolvidos e sair para caçar em vez disso.

Murdock se agitou e se debateu, sibilando quando os olhos injetados se depararam com o olhar impassível de Chase no chão do outro lado do silo.

– Bastardo! – ele rugiu. – Não sabe com quem está se metendo!

Chase envolveu o punho com um pouco mais de força na ponta de outra longa corrente – esta envolvendo o pescoço de Murdock – e deu um puxão forte.

– Isso quer dizer que está pronto para me contar? – Levantou-se, lentamente girando e girando a corrente ao redor de seu punho conforme se aproximava. Quando restavam poucos metros separando-os, parou. – Qual a sua conexão com Dragos? E já vou avisando, se continuar a me dizer que o nome não significa nada para você, vou socar a porra da sua cara formando uma polpa até você se lembrar.

Murdock emitiu um grunhido, os olhos estreitados e sujos de sangue reluzindo com um ódio âmbar.

– Ele me matará se eu falar com você.

Chase deu de ombros.

– E eu vou matá-lo se não me contar. Isto é o que se pode chamar de sinuca de bico. Já que sou eu quem está com a corrente e a adaga que vai começar a cortá-lo em pedacinhos fáceis de mastigar, sugiro que não tente me irritar mais do que já estou.

Murdock o encarou com ódio. O maxilar estava travado, mas havia uma nota de medo em seus olhos reluzentes.

– Existem outros mais próximos da operação de Dragos do que eu. O que quer que esteja procurando, não sou a pessoa com quem você quer falar.

– Infelizmente, você é o único que tenho pendurado no momento. Por isso, pare de testar a minha paciência e comece a falar. – Para enfatizar sua intenção, deu mais uma volta da corrente no punho.

Cristo, odiava estar perto assim do macho. Não só pela vontade crescente de esmagar o cérebro dele pela sua participação do clube de sangue, entre tantos outros dos seus pecados repulsivos, mas também pelo maldito sangue. Embora o sangue da Raça não fornecesse nenhum nutriente para a própria espécie, a visão e o cheiro de tanta hemoglobina fresca fazia com que a fera em Chase se enroscasse como uma víbora em seu estômago.

Murdock não tinha como não perceber que os caninos de Chase preenchiam sua boca. Seu próprio olhar espelhava o mesmo fogo âmbar que o queimava através das fendas prejudicadas dos olhos de Murdock, ainda que não por dor, medo ou tampouco fúria, mas pela pegada afiada da fome que, de alguma forma, parecia acompanhá-lo a cada instante de vigília.

Aquela parte selvagem rosnava quando ele se forçou a ficar bem diante do rosto de Murdock.

– Diga-me onde posso encontrar Dragos.

Quando a resposta não veio rápido o bastante, Chase puxou o braço para trás e levou o punho enroscado pela corrente direto na lateral do crânio de Murdock. O vampiro berrou e um dente saltou de sua boca, junto de um jorro de sangue vermelho-escuro.

As entranhas de Chase se contorceram, uma vibração selvagem e horrenda flanando em suas veias enquanto via Murdock cuspir um rio rubro no concreto abaixo. Um divertimento doentio e furioso o incitou a dar mais um soco, a dilacerar o pedacinho de merda da maneira como ele tanto merecia.

O quanto as trevas dentro de si ganhavam poder o assustou. Como era exigente sua selvageria, o quão aprofundada estava a sua loucura a ponto de se apossar dele.

Na verdade, isso o aterrorizava.

Obrigou as sensações a recuarem – o máximo que conseguiu – e estendeu a mão para segurar a corrente de Murdock. Foi uma luta encontrar a voz em meio ao rugido ardente da batalha acontecendo dentro dele. Quando, por fim, falou, sua voz era como areia, arranhando-lhe a garganta. Os lábios recuaram dos dentes e presas num rosnado.

– Onde. Está. Dragos?

– Não sei – Murdock arquejou. Chase levantou a bola de corrente para um novo golpe. – Eu não sei! Eu não sei... eu juro! Só posso dizer que ele quer ver a destruição da Ordem...

– Jura? – Chase o interrompeu asperamente. – Agora me conte algo que eu ainda não saiba, antes que eu acabe com você aqui e agora.

Murdock inspirou algumas vezes.

– Ok, ok... Ele tem um plano. Ele quer se livrar de todos vocês – de toda a Ordem. Ele diz que tem que fazer isso se deseja mesmo que seu grande plano seja bem-sucedido...

– Grande plano – Chase repetiu, sentindo como se talvez estivesse chegando a algum lugar. – Que porra Dragos está aprontando?

– Não tenho certeza. Não faço parte do círculo mais interno. Eu me reportava a um tenente dele que veio de Atlanta para Boston. Freyne também se reportava a ele.

– Qual o nome desse tenente? – Chase exigiu saber. – Conte onde posso encontrá-lo.

– Não se dê ao trabalho – Murdock respondeu. – Faz uma semana que ninguém tem notícias dele. É provável que tenha irritado Dragos e morrido por isso. Ele não dá segunda chance a ninguém.

Chase grunhiu uma imprecação baixa.

– Ok, fale mais desse círculo interno. Quem mais está nele?

Murdock sacudiu a cabeça, espalhando gotas de sangue nas botas de Chase.

– Ninguém sabe quem tem esse tipo de acesso. Ele é muito cuidadoso com isso.

– Como ele planeja acabar com a Ordem?

– Não sei. Com algo grande. Algo em que vem trabalhando já há algum tempo, pelo que ouvi dizer. Ele tem tentado descobrir a localização do complexo. Antes de Freyne ser morto, mencionou algum tipo de isca. Como um cavalo de Troia...

– Ah, porra... – Chase murmurou.

Uma suspeita doentia o trespassou quando ele refletiu sobre como Dragos poderia fazer algo semelhante à descrição de Murdock. Em meio ao torpor de sua fome, pensou na noite do resgate de Kellan Archer. A aniquilação do Refúgio Secreto de Lázaro Archer – um ataque que deixara a Ordem sem alternativa a não ser levar os dois membros sobreviventes da família para o complexo a fim de ficarem protegidos.

Seria possível que tudo tivesse acontecido como Dragos pretendera? O filho da puta poderia ter usado o incidente para, de alguma forma, expor o quartel-general da Ordem? Com que finalidade? As possibilidades eram inúmeras, cada uma delas cravando em suas entranhas como uma estaca de ferro.

Chase mentalmente desviou sua atenção para o interrogatório.

– O que mais sabe sobre os planos dele?

– Só isso. É só o que sei.

Chase estreitou o olhar no vampiro, a raiva surgindo associada à suspeita. Balançou a cabeça.

– Não acredito em você. Talvez você precise de algo para refrescar a sua memória.

Ele esmurrou o punho contra a cabeça de Murdock de novo. Um corte se abriu no rosto do vampiro, e Chase não conseguiu conter o rugido animal que explodiu de dentro dele ante a visão e o odor de mais sangue.

– Fale, maldito – sibilou, o fiapo de humanidade sendo devorado cada vez mais pela besta nele. – Não vou perguntar de novo.

Murdock pareceu convencido agora. Tossiu um som úmido, alquebrado.

– Ele está usando humanos das forças policiais para ser seus olhos e ouvidos. Ele tem feito Servos Humanos, muitos deles. Ouvi dizer que tem se comunicado com um político recentemente: aquele novo senador que acabou de ser eleito.

Fazia muito tempo que Chase não dava a mínima para a política dos humanos, mas nem ele estivera alienado o bastante para não conhecer o jovem promissor que acabara de sair de Cambridge e parecia destinado a uma rápida ascensão ao palco nacional.

– O que isso tem a ver com ele? – Chase exigiu saber.

– Terá que perguntar a Dragos – Murdock disse entre os lábios rachados e o maxilar inchado. – Quaisquer que sejam seus planos, existe uma boa chance de se referirem a esse tal de Clarence de alguma forma.

Chase considerou isso por um instante, encarando o agente com desdém.

– Tem certeza de que é só isso o que tem a me dizer? Que não vou encontrar nada mais interessante se botar um buraco na lateral da porra desse seu crânio?

– Contei tudo o que sabia. Não sei de mais nada, dou minha palavra.

– A sua palavra – Chase murmurou sob a respiração. – Espera que eu aceite a palavra de um pedófilo que participa de um clube de sangue e que venderia a sua própria espécie para um pedaço de merda inútil como Dragos?

Os olhos de Murdock assumiram um brilho preocupado e cauteloso. Seu sotaque sulista pareceu mais forte por causa do sangue escorrendo pela lateral da boca.

– Você disse que queria informações, e eu as dei. Combinado é combinado, Chase. Me solta. Me deixa ir.

Chase sorriu, genuinamente divertido.

– Deixar você ir? Ah, acho que não. Para você termina aqui. O mundo vai ser um lugar muito melhor sem um tipo como você nele.

A risada de resposta de Murdock tinha algo de maníaco, como se ele compreendesse que não tinha esperanças de sair andando daquela situação, e tivesse toda a intenção de terminar por cima.

– Ah, essa é boa, Sterling Chase. A sua virtuosidade não tem limites, é isso? O mundo seria um lugar melhor sem mim nele. Andou se olhando no espelho recentemente, amigo? Posso ser tudo isso de que me chamou, mas você também não vale grande coisa.

– Cale a boca – Chase grunhiu.

– Não pense que não notei seus olhos lançando chamas âmbar como uma fornalha este tempo todo. Quanto tempo faz desde que suas presas não encheram sua boca?

– Eu disse pra calar a boca, Murdock.

Mas ele não calou. O maldito não parou de falar.

– Quão desesperado um viciado como você não teria que estar para se sentir tentado a ficar de quatro nesse chão imundo e lamber o sangue que está caindo de mim? Os seus pretensiosos coleguinhas da Ordem não adorariam te ver assim, como o maldito Renegado que você de fato é? Faça um favor ao mundo e retire-se dele.

Chase não podia tolerar mais. Não suportava ouvir a verdade, especialmente vinda de um macho tão vil quanto Murdock. Girou o punho coberto de correntes no rosto do vampiro, fazendo-o balançar pendurado pelos tornozelos. Chase puxou Murdock para perto de novo e o socou, um golpe punitivo atrás do outro, até não sobrar muita coisa em que bater.

Até o corpo de Murdock ficar pendurado sem vida, a terrível verdade silenciada por fim.

Chase largou a corrente de seu punho latejante. Depois soltou a que segurava Murdock pendurado. O corpo bateu no chão do velho silo num baque pesado de carne e ossos, a corrente chacoalhando logo depois.

Chase se virou e saiu, deixando a porta aberta para que os predadores da noite se alimentassem da carcaça, e o sol do amanhã cuidasse do restante.

Capítulo 21

– Parece que a sorte está do nosso lado para variar, Lucan.

Gideon estava no meio do cavernoso abrigo antibombas escondido debaixo do Refúgio Secreto de Lázaro Archer do período da Guerra Fria, a um par de horas ao norte de Augusta, no Maine. Como Archer alertara, o lugar não chegava aos pés do tamanho e da complexidade do complexo da Ordem, mas Lucan tinha que concordar com Gideon: aquela parecia ser a melhor opção – a única opção – de que dispunham no momento.

Aninhada num terreno de oitenta hectares de mata virgem, provavelmente tendo visto mais alces e ursos pardos do que humanos nos últimos séculos, a propriedade era mais do que particular. A residência em si era uma fortaleza de pedras e madeira grossa de setecentos metros quadrados com dez quartos. Rústica, se comparada à elegante mansão em Boston ou à sofisticada propriedade de tijolos aparentes em que Lázaro e sua família costumavam morar antes da destruição em massa de Dragos. O terreno que a cercava era impenetrável e ameaçador, uma muralha como perímetro natural de enormes pinheiros e vegetação espinhosa.

– Bem que eu gostaria de ter mais a lhes oferecer – Archer disse atrás de Lucan. Seu rosto severo estava delineado pela luz fluorescente da lâmpada de segurança pendurada sob o teto do túnel de concreto que levava de volta à casa. – Não tenho como expressar o quanto lamento profundamente o papel desempenhado pela minha família nos planos de Dragos. Que ele tenha usado Kellan como um peão involuntário...

– Esqueça – Lucan respondeu. – Nenhum de nós estaria nesta situação se não fosse por Dragos. Quanto a esta propriedade, como Gideon disse, é uma vantagem de que estamos precisando bastante agora.

Archer assentiu quando os três voltaram a caminhar pelo longo túnel.

– Apesar de a casa estar desocupada todos esses anos, uma empresa local foi responsável pela sua manutenção e limpeza...

– Comunique-os que seus serviços não são mais necessários – Lucan interveio. – Se houver alguma multa de contrato, avise-me, que tomarei as providências para suprir quaisquer despesas.

– Muito bem – disse Archer. – Quando esperam começar a mudança?

Lucan dispensou um olhar a Gideon.

– Acha que consegue trazer a primeira leva de equipamentos amanhã à noite?

Os olhos de Gideon se mostraram afiados e determinados acima da armação de seus óculos azul-claros.

– A planta é apertada, mas aproveitável. Talvez eu tenha que partir para uma combinação de fios e coaxiais em vez de wireless por conta do material e da espessura das paredes aqui embaixo, mas sim... consigo começar a agitar as coisas amanhã à noite.

Lucan assentiu.

– Parece que estamos de volta ao jogo.

Gideon andou para perto de Archer.

– Antes de irmos, eu gostaria de dar mais uma olhada no sistema de segurança que você já tem, Lázaro.

– Sim, claro.

O celular de Lucan vibrou no bolso de seu casaco quando Gideon e Archer continuaram a discutir alguns detalhes da propriedade.

– Oi, amor? – Lucan disse ao atender a chamada de Gabrielle. – Tudo bem em casa?

– Ah, sim e não – ela respondeu. Mesmo que o tom hesitante dela não a tivesse denunciado, ele saberia que havia algo errado. Pelo laço de sangue que partilhava com sua Companheira de Raça, Lucan sentia o misto de excitação e ansiedade que jorrava nas veias dela como se fosse nas suas.

– O que está acontecendo?

– É a Tess – ela respondeu. – Lucan, ela está com contrações. O bebê está a caminho.

Hunter se livrou do El Camino no pântano a diversos quilômetros de distância da casa de Amelie Dupre e percorreu o restante do trajeto até Nova Orleans a pé. Não encontrara nenhuma atividade na primeira propriedade de Henry Vachon, e fora observar o endereço do outro Refúgio Secreto que Gideon lhe passara.

Por mais de uma hora, seu reconhecimento resultara apenas em saber que Henry Vachon apreciava o estilo de vida principesco em uma mansão grande o bastante para uma dúzia de pessoas, mas habitada exclusivamente por ele e um pequeno grupo de seguranças bem treinados da Raça. Hunter reduziu esse número ao invadir pelos fundos da casa e eficientemente degolar três gargantas dos homens de guarda junto à porta.

Entrou sorrateiramente no que parecia ser a ala antiga dos serviçais. Depois, rápida e silenciosamente, subiu as escadas que levavam ao segundo andar da propriedade.

Um assassino de Primeira Geração aguardava por ele no alto da escadaria. Hunter ainda tinha a adaga na mão. Lançou-a, mas os reflexos do outro macho sabiam que o ataque viria, e mãos rápidas e bem treinadas desviaram a lâmina. Hunter apoiou as mãos nas laterais da escadaria e se suspendeu num chute enquanto seu oponente se lançava sobre ele.

Colidiram no ar, despencando com força nos degraus e rolando por alguns antes que Hunter conseguisse levar a melhor. Ele tinha outra lâmina escondida em seu cinturão de armas. Sacou-a e girou-a num instante, o movimento de sua mão fazendo primeiro um corte preciso na garganta do Primeira Geração, depois cortando roupas de combate de nylon, pele, músculos e ossos. O assassino amoleceu, sangrando na escada enquanto Hunter se levantava e subia até a ala privativa da casa, no andar superior.

Ouviu um movimento atrás de uma porta fechada no fim do corredor. Andou naquela direção e chutou a porta, arrancando-a das dobradiças. Enquanto a madeira fragmentada chovia no carpete de cores fortes de um quarto suntuoso, vislumbrou uma figura que se retirava para o banheiro adjacente. Hunter a seguiu, deslocando-se para lá em menos de um instante.

Henry Vachon se escondia no piso de mármore entre o vaso sanitário e uma banheira funda. Tinha um celular na mão, e digitava enlouquecidamente num pequeno teclado. Hunter girou a adaga ensanguentada no ar, arrancando um dos dedos de Vachon no processo.

O vampiro sibilou de dor, os olhos arregalados de surpresa e medo. O celular escorregou da sua mão, estilhaçando-se ao encontro do implacável piso polido de pedra.

– Que diabos você está fazendo aqui? – Vachon exigiu saber, a voz um guincho rouco. – O que quer de mim?

Hunter inclinou a cabeça.

– Tenho certeza de que sabe. Quero informações.

– Você é um tolo se acha que lhe darei alguma – ele replicou, amparando a mão ferida. O sangue se espalhava tal qual uma flor desabrochando contra o peito, manchando a frente da camisa de seda branca e as calças de alfaiataria cinza. – A minha lealdade não será quebrada pela sua vontade. Levarei tudo para o túmulo.

Hunter deu um passo à frente, nem um pouco incomodado com o desafio.

– Conheço mais de mil maneiras de infligir o máximo de dor a um corpo sem matá-lo. Outra centena mais que o fará desejar a morte. Uma delas com certeza afrouxará sua língua.

Vachon se levantou desajeitadamente num canto, as meias ensopadas de sangue escorregando na superfície lisa como vidro do piso.

– A Ordem vale o preço que terá que pagar por enfrentar Dragos? Você está colocando um alvo bem grande nas suas costas ao trair aquele que o criou, assassino.

Hunter sacudiu a cabeça.

– Dragos não é um criador, mas um destruidor. É um covarde e um louco, que assassina inocentes e tortura mulheres e crianças indefesas. Dragos e todos os leais a ele logo estarão mortos. Quanto a você, Henry Vachon, terei mais do que um pouco de prazer em pôr um fim à sua vida inútil.

A expressão do macho falseou um pouco, uma ruga se formando no meio da testa.

– Eu? O que fiz a você?

– Não a mim, mas a ela – Hunter respondeu, encontrando uma estranha dificuldade de afastar a raiva da voz.

– A vadia, aquela Bishop? – Vachon parecia genuinamente surpreso, mas apenas por um instante. Seu sorriso era pervertido, uma torção profana de sua boca. – Ah, sim. Andou farejando debaixo das saias dela, não é? Um macho teria que ser cego e burro para não desejar uma amostra daquela. Mesmo um macho como você, criado para ser mais máquina do que homem.

Hunter sentiu um jorro quente em seu sangue, mas se recusou a morder a isca. Que Vachon pensasse o que bem quisesse; a opinião dele, assim como sua existência, era insignificante.

– Dragos pretende atacar a Ordem. Você me dirá quando, onde e como esse ataque acontecerá.

Vachon apenas o fitou, com um brilho perturbador em seus olhos negros.

– Você a fodeu, assassino? Ou só quer?

– Um aparelho foi colocado à força no estômago de um civil – Hunter prosseguiu, ignorando as farpas, mesmo que a ideia de ele falar de Corinne de maneira tão rude o fizesse travar a mandíbula. – Se Dragos pretende usar esse aparelho para chegar ao quartel-general da Ordem, ele pretende invadir o complexo ou executar alguma forma de destruição?

– É um belo pedaço de traseiro, aquela lá – Vachon ronronou. – Acredite em mim, eu entendo como uma fêmea como aquela consegue mexer com a cabeça de um macho, fazendo-o se esquecer de quem – do que – ele de fato é. Quanta disciplina seria necessária para resistir a entrar numa coisinha tão quente e apertadinha...

– Não fale assim dela – Hunter explodiu, atordoado com a onda de raiva que percorria sua espinha. Sentia os olhos quentes dentro do crânio, a visão ardia com a fúria âmbar. Tentou falar e se surpreendeu ao sentir a presença total de suas presas, as pontas como lâminas ao encontro da língua. Encarou Henry Vachon com fúria letal. – Você está muito abaixo dela. Baixo demais apenas para mencionar seu nome, filho da puta nojento.

– Abaixo dela? – Hunter não gostou do riso de divertimento que jorrou para fora dos lábios finos de Henry Vachon. – Fiquei por cima dela e por trás. Mais de uma vez. Dragos e eu nos revezamos na noite em que a arrastamos para fora daquela boate em Detroit. Desordeirazinha insolente. Ela lutou como um demônio. Lutou o quanto pôde por anos e anos depois que ele a prendeu com as outras, e isso não lhe serviu de nada.

As palavras horrendas – a verdade medonha do que estava ouvindo – partiu o fio frágil do controle de Hunter. Ele saltou sobre Vachon, derrubando o macho contra a parede e partindo o mármore polido com a força do impacto. Não percebeu o quanto estava cego de ódio naquele momento.

Não até sentir o gosto de sangue em sua língua e ver que tinha a garganta de Vachon presa entre seus dentes e presas.

Com um grito furioso, Hunter enterrou ainda mais a mandíbula ao redor da pele e dos tendões frágeis. Sacudiu a cabeça, rasgando a garganta do vampiro, silenciando as palavras ofensivas de uma vez por todas.

Havia sangue por todo lado – em seus olhos, nos cabelos. Descendo pelo queixo. Sentiu-o como um veneno amargo descendo pelo esôfago.

Baixou o olhar para a profanação, para o terrível e barbarizado corpo trêmulo do moribundo Vachon, ainda preso em suas mãos ensanguentadas. Sua cabeça ficou um pouco tonta por um segundo. Imagens surgiram em sua mente.

Vachon, com a mão segurando firme os cabelos negros de Corinne, prendendo-a enquanto a violentava. Era tão vívido, tão malditamente real.

A fúria rugiu dentro de Hunter. Lançou a cabeça para trás dos ombros e berrou quando uma nova rodada de imagens tomou conta de sua visão: Vachon e Dragos, observando o Antigo amarrado e drogado na longa mesa de laboratório. Não longe dali, havia uma cela com aproximadamente uma dúzia de mulheres, todas Companheiras de Raça aprisionadas, chorando e gritando enquanto uma delas era arrastada para fora por um Servo Humano e levada para a mesa, tal qual um sacrifício levado a um altar.

Hunter gemeu, enojado ao perceber o que estava testemunhando.

Mas como isso era possível?

Outra imagem assolou sua mente. Desta vez era Vachon supervisionando a remoção de pesado equipamento de laboratório para dentro de vários compartimentos grandes de carga no meio da noite. Engradado após engradado carregado nos caminhões que aguardavam, com Dragos dando sua solene aprovação do lugar em que estava nas proximidades.

Puta merda.

Aquelas eram as lembranças de Vachon.

Lembranças transferidas pelo sangue.

Hunter ainda sentia o terrível sabor em sua língua. Sentiu seu dom se avivar dentro de si, fazendo-se presente pela primeira vez. O sangue – o sangue da Raça – lhe dava o poder de enxergar as lembranças dos outros.

Jesus Cristo.

Este era o dom que sempre se esquivara dele a vida toda? Sentiu-se doente ao tomar conhecimento disso.

Queria cuspir o sabor amargo do sangue de Vachon de sua boca. Em vez disso, grudou-se uma vez mais à garganta do vampiro e bebeu um pouco mais.

Capítulo 22

Chase apertou as teclas do telefone público da cidade pela terceira vez. Então, pela terceira vez, expeliu uma imprecação e bateu o aparelho no gancho antes de a conexão ser completada.

– Porra – murmurou, passando os dedos no alto da cabeça, onde uma enxaqueca latejava já havia boa parte da noite.

Ele sabia a origem da enxaqueca. A mesma dor lancinante o atormentava no estômago, incitando-o a esquecer-se do telefonema que ele parecia ser incapaz de completar e voltar os olhos para algo mais produtivo.

Seu corpo tremia com a necessidade de se alimentar. Tentou ignorar o ruído frio em suas veias, as batidas bem dentro dele que faziam seus nervos se irritarem, agitados e inquietos. Pelo menos seus caninos recuaram. Seu olhar já não lançava a luz âmbar sobre a imundície da esquina escura da cidade onde se encontrava, tampouco refletia como as fendas dos olhos de um felino na beirada cromada e lascada do telefone público.

Não estava completamente perdido, pelo menos. Torturado pela fome implacável e ardente ou não, ainda não se perdera para a Sede de Sangue. Não era um Renegado, ainda não.

Ainda assim, estava mal, e sabia disso.

Não tão mal que não relembrasse tudo o que Murdock confessara, permanecendo perturbado com as ramificações do que isso poderia significar para a Ordem.

Apanhou o telefone de novo e apertou as teclas que sabia o levariam para a linha segura que Gideon instalara no complexo. Prendeu a respiração quando o telefone começou a tocar. Na metade do segundo toque, a ligação foi atendida.

– Oi.

Chase franziu a testa, pego desprevenido pela voz grave que não tinha o entoar conhecido de Gideon, com seu sotaque britânico. Começou a responder, mas a palavra saiu rouca, a garganta seca e queimando por causa da sede que precisava ignorar. Engoliu a sensação de areia e tentou novamente:

– Tegan... é você?

– Harvard – foi a resposta seca do guerreiro de Primeira Geração. Não era um cumprimento. Nem chegava perto de ser amigável. – Que diabos você quer?

A atitude dele não era sem motivo, mas o feriu do mesmo modo. Chase inspirou fundo e soltou o ar lentamente.

– Estou surpreso em te encontrar na expedição – disse, na esperança de quebrar o gelo do outro lado da linha. – Gideon não gosta muito que outra pessoa mexa com seus brinquedos no laboratório de tecnologia.

– Vou repetir, Harvard. O que você quer?

Bem, o gelo não iria a parte alguma. Deduziu que devia ter imaginado isso. Afinal, foi ele quem abandonou a Ordem. Nada dizia que eles deveriam aceitá-lo de volta ou, inferno, sequer reconhecer sua existência. Chase pigarreou a garganta seca.

– Preciso falar com Lucan. É importante.

Tegan grunhiu.

– Uma pena. Só eu estou disponível no momento. Por isso, comece a falar, ou pare de desperdiçar o meu tempo.

– Encontrei Murdock – disse de pronto.

– Onde?

– Não importa mais. Ele está morto. – Alguns metros mais adiante na rua, uma prostituta subiu na calçada e começou a caminhar na direção de Chase com seus saltos altos vermelhos. A jaqueta curta estava com o zíper aberto, expondo muito das pernas e do decote e demais do pescoço para o seu frágil estado mental. Chase afastou o olhar da sua refeição potencial sobre saltos e abaixou a testa contra o metal frio do telefone público. – Murdock me deu informações que Lucan vai querer ouvir. Não é nada bom, Tegan.

O guerreiro expeliu uma imprecação.

– Não achei que seria mesmo. Conte o que sabe.

– Dragos está subindo as apostas. Fez Servos Humanos dentro das forças policiais locais, de acordo com Murdock. Ao que tudo leva a crer, ele também está interessado em políticos locais. Murdock mencionou algo a respeito daquele jovem senador que acabou de ser eleito.

– Cristo – Tegan disse. – Não estou gostando nada disso.

– Pois é – Chase concordou. – Mas isso não foi o pior que descobri. Murdock me disse que Dragos pretende acabar com a Ordem. Disse que Dragos falou sobre usar uma espécie de cavalo de Troia. Tenho um mau pressentimento de que isso tem a ver com os Archer irem para o complexo na semana passada.

– Não diga – Tegan observou, soando entediado agora. – Novidade para você, Harvard. Depois que fez seu espetáculo de desaparecimento há algumas noites, o garoto vomitou um aparelho de rastreamento. Ele não se lembra de onde aquilo veio e como foi parar dentro dele. Visto que os sequestradores o surraram até ele ficar inconsciente assim que o levaram, provavelmente foi forçado a ingerir enquanto estava desmaiado.

– Merda – Chase sibilou. – Então Murdock estava certo. E agora Dragos conhece a localização do complexo.

– É o que parece – Tegan respondeu.

– Qual o plano, então? Como Lucan quer lidar com a situação agora? Vocês não podem simplesmente ficar esperando até que Dragos faça seu próximo movimento...

Chase percebeu que havia muito silêncio do outro lado da linha. Tegan estava ouvindo, mas a ausência de resposta parecia deliberada demais para ser mal interpretada.

– O que faremos a respeito disso é assunto da Ordem, cara.

Não havia nenhuma animosidade na declaração, mas a opinião do guerreiro estava bastante clara. Assunto da Ordem. E Chase já não tinha direito a opinar.

– A menos que esteja ligando porque quer voltar – Tegan continuou. – Se for isso, aqui vai um aviso: provavelmente terá que empregar suas habilidades advocatícias esmeradas em Harvard se quiser convencer Lucan. O mesmo vale para Dante; ele está mais irritado com você do que qualquer outro de nós aqui.

Olhos fechados ante a merecida reprimenda, Chase pendeu a cabeça e exalou um suspiro longo. A última coisa de que Dante precisava era lidar com as suas merdas enquanto a companheira dele estava a poucas semanas de dar à luz.

– Como ele e Tess estão? – Chase murmurou. – Já decidiram um nome para o bebê?

Tegan ficou em silêncio por um instante.

– Por que você não volta para o quartel-general e pergunta diretamente para eles?

– Ah... não... – Chase respondeu, a boca no piloto automático ao levantar a cabeça e olhar rapidamente para os viciados e as prostitutas ... perdedores, todos eles ... que tomavam conta da rua decaída de um bairro barato na periferia de Boston. – Nem estou na cidade agora. Não sei bem quando vou voltar...

Tegan o interrompeu com uma imprecação.

– Olha aqui, Harvard. Você está todo fodido. Nós dois sabemos o que está acontecendo, então aqui vai um conselho: não tente me enganar. Você tem um problema sério. Talvez esteja afundado demais e não saiba como sair sozinho, mas o fato de estar conversando comigo agora, de estar parado aí, debatendo-se se ainda está são ou além do limite de se importar, me diz que você ainda tem uma chance de se safar. Você pode voltar, mas tem que fazer isso antes que seja tarde demais para dar um jeito nisso tudo.

– Não sei – Chase murmurou. Uma parte dele queria agarrar o ramo de oliveira oferecido com as duas mãos e não soltar nunca. Mas existia outra parte que se ressentia com a necessidade de amizade ou de perdão. Essa sua parte não conseguia parar de olhar para a jovem mulher disposta demais que agora estava estacionada contra a parede de tijolos vermelhos do prédio ao lado. Ela também o estivera observando, sem dúvida experiente o bastante para compreender a nota de interesse em seus olhos velados.

– Chase – Tegan disse, pronunciando seu nome como uma exigência conforme os segundos se passavam sem nenhuma resposta. – Você tem uma escolha importante a fazer, cara. O que quer que eu diga a Lucan?

A prostituta acenou para ele e começou a se aproximar. Chase sentiu um grunhido subir pelo fundo da garganta conforme ela se aproximava. A fome que pairava tão próximo da superfície da sua consciência reavivou, a despeito dos seus esforços em mantê-la abafada. As gengivas latejaram com o alongamento das presas.

– Maldição, Chase. – Ele já estava afastando o aparelho do ouvido quando ouviu a voz grave de Tegan através do plástico: – Você está cavando a porra do seu túmulo.

Chase abaixou o telefone no gancho, depois deu a volta para levar a jovem humana para as sombras com ele.

Hunter se apressou por Nova Orleans a pé, a cabeça ainda zunindo com a torrente de lembranças retiradas do sangue de Henry Vachon. Vira coisas terrivelmente sórdidas. Atos horrendos realizados com a aprovação de Dragos ou por conta do próprio desejo doentio de Vachon.

Hunter precisou de toda a sua disciplina para não reviver as piores lembranças – aquelas que envolviam a jovem e inocente Corinne, a violação e o tormento que ela sofrera nas mãos dos dois machos da Raça na noite em que fora sequestrada. Em vez disso, concentrou sua atenção numa lembrança diferente arrancada de Henry Vachon nos momentos finais da vida do vampiro.

Ao inspirar pela última vez, um momento que Hunter garantiu que ele passaria em agonia suprema, Vachon lhe deu a localização de um depósito na vizinha Metairie – o local onde, nos últimos meses, tinha entregado parte do conteúdo do laboratório de Dragos desmanchado às pressas.

O prédio de tijolos brancos ficava num estacionamento próximo à autoestrada e à ferrovia, com um quarteirão de condomínios de dois andares do lado oposto da rua e o escritório de uma empresa vazio ao lado. Hunter se moveu silenciosamente sobre o concreto rachado do estacionamento cercado e iluminado pelo luar, ao longo de um punhado de caminhões e trailers de aluguel que dividiam a luz amarela de um único poste. O lugar ficava fechado à noite, as portas de vidro da frente trancadas por dentro por uma cortina metálica.

Hunter deu a volta até a lateral, passando por uma câmera de segurança montada no alto do prédio. Na metade do caminho, uma porta metálica com placa de "Entrada Proibida" lhe deu acesso rápido ao interior da construção. Hunter agarrou a maçaneta e a dobrou até o mecanismo da tranca ceder. Entrou sorrateiro e seguiu para a unidade com o número que as lembranças no sangue de Vachon lhe forneceram.

Estava localizada na ponta oposta do corredor da instalação. Hunter destrancou rapidamente a trava industrial, quebrando-a com um puxão forte. Abriu a porta de metal e entrou na caixa de três por cinco metros. Ao passar pela porta, sentiu uma leve vibração em seu ouvido interno, e abaixou o olhar para ver que seu pé acionara um sensor de alarme silencioso. Não teria muito tempo antes que alguém respondesse ao alerta.

Felizmente, não havia muito o que ver no interior da unidade. Um cofre à prova de fogo estava perto da entrada. Mais para o fundo havia um par de tambores de aço inoxidável baixos e largos com um fecho hidráulico a vácuo parecido com um volante de metal polido. Reconheceu os contêineres das lembranças que pegara de Vachon, mas teria sabido seu propósito sem ajuda alguma.

Contêineres de armazenamento criogênico.

Estavam ligados a uma bateria portátil potente, e sua temperatura interna era de menos cento e cinquenta graus. Hunter destravou o fecho do contêiner mais próximo e levantou a tampa pesada. Nuvens geladas de nitrogênio líquido saíram pela tampa aberta. Hunter as dissipou com a mão e espiou os incontáveis frascos dentro do congelador. Não precisou tirar nenhum deles para entender que continham amostras de tecido e de células, todas oriundas do laboratório secreto de Dragos.

Os resultados físicos das experiências e dos testes genéticos, coisas que Hunter só podia imaginar ao fitar os inúmeros frascos aninhados nas diversas camadas do contêiner.

Tão atônito quanto repugnado, Hunter voltou sua atenção para o cofre. Quebrou a pequena porta e encontrou uma pilha de arquivos e fotografias, juntamente com um punhado de *pen drives*.

Ele tinha que levar esse material – tudo o que havia no depósito de Vachon – para as mãos da Ordem.

Com esse objetivo em mente, seguiu para o estacionamento e fez ligação direta num dos caminhões-baú estacionados do lado de fora. Deu a volta com ele até a entrada lateral e o deixou esperando enquanto corria de volta para a unidade do depósito.

Já carregara o cofre e uma das unidades criogênicas dentro do caminhão e estava prestes a voltar para apanhar a última quando percebeu que não estava mais sozinho. O alarme silencioso aparentemente fora diretamente para Dragos, se o assassino de Primeira Geração agachado em posição de combate do lado de fora do caminhão servia de indício.

O macho corpulento saltou para a frente, um borrão de preto dos pés à cabeça contra a noite do lado externo. Chocou-se contra Hunter, levando-os para o fundo do caminhão. Bateram no contêiner criogênico, e o aço inoxidável soou como um sino com a força do impacto.

Hunter se levantou rapidamente e bateu no estômago do assassino com o ombro. O macho caiu de costas, mas depois de apenas um instante estava de pé novamente, avançando sobre Hunter com uma adaga na mão direita.

Uma luta ferrenha se seguiu. Hunter viu uma oportunidade quando o assassino se virou para dar um golpe, deixando a cabeça e o pescoço como um alvo livre. Hunter bateu a lateral da mão em sua laringe, um golpe certeiro que esmagou a traqueia do vampiro. O assassino chiou e cambaleou por um instante, depois nivelou um olhar letal em Hunter e avançou com sua adaga.

Hunter o bloqueou com um movimento defletor do braço. Girou o cotovelo, envolvendo a mão ao redor do pulso do assassino. O movimento empurrou o antebraço para baixo ao longo da coxa de Hunter, fraturando-o e neutralizando-o. Quando a adaga caiu no chão do caminhão e o assassino avançou, Hunter agarrou a coleira preta de ultravioleta e girou a cabeça do Primeira Geração para baixo, contra a beirada do contêiner criogênico.

O sangue jorrou do golpe, mas o assassino ainda não estava disposto a desistir. Lançou um soco no joelho de Hunter, um golpe que poderia tê-lo derrubado caso não o tivesse antecipado. Chutou o assassino, esticando-se para destrancar e abrir a porta do contêiner de nitrogênio líquido. Antes que o assassino conseguisse voltar a se equilibrar, Hunter o levantou do chão. Empurrou-o de cabeça no contêiner congelado, depois abaixou a tampa e manteve o macho preso.

Levou alguns minutos até que o vampiro parasse de se debater.

O corpo relaxou, e os membros deixaram de se mover no meio do ar gélido que continuava a jorrar no chão como uma nuvem branca.

Depois de um longo momento, Hunter levantou a tampa. A cabeça do assassino estava toda congelada, o queixo largado, os lábios azulados, olhos sem vista incrustados em cristais de gelo. Hunter empurrou o cadáver para o lado, que caiu com um baque aos seus pés, a coleira grossa no pescoço se fragmentando em diversos pedaços.

Já tendo lidado com a interrupção em sua tarefa, Hunter voltou para pegar o último contêiner criogênico e o carregou no caminhão.

Capítulo 23

Corinne ouviu um barulho no quarto de hóspedes enquanto se enxugava no banheiro da casa segura.

– Amelie? – chamou por trás da porta parcialmente aberta. Devia ser mais de meia-noite, mas Corinne estava ansiosa demais para dormir. – Só um segundo. Já vou sair.

Desdobrou o roupão dado por sua anfitriã e o vestiu, as mãos rapidamente amarrando o cinto da roupa grossa de algodão rosa que parecia veludo e tinha o perfume de tecido secado ao calor do sol. Certa de que seu corpo marcado por cicatrizes estava todo coberto, abriu ainda mais a porta do banheiro e saiu para o quarto.

Não era Amelie.

Era Hunter, todo coberto de sangue. Hematomas cobriam os ossos de suas face. As mãos estavam cerradas nas laterais do corpo, as juntas esfoladas e cheias de contusões. Nunca o vira tão machucado, tão embebido na violência da sua profissão.

– Meu Deus – sussurrou, aproximando-se chocada e preocupada. – Hunter… você está bem?

– Não ligue para o sangue. Não é meu – ele disse, impassível, a voz grave tranquila como sempre.

Quando ele começou a tirar o casaco sujo, Corinne se apressou a ajudá-lo.

– As botas também – ela disse, vendo o sangue que também as cobria.

Enquanto ele se curvava para desfazer o cadarço de uma delas, ela se agachou para soltar o outro. Sentiu-o observando-a num silêncio estranho. Agora ele parecia avaliá-la, os olhos dourados e encobertos ainda enigmáticos, mas com uma centelha de suavidade que ela ainda não vira nele antes.

– Cuido disso – ela disse, pegando as grandes botas de combate com uma mão e o longo casaco de couro com a outra. – Venha comigo.

Virou-se para levar tudo de volta ao banheiro, e Hunter a seguiu. Deixou o casaco e as botas na banheira, depois pegou uma toalhinha que estava dobrada sobre uma cômoda. Abriu a torneira da banheira para molhá-la, espremendo o excesso de água quente enquanto Hunter parava diante da pia próximo à porta.

Estivera zangada com ele a noite inteira, brava por ter saído sem avisá-la. Preocupada que ele tivesse ido fazer seu trabalho perigoso para a Ordem e pudesse acabar morrendo. Agora só conseguia fitá-lo, aliviada por ele ter voltado inteiro, mesmo parecendo ter atravessado uma zona de guerra para chegar ali.

Sentou-se na beirada da banheira e observou enquanto abria a torneira da pia e lavava o rosto. Depois, começou a bochechar e cuspir. Uma vez após a outra, como se houvesse um gosto do qual não conseguia se livrar por mais que tentasse. A água escorreu pelo queixo quando ele olhou para ela, os ângulos duros de seu rosto parecendo ainda mais severos sob as luzes brilhantes.

– Sua camisa está suja – ela observou, notando mais sangue impregnado no tecido preto da roupa de combate. Aproximou-se e deixou a toalhinha molhada na beirada da pia. Ele não disse nada quando ela pegou a bainha da camisa grudenta e encharcada de sangue e a levantou, desnudando o tronco coberto de *glifos* e o peito amplo e musculoso. Recuou quando ela encheu a pia com água fria e mergulhou a camisa. Enquanto isso, pegou a toalha e se esfregou para se limpar. Largou o tecido sujo na pia junto da camisa.

– Você encontrou Henry Vachon. – Não era uma pergunta, porque as evidências pareciam bem claras enquanto a água na pia ficava vermelha. Olhou para Hunter e se deparou com seu aceno sóbrio. – Você o matou?

Ela esperava uma confirmação simples, a declaração fria do fato que era o modo habitual do guerreiro. Em vez disso, Hunter esticou os braços e gentilmente segurou seu rosto entre as mãos. Inclinou a cabeça em sua direção e a beijou com um carinho que roubou sua respiração. Quando, por fim, a boca se afastou da sua, ele a fitou nos olhos com uma intensidade tranquila, porém feroz.

– Henry Vachon nunca mais a machucará.

Corinne não teve como impedir seu corpo de se derreter no beijo carinhoso de Hunter. Seu coração também se derreteu um pouco, enternecido pelo modo carinhoso como ele a tocava agora, e pelo modo como os arrebatadores olhos dourados sustentavam seu olhar com tanto afeto. Ela quis se concentrar no prazer de ambos, mas um nó de medo se formou na boca de seu estômago.

Vachon estava morto. O fato de um dos monstros de seus piores pesadelos não mais respirar deveria ser uma boa notícia para ela. E era, mas, com a morte de Henry Vachon, sua ligação com Dragos – o único elo para encontrar seu filho – tinha se partido.

Com relutância, afastou-se das mãos carinhosas de Hunter.

– Conseguiu obter alguma informação dele sobre Dragos e suas operações?

Hunter assentiu com seriedade.

– Depois que saí da propriedade de Vachon, encontrei um depósito do outro lado da cidade. Lá dentro havia equipamentos do laboratório, assim como os registros de computador e arquivos em papel com fotografias a anotações do laboratório.

A esperança se acendeu de leve.

– Que tipo de arquivos? Que tipo de equipamentos? Onde fica esse depósito? Precisamos ir para lá. Temos que olhar tudo o que pudermos. Alguma coisa no que encontrou poderá nos levar direto a Dragos.

Hunter assentia enquanto ela falava.

– Tirei tudo do depósito. Está num caminhão-baú que escondi perto do pântano atrás desta casa. E você tem razão. Provavelmente existem pistas úteis que levarão a Ordem até Dragos. Pretendo levar seu conteúdo para Boston assim que possível.

Mais do que qualquer coisa, Corinne queria correr para o caminhão e ver tudo o que ele encontrara. Estava certa de que a chave para localizar o filho estava em algum lugar daqueles registros e arquivos. Tinha que estar, ou lhe restavam mínimas chances de um dia saber onde ele poderia estar.

Levantou o olhar para Hunter, sabendo que o enganara ao esconder a verdade a respeito de seu filho. Fitou o olhar sincero e intenso dele e sentiu a mesma pontada de culpa do começo do dia. Ele a beijou de novo e a culpa piorou ainda mais, intensificando-se pelo fato de Hunter estar ali, tão carinhoso e gentil com ela.

Corinne abaixou o olhar para o chão, envergonhada e assustada.

– Você precisa saber de uma coisa – ela disse com suavidade. – Algo que eu deveria ter lhe contado antes. Eu deveria ter lhe contado o que aconteceu comigo enquanto estava na prisão de Dragos, mas estava com medo. Precisava ter certeza de poder confiar em você…

– Sei o que fizeram. – A voz grave vibrou em seus ossos. Ele guiou seu queixo para cima até ela estar olhando em seus olhos. – Sei o que Dragos e Vachon fizeram com você na noite em que foi levada. Sei como a violentaram.

Essa não era a verdade que pretendia revelar, mas, mesmo assim, a respiração ardeu nos pulmões de Corinne. Estava confusa, horrorizada. Enojada em pensar que Hunter estava a par da sua mais profunda humilhação. Quisera morrer naquela noite; uma parte sua morrera de fato, sua inocência roubada naquele momento horrível. Sua voz tremeu um pouco:

– C-como s-abe...?

– Vachon. Ele se vangloriou disso, pouco antes de eu matá-lo. – Centelhas âmbar arderam nos olhos dourados de Hunter enquanto ele dizia isso. – Dilacerei a garganta dele com meus dentes e presas. Não consegui controlar minha ira quando percebi o que o filho da puta sádico fez com você, e como ele teve prazer com isso.

Corinne ouviu o relato, dispersando-se momentaneamente da confissão que ainda não fizera. Mal conseguia acreditar: o guerreiro rígido e impecavelmente disciplinado estava admitindo ter perdido o controle.

Por algo que lhe fora feito.

– Garanti que a morte dele fosse agonizante – Hunter prosseguiu. – Quis que ele sofresse. Quis que sangrasse.

E foi o que aconteceu, Corinne pensou, menos assustada que abismada pela profundidade da violência de Hunter. Ele praticamente se banhara no sangue de Vachon, a julgar pelo modo como estava até pouco tempo atrás.

– Foi o sangue dele que me mostrou o que ele fez, Corinne. Vi toda a culpa de Vachon, todos os seus segredos. O sangue dele me revelou tudo.

Ela franziu a testa, incerta quanto ao que Hunter estava dizendo.

– Não estou entendendo.

– Nem eu entendi, não até hoje à noite – disse Hunter. – Quando cravei meus dentes no pescoço de Vachon, engoli um pouco do seu sangue. Eu nunca tinha ingerido sangue da Raça antes. Assim que ele escorreu pela minha garganta, as lembranças se abriram para mim.

– Você é um leitor de sangue – ela disse. – Nunca soube qual era a sua habilidade?

Ele meneou a cabeça.

– Dragos se certificava de que seus assassinos soubessem o mínimo possível sobre sua herança ou as coisas que poderiam torná-los únicos. Não sabia qual era o meu dom até o sangue abjeto de Vachon o despertar.

E agora ele conhecia a sua degradação. Bom Deus, seria possível ele ter visto todas as suas surras e violações? Vira como ela fora desnudada e maltratada, forçada a suportar torturas inenarráveis junto das demais prisioneiras mantidas nas celas de Dragos?

Corinne se afastou de Hunter, sentindo-se exposta. Sentia-se suja e envergonhada por ele ter o conhecimento terrível e horrendo do fardo que nem ela estava disposta a confrontar. Foi para o quarto, precisando de espaço para recobrar o fôlego, recompor seus pensamentos.

Não percebeu que Hunter a seguira até sentir o calor das mãos dele repousando com suavidade sobre seus ombros. Virou-a de frente. Não disse nada, simplesmente a envolveu em seus braços e a manteve firme ao encontro do seu calor e da força do seu corpo.

Corinne se agarrou a ele, precisando demais da sólida proteção de seus braços para se negar o conforto de ele a segurar tão de perto. Hunter inclinou a cabeça, levantou a boca dela até a sua. Beijou-a, numa lenta fusão de lábios. O peito nu era quente e suave sob suas palmas. Ela sentiu o desenho levemente elevado dos *dermaglifos*, sentiu a aceleração do seu coração debaixo das pontas dos dedos.

Recuou do beijo e deparou-se com seu olhar enlevado. As íris douradas estavam ardentes com o âmbar, e as pupilas se afinavam enquanto o ar se aquecia rapidamente com o desejo.

Ela sabia onde aquilo a estava levando. Para sua total surpresa, tal pensamento não a aterrorizou como esperava que fosse acontecer. Mas não podia fingir que estava preparada, ou que sabia como tocar nele – como estar com ele – do modo como outra mulher estaria.

Ele a beijou de novo, e ela sentiu o raspar suave das presas em seu lábio. Debaixo das suas mãos, os *glifos* pulsavam, vivos, e a respiração entrava em seus pulmões e deles saía suavemente.

– Hunter, espere... – Ela não conseguia encontrar as palavras, mas precisava que ele entendesse o que aquilo significava para ela. – Nunca fiz isso antes. Sabe o que aconteceu enquanto eu estava... – Ela não conseguia dizer. Não conseguia pronunciar as palavras que permitiriam que Dragos e seus malfeitos invadissem aquele momento que pertencia somente a ela e a Hunter. – Você precisa entender que eu nunca... fiz amor.

Ele a encarou, algo sombrio e possessivo em seu olhar âmbar-dourado.

– Nem eu. – Balançou a cabeça de leve quando suavemente a acariciou no rosto. – Nunca houve ninguém.

Corinne engoliu, absolutamente muda por um instante.

– Nunca?

O toque dele trafegou pela linha do seu queixo, depois patinou suavemente ao longo dos seus lábios.

– A intimidade era proibida. Era uma fraqueza querer contato físico. Era uma falha desejar qualquer coisa, especialmente o prazer. – Beijou-a de novo e um grunhido baixo se desdobrou em seu peito. – Nunca soube o que era desejar o toque de uma mulher. Ou ansiar pelo beijo de uma mulher.

– E agora sabe? – perguntou com hesitação.

– Desde que a conheci, Corinne Bishop, tenho pensado em pouca coisa além disso.

Ela não conseguiu refrear o sorriso com a confissão, apesar de ele tê-la dito com pouco mais do que perturbação. Talvez até um traço de irritação. Hunter aproveitou a deixa e inclinou a cabeça para capturá-la em mais um beijo profundo. Desta vez, ardente. Ela sentiu a paixão na avidez com que cobriu sua boca e na exigência erótica da sua língua ao percorrer o contorno de seus lábios, colocando-se dentro dela assim que ela os entreabriu para inspirar superficialmente.

Moveu-se com ele, deixando-o conduzi-la até a cama. Despiu o roupão enquanto a guiava até o colchão, depois se deitou ao seu lado. Com os lábios ainda unidos, as mãos ainda se explorando com ávido interesse, Corinne sentiu os dedos percorrerem uma das cicatrizes que cruzavam seu tronco. A maior parte delas cicatrizara por conta da ingestão forçada do sangue do Antigo, mas existiam outras, ferimentos que foram infligidos com a intenção de serem permanentes. Feridas com a intenção de partir a jovem determinada que lutara contra o subjugo por mais tempo do que seria sábio.

– Não – ela sussurrou, a voz entrecortada e ansiosa. – Por favor, Hunter... não olhe para elas. Não quero que veja nada que seja feio em mim. Não hoje.

Esperou sentir o toque dele se afastar das marcas horrendas, mas, em vez disso, ele se demorou. Levantou-se sobre um cotovelo e lentamente a observou dos pés à cabeça. Seu olhar ardente demorou-se o quanto quis estudando as cicatrizes deixadas pelas frequentes torturas elétricas e pelos diversos castigos, que muitas vezes tinham se alongado por semanas infindáveis.

Ela sabia como devia parecer feia aos seus olhos, mas Hunter a fitava com franca admiração, como se ela fosse a coisa mais bela que já vira.

– Não existe nada em você que não seja atraente para mim – ele murmurou. – As cicatrizes são apenas cicatrizes. O seu corpo é macio e forte, perfeito para mim. Eu jamais me cansaria de olhar para você. Jamais me cansaria de tocar em você assim.

Como para enfatizar suas palavras, ele abaixou a cabeça para seu tronco e a beijou na parte mais marcada de sua pele. Lentamente, foi subindo até sua boca e pressionou outro beijo ardente em seus lábios, possessivo, deixando-a tonta.

Os *glifos* assumiam uma cor mais escura agora, o padrão elegante das marcas de Primeira Geração num vívido índigo, dourado e vinho – todas as cores viçosas do desejo da Raça. Corinne tocou os belos arcos e volteios, tracejando os dedos ao longo do abdômen, onde as marcas extraterrenas na pele desapareciam por debaixo do cós do uniforme.

Passou o dedo ao longo da beirada das calças largas. O calor permeou sua palma enquanto ela, em hesitação, tocava-o um pouco mais para baixo. Junto ao seu ouvido, Hunter exprimiu um gemido baixo. A mão grande cobriu a sua, os longos dedos engolfando-a, pressionando a carícia sobre a extensão rija da sua ereção.

Ela desconheceu o que era apreensão e incerteza ao tocá-lo por cima do zíper esticado. Seu sexo parecia enorme, firme como uma rocha. Para seu contentamento, o pensamento provocou uma excitação sensual e misteriosa, e não a descarga de pânico que, temia, fosse arruinar tudo.

Hunter enterrou a boca na curva do seu pescoço, uma evocação à loucura com a língua enquanto ela tomava todo o tempo do mundo explorando a extensão e a sensação de tocá-lo por cima da fina barreira do tecido. Sentiu a mão dele escorregar com hesitação por entre suas pernas, sentiu-o espalmando-a, acariciando com suavidade. O prazer se desenrolou nela, espalhou um calor delicioso por todo o caminho até os dedos dos pés. Ele foi em frente, a mão guiando a dela sobre seu corpo, ajudando-a a descer o zíper de seu uniforme, afastando o restante de suas roupas.

Ambos nus agora, ficaram deitados lado a lado, deleitando-se em momentos langorosos de beijos e toques, em meio a carícias e afagos enquanto descobriam os corpos um do outro. Corinne sentiu a saliência do sexo contra seu quadril, o que atiçou um calor de curiosidade nela, uma necessidade de ficar mais perto... de acolhê-lo em seu corpo.

Enganchou uma perna na dele, aproximando os quadris ainda mais do que antes. Hunter cerrava os dentes, o maxilar tão tenso que foi um milagre ele não quebrar os molares. Quando ela passou os dedos sobre um ombro forte, deliciando-se com as cores que mudavam em seus *dermaglifos* ao longo do seu toque, notou que ele tremia.

Estava se contendo, deixando-a estabelecer o ritmo.

Ela se inclinou para a frente e o beijou, usando a língua para demonstrar que estava pronta. Que sabia o que iria acontecer entre eles agora e acolhia isso. Hunter gemeu e a arrastou para junto de si. A extensão grossa da sua excitação avançou entre suas coxas.

– Venha para dentro de mim – ela sussurrou contra sua boca. Abaixou a mão e o guiou para lá. – Faça amor comigo, Hunter.

A cabeça larga do sexo dele se esfregou em seu centro, quente e rígido. Ela mudou de posição para encontrá-lo, depois suspirou com um prazer puro, descarado, enquanto ele a penetrava num movimento lento, preenchendo-a por completo. Lágrimas surgiram por trás dos seus olhos fechados ante a intensidade daquela união. Sensações a inundaram, cada fibra de seu ser reagindo à gloriosa invasão. O corpo inteiro dele parecia rijo como uma rocha debaixo das suas mãos. Ele tremia devido ao imenso comedimento, movendo-se dentro dela devagar, tão cuidadoso e reverente que ela quis chorar.

Balançando-se dentro dela, empurrando-a em direção a um êxtase que ela jamais conhecera ou imaginara possível, ele capturou seu gemido num beijo sensual. Em seguida, ela se estilhaçou, com uma doce detonação de prazer e emoção que a afrouxou por dentro, enquanto a onda de seu primeiro orgasmo alçava seus sentidos ao paraíso num grito engasgado de prazer.

Hunter se perdeu nos doces sons – e no poder atordoante – da paixão de Corinne. Ela era tão gostosa envolvendo-o por completo, seu pequeno corpo arrepiado e trêmulo, um minúsculo tremor após o outro afagando a longa extensão de seu membro enquanto ele bombeava o quadril contra o dela.

Jamais sentira algo tão glorioso.

Nunca imaginara que um prazer como aquele fosse possível, governando-o naquele momento, exigindo que ele soltasse as rédeas mesmo quando o que mais queria era se demorar, fazer aquele instante durar para que pudesse saborear cada segundo dele.

Queria cuidar de Corinne. Queria ser gentil com ela depois dos abusos que conhecera com os outros machos. E, por isso, manteve-se num ritmo controlado, mesmo quando ela se desfazia debaixo dele, cada doce convulsão dela aproximando-o do seu descontrole. Beijou-a e acariciou-a, abraçando-a perto do seu corpo, penetrando e recuando com a máxima reserva até que seu clímax chegasse ao ápice e começasse a se desfazer.

A respiração dela tremulou em seu ouvido. Depois se suavizou, e ele sentiu uma umidade quente em seu rosto. Ela estremeceu em seus braços de novo, e em meio ao torpor do seu prazer, percebeu que ela chorava.

– Corinne – arquejou, afastando-se para fitá-la com preocupação. Ficou imóvel, sem conseguir se mexer diante daquelas lágrimas. – Ah, Deus. Estou machucando você...

– Não – ela sussurrou junto a um soluço. – Não, isso não dói nada. É tão bom. Você está me fazendo sentir algo que nunca senti antes, Hunter. Eu não sabia que podia ser assim. É assustador o quanto você me parece certo. Não quero que isto termine.

Aliviado por ela estar bem, ele a beijou e voltou a se mover ritmadamente. O fato de ela estar chorando de prazer por causa da união de seus corpos o fez querer socar no peito e rugir de orgulho para as vigas do teto. Foi um impulso estranho, animalesco, possessivo e selvagem, mas ele sentiu todas essas coisas e muito mais quando seu olhar caiu sobre o lindo rosto marcado por lágrimas de Corinne, a respiração arquejando suavemente por entre os lábios partidos enquanto ele se balançava em estocadas longas e indulgentes.

Ela gemeu quando ele encontrou um ritmo mais forte, as unhas curtas se enterraram em seus ombros conforme ela se agarrou a ele. As coxas circundavam seu quadril, atraindo-o com mais força contra seu corpo. Seu calor úmido o envolvia com absoluta firmeza, torcendo-o de dentro para fora enquanto uma onda furiosa começava a se elevar na base de seu pau.

Ele tentou contê-lo. Grunhiu com a força de sua vontade, mas não bastou. O corpo de Corinne continuou a ordenhá-lo, levando-o a um ritmo febril que só o deixou ainda mais faminto. Ele penetrou mais fundo a cada estocada, mais rápido, até o prazer contido se soltar das suas amarras e rugir através dele como fogo nas veias.

Ele refreou o grito que teria sacudido a casa, enterrando o rosto na curva do pescoço delicado de Corinne enquanto o corpo inteiro tremia e se convulsionava, e o primeiro verdadeiro orgasmo de sua vida jorrava para fora dele como um riacho escaldante de êxtase.

Murmurou algo ininteligível enquanto seu pau sofria espasmos com a deliciosa intensidade da pressão e do calor do sexo dela. Não conseguiu conter a imprecação, assim como não conseguiu segurar a instantânea reanimação dentro dela. Ficou duro de novo, cada terminação nervosa avivada e pronta para recomeçar.

Os dedos de Corinne trilharam langorosamente suas costas quando ela se moveu sutilmente debaixo dele, num convite sem palavras que ele não recusaria.

– Não precisa de um instante para recuperar o fôlego? – ela perguntou com um sorriso sensual em seus olhos, quando ele baixou o olhar para ela.

– Só do que preciso agora é de mais disto – ele grunhiu. – Mais de você.

– Também preciso disto. – Os braços o envolveram pelo pescoço e ela o aproximou para um beijo lento e impetuoso. A língua atiçou a fenda dos lábios dele e ele se perdeu.

Hunter a penetrou fundo, centímetro a centímetro, preenchendo-a. Não havia como conter seu desejo agora. Nenhuma quantidade de disciplina bastaria agora que saboreara o verdadeiro prazer com Corinne. Amparando um seio na palma, retribuiu o beijo ardente, as línguas se envolvendo enquanto os corpos ondulavam num ritmo partilhado, dando e recebendo em igual medida.

Ela gozou primeiro, arfando e gemendo, sua coluna graciosa se arqueando enquanto seu sexo estrangulava o dele numa sensação envolvente. O gozo dele veio em seguida. Ele estremeceu forte, enterrando-se nela com uma necessidade tão pungente que o dominava.

Enquanto a abraçava e sentia a descarga quente de seu sêmen explodindo nela, Hunter conheceu uma beatitude que eclipsou todo o resto. Acalentou – apenas por uma fração de segundo – a ideia de ter uma existência normal, sem o passado obscuro que o moldara. Imaginou – inutilmente, sua razão o alertou – como seria ter uma fêmea ao seu lado, vivenciar parte do que os outros guerreiros tinham com suas companheiras.

Sonhar era um deleite perigoso. Mas não mais perigoso do que a súbita rajada de proteção, de possessão primitiva que sentia quando pensava em Corinne. Matara por ela esta noite, e o faria novamente sem hesitação, se acreditasse que ela corria perigo.

E, nos recessos de sua mente, enquanto se saciava no corpo dela e se confortava em seus braços carinhosos, imaginou se ele não poderia ser a maior ameaça de todas à sua felicidade.

Capítulo 24

Dante andava de um lado a outro no corredor do lado de fora da enfermaria do complexo, tentando não pensar no fato de que sua linda e corajosa Tess estava em completa agonia do outro lado da porta. Ela passara a noite em trabalho de parto, e agora já era de manhã. As contrações só ficavam piores, tornando-se cada vez mais frequentes a cada hora.

Tess lidava com tudo aquilo como uma campeã.

Quanto a ele, toda vez que ouvia um gemido com a chegada de mais uma contração, acreditava que com certeza desmaiaria.

Motivo pelo qual finalmente se retirara para o corredor um tempo atrás. Provavelmente a última coisa de que Tess precisava era vê-lo ficar branco como um fantasma junto dela, com seus joelhos se transformando em gelatina.

Através do laço de sangue que partilhavam, ele sentia a dor de Tess como sua. E desejava como o inferno que pudesse suportá-la sozinho. Dor? Sabia lidar com isso, sem problemas; era a ideia de que a fêmea que amava estivesse sofrendo que o fazia querer socar alguma coisa ou vomitar num canto. Mas também sentia a força de Tess, e se maravilhava com a tenacidade dela – a força feminina puramente miraculosa que dava à sua companheira a energia para continuar a lutar em meio à exaustão e agonia prolongada necessária para trazer o filho deles ao mundo.

Olhou pela janelinha da porta do quarto dela na enfermaria. Gabrielle e Elise estavam cada uma de um lado da cama. Chegaram havia poucas horas e vinham se revezando para segurar as mãos de Tess, molhar sua testa com um pano úmido e lhe dar lascas de gelo enquanto o processo parecia se arrastar infinitamente. Gideon monitorava seus sinais vitais – sob juramento solene a Dante de que o faria de olhos fechados, a fim de não ver mais de Tess do que o companheiro se sentiria confortável em partilhar.

A melhor parte de todo aquele esquema, porém, era Savannah. Ela estava encarregada do parto, e o longo histórico de sua família em tais assuntos dava a Dante a garantia de que ele precisava de que tudo ficaria bem no final. Pelo menos ele implorava a Deus que fosse assim.

Nesse meio-tempo, sentia-se basicamente um inútil.

Caminhou de novo pelo corredor, perguntando-se onde diabos estava Harvard quando mais precisava dele.

Caso ele estivesse ali para ver Dante pairando no corredor como um fantasma esverdeado de náusea, Chase teria enchido o seu saco dali até a semana seguinte. Teria aporrinhado Dante por ser um completo maricas, e o teria chutado de volta à enfermaria se fosse necessário.

Merda. Dante sentia falta de verdade do guerreiro metido que se tornara o seu amigo mais próximo na Ordem no último ano e pouco.

Ex-guerreiro e *antigo amigo*, corrigiu-se mentalmente, ainda puto pela merda daquela situação. Sua opinião em nada se suavizara ao saber que Chase telefonara na noite anterior para informar-lhes que fora contra as ordens diretas de Lucan e caçara Murdock por conta própria.

E pelo quê? À parte uma vaga menção de um possível interesse de Dragos num político local, a informação mais consistente que Chase conseguira arrancar do bastardo era a notícia velha de que Dragos estava tentando determinar a localização do complexo.

Segundo o que Tegan revelara a todos sobre a breve conversa com Chase, não parecia provável que eles teriam outras notícias dele tão cedo – se é que um dia teriam. Tegan era da opinião de que Chase estava numa séria queda livre. Mencionara a palavra "Renegado", algo que nem Dante e nenhum outro dos guerreiros parecia ávido em aceitar, mas que tinham dificuldades para contradizer.

Dante completou mais um trajeto pelo corredor, passando as mãos pelos cabelos escuros e abafando uma imprecação. Já passara da hora de ele começar a se acostumar com a ideia de que Harvard já não fazia parte da Ordem. Que não fazia mais parte de suas vidas.

E sentia voltar a se chutar no traseiro pela conversa que tivera com Tess recentemente quanto a convidar Chase para ser padrinho do filho deles. Tivera que se esforçar bastante para convencê-la de que Chase podia ser confiado com algo tão importante, e agora o filho da puta sumira e o deixara com cara de bobo por ter feito a sugestão.

No fim, os instintos de Tess nessa área provaram ser muito melhores. Gideon se mostrara surpreso com o convite, e tanto ele quanto Savannah aceitaram a responsabilidade com graciosa convicção. Se alguma coisa acontecesse com Dante e Tess, eles não tinham como querer guardiões melhores para o filho.

Com essa certeza em mente, Dante levantou o olhar e se deparou com a cabeça loira de Elise para fora da porta do quarto.

– Está na hora – ela disse, a luz suave se refletindo em seus olhos violeta. – O bebê já está quase chegando, Dante.

Ele se apressou para dentro com o coração batendo na garganta. Aproximou-se de sua Companheira de Raça, levando sua mão aos lábios e pressionando um beijo de adoração na palma suada.

– Tess – sussurrou com a língua grossa, a alegria e a preocupação tomando conta da sua garganta. – Como você está, meu anjo?

Ela começou a responder, mas seu rosto se crispou e a pegada em sua mão transformou-se em um torno. Savannah lhe disse calmamente para respirar, pois estavam quase lá. Tess se soergueu na cama. Um grito rasgado saiu de sua boca, e Dante sentiu as pernas amolecerem um pouco. Mas se controlou. Já era bem ruim ter passado a última hora se apoiando nas paredes do corredor; não deixaria que Tess ficasse nem mais um segundo sem tê-lo ao seu lado.

A dor se arrastou por uns dois minutos excruciantes antes que Savannah instruísse Tess a se recostar e relaxar. Ela arfava ao fitar Dante, com o suor brilhando na testa. Ele a enxugou com o pano que Gabrielle lhe entregara, depois pressionou um beijo carinhoso na testa de sua bela companheira.

– Você tem ideia de quanto te amo? – murmurou, prendendo o olhar água-marinha. – Você é incrível, Tess. É linda e tão incrivelmente valente. Você será uma excelente mãe para o nosso...

Os lábios se retraíram quando um grito novo explodiu de sua garganta, abafando a voz dele. Dante sentiu a torrente de dor ardente quando ela trespassou o corpo delicado de Tess. Era tão intensa, uma angústia cortante que o fez jurar nunca mais sequer pensar em terem outro filho, se isso significava colocar Tess naquele tipo de situação.

– Ok, pessoal – Savannah disse com a voz suave como um bálsamo. – Aqui vamos nós. Mais um empurrão, Tess. Ele está quase.

Dante inclinou a cabeça para junto do rosto dela e sussurrou palavras particulares de encorajamento, coisas reservadas somente a Tess. Elogios pelo que ela lhe estava dando essa noite e promessas de devoção expressas em palavras indistintas.

Segurou sua mão quando a última contração a revirou. Gritou de alegria quando o filho finalmente surgiu, um fardinho minúsculo, rosado e agitado, berrando nas mãos experientes de Savannah. E chorou sem vergonha alguma ao se deparar com o olhar lindo e extasiado de Tess naquele momento, amando-a com cada partícula do seu ser.

Inclinou-se e beijou sua incrível Companheira de Raça, puxando-a para seu abraço e partilhando a euforia daquele momento precioso de suas vidas, especialmente por saberem que ele acontecia em meio a tanta luta e confusão.

Depois de alguns minutos, Savannah se aproximou com o pacotinho incrivelmente pequeno que era seu filho recém-nascido.

– Sei que está louca para segurá-lo – disse, colocando o bebê nos braços ansiosos de Tess. – Ele é lindo, queridos. Absolutamente perfeito.

Tess recomeçou a chorar, tocando suavemente as bochechinhas e a boquinha rosada. Dante se maravilhou ao ver o filho. Maravilhou-se com a mulher que lhe dera tal milagre, algo tão precioso para ele quanto a incrível dádiva do amor dela. Afastou uma mecha de seu cabelo molhado.

– Obrigado – disse com suavidade. – Obrigado por tornar a minha vida tão completa.

– Eu te amo – ela respondeu, levantando a mão dele para os lábios e beijando o centro da palma larga. – Gostaria de dizer olá a seu filho?

– Nosso filho – ele a corrigiu.

Tess assentiu, tão orgulhosa e adorável quando ele tomou o pacotinho dos seus braços. As mãos dele apequenavam o recém-nascido. Ele se sentiu desajeitado, inábil ao tentar encontrar um ninho confortável para o filho em seus braços grandes demais. Por fim, descobriu uma maneira de segurá-lo, tomando o maior cuidado de todos para fazer tudo certo. Tess sorria, sua alegria jorrando nas veias dele junto à sua própria felicidade.

Deus, seu coração estava tão pleno que parecia prestes a explodir. Dante fitou o rostinho rosado do filho que gritava.

– Bem-vindo ao mundo, Xander Raphael.

Corinne estava de pé ao lado da cama na manhã seguinte, observando Hunter dormir. Ele estava deitado nu de barriga para baixo, uma imensa extensão de pele e músculos cobertos por *dermaglifos*. Ele roncava de leve, repousando com a mesma profundidade dos mortos.

A noite deles fora incrível, e ela nunca se sentira mais contente do que quando estivera descansando em seus braços depois de terem feito amor. Mas a noite já se fora havia um tempo, e, exceto pelas poucas horas em que ela conseguira fechar os olhos e dormir, seus pensamentos se concentraram numa coisa: a urgência de encontrar o filho.

Foi essa necessidade que a fez levantar antes do nascer do sol, se afastar do conforto acolhedor de Hunter e sair para o pântano à procura do caminhão-baú branco, que ele deixara ali após seu regresso da casa de Henry Vachon. Teve sorte e o encontrou destrancado atrás da casa de Amelie, perto do rio. Corinne entrou e passou quase uma hora espiando a papelada e as fotografias que encontrou dentro do cofre aberto.

Os arquivos do laboratório de Dragos. Décadas de registros.

Passou os olhos em cada um deles, procurando por alguma coisa que pudesse aproximá-la do destino do filho ou das crianças nascidas no laboratório. Encontrou prontuários médicos e resultados de experiências – milhares de páginas em códigos e jargões que não significavam nada para ela. Para piorar, nenhum desses arquivos tinha os nomes das cobaias. Como em qualquer inventário de estoque de mercadoria, os registros de Dragos continham apenas números, grupos de controle e estatísticas frias.

Tudo em que ele tocava – cada uma das vidas que ele arruinara dentro da loucura infernal de seu laboratório – não significava nada para ele.

Menos do que nada.

Corinne mergulhou no restante das pilhas de papel num ataque de raiva impotente. Desejou rasgar tudo em pedacinhos minúsculos. Mas depois, quase no fundo do conteúdo do cofre, seus dedos resvalaram na maciez de uma pasta de couro. Pegara-a e despejara os arquivos no colo, passando por eles com uma centelha de esperança.

As anotações feitas à mão eram mais do mesmo impessoal inventário que havia nas outras pastas. Só que havia algo de diferente nas datas e nas anotações. Algo que eriçou os cabelos na base de sua nuca por causa de uma suspeita… de um conhecimento certeiro e temível.

Segurava a pasta de couro nas mãos agora, ao se aproximar da cama onde Hunter começava a despertar. Ele deve ter sentido sua presença no silêncio do quarto. A cabeça se levantou do travesseiro, os olhos piscaram ao se abrir, revelando o penetrante olhar dourado.

Ele percebeu que ela estava vestida, que sua respiração estava acelerada pela corrida de volta para a casa de Amelie, e franziu a testa.

– O que aconteceu? Você esteve em algum lugar?

Ela não conseguia mais esconder a verdade dele. Não depois do que partilharam na noite passada. Ela lhe devia isso. Devia-lhe a verdade.

– Eu tinha que saber – disse baixinho. – Não consegui dormir. Não consegui ficar parada, deitada no conforto dos seus braços, sabendo que os segredos de Dragos estavam tão perto.

– Você saiu da casa sem me dizer? – Hunter se sentou na beirada da cama e apoiou os pés grandes no chão. Sua testa estava mais crispada. – Você não pode ir a parte alguma sem mim para protegê-la, Corinne. Não é seguro para você agora nem durante o dia…

– Eu tinha que saber – ela repetiu. – Eu tinha que ir ver se havia algo que pudesse me ajudar a encontrá-lo…

Algo sombrio atravessou o belo e rígido rosto de Hunter. Pareceu-lhe medo, uma expectativa sombria. Com a testa ainda vincada, ele olhou para a pasta de couro grande que ela trazia nas mãos.

Quando ele não falou de pronto, ela engoliu em seco e forçou as palavras a saírem de sua garganta.

– Eu tinha que saber se um dos registros que você pegou de Henry Vachon tinha alguma informação que poderia me levar até meu filho. O filho que tive no laboratório de Dragos.

Hunter a encarou, depois desviou o olhar. Sua imprecação baixa foi nítida quando ele passou a mão no alto da cabeça.

– Você tem um filho.

Sua voz neutra, despida de raiva ou qualquer outra emoção, mesmo assim ainda soou como uma acusação para ela.

– Sim – confirmou. Ele não estava mais olhando para ela agora. Um estranho distanciamento se instalara entre eles, mais frio a cada instante. – Eu quis te contar, Hunter. Tive a intenção antes de agora, mas tive medo. Eu não sabia para quem eu podia me voltar, em quem confiar.

A distância emocional aparentemente não bastava para ele. Ele se levantou da cama e andou, nu e impudico, para o outro lado do quarto, acrescentando espaço físico entre eles.

– Esse filho – ele disse, lançando-lhe um olhar sombrio. – Ele é um Primeira Geração como eu? Nascido do Antigo que Dragos mantinha vivo para suas experiências doentias?

Corinne assentiu com a garganta contraída.

– De tudo o que fizeram comigo enquanto fui mantida lá, o pior foi quando tiraram meu bebê de mim. Eu só o vi por poucos instantes, assim que ele nasceu, e depois o levaram. Pensar nele foi o que me manteve viva ao longo das coisas que fizeram comigo. Nunca sonhei de verdade que pudesse ser libertada. Quando inspirei o ar fresco do exterior daquela casa pela primeira vez, prometi a mim mesma que passaria todas as respirações seguintes… até a minha última … esforçando-me para me reunir ao meu filho.

– Essa é uma promessa que você não tem como manter, Corinne. O seu filho se foi. No mesmo instante em que Dragos o tirou dos seus braços.

Ela não queria ouvir isso. Não aceitava.

– Eu saberia se ele estivesse morto. O coração de uma mãe bate junto ao do filho por nove meses, todos os dias. Em meus ossos – em minha alma – eu ainda sinto essas batidas.

Hunter exalou uma imprecação afiada, agora sem nem olhar para ela.

Ela prosseguiu, determinada a implorar em seu favor:

– Tentei manter a noção da passagem dos anos, mas era difícil saber com certeza. Meu filho deve ter uns treze anos agora, segundo meus cálculos. Apenas um menino...

– *Ele já é um assassino a esta altura, Corinne.* – A voz grave de Hunter estremeceu, assustando-a com uma raiva que ela não esperava e não sabia como lidar. Seu rosto estava teso, a pele esticada sobre os ossos salientes do rosto e do maxilar rijo. – Nunca fomos meninos, nenhum de nós. Entende? Se o seu filho estiver vivo, ele é um Caçador, como eu. Quando eu tinha treze anos, já estava completamente treinado, já tinha vivência em lidar com a morte. Você não pode ter esperanças de que com ele tenha sido diferente.

As palavras duras abriram uma dor aguda no meio do seu peito.

– Tem que ser. Tenho que acreditar que ele está em algum lugar, e em meu coração eu sei que está, e que o encontrarei. Eu o protegerei, do modo como não pude quando ele nasceu.

Hunter estava calado ao se afastar dela, lentamente meneando a cabeça em negação. Corinne abaixou a pasta de couro e se aproximou dele. Apoiou a mão em seu ombro. Os *dermaglifos* debaixo da sua palma pulsavam quentes com a raiva, mas ela não deixou de notar que os tons tempestuosos se abrandaram sob seu toque, o corpo reagindo ao seu, mesmo enquanto ele tentava mantê-la afastada.

– Preciso encontrar meu filho, Hunter. Preciso vê-lo e tocar nele, garantir que ele saiba que eu o amo. Agora que estou livre, tenho que encontrá-lo. Tenho que tentar lhe dar uma vida melhor. – Ela foi para a frente dele, forçando-o a fitá-la nos olhos. – Hunter, tenho que me lembrar de tudo sobre o dia em que meu filho nasceu. Algo pode ter sido dito ou feito por Dragos ou por seus Servos que leve a meu filho. Algo que pode estar enterrado em minhas lembranças. Preciso que me ajude a lembrar de tudo sobre aquele dia.

O rosto de Hunter ficou ainda mais contraído quando ele absorveu o que ela propunha. Segurou sua mão e a afastou de si com um grunhido.

– Quer a minha ajuda? Sabe o que isso significaria?

– Sim – ela admitiu. – E sei que é pedir demais de você. Mas estou lhe pedindo porque você é a minha melhor chance agora. Você, muito provavelmente, é a única esperança que tenho de encontrar meu filho.

Ele a encarou, se descrente ou desgostoso ela não sabia dizer. Um calor esquentou seus olhos, mas ela não recuaria. Não podia recuar. Não quando se sentia mais próximo das respostas de que tanto precisava.

– Hunter, por favor – sussurrou. – Quero que beba de mim.

Capítulo 25

Fitando o rosto sincero e suplicante de Corinne, Hunter sentiu como se tivesse sido atingido com toda a força por uma bala de canhão.

Não conseguia acreditar no que ela estava propondo. Mais do que isso, percebeu que estava furioso por ela ter escondido a existência do filho esse tempo todo – um Caçador como ele, droga. Ela estava parada ali, pedindo que a ajudasse a encontrar o filho, mas Hunter sabia que o que a aguardava ao fim daquela jornada era desapontamento e sofrimento.

Sofrimento que ele provavelmente seria forçado a lhe causar pessoalmente, se o adolescente provasse ser do mesmo tipo de assassino que ele próprio fora naquela mesma idade. Existiam poucas esperanças de ser qualquer coisa diferente. Hunter sabia muito bem o tipo de disciplina e treinamento – o condicionamento rígido – que já tinha tido lugar na curta vida da criança.

A visão de Mira pairou sobre ele naquele momento. Agora ele entendia. Agora percebia com grave certeza qual a vida Corinne lhe implorava que poupasse naquele evento profético. E soube de pronto que o nome que ela clamara no auge de seu pesadelo havia algumas noites não era o de um amante, mas da criança que perdera para a maldade de Dragos.

– Ajude-me a encontrar meu menino, Hunter – ela disse, o toque suave da mão em seu rosto uma súplica que ele temia não ter forças para negar. – Ajude-me a encontrar Nathan.

Pensou nas lágrimas que ela derramaria caso a premonição de Mira se concretizasse. Considerou o ódio que ela certamente sentiria por ele se de fato encontrasse o filho, só para vê-lo afastado de si novamente – permanentemente – caso Hunter fosse forçado a dar o golpe fatal previsto. Ele não podia ser aquele que precipitaria tal sofrimento.

E também restava o fato de que, se bebesse o sangue dela, ativaria o laço que nada a não ser a morte podia romper. Nem mesmo o ódio o manteria longe dela caso se permitisse saborear seu sangue de Companheira de Raça.

– Corinne – ele disse com suavidade, afastando a mão dela para segurá-la. – Não posso fazer o que me pede. Mesmo que a minha habilidade de ler as lembranças pelo sangue se estenda para aqueles que não são de minha espécie, o que está me pedindo teria consequências permanentes.

– Sei o que isso significa – ela insistiu. – Não pode ao menos tentar?

– Não funciona em humanos mortais – ele observou, na esperança de dissuadi-la. – Alimentei-me deles a vida inteira, sem absolutamente nenhum efeito psíquico. Existem grandes chances de o meu dom estar limitado somente às lembranças da Raça. Se eu beber de você agora, onde isso nos levará? Você é uma Companheira de Raça. O nosso laço sanguíneo seria inquebrável. Eterno.

Com a expressão abrandada e os olhos pensos, ela disse:

– Deve pensar o pior de mim, por pressioná-lo a me dar algo que tem todo o direito de resguardar para uma fêmea de valor para você, mais adequada para ser sua companheira.

– Deus, não – ele murmurou, odiando o fato de ela ter entendido mal. – Não é nada disso. Qualquer macho seria um privilegiado em tê-la. Não percebe isso? Sou eu quem não merece isso. – Levantou o queixo dela, implorando que ela enxergasse o quanto estava sendo sincero. – Se eu beber seu sangue e meu dom funcionar do modo como espera, não quero ser aquele que a desapontará.

– Como faria isso? – ela perguntou, as sobrancelhas unidas em sinal de confusão.

– Se meu dom funcionar e encontrarmos seu filho, não quero que me despreze se no fim seu filho estiver além do ponto de o ajudarmos.

Ela sacudiu de leve a cabeça.

– Desprezá-lo? Acha que eu seria capaz de responsabilizá-lo pelo que aconteceu com Nathan? Eu não faria isso, Hunter. Jamais...

– Nem mesmo se eu for forçado a levantar minha mão contra ele num combate?

A expressão dela se tornou temerosa, alerta.

– Você não faria isso.

– Se eu precisar protegê-la, não terei escolha – ele respondeu seriamente. – Caso eu concorde em ajudá-la a encontrá-lo, Corinne, não posso prometer que o resultado será aquele que está esperando.

Ela ponderou a respeito por um longo momento, tempo em que Hunter se debateu se deveria ou não revelar a visão que o atormentava quase desde o primeiro momento em que pusera os olhos na bela Corinne Bishop. Uma parte tola sua esperava uma saída – que seu dom falhasse em ler as lembranças do sangue dela, ou que, de alguma forma, desafiando o dom premonitório infalível de Mira, ele pudesse evitar o cenário com as lágrimas de Corinne e suas súplicas inúteis de clemência.

No tempo que ele levou para passar por essa tortura mental, Corinne inspirou fundo e o enfrentou uma vez mais. Não havia hesitação em seus olhos, apenas uma determinação firme e franca.

– Faça isso, Hunter. Se gosta um pouco de mim, então, por favor, faça isso. Eu aceito qualquer risco, e confio que fará o que tiver que fazer.

Ele se sentiu doente com a valentia daquelas palavras. Saber o que provavelmente aconteceria fazia seu estômago se revirar cheio de bile.

Mas então Corinne se aproximou. Juntou os longos cabelos negros num lado, expondo o pescoço. Inclinou a cabeça, numa oferta que ele sabia ser fraco demais para recusar.

– Por favor – ela sussurrou. – Por favor, faça isso por mim.

O olhar escaldante dele se prendeu à leve pulsação evidente debaixo da pele delicada. A saliva tomou conta de sua boca. As presas se projetaram para fora das gengivas, um lembrete impetuoso de quanto tempo fazia que não se alimentava. O sangue vital rançoso de Henry Vachon fora mais um veneno do que um sustento, uma sujeira que desejava apagar com o gosto de algo mais doce e inebriante, como o néctar que fluía nas tentadoras veias de Corinne.

– Por favor – ela voltou a murmurar, uma tentação a que ele não conseguia resistir.

Hunter levou a boca ao pescoço dela e cuidadosamente a mordeu, penetrando a pele suave com as pontas afiadas das suas presas. Ela arquejou ante a invasão, o corpo ficando tenso por conta da frugal dor momentânea que ele infligira. Mas logo ela se derretia ao seu encontro, os músculos relaxando flexíveis quando ele sorveu o primeiro gole de sangue.

Ah, Deus… Ela era muito mais do que ele poderia ter imaginado.

O sangue quente atingiu sua língua como um bálsamo. Ele o sentiu sendo absorvido pelo corpo, por suas células. Por todo o seu ser.

Ela era doce e quente ao encontro de sua língua, a fragrância de seu sangue preenchendo suas narinas com o delicado perfume de bergamota e violetas. Inspirou fundo, inundando seus sentidos com o delicioso paladar dela, um sabor que estaria estampado em cada fibra de seu ser pelo tempo em que estivesse vivo para respirar.

Embora aquele fosse um ato de compaixão, de necessidade, não um laço de sangue verdadeiro entre ele e sua companheira, tudo o que era da Raça nele – tudo que era másculo e de sangue quente – reagiu ao calor, ao doce sabor de Corinne como se ela lhe pertencesse em todos os sentidos.

A excitação surgiu rapidamente, um desejo que bombeou suas veias e enrijeceu seu membro com um fogo selvagem. Ele a aproximou um pouco enquanto bebia mais. Sentiu um calor se acender em seu âmago, e soube instintivamente que o laço estava se formando a despeito de suas intenções, ligando-a a ele inextricavelmente. Ela era sua agora, e a lógica que o moldara em toda a sua vida vazia parecia abandoná-lo enquanto ele procurava convencer a si mesmo que aquela ligação visceral – por algum motivo – fora um erro.

Só o que ele sentia era o calor do sangue dela preenchendo-o, o prazer de tê-la nos braços... a necessidade que o fez rugir de desejo enquanto a tomava nos braços e a carregava até a cama.

Deitou-a, a boca ainda grudada na pulsação que batia como um pequeno tambor contra sua língua. Queria fazer amor com ela de novo, queria despi-la e se enterrar o mais profundamente possível dentro do conforto que era aquele corpo.

Seus sentidos estavam inundados de desejo, seu corpo pegava fogo, eletrizado e rígido com a força da sua paixão.

A princípio, ele não notou os súbitos lampejos de escuridão que atacaram sua mente. Tentou afastá-los, perdido no prazer de tudo o que Corinne era. Mas as imagens abruptas continuaram surgindo, açoitando os recessos de sua consciência.

Imagens de uma prisão escura.

Servos Humanos vestidos em jalecos brancos de laboratório, vindo para buscar Corinne.

Os gritos da fêmea em agonia... seguidos pelo choro agudo de um recém-nascido.

Hunter se afastou do pescoço de Corinne, atordoado, aturdido.

– O que foi? – ela lhe perguntou com os olhos arregalados, temerosos. – Você está bem?

– Merda – ele arfou, pasmado por seu dom estar funcionando e, ao mesmo tempo, horrorizado pelo que ela suportara. Mais imagens surgiram em sua mente, sons de tortura e loucura. A desesperança do que a cercara todos aqueles anos. – Corinne... Meu Deus. O que fizeram com você, e por tanto tempo... Estou vendo tudo... Tudo o que fora obrigada a suportar.

Ela estendeu o braço e envolveu sua nuca com a mão. A dor reluzia em seus olhos, ainda que não tão ferrenhamente quanto a determinação escrita no adorável rosto.

– Não pare. Não até o encontrarmos.

Ele não tinha como recusar, mesmo que quisesse. Se Corinne sobrevivera à atrocidade real, então ele também podia investigá-la mentalmente e recuperar o que ela acreditava poder levá-los até perto do filho.

Hunter bebeu um pouco mais, permitindo que a terrível angústia e tortura o derrubassem como uma onda oleosa. Esperou por algo irrefutável, alguma pista sólida que o ancorasse, lhe trouxesse algum significado nas terras devastadas da agonia que fora a existência de Corinne na prisão do laboratório de Dragos.

Mas não havia nenhuma corda em que se segurar. Nada além de uma maré revolta repulsiva que Corinne conseguira de alguma maneira superar.

Por causa do amor que sentia pelo filho, ela dissera. Tudo por causa dele.

Por causa da esperança que tinha de um dia poder se reunir ao filho.

Nathan se tornara seu bote salva-vidas.

Como ela sobreviveria se o dia chegasse – como na premonição de Mira – em que Hunter negaria suas súplicas, desferindo o golpe final que acabaria com sua esperança para sempre?

Era uma possibilidade que o corroía como veneno, ainda pior por estar se alimentando da veia de Corinne, ligando-se a ela para sempre, apesar de saber que estava destinado a partir-lhe o coração.

Esse pensamento o envergonhava. Com um grunhido autodepreciativo, cessou de beber e gentilmente lambeu as perfurações que fizera na garganta, sabendo que devia selá-las e soltar Corinne. Aquilo não acontecera pelo prazer ou pela vinculação; ela o procurara pedindo ajuda, e ele recolhera todas as suas recordações. Não havia necessidade de continuar, por mais prazeroso que fosse abraçar aquela fêmea.

Sua fêmea.

A declaração surgiu de algum lugar bem dentro dele, algum lugar fora do seu controle. Racionalizou dizendo que era apenas o elo entre eles se pronunciando. Seu corpo, seus sentidos, tudo que era da Raça nele estava em sintonia com Corinne, agora que o sangue dela o alimentara. Era meramente uma reação biológica, sua natureza primitiva fazendo uma declaração que ele não tinha o direito de fazer.

Todavia, existia outra parte que reconhecia que seus sentimentos por ela se intensificavam, e isso ainda antes de ter sorvido a primeira gota de sua veia. Preocupava-se com ela. Queria que estivesse segura, feliz. Queria que seu sofrimento finalmente chegasse ao fim.

Tudo coisas que não poderia lhe prometer, enquanto a visão de Mira continuasse a pairar em sua mente como um fantasma.

Afastou-se da garganta delicada e começou a passar a língua nas perfurações deixadas por suas presas. Antes que conseguisse selar as feridas, Corinne gemeu em suave protesto. O corpo estava arqueado ao seu encontro, mais febril agora, ardente e excitado, os braços delgados se agarrando a ele e impedindo o seu recuo.

Ouvira os outros guerreiros conversarem sobre o laço de sangue, mas nada o preparara para a torrente de sensações – e a percepção erótica – que o engolfava agora. Através de seu dom, o sangue de Corinne dera vislumbres brutais de suas lembranças, mas era uma conexão mais profunda que falava com ele agora. Sentia o desejo dela. Sentia sua necessidade dolorosa, a excitação amplificada pela mordida que despertara aquele laço inquebrável.

Pressionou a boca uma vez mais em sua garganta, sorvendo mais uma pequena amostra do sangue docemente exótico. Sentia-o dentro de si, nutrindo-o, avivando-o. A pulsação dela ecoava em seus ouvidos e também em suas veias, num ritmo acelerado que era tão forte quanto um tambor de guerra, incitando-o.

– Ah, Deus... Corinne – murmurou contra a pele aveludada. Apesar de a coisa decente, honrada a fazer fosse se afastar, viu-se impossibilitado de soltá-la. Ela se contorcia contra ele, agarrando-o para perto. Sua respiração saía em arquejos sôfregos enquanto ele sorvia lentamente de sua veia.

– Faça amor comigo, Hunter – ela sussurrou, e toda a força de vontade o abandonou num instante.

Ela não se importou com o quão desesperada soava – não *conseguia* se importar. Não enquanto seus sentidos estivessem tomados pelo prazer erótico de Hunter se alimentando em seu pescoço.

Corinne fechou os olhos e se arqueou enquanto a pressão da boca dele – o suave raspar das presas – fazia seu corpo já em derretimento começar a borbulhar com o desejo crescente.

Aquilo não devia acontecer pelo prazer. Pedira a Hunter que bebesse dela por necessidade, por talvez ser o único modo pelo qual encontraria pistas sobre seu filho. Entrara nisso com a expectativa de que seria algo ruim, talvez até doloroso, se suas experiências anteriores servissem de exemplo.

Deveria ter sabido que seria diferente com Hunter. Atento como fora ao fazer amor com ela na noite anterior, ele se mostrava igualmente cuidadoso agora. As mãos a seguravam com cautela. O corpo imenso, tão poderoso – e letal quando preciso – estava enrolado ao redor dela, protetor; os braços, um abrigo reconfortante que a fez se sentir tanto segura quanto adorada.

Não era virgem, nem no corpo nem no sangue, ambos tendo sido roubados dela no laboratório de Dragos, mas, com Hunter, ela se sentia nova. Limpa.

Apesar de ele ter concordado em beber dela sem haver nenhuma promessa entre eles, por um momento completamente egoísta e temerário Corinne se permitiu fingir que aquilo era real. Que os céus a ajudassem, mas era fácil esquecer que não era, quando ele a fazia se sentir tão bem.

– Faça amor comigo, Hunter – sussurrou novamente, desesperada por senti-lo dentro de si.

Ele emitiu um gemido longo e estrangulado quando passou a língua sobre as perfurações gêmeas em seu pescoço e selou-as. Despiu-a em questão de segundos, as mãos fortes acariciando seu corpo enquanto ela flanava na onda inebriante do prazer induzido por sua mordida.

Quando ela ficou nua, ele parou na beirada da cama e baixou o olhar para ela, os olhos âmbar ardentes reluzindo tanto como resultado da alimentação como de desejo. As presas que penetravam a garganta dela um momento antes reluziam brancas como pérolas, as pontas afiadas preenchendo a boca. O sexo grosso e saliente estava completamente ereto, tão glorioso quanto o restante daquele corpo. Ele parecia predatório e poderoso, e Corinne nunca vira nada tão magnífico quanto aquele lindo macho da Raça.

Recostou-se e se embebedou com a visão, maravilhando-se por ele parecer ainda mais formidável despido do que quando estava completamente vestido e armado para o combate. Cada centímetro era de músculos impecáveis e pele dourada suave. Os *dermaglifos* iam da nuca até os tornozelos, numa teia intricada de volteios elaborados, arcos e espirais. As marcas na pele do Primeira Geração pulsavam como tatuagens vivas, repletas de tons fortes variando de acordo com seu desejo.

Ele voltou a subir na cama, escorregando as mãos ao longo das pernas e das coxas abertas para recebê-lo, e cobriu o corpo com o seu.

Ela estava úmida e pronta para ele, ansiosa por senti-lo preenchendo--a. Ele não a desapontou. A cabeça larga do pênis forçou a abertura do seu centro e penetrou numa longa e arquejante estocada.

– Ah – ela suspirou, o sangue acelerando enquanto o corpo acolhia a sensual invasão. Arfou seu nome quando ele se moveu dentro dela, não a união doce e contida da noite anterior, mas uma cópula passional, animalesca, que a fez chegar ao clímax rapidamente.

Hunter deve ter sentido a urgência de seu desejo. Parecia partilhá-lo. Com os olhos âmbar brilhantes fixos nela, movimentou-se para dentro e para fora com uma paixão que a deixou arfante e entregue debaixo dele. Mais e mais ele impulsionou seus sentidos, cada estocada maravilhosa incitando-a. Ela o observou pelo torpor do clímax vindouro, os olhos travados enquanto ele continuava, fundo e forte.

– Ah, Deus – ela sussurrou, mais com arquejos do que com palavras. E logo ficou sem ar … e completamente sem palavras.

O orgasmo a inundou. A onda quente do clímax ainda mais intensa pela expressão feroz de pura satisfação masculina espalhada pelo lindo rosto de Hunter enquanto ele ainda se movimentava sobre ela. Sussurrou seu nome, o corpo se agarrando a ele, os sentidos perdidos em prazer.

Ele prosseguiu, mesmo quando o gozo dela se desfez e a deixou espiralando sem peso, formigando por dentro. Hunter curvou os lábios para trás das presas e dos dentes, soltando um grunhido engasgado que vibrou no centro dela. Os olhos a queimavam, o olhar quente a possuía, ele a esmagou contra si e penetrou com vigor incessante, levando-a a alcançar mais uma crista deliciosa de prazer… e outra ainda.

Ele não parou, não até estarem ambos encharcados e saciados, exaustos e esbaforidos nos braços um do outro.

Em seguida, quando o desejo reacendeu para se apossar deles uma vez mais, recomeçaram.

Capítulo 26

– Amelie, deixe-me ajudá-la com isso.

Às cinco da tarde, umas duas horas depois de Corinne e Hunter finalmente saírem do quarto que partilhavam na casa segura, já estava escuro. Se Amelie notara a ausência deles em grande parte do dia, fora educada demais para mencionar qualquer coisa.

Agora, ao terminar de arrumar a mesa, Corinne se virou para ajudar no fogão, onde Amelie já colocava as luvas térmicas prestes a tirar o jantar do fogo.

– Deixe que eu faça isso por você – Corinne se prontificou.

Amelie a dispensou com um estalo da língua.

– Não se preocupe com isso, minha filha. Conheço meus caminhos ao redor desta cozinha como se ela estivesse na palma da minha mão.

Pareceu desnecessário enfatizar a Amelie que ela não tinha o auxílio da visão para orientá-la. Como no dia anterior, a senhora de cabelos grisalhos navegou ao redor do lugar como se conhecesse cada centímetro quadrado instintivamente. Corinne ficou atrás enquanto Amelie servia duas porções de peixe lindamente dourado com uma crosta fragrante de pimentões e especiarias. O aroma emanava da grelha, fazendo a barriga de Corinne roncar em antecipação.

Amelie tirou as luvas e, com os lábios fechados, cantarolou uma das suaves canções de jazz do aparelho de som na sala ao lado. Com os quadris arredondados balançando no ritmo da música, ela pegou uma espátula de um pote de barro ao lado do fogão.

– Espero que goste de lampreia – ela disse, virando para colocar os filés nos pratos que aguardavam na bancada ao lado de seu cotovelo direito. Ainda cantarolando e dançando ao som da voz aguda masculina que suplicava que alguém lhe contasse como eram as coisas, ela encontrou os pratos sem titubear. – Vou deixar que sirva o arroz cajun e os vegetais no vapor, se quiser. Pode colocar um pouco do pão de milho naquela cesta logo ali.

– Claro – Corinne respondeu. Serviu um pouco dos dois nos pratos, depois os levou até a mesa com o pão de milho e se sentou diante de Amelie.

– Alguma das roupas que separei serviu para seu homem? – ela perguntou.

Corinne ia corrigi-la, dizendo que Hunter não era nada seu, mas as palavras demoraram demais a chegar em sua língua. Além disso, depois de tudo o que acontecera entre eles sob o teto de Amelie nas últimas vinte e quatro horas, seria ainda mais estranho para ela tentar negar a existência de algo entre eles.

– Serviram, sim – disse, simplesmente respondendo à pergunta. – Obrigada por emprestá-las a Hunter.

Amelie assentiu ao cortar o filé.

– Meu filho está sempre deixando suas coisas aqui em seu antigo quarto quando vem me visitar. Ele é um rapaz grande assim como o seu homem. Estou contente que tenha cabido.

– Ora, nós é que agradecemos.

Ela e Hunter conseguiram lavar grande parte das manchas de sangue do uniforme que ele usara para ir à casa de Henry Vachon, mas, enquanto as roupas ainda secavam na máquina de Amelie, Hunter fora forçado a pegar emprestada uma blusa de moletom e calças de corrida. Dizer que as peças cabiam nele era apenas um modo de falar, Corinne pensou, sorrindo para si mesma quando o visualizou na camiseta de uniforme de time de cores vivas e nas calças brilhantes de nylon.

Enquanto ela e Amelie se deliciavam com o jantar e a música agradável que vinha da sala ao lado, Hunter estava no quarto de hóspedes conversando com Gideon e usando o computador do filho de Amelie. Voltara ao caminhão-baú pouco tempo atrás e trouxera muitos dos registros do cofre de metal que Vachon guardava no depósito. Alguns deles estavam em arquivos de computador, mantidos em aparelhos portáteis do tamanho de um dedo que Hunter agora transferia para o quartel-general da Ordem em Boston.

Corinne rezava para que houvesse algo útil naqueles registros. Por mais incrível que seu tempo sozinha com Hunter tivesse sido, um peso pairava em seu coração. Tivera desesperadas esperanças de que seu sangue tivesse dado mesmo que uma mínima pista sobre seu filho e onde ela poderia encontrá-lo. Mas o dom de Hunter não lhes informara nada com que seguir adiante. Nada a não ser o fato de que ele agora estava ciente de toda a degradação e violação a que fora sujeitada nas mãos do seu captor.

Embora ele soubesse de tudo agora, não a mimou nem fez com que se sentisse menos mulher pelo modo com que fora tratada no laboratório de Dragos. Sentira-se suja, envergonhada pelas coisas que sofrera. Sentira-se indefesa, uma covarde por ter permitido que levassem seu filho.

Depois de libertada, sentira uma culpa imensa por ter sobrevivido quando tantas outras aprisionadas e torturadas junto dela não conseguiram. Elas também tiveram seus filhos roubados. Crianças que teriam amado, se não fosse pela maldade de Dragos. Naquele instante, dentre as Companheiras de Raça cuidadas por Andreas e Claire

Reichen na Nova Inglaterra, havia mães que lamentavam a perda dos filhos, nutrindo as mesmas feridas emocionais inflamadas que ela.

Enquanto jantava silenciosamente, Corinne sentiu uma pontada de egoísmo pela necessidade que a impelia a procurar seu filho em detrimento de todos os outros. Por mais frágil que fosse sua esperança de encontrá-lo, mesmo que fracassasse por completo, talvez sua busca pessoal também abrisse oportunidades para que as recentes prisioneiras libertas procurassem seus próprios filhos.

Mas, enquanto pensava isso, as palavras de aviso de Hunter voltaram para ela, sombrias e agourentas:

Nunca fomos meninos, nenhum de nós...

Se o seu filho estiver vivo, ele será um Caçador como eu... completamente treinado... experiente em lidar com a morte.

O seu filho se foi. Ele se foi no instante em que Dragos o tirou dos seus braços.

Não, ela disse a si mesma. Ainda existia esperança.

O próprio Hunter era prova disso. Ele conseguira se libertar da doutrina brutal que Dragos lhe impusera. Recebera a oportunidade de ser outra coisa, alguém melhor. Isso era tudo o que desejava para o filho. Isso era tudo o que qualquer Companheira de Raça poderia querer para seus filhos. Talvez, se conseguissem salvar Nathan, houvesse esperança para mais vidas roubadas também.

Corinne se apegou a essa esperança ao terminar de comer a refeição deliciosa que Amelie preparara.

– Tudo estava muito bom – ela elogiou, com as papilas gustativas ainda tinindo com os temperos picantes, pimentões e todos os sabores frescos. – Nunca comi lampreia antes, ou arroz cajun. Nem mesmo pão de milho. Tudo estava delicioso.

– Ah, minha filha... – Amelie balançou a cabeça lentamente, seu tom sugerindo surpresa e empatia. – Você não viveu nada mesmo, não é?

– Talvez não. – Porque a mulher era cega, não viu o sorriso melancólico de Corinne ao responder. Estava contente com a privacidade dos seus pensamentos ao tirar os pratos vazios da mesa. Quando Amelie se levantou para ajudar, Corinne suavemente repousou a mão no ombro da mulher. – Por favor, sente-se. Deixe-me cuidar da louça, pelo menos.

Com um suspiro que eram em partes iguais resignação e contentamento, Amelie voltou a se recostar na cadeira junto à mesa enquanto Corinne tirava o restante dos pratos e talheres e enchia a pia de água e detergente.

Enquanto lavava os pratos, Corinne não conseguiu deixar de sentir que a comida lhe parecera mais saborosa, que a música suave de jazz da sala ao lado parecia mais acalentadora – tudo ao seu redor parecia mais brilhante, mais vívido e potente – depois das horas prazerosas que passara nos braços de Hunter. Perguntou-se como seria se sentir sempre assim. Seria desse jeito para todos os casais da Raça?

O calor intenso vicejando dentro do seu peito seria simplesmente uma reação física ao conforto que Hunter lhe dera ou algo mais?

Não queria deixá-lo entrar em seu coração. Que Deus a ajudasse, mas, por muito tempo, ela sequer considerara a possibilidade de haver espaço para qualquer um que não fosse o filho que fora forçada a entregar. Mas, quando pensou na gentileza de Hunter com ela, quando considerou tudo pelo que passaram nos últimos dias, não conseguia negar que ele significava algo para ela. Algo muito mais do que o guerreiro de quem inicialmente desconfiava, a quem até temia – e agora lhe parecia seu aliado mais próximo.

Seu amigo inesperado e, agora, seu amante.

O formidável macho da Raça que se ligara inextricavelmente a ela, por nenhum outro motivo do que ela ter lhe implorado.

Era uma dádiva sagrada, e ele lhe dera como um instrumento em sua busca pessoal. Ele lhe dera a coisa mais preciosa e íntima que tinha sem quase hesitar.

Sentiu a presença de Hunter pairar atrás de si. Mesmo assim, o estrondo baixo da voz dele acelerou sua pulsação:

– Todos os cartões de memória foram transferidos para Gideon. Também escaneei alguns arquivos relevantes, para o caso de serem úteis.

Corinne enxugou as mãos num pano de prato, depois virou-se de frente para ele.

– O que ele achou? – perguntou, nem um pouco tranquilizada com seu tom sério. Ele escondia alguma coisa no rosto neutro. Ilegível. Quando o viu pela primeira vez, aquela expressão reservada a enervara, a intrigara; agora simplesmente a preocupava. – Alguma coisa daquilo significou algo para Gideon?

– Ele nos avisará. – Hunter cruzou os braços sobre as letras garrafais *SAINTS* pintadas no moletom preto e dourado justo. As mangas mal chegavam ao meio dos antebraços, e agora o tecido se esticava sobre os ombros largos. – A situação no complexo não é a ideal no momento. Mas Gideon disse que nos retornará assim que possível, se sua análise resultar em alguma coisa promissora.

– Ok – Corinne respondeu, dizendo a si mesma que aquilo já era um começo. Tinha pouco a perder.

Nathan ainda estava em local desconhecido, apesar das lembranças que Hunter absorvera dela. Os registros do laboratório no depósito de Henry Vachon eram tudo de que dispunham no momento – isso e as habilidades tecnológicas consideráveis de Gideon. Depositara sua confiança em Hunter, e ele, por sua vez, a depositara na Ordem. Corinne tinha que acreditar que, se havia uma solução, ela a encontraria, contanto que tivesse Hunter ao seu lado.

A parte difícil agora seria a espera.

Suspirou.

– Ok – disse de novo, assentindo com firmeza como que para se convencer de que tudo daria certo no final.

Quando se virou de novo para a pia para terminar de lavar os pratos, Amelie disse, de sua cadeira junto à mesa:

– Tudo bem em Boston com minha irmã e seu homem?

– Sim, senhora – Hunter respondeu. – Savannah e Gideon estão bem.

– Isso é bom – ela disse. – Aqueles dois merecem a felicidade mais do que a maioria que conheço. Suspeito que você e Corinne também.

Mortificada com a guinada na conversa, Corinne manteve a cabeça abaixada, esfregando um pedaço de arroz seco teimoso que grudara num dos pratos. Tentou se concentrar na música tocando suavemente no aparelho – que reconheceu de imediato –, tentou se concentrar em qualquer coisa que não no silêncio escancarado que emanava da direção de Hunter. Enxaguou o detergente do prato e o deixou no escorredor de metal na bancada, sentindo a pele formigar com uma corrente de atenção que atravessava o ar atrás dela, aproximando-se. Quando ela olhou para a direita, encontrou Hunter parado bem ao seu lado, com um pano de prato xadrez branco e vermelho nas mãos grandes.

Corinne não aguentava seu silêncio, ou o olhar carregado de significados enquanto ele permanecia ali, deixando que a suposição de Amelie pairasse entre eles como uma pergunta.

– Não é assim para nós – ela disse num rompante. – Hunter e eu, nós não...

A risada de resposta de Amelie foi acolhedora e forte.

– Ah, eu não teria tanta certeza disso, minha filha. Não teria nenhuma certeza quanto a isso...

– Nós não somos – Corinne disse, infinitamente mais baixinho desta vez, surpresa por conseguir falar ante a intensidade com que Hunter a observava, parado tão próximo que conseguia sentir o calor do corpo dele tanto quanto seu olhar. Os olhos dourados estavam enraizados nela, ardentes e imóveis, levando-a de volta, num instante, às horas de paixão que partilharam a poucos passos do lugar em que estavam agora.

– Conheço essa canção – ele murmurou, a cabeça inclinada na direção do jazz que fluía dos alto-falantes da sala de estar, mas com o olhar prendendo-a numa pegada passional.

– Ah, sim – Amelie disse. – Essa é a primeira e única Bessie Smith.

Não que Hunter e Corinne precisassem de confirmação. Era a mesma canção que tocara no clube de jazz naquela primeira noite em Nova Orleans. Só de olhar para Hunter, aquele momento retornou com força à mente de Corinne. Sentiu o corpo firme ao seu encontro enquanto dançavam, lembrou-se bem do instante afetuoso quando ele a beijara pela primeira vez.

– Também gosta de Bessie? – Amelie perguntou, cantarolando a letra.

– Ela é a minha predileta – Hunter respondeu, a voz baixa, a boca virada numa curva sensual que fez a pulsação de Corinne acelerar nas veias. Ele se aproximou, indo para a frente dela e aprisionando-a entre seus braços. Inclinou a cabeça e sussurrou somente para ela: – E não tem nada a ver com moedores de café.

O rosto de Corinne enrubesceu, mas foi o calor mais abaixo em sua anatomia que a fez estremecer quando ele passou a boca do lóbulo da orelha para a curva sensível de sua clavícula. Ficou vagamente ciente de Amelie se levantando da cadeira. Só então Hunter se afastou, e Corinne aproveitou para voltar a respirar.

– Amelie, aonde você vai?

– Sou velha, minha filha, e a vida por aqui é simples. Depois do jantar, gosto de assistir aos meus programas na TV e tirar um cochilo. – Seus olhos enevoados pairaram perto de onde Hunter e Corinne estavam. – Além disso, vocês dois não precisam de mim por perto ouvindo sem querer quando prefeririam estar sozinhos. Posso ser cega, mas não *tanto* assim.

Antes que Corinne pudesse protestar, Amelie acenou de leve e saiu da cozinha para o corredor.

– Não liguem para mim – ela disse, a voz cantarolada repleta de divertimento. – Estarei ouvindo meus programas com o volume tão alto que não conseguirei ouvir nem um furacão.

O sorriso de Corinne se tornou uma leve gargalhada.

– Boa noite, Amelie.

Do corredor, o som de uma porta se fechando ecoou na cozinha. Hunter segurou a mão de Corinne, secando uma, depois a outra com o pano de prato. Deixou-o na bancada e entrelaçou os dedos nos dela, levando-a para o meio da pequena cozinha.

Enquanto Bessie Smith cantava sobre amores ruins e bom sexo, abraçaram-se e balançaram juntos suavemente. O momento pareceu absolutamente puro, sereno e cheio de paz… Perfeito. Tanto que provocou um vazio no coração de Corinne.

Por mais que nenhum dos dois dissesse nada, ela viu seus pensamentos refletidos nos olhos dourados e atormentados de Hunter.

Quanto tempo um momento perfeito – a felicidade inocente e simples do que tinham ali, naquele instante – poderia de fato durar?

Capítulo 27

Hunter estava encostado na parede do quarto que dividia com Corinne na casa de Amelie, observando o luar banhar seu corpo nu através da janela aberta. Sons de animais do pântano ecoaram ao longe, predadores noturnos mortíferos como ele, chamados pela escuridão e aparelhados para caçar suas novas presas. Eles caçariam e, se fossem bem-sucedidos, matariam. Na noite seguinte, o ciclo recomeçaria.

O que faziam era algo simples, que nasceram para fazer: destruir sem piedade nem arrependimento, sem questionar se existia algo mais para eles em algum outro lugar. Sem precisar almejar qualquer outra coisa do que aquilo que já conheciam.

Hunter conhecia esse mundo.

Navegara por ele sem falhar por mais tempo do que conseguia se lembrar.

E sabia muito bem que não podia se permitir imaginar cenários sem sentido, especialmente aqueles onde ele se via tentado a se enxergar como o herói. Um cavaleiro branco de uma lenda improvável, jurado a cavalgar até a salvação de uma bela dama em apuros, como aquelas sobre as quais lera eras atrás… antes que seu Servo Humano retirasse todos os livros de seus paupérrimos aposentos na casa da fazenda em Vermont e o forçasse a vê-los queimando.

Ele não era nenhum herói, pouco importando o quanto aquele seu tempo a sós com Corinne o fizesse desejar ser.

Parte desse desejo era o laço de sangue que tinha com ela. Agora, ela estava dentro dele, suas células nutrindo-o, tecendo uma conexão visceral que amplificaria todos os seus sentimentos em relação a ela. Pelo menos era isso que sua razão insistia que estava sentindo.

Melhor uma explicação psicológica do que uma mais perturbadora que vinha martelando em sua cabeça – e em seu peito – desde os primeiros momentos particulares com Corinne nos braços, dançando com ela no linóleo amarelo gasto da pequena cozinha de Amelie Dupre.

Se pudesse ter estendido aquele momento para sempre, faria isso. Sem hesitação, ficaria muito contente em simplesmente ter Corinne em seus braços pelo tempo que ela permitisse. Ansiava por isso, mesmo agora, depois de terem terminado de limpar a cozinha e voltado para o quarto para se amarem lentamente.

As batidas em seu peito só se intensificaram com tal pensamento, ainda mais quando ele sentia o cheiro dela em sua pele e o sabor dela em sua boca. Queria acordá-la e dar-lhe mais prazer. Queria ouvi-la sussurrar seu nome enquanto ela chorava de alívio sexual e se agarrava a ele como se fosse o único macho que desejava em sua cama.

Loucamente, embora com uma ferocidade que mal compreendia, queria ouvi-la prometer que ele seria o único macho que ela amaria.

Motivo pelo qual ele se negara o conforto de deitar junto dela enquanto ela dormia. Já recebera mais do que tinha direito. Precisava se lembrar de quem ele era. Mais especificamente, do que nunca poderia ser.

A anfitriã da casa segura estivera certa quanto a uma coisa. Corinne merecia ser feliz. Agora que as lembranças de sangue lhe mostraram os horrores da sua provação, ele só conseguia se maravilhar por ela ter sobrevivido, e, ainda mais, ter saído daquela prisão com a humanidade intacta. Seu coração ainda era puro, ainda estava aberto e vulnerável, a despeito do odioso tratamento.

Do seu ponto de vista, ela suportara coisas piores do que ele. Dragos deliberadamente despira o espírito e a alma de Corinne, enquanto a Hunter simplesmente lhe fora negado o seu começo.

Quando a conheceu, sentiu curiosidade pela fêmea pequenina que saíra das celas do laboratório de Dragos com fogo ainda ardendo nos olhos. Aquela curiosidade evoluíra para uma afinidade estranha a ele – uma empatia inesperada – enquanto a observava se debatendo para encontrar seu lugar num mundo cujas fundações desmoronaram debaixo dela na primeira vez em que tentou retornar a ele. Sem saber qual era o seu lugar e em quem confiar, mesmo um guerreiro testado em batalhas poderia ter tido seus momentos de dúvida.

Mas Corinne não sucumbira. Não sob a crueldade de Dragos ou a depravação de Henry Vachon. Nem mesmo depois, diante da inescrupulosa traição de Victor Bishop. Ela era uma guerreira de coração forte numa estrutura de 1,60 metro de altura.

Tudo pelo amor do filho.

Agora que Hunter conhecia a fonte da sua determinação e coragem, isso só fazia com que a respeitasse ainda mais. Queria verdadeiramente que ela fosse feliz. Desejou contra toda lógica e razão que ela conseguisse rever o filho sem as lágrimas e a angústia que Hunter temia estarem à sua espera.

Entregues por suas próprias mãos.

Expeliu uma imprecação baixa sob a respiração.

Como se a visão de Mira não bastasse para atormentá-lo, ao beber o sangue de Corinne, Hunter acrescentara mais um peso sobre seus ombros. Dissera que o sangue não lhe mostrara nada de útil na busca pelo filho dela, mas houve… algo. Fora apenas um pequeno detalhe crucial. Só não tinha certeza do que era precisamente.

Junto à lembrança dela do dia em que dera à luz o filho havia uma sequência de números, recitados por um dos Servos Humanos auxiliares na sala de parto. Fora uma recitação casual de algarismos, ainda por cima incompleta, interrompida da consciência de Corinne quando ela recebera uma forte dose de sedativos logo após o nascimento do filho e sua retirada da sala.

Hunter não sabia o que significavam os números. Poderia ser qualquer coisa; poderia não ser nada. Mas passara a informação para Gideon juntamente com os dados criptografados e os registros escaneados do laboratório, instruindo o guerreiro a lhe informar qualquer coisa que encontrasse, qualquer tipo de combinação para a sequência.

Não sabia bem que resultado esperava: uma confirmação para Corinne que finalmente haviam localizado o filho ou nenhum sucesso em ligar a sequência a algo útil. Todavia, deveria ter contado a Corinne o que descobrira, quer isso criasse ou não falsas esperanças. Mas desejava poupá-la se pudesse.

Se pudesse, gostaria de poupar todo tipo de dor pelo resto de sua vida.

Passou uma mão na cabeça e se agachou num canto do quarto. Assim que se apoiou nas pernas dobradas, notou um objeto escuro retangular no chão bem perto do pé da cama.

A pasta de couro que Corinne retirara do caminhão-baú naquela manhã.

Em meio a toda a distração mais do que prazerosa com que se entretiveram, ele conseguira se esquecer daquela pasta quando contatara o complexo para passar todos os registros do laboratório de Dragos. Agora se esticava para pegá-la e ver seu conteúdo.

Eram registros em papel amarelado e anotações escritas à mão, mas foi um caderno do tamanho de um livro, meio gasto, que prendeu sua atenção. Deixou a pasta e os registros no chão e levantou a capa do caderno. Uma anotação rabiscada estava no alto da primeira página.

Cobaia nº 862108102484

Hunter encarou a sequência numérica. Não era conhecida. Não era parte da sequência que dera a Gideon, nem nada que já tivesse visto antes.

Mesmo assim, seu sangue pareceu parar de correr em suas veias, os membros esfriando.

Virou a página seguinte.

Data do Registro: 08 de agosto, 1956. 04h24

Resultado: Nascimento bem-sucedido da cobaia de Primeira Geração, primeiro a ser completamente gestado.

Status: Programa Caçador – Iniciado.

Hunter encarou a página até as letras se unirem num borrão e um ruído começar em sua cabeça. Folheou o caderno, olhando os registros posteriores, a mente absorvendo fatos e datas enquanto sua consciência se debatia tentando destruir os detalhes.

Puta merda...

Estava olhando para o registro de nascimento e o progresso de desenvolvimento do primeiro Caçador criado com sucesso no laboratório de Dragos.

Ele.

Corinne acordou e se espreguiçou na cama, procurando o calor de Hunter.

Não o encontrou.

– Hunter? – Ela se sentou no quarto escuro, nada além do tagarelar do pântano entrando pela janela. – Hunter, você está aí?

Quando nenhuma resposta veio de lugar algum, ela saiu da cama e voltou a se vestir. Os sapatos estavam no chão perto do pé da cama...

e não longe de onde estava a pasta de couro com os registros do laboratório de Dragos.

Seu conteúdo estava espalhado no chão, papéis dispersos numa bagunça descuidada.

A visão daquela pasta largada, associada ao fato de Hunter ter saído sem lhe dizer uma palavra, deram um nó estranho em sua garganta.

Calçou os sapatos e andou silenciosamente pelo quarto. A televisão de Amelie ainda estava ligada atrás da porta fechada ao fim do corredor, mas o resto da casa estava silencioso, vazio.

– Hunter? – sussurrou, sabendo que, se ele estivesse ali, sua audição aguçada teria captado o mínimo som conforme ela avançava pela casa em direção à porta de tela da cozinha.

Para onde ele fora?

Ela provavelmente sabia. Saindo pela porta dos fundos, espiou através da escuridão do pântano, que escondia o caminhão-baú estacionado diversas centenas de metros no meio das moitas. A grama estava quebradiça sob suas solas, o ar noturno, úmido e salgado em seu nariz. Ela foi em frente, esfregando o frio que ia até seus ossos.

Quando chegou ao caminhão, encontrou a porta de trás destrancada. As portas duplas estavam apenas encostadas, nada a não ser escuridão atrás dos painéis brancos gastos e sujos de sangue com o letreiro meio apagado da empresa de mudança.

– Hunter, você está aí dentro?

Ela puxou os painéis e espiou. Uma lâmpada acoplada no teto se acendeu sozinha. Então viu Hunter, sentado no fundo do baú, descalço e sem camisa, a calça emprestada terminando na metade da panturrilha e revelando os *dermaglifos* das pernas. Os cotovelos estavam apoiados nos joelhos dobrados, as mãos e a cabeça pensas.

Levantou a cabeça e o olhar vazio dos olhos dourados fez com que o coração dela se contraísse por trás da caixa torácica.

– O que aconteceu?

Ela entrou no caminhão e se aproximou. Um caderno com capa mole preta estava entre os pés afastados.

– O que está fazendo aqui? – ela lhe perguntou, sentando-se diante dele e dobrando os joelhos debaixo do corpo. – Encontrou alguma outra coisa nos arquivos de Dragos?

Ele pegou o caderno e o entregou a ela. Quando falou, não havia absolutamente nenhuma inflexão em sua voz.

– Estava na pasta de couro na casa.

Corinne franziu a testa, abrindo a capa e vendo a anotação na primeira página.

– É um dos registros do laboratório? – Quando Hunter não respondeu, ela folheou mais, depois rapidamente virou as páginas com dúzias de anotações, página após página de anotações feitas à mão. – É um registro de nascimento. Meu Deus, é um caderno de atividades. Uma documentação detalhada de um dos programas de assassinos de Dragos.

– Do primeiro – Hunter completou.

A verdade a atingiu antes que pudesse vê-la na desolação do seu lindo rosto. Aquele não era simplesmente um registro antigo do laboratório cobrindo o início da operação perversa de Dragos... Era o de Hunter.

Com a respiração suspensa, incerta quanto ao que esperar, Corinne folheou o registro. Um pouco adiante, aleatoriamente parou numa das muitas anotações.

Cobaia: Ano 4

Relato: Atinge educação e treinamentos físicos de alto nível; resultados 50 pontos acima dos outros cinco Caçadores atualmente no programa.

Não era surpresa alguma que Hunter se sobressaísse em qualquer coisa que fizesse, mesmo bastante jovem. Parte do ar que prendia nos pulmões começou a sair, e ela virou para uma página mais à frente no caderno.

Cobaia: Ano 5

Relato: Condicionamento inicial completado; cobaia retirada do laboratório para célula individual em localização externa; habitação e disciplina a serem monitoradas pelo cuidador Servo Humano designado.

Virou algumas outras páginas.

Cobaia: Ano 8

Relato: Estados físico e mental excedem expectativas; domínio de conceitos e prática em diversas técnicas de execução clandestina; cuidador recomenda promover a cobaia para treinamento com alvo vivo.

Algumas entradas mais tarde, registrada em uma aparente sequência que fez o sangue de Corinne esfriar:

Cobaia: Ano 8

Relato: Primeiro homicídio; treinamento em situação testada contra presa humana (sem disputa).

Relato: Homicídio bem-sucedido de adolescente da Raça; métodos empregados: combate corpo a corpo e lâminas curtas (cobaia e presa igualmente armadas).

Relato: Homicídio bem-sucedido de adulto da Raça; método empregado: corpo a corpo, lâminas curtas e longas (cobaia desarmada; técnica de perseguição e captura excelentes, uso eficiente do ambiente e do treinamento na execução da presa).

O frio que ela sentira um momento antes era gelo agora, um enjoo crescente quando considerava a maldade que moldaria uma criança até se tornar o tipo de monstro desalmado que Dragos parecia determinado a ter sob seu comando. Levantou o olhar para o estoico macho de Primeira Geração – o assassino duramente treinado que, de alguma forma, se tornara seu amigo e amante – e não sentiu nem medo nem desdém pelo que ele fora forçado a se tornar.

Gostava dele, profundamente.

Não precisava vasculhar tão profundamente dentro de si para perceber que o amava.

Com emoção ardendo em seus olhos e no fundo da garganta, virou mais algumas das temidas páginas.

Cobaia: Ano 9

Relato: Cuidador nota alarmante curiosidade crescente da cobaia; perguntas frequentes sobre propósito na vida, origens pessoais.

Relato: Cobaia encontrada guardando livros na cela; volumes aleatórios de ficção, biografias, filosofia, poesia, roubados dos aposentos do cuidador.

Esse registro em especial tinha outra anotação abaixo, escrita por uma mão furiosa:

Determinação: Acesso restrito a material escrito além dos manuais aprovados pelo programa e livros técnicos e de treinamento.

Ação: Cuidador instruído a remover contrabando da cela e ordenar a cobaia a destruí-lo.

Consideração: Rebelião a ser antecipada como fator limitante conforme programa contínue. Cobaias são extremamente inteligentes, predadores e conquistadores natos. Disciplina exclusiva pode não bastar para mantê-las submissas.

Melhora no Processo: Ordenar que equipe de tecnologia providencie meios de garantir a obediência da cobaia e a lealdade ao programa Caçador.

Corinne fechou o caderno e se aproximou de Hunter.

Estava sem palavras, oprimida pela tristeza que sentia pelo menino que nunca tivera a oportunidade de ser uma criança, e enternecida pelo homem que suportara um inferno tão solitário e ainda tinha a capacidade de ser gentil e honrado.

Segurou o rosto dele nas mãos e, com carinho, virou-o para que a fitasse.

– Você é um bom homem, Hunter. É muito mais do que Dragos pretendeu que fosse. Você é melhor que a soma do seu passado. Sabe disso, não?

Ele se afastou das mãos dela, com o rosto franzido, sacudindo a cabeça.

– Eu a matei.

As palavras foram ditas baixinho, numa declaração simples e horrenda dos fatos.

– Do que está falando?

– Está tudo aí – ele disse, apontando para o caderno horrível em seu colo.

Embora odiasse ver quais outras coisas terríveis encontraria nos primeiros anos de Hunter, ele obviamente lera o caderno inteiro do começo ao fim. Ela o pegou de novo e voltou para as primeiras páginas. Dessa vez foi mais devagar, lendo os detalhes de seu nascimento e das semanas e meses subsequentes, quando ele – diferentemente do filho dela – tivera permissão para se alimentar da veia da mãe e não de estranhos que ostensivamente nutriram Nathan quando ela teve mesmo essa pequena dádiva negada.

E então... ela viu.

Relato: Cobaia demonstra evidente ansiedade de separação quando removida da presença da mãe; fraqueza anotada; falha no comportamento a ser corrigida.

Ação: Interação com a mãe terminada; alimentações trocadas para fontes humanas e/ou de Servos Humanos.

Corinne virou algumas outras páginas, um mau presságio causando tremor em seus dedos quando ela encontrou a anotação que ofuscava todo o resto em comparação:

Cobaia: Ano 2

Relato: Cobaia viu mãe por acaso no laboratório; ficou emotiva, inconsolável, recusando contato com os cuidadores Servos Humanos; incidente resultou em danos ao equipamento do laboratório, além de postura desafiadora exibida pela cobaia.

Determinação: Em benefício ao programa, a potencial futura distração deve ser eliminada.

Ação: Mãe eliminada; processo do programa modificado imediatamente a fim de proibir interação entre futuras cobaias e suas mães; cobaias devem ser cuidadas exclusivamente pelos cuidadores Servos Humanos.

Os olhos de Corinne estavam marejados demais para continuar lendo. Afastou os registros da loucura de Dragos, empurrando-os com raiva e força para longe.

A voz de Hunter soou inflexível ao seu lado.

– Matei minha mãe, Corinne. – As palavras soaram vazias e sem emoção, mesmo quando duas lágrimas desceram, completamente ignoradas, por seu rosto rígido.

– Você não fez nada disso. – Com o máximo carinho que ousou, Corinne esticou a mão e passou o polegar pelo rastro de umidade descendo em direção ao maxilar travado. Acariciou as faces coradas, com o coração partido, sofrendo por aquele homem. – Foi Dragos quem fez essa coisa terrível, não você.

– Minha mãe está morta por minha causa, Corinne. Porque eu a amava.

Havia um arrependimento tão grande em seus olhos que ela mal conseguia encontrar palavras para confortá-lo. Nada do que dissesse poderia afastar a dor que ele estava sentindo. A perda deixava o sofrimento em seu rastro, pouco importando o quão distante estivesse.

Corinne sabia em primeira mão o quanto Dragos sabia ser desalmado, então não devia ser surpresa alguma descobrir que ele considerava uma fraqueza o elo natural de uma criança com sua mãe. Uma falha em seu programa sádico que poderia ser corrigido com uma única ação final.

Que Hunter restasse destroçado agora, depois de todo esse tempo, certo de ser culpado, fez com que ela quisesse arrancar o coração negro de Dragos com as unhas e esmagá-lo.

Em vez disso, abrigou-o em seu abraço e aninhou o corpanzil contra si. Beijou o topo da cabeça e o acariciou com suavidade; ela, a protetora improvável, seus braços o abrigo que segurava aquele macho poderoso enquanto ele permanecia num silêncio pesado e imóvel no regaço do seu colo.

– Você não fez nada errado – ela assegurou. – Amar alguém nunca é errado.

Capítulo 28

Começara a nevar em Boston naquela noite logo após escurecer. Flocos do tamanho de moedas de dez centavos eram levados pela brisa fria de dezembro, derretendo nas bochechas de Chase e umedecendo o alto de sua cabeça. Ele olhava através das mechas molhadas caídas sobre a testa, observando a movimentação de vans de entrega chegando e saindo da propriedade luxuosa do senador Robert Clarence em North Shore.

Não sabia direito como acabara se escondendo nas sombras do outro lado da rua da casa do jovem político. Assim como a Sede de Sangue que o mordia nos calcanhares, a curiosidade nata de Chase não o deixava em paz, apesar de não ter um motivo válido para se preocupar com a festa sofisticada que evidentemente aconteceria no local mais tarde naquela noite.

Aparentemente era o evento social da temporada, pelo desfile de fornecedores de alimentos e de equipamentos alugados. Um conjunto com doze integrantes de músicos de corda e sopro estava descarregando instrumentos nos fundos da casa quando Chase chegou. O destacamento de mais de vinte policiais uniformizados e agentes do Serviço Secreto de caras amarradas em pontos estratégicos por toda a propriedade só elevara o clima.

Chase observava os ternos escuros e os cortes de cabelo. Bobby Clarence era uma estrela política em ascensão, mas aquela proteção fornecida pelo governo não estava ali por causa dele. Eram muito numerosos e em destaque para estarem protegendo qualquer um que não fosse do alto escalão. A memória de Chase formigou com um pouco de informação inútil de campanha que não teve como não ouvir mais de uma vez antes da eleição dele para o Senado. Clarence recebera o endosso de não menos que o vice-presidente, que enaltecera entusiasticamente o brilhante estudante universitário que impressionara seu professor mais severo com uma combinação de integridade e o bom e velho senso ianque.

E, agora que Chase pensava nisso, uma séria suspeita começava a se formar.

Dragos não escondera de seus seguidores o fato de estar interessado no senador Clarence, mas e se ele estivesse de olho em alguém numa posição de maior poder?

– Jesus Cristo – Chase murmurou baixo. E se alguns desses policiais esquadrinhando a propriedade fossem Servos Humanos pertencentes a Dragos? O que o impediria de usar esse tipo de força para ampliar seus esquemas?

Os velhos instintos de Chase acenderam um alarme que ele não podia ignorar. Algo muito ruim aconteceria naquela festa; sentia isso dentro dos ossos. O senador ou o seu convidado VIP – bom Deus, talvez ambos – corriam perigo ali. Ele apostaria sua vida nisso; não que ela valesse muito no momento.

Com pavor atravessando-o ainda mais fundo que sua sede, Chase se aproveitou da sua genética da Raça para entrar na propriedade, passando pelos policiais e agentes do Serviço Secreto de prontidão do lado externo. Não passou de uma brisa fria, um redemoinho de flocos de neve ao entrar sorrateiramente na casa pela porta que dava na cozinha.

Enfiou-se na despensa, ficando absolutamente silencioso, completamente imóvel quando um par de agentes do Serviço Secreto passou no exato lugar em que ele estava antes. Um deles, pelo aparelho de comunicação via Bluetooth, informou ao segundo andar que o ambiente estava seguro, depois entrou numa discussão com seu companheiro a respeito da partida de futebol da liga das universidades daquela noite. Chase soltou o ar quando os homens armados saíram da casa para se juntar ao destacamento no jardim.

Estava prestes a sair da despensa quando parou abruptamente ante a porta que se abria para dentro, quase batendo nele.

– Verificou o vinho tinto aqui dentro, Joe? – Uma moça entrava na despensa, a cabeça virada sobre o ombro enquanto falava com alguém do lado de fora. Ela usava um vestido de gala comprido de gola alta de veludo vinho que se agarrava à sua estrutura alta e atlética como um amante. Uma cabeleira castanha balançou sobre os ombros quando ela girou e entrou. – Ah, aqui está ele: duas outras caixas de Pinot Noir, bem onde pensei que estariam.

Chase se esforçou para manter as sombras ao seu redor enquanto a admirável fêmea passava bem diante dele e gesticulava para que um homem moreno com uniforme de pinguim e gravata borboleta trouxesse um carrinho de mão para o cômodo.

Pareceu demorar uma eternidade para o humano transportar as caixas do vinho francês caro para o carrinho. Por mais difícil que fosse sustentar a ilusão que seu dom gerava, ele não achava que se cansaria de olhar para a mulher segura e profissional e aquele vestido.

Por fim, a última caixa foi transferida, com o tilintar das garrafas batendo.

– Mais alguma coisa, senhorita Fairchild?

Ela consultou o relógio de pulso.

– Eu o avisarei, Joe. Obrigada – respondeu secamente. Seguiu-o enquanto ele empurrava o carrinho através da porta, sua parte posterior sensual demais para alguém que emanava tamanha frieza.

– Se qualquer um dos outros prestadores de serviço precisar de mim, estarei revendo a seleção musical uma última vez com a orquestra. Diga a todos que se aprontem; os convidados do senador chegarão precisamente daqui a uma hora.

– Sim, senhorita Fairchild – murmurou o condutor do carrinho de mão enquanto a porta se fechava atrás dela.

Chase soltou as sombras ao seu redor assim que se viu sozinho. Sua respiração saía e entrava ofegante dos pulmões, como se tivesse acabado de concluir uma corrida de costa a costa. Suas mãos estavam trêmulas, as veias se contraindo com a necessidade de mais combustível. Maldição. Estava praticamente exausto, e a festa sequer começara.

Empurrou um pouco a porta e espiou do lado de fora. Quando teve certeza de que não haveria mais surpresas, saiu e usou o restante de suas reservas para disparar escada acima. Encontrou um quarto vazio no segundo andar já vistoriado pela segurança, para aguardar até que os convidados do senador chegassem.

O e-mail de Gideon os aguardava quando voltaram para casa pouco tempo depois. Hunter ligou para o complexo em Boston com Corinne sentada ao seu lado junto ao computador, e escutou com um misto de medo e aceitação sombria quando Gideon informou que a sequência numérica parcial retirada das lembranças de Corinne trouxera resultados interessantes.

Havia duas combinações nos registros de dados criptografados que Hunter enviara para o complexo. A notícia ruim era de que uma delas estava ligada a um registro sem atividades nos últimos cinco anos. A boa notícia? A segunda combinação pertencia a um registro ativo.

Depois de investigar um pouco, Gideon descobrira o que pareciam coordenadas associadas ao registro. Usando confirmação satélite, triangulara um sinal de GPS, vindo de uma pequena cidade no meio da Geórgia, uns cem quilômetros distante de Atlanta. A boca de Gideon trabalhou com a mesma velocidade da sua mente enquanto passava as informações a Hunter uma hora antes. Ele parecia acreditar que, com mais algumas horas de exploração, os dados recuperados do depósito de Henry Vachon os conduziriam a algo ainda maior.

Por mais intrigante que fosse a perspectiva de um futuro ataque contra as operações de Dragos, a mente de Hunter estava concentrada em assuntos mais imediatos.

Corinne estivera calada, pensativa, desde que se despediram de Amelie Dupre e seguiram juntos para o caminhão-baú e o longo trajeto adiante. Já estavam na estrada havia algumas horas, seguindo pelo Alabama através da Interestadual 85. Hunter imaginava que conseguiria chegar à divisa da Carolina do Norte antes que o nascer do sol o forçasse a procurar abrigo fora do volante e do para-brisa amplo de vidro que cobria a frente da cabine do caminhão.

Mais outras dezesseis horas e ele entregaria Corinne sã e salva ao Refúgio Secreto dos Reichen em Rhode Island.

Claro que ela não sabia disso.

Deixara de fora esse detalhe dos seus planos, pensando que seria melhor conversar com ela em particular assim que estivessem sozinhos na estrada. Agora, no entanto, tinha dificuldades para encontrar as palavras.

Saber que a desapontaria, e provavelmente magoaria com a verdade, parecia ainda mais difícil depois da compaixão que ela demonstrara mais cedo naquela mesma noite. A mente dele ainda estava rodando com a descoberta da pasta do laboratório e todo o seu conteúdo. Sentira-se desequilibrado até então e, agora, deslocado do seu eixo.

Quer dizer, até se lembrar da sensação de equilíbrio que sentira nos braços de Corinne.

Como se percebesse seu debate interno, ela levantou a cabeça dos mapas impressos do Google sobre o colo e olhou para ele.

– Está tudo bem?

Seu aceno de confirmação lhe pareceu fraco, transparente.

– Você mal falou desde que saímos de Nova Orleans. Se precisar de alguma...

– Não – ela disse, balançando a cabeça. – Se não estou muito tagarela é só porque estou nervosa. Com medo, talvez. Não consigo acreditar que estamos de fato indo nos encontrar com ele. Finalmente vou encontrar Nathan.

Ela pronunciou o nome do filho de forma tão reverente e esperançosa que o dilacerou. Hunter estava aprendendo a sentir muitas coisas com relação a Corinne, mas a queimação ácida da culpa por desapontá-la era quase grande demais para suportar. Pigarreou e se forçou a despejar a verdade.

– Não temos como ter certeza de que seja o seu filho na célula que Gideon localizou na periferia de Atlanta. Mas você e eu iremos mais ao norte do que isso, Corinne. Vou levá-la de volta a Rhode Island, para o Refúgio Secreto de Andreas e Claire.

– Do que está falando? – Ele viu a boca escancarada dela pelo canto do olho. – Não estamos indo para Atlanta?

– Não seria seguro para você. Então, assim que estiver em segurança com Andreas e Claire, voltarei sozinho para investigar. Será melhor assim, para todos os envolvidos.

Suas veias, graças à ligação de sangue que agora tinha com ela, formigaram com uma pontada de ultraje.

– Quando planejava me contar isso? Antes ou depois de me largar na porta do Refúgio?

– Sinto muito – ele disse, completamente sincero. – Percebo que essa não é a sua escolha, mas, além de garantir a sua segurança, também quero poupá-la de qualquer preocupação e desapontamento.

– É ele naquele lugar, Hunter – ela implorou. – Sinto isso nos meus ossos. Nathan está lá.

Hunter desviou o olhar da estrada diante dele para a bela e protetora mãe que provavelmente se lançaria diante de uma rajada de balas, se acreditasse que isso poderia salvar o filho. Tal pensamento o fez parar, aflito, para considerar.

– Os fatos que temos para nos basear são poucos, Corinne. Pela lógica, segundo o que sabemos, essa informação pode nos levar a mais um dos assassinos de Dragos. Não ao seu filho.

Ela se virou no longo banco, voltando toda a força da sua raiva para ele.

– Seguindo a mesma lógica, pelo que podemos saber, ele é o meu filho.

– Mais um motivo pelo qual eu não a quero lá. – Ele exalou um longo suspiro na direção do para-brisa. – Se realmente for ele, isso não vai terminar bem.

– Como sabe disso? – ela desafiou. – Não tem como ter certeza de que...

Outro olhar para ela, percebendo que o que estava prestes a dizer poderia destruir tudo o que partilharam naquele pouco tempo juntos.

– Eu sei, Corinne. Vi como o reencontro com seu filho se dará. A garotinha, no quartel-general da Ordem...

– Mira? – Ela pareceu atordoada, confusa. Uma ruga se formou entre as sobrancelhas pretas. – O que ela tem a ver com isso?

– Houve uma visão – ele respondeu. – Uma visão a respeito de você, do seu filho... e de mim.

– O quê? – Corinne o encarou como se ele tivesse acabado de socá-la no estômago. Embora ela estivesse evidentemente surpresa, havia uma pontada de compreensão na voz suave e equilibrada. – Conte o que está acontecendo, Hunter. Mira viu algo desde que saímos do complexo?

– Não. Foi meses atrás – ele admitiu. – Muito antes de eu te conhecer.

Quando ele desviou o olhar, ela parecia nauseada. Seu rosto estava pálido sob a fraca iluminação do painel do caminhão. E a acusação de seu olhar o trespassou como uma lâmina.

– O que está dizendo? O que sabe sobre Nathan? Sabe se o encontraremos ou não? Mira previu como esta noite terminará?

O silêncio de resposta de Hunter pareceu mais do que ela conseguia suportar.

– Pare o veículo – ela exigiu. – Pare, agora.

Ele mudou o caminhão de faixa de rodagem até os pneus esmagarem pedriscos quando desacelerou no acostamento. Colocou a marcha em ponto morto e se virou de frente para Corinne ao seu lado. Ela não o olhava, mas ele não precisava fitar seus olhos para saber que estavam tomados por mágoa – e descrença, e confusão.

– Você sabia de coisas a respeito do meu filho esse tempo todo, mesmo antes de me levar para casa, em Detroit?

– Eu não sabia que a visão era a respeito do seu filho, Corinne. Quando vi a premonição nos olhos de Mira, eu sequer sabia quem você era. Nada daquilo teve qualquer significado para mim.

Corinne o fitou com olhos vazios.

– O que, exatamente, você viu, Hunter?

– Você – ele respondeu. – Eu vi você, chorando, implorando para que eu poupasse uma vida que significava tudo para você. Você suplicou para que eu não fizesse nada.

Ela engoliu com dificuldade enquanto uma série de veículos passava por eles na estrada.

– E o que você fez... na visão?

As palavras saíram lenta e amargamente. Tão horríveis em sua língua quanto a verdade que sentiria em suas mãos.

– Fiz o que tinha que ser feito. Você me pediu o impossível.

Ela inspirou fundo e tateou buscando a maçaneta da porta. Hunter poderia tê-la detido. Poderia ter travado a porta com o pensamento e a mantido presa com ele ali dentro. Mas a tristeza dela o dilacerava. Saiu do caminhão logo atrás dela e seguiu-a no acostamento iluminado pelo luar.

– Corinne, por favor, tente entender.

Ela estava furiosa e ferida, tremendo por completo.

– Você mentiu para mim! – O rugido do tráfego aumentou enquanto ela gritava com ele, seu dom juntando as ondas sonoras e agrupando-as como numa tempestade. – Você sabia disso... Por todo esse tempo em que estivemos juntos, e escondeu de mim? Como pôde?

– Eu não sabia quem você estava tentando proteger. Eu não sabia quando os eventos profetizados aconteceriam. Poderia bem ser num futuro distante. Poderia significar qualquer coisa. Antes de contar alguma coisa para você, eu precisava entender o que tinha visto.

Um caminhão disparou pela pista mais rápida, e o som dele estremeceu o chão enquanto Corinne ouvia-o tentando explicar algo que parecia indefensável.

– As peças só se encaixaram depois que me contou a respeito do seu filho.

Ela fechou os olhos por um instante, relanceando para as estrelas antes de voltar o olhar úmido para ele.

– E então, depois de tudo o que aconteceu entre nós ... depois de termos feito amor, depois de você ter bebido de mim..., ainda assim você não me contou o que sabia?

– Porque eu já me importava demais para magoá-la com a verdade.

Ela balançou a cabeça lentamente, depois com mais vigor.

– Confiei em você! Você era o único em quem eu sentia que podia confiar. E pensar que fui tola o bastante para me deixar apaixonar por você!

Mais ruídos violentos se elevaram com a força do ultraje crescente. Acima de suas cabeças, um poste explodiu, lançando faíscas. Hunter a afastou do caminho das fagulhas que caíam, segurando-a contra seu corpo apesar das lágrimas e da resistência dela. Pressionou um beijo em sua testa. Forçou-a a olhar dentro dos seus olhos e enxergar a verdade que estivera escondendo.

– Eu também te amo, Corinne.

– Não – ela sussurrou. – Não acredito que você seja capaz disso.

Ele a prendeu pelo queixo e levantou a cabeça em direção à sua. Beijou os lábios afastados, relutantes.

– Eu te amo. Acredite quando digo que você é a única mulher que quero amar. Quero a sua felicidade. Ela significa tudo para mim.

– Então você não pode me afastar se existe uma possibilidade de o meu filho estar a poucas horas de distância de onde estamos agora.

Hunter franziu a testa, sabendo que estava perdendo aquela batalha. Talvez a primeira disputa à qual se rendia.

Com o máximo de gentileza que conseguiu juntar, lembrou-a:

– As visões de Mira nunca falham. Se vier comigo, e encontrarmos mesmo seu filho, você conseguirá me perdoar?

– Se me ama de verdade, assim como eu te amo, então isso deve bastar para alterar a visão. – Ela estava se acalmando, e com a calma veio o abrandamento do seu dom. O tráfego da estrada voltou ao volume normal. Ela estendeu a mão na direção dele, com hesitação, repousando a palma no meio do peito, onde o coração batia forte. – Talvez o nosso amor possa quebrar a visão.

– Talvez – ele disse, desejando poder acreditar nisso.

Mas o que ele acreditava era que, se a afastasse agora, ela o odiaria a despeito do que encontraria no ponto marcado pelo GPS na Geórgia. Mandá-la embora agora equivaleria a esmagar a esperança e trair sua confiança uma vez mais.

Hunter tomou sua mão. Juntos, voltaram para o caminhão e o que os aguardava ao fim da estrada naquela noite.

Capítulo 29

A festa de fim de ano na casa do senador estava a todo vapor já havia duas horas e meia, e Chase começava a ficar entediado.

Do seu esconderijo nas sombras do balcão do segundo andar, ele observava a multidão de humanos se divertindo no grande salão de baile abaixo. Pessoas elegantemente vestidas caminhavam e se misturavam, rindo e lançando beijos no ar enquanto tentavam equilibrar drinques, canapés e uma centena de assuntos inúteis. Ao fundo, o conjunto de doze instrumentistas tocava uma seleção de canções festivas seculares e peças clássicas elegantes.

Chase não conseguia deixar de notar a beldade envolta no vestido vinho que circundava a beirada da aglomeração como uma galinha mãe preocupada com seus pintinhos. A senhorita Fairchild procurava os convidados mais deslocados, abordando-os com um sorriso e alguns minutos do que parecia uma conversa genuinamente interessada. Fazia apresentações, arrastando suas incumbências socialmente inaptas até grupos maiores e ficando ao lado delas até que se envolvessem no grupo, antes de ir para a próxima missão.

Deduziu, baseado em seu comportamento profissional, que ela devia trabalhar para o senador Clarence, mas, olhando para a jovem atraente, Chase se perguntou que tipo de exigência profissional o jovem político solteiro teria requisitado além de planejamento de festas e orientação social. Talvez o colarinho alto e a atitude brusca fossem apenas uma fachada. Ela não parecia tão fria agora. Talvez fosse tão sensual quanto o vestido justo.

Sim, e talvez ele estivesse perdendo a cabeça, sentado ali em cima como Quasímodo enquanto tinha coisas mais interessantes a fazer na cidade.

O nó frio de sua fome no abdômen concordava.

Chase abaixou o olhar com impaciência, avistando o senador dourado fazendo turnos ao redor dos seus convidados. Ele deslizava pelo lugar. Um perfeito profissional, apertando mãos, beijando as faces enrugadas das senhoras, posando para fotografias ao longo do caminho. Não era difícil imaginar seu charme e educação elevando-o rapidamente a um posto mais alto. Sem dúvida Dragos enxergara o mesmo nele também, ainda que Chase estremecesse ao pensar no que poderia significar se o principal adversário da Ordem começasse a pôr os olhos em figuras governamentais humanas.

Abaixo, na galeria, houve uma repentina movimentação. Dois agentes do Serviço Secreto entraram na casa pelo vestíbulo de entrada. Três outros abriram as escuras portas duplas de cerejeira e as mantiveram abertas para que o convidado VIP entrasse, e outro par de agentes veio na retaguarda.

Chase já sabia quem seria o recém-chegado, mas isso ainda fez sua pulsação acelerar com uma pontada de temor – de sombria expectativa – enquanto o senador Clarence se movia para se colocar em posição de receber o vice-presidente. Um aplauso surgiu dos outros convidados enquanto os homens sorriam e trocavam um rápido abraço antes de começarem a necessária apresentação aos demais convidados da multidão ávida.

Notou que tinha companhia no andar de cima, uma precaução extra de segurança, agora que o segundo no comando do país estava na residência. O agente armado assumiu sua posição na ponta oposta da galeria e relatou sua prontidão no microfone acoplado na lapela de seu terno preto. Chase se afastou da beirada do balcão e se misturou à escuridão do corredor.

Ao se afastar, pensou ter vislumbrado um rosto que conhecia muito bem. Um que muito certamente não pertencia a uma reunião entre humanos.

O agente do Serviço Secreto estava estacionado à vista do lado oposto da galeria, a cabeça acompanhando as cercanias, os olhos bem concentrados, treinados para avistar qualquer coisa fora de lugar. Mas ele não sentiu o perigo que Chase sentia. Ele não tinha como saber que um dentre os convidados não era um homem de fato.

Chase curvou as sombras ao seu redor, agrupando-as ao avançar na direção da grade para espiar uma vez mais.

Maldição, pensou, ao confirmar o pior dos cenários.

Era *mesmo* Dragos quem estava ali.

Como uma abelha em meio a uma colmeia em polvorosa, o vice-presidente abriu caminho com o senador em meio à aglomeração animada. Logo pararam diante de Dragos. Os três homens conversaram por um momento, trocando risadas e se cumprimentando com apertos de mão antes de começarem a seguir em direção a uma sala reservada adjacente ao salão de baile repleto demais.

Merda.

Ah, não, isso não.

Não, não, não.

Chase não podia permitir que Dragos fosse a parte alguma sozinho com qualquer um daqueles homens importantes. Não podia deixar isso acontecer.

A indecisão o atravessou enquanto ele se esforçava para sustentar seu dom, o olhar fixo no menor dos movimentos de Dragos. Cada célula da Raça em seu corpo o incitava a saltar pelo balcão e atacá-lo

– matar o bastardo a sangue frio antes que ele sequer entendesse o que acontecera. Mas fazer isso significaria se expor publicamente como algo além de humano. Se tivesse que se preocupar somente consigo, isso não seria relevante. Mas as ramificações de se revelar como parte da Raça eram irreversíveis e permanentes demais.

Talvez pudesse criar uma distração, algo que causasse pânico temporário. Algo que fizesse os seguranças do vice-presidente arrastá-lo da festa, para longe do que quer que Dragos estivesse maquinando enquanto sorria ao seu lado.

Chase sentiu seu talento escorregar enquanto se debatia sobre o que fazer.

As sombras se afastaram como névoa entre seus dedos, deixando-o parado ali, exposto.

Naquele instante, a senhorita Fairchild levantou o olhar e o avistou. Atraiu a atenção de um dos homens de preto e apontou para cima em sua direção. O agente falou em seu aparelho de comunicação e diversos outros surgiram de todas as direções.

Ah, Cristo.

Enquanto isso, Dragos já estava quase fora das suas vistas com o senador e o vice-presidente.

Chase disparou na direção do agente do Serviço Secreto posicionado na galeria. Em menos de um segundo, derrubou-o inconsciente e apanhou a pistola de seu coldre lateral, disparando um único tiro no ar. Gesso choveu quando a bala se enterrou no teto abobadado. No salão de baile abaixo, o caos se instaurou.

Pessoas gritaram e se espalharam, procurando se proteger.

Todos exceto a senhorita Fairchild. Ela ficou absolutamente imóvel em meio à loucura, olhando diretamente para ele, os olhos fixos como verdes fachos de laser.

Chase rapidamente voltou sua atenção para Dragos. Enfrentou o brilho furioso em seus olhos com ódio equivalente e atirou com a pistola do agente antes que Dragos tivesse como se desviar. O tiro foi certeiro, lançando o vampiro para trás.

Tiros foram devolvidos para Chase, explodindo ao seu redor de todas as direções.

No salão de baile, Dragos caiu sangrando. Morto ou moribundo, Chase desejou ao inferno, mas não tinha como ter certeza.

Correu para a janela mais próxima e mergulhou. Enquanto flutuava na escuridão do lado externo, sentiu uma dor lancinante trespassar sua coxa e ombro direitos. Não deu atenção a ela, aterrissando no gramado coberto de neve logo abaixo.

Ouviu passos pela casa e ao redor da propriedade. O barulho de armas sendo sacadas, todas prontas para abater o perigoso invasor.

Chase se levantou e sumiu correndo.

Dragos fumegava no chão, sangrando nas tripas no piso de baile do senador Bobby Clarence. Momentos após o tiro que o derrubara, gritos e caos ainda enchiam a propriedade. Convidados humanos aterrorizados se espalharam como pássaros enquanto agentes do Serviço Secreto surgiram em massa para tirar o senador e o vice-presidente do cômodo, levando-os a um lugar seguro.

Maldita Ordem.

Como o haviam encontrado? Como seria possível que o procurassem ali, dentre tantos lugares?

Levou as mãos ao abdômen conforme a histeria ainda fervilhava ao seu redor. Embora o ferimento fosse grave, ele não tinha dúvida alguma de que sobreviveria. A bala atravessara seu corpo. A hemorragia estava diminuindo, pois sua genética da Raça já começava a reparar os danos à sua pele e órgãos.

Um par de ternos pretos e diversos policiais afastaram a multidão para chegar até ele. Um dos agentes do governo falava com urgência no aparelho de comunicação preso à orelha. O outro se ajoelhou ao lado de Dragos, perto de um par de policiais uniformizados parecendo nervosos.

Dragos tentou se sentar, mas o agente do Serviço Secreto mostrou a palma para desencorajá-lo.

– Senhor, apenas tente permanecer calmo, está bem? Tudo está sob controle agora. Temos ajuda a caminho, estará aqui em poucos minutos.

Ele não esperou. Confiante de que seria obedecido, olhou para os dois policiais locais que estavam de prontidão. Alguns convidados errantes passaram por perto, mãos cobrindo bocas ao avistarem o sangue derramado na sua pressa para sair do salão de baile.

Dragos grunhiu, ressentindo-se de todos aqueles humanos em pânico quase tanto quanto desprezava o bastardo da Ordem que conseguira atrapalhar meses de trabalho com um único tiro. Era mais orgulho do que dor que retesava sua boca, fúria mais do que medo que fazia seus dentes cerrarem com tanta força que era um milagre seu maxilar não fraturar. As presas latejavam, já se estendendo das gengivas e preenchendo sua boca. A visão, sempre sobrenaturalmente aguçada, ficava mais afiada, as beiradas se enchendo com uma luz âmbar.

Ele tinha que sair dali, rápido.

Antes que sua raiva o traísse publicamente com o que de fato era.

Dragos voltou-se para um dos policiais – o mais jovem do par. Aquele que lhe pertencia. Agachado ao lado de Dragos, o Servo Humano aguardou seu comando como um ávido cão de caça.

– Diga ao motorista que traga o carro para os fundos – murmurou, a voz mal passando de um sussurro. O Servo se aproximou mais, absorvendo cada palavra. – E faça algo para livrar este salão de todos esses olhares curiosos.

– Sim, Mestre.

O Servo Humano se levantou. Quando se virou para cumprir suas instruções, quase se chocou com Tavia Fairchild. Ela estava parada, imóvel, o olhar passando do policial que quase a atropelara para Dragos, que a fitava com interesse vívido, ainda que cauteloso. Apesar de ela só poder ter chegado havia apenas um instante, bastara. Ouvira o Servo chamando Dragos de Mestre. Sabia, pela leve inclinação da cabeça, o ligeiro estreitamento dos olhos, que ela tentava processar a informação que mesmo sua mente afiada não tinha base para compreender.

– Com licença, senhora – o Servo murmurou, afastando-se com uma desajeitada inclinação da cabeça. Voltou-se para Dragos e pigarreou. – Senhor Masters, logo estarei de volta.

Dragos assentiu, o olhar fixo totalmente em Tavia Fairchild enquanto se sentava no chão. O esforço do Servo de encobrir seu deslize pareceu satisfazer a bela assistente do senador. Conforme o policial se afastava, seu olhar de confusão passou para preocupação ao se dirigir a Dragos.

– Os paramédicos foram chamados e a ambulância está a caminho... – Sua voz se perdeu. Ela parecia tonta, a cor de seu rosto sumindo ao se aproximar e ver todo o sangue empapando a camisa branca de seda do smoking e o piso do salão de baile. Pareceu cambalear um pouco ao envolver o corpo com os braços. Encarou-o, mesmo que só para não olhar para o ferimento, e sacudiu a cabeça de leve. – Desculpe. Estou um pouco tonta. Não lido bem com esse tipo de situação. Já desmaiei ante um simples machucado no joelho.

Dragos permitiu que seus lábios se curvassem.

– Dificilmente pode esperar se exceder em tudo, senhorita Fairchild.

Ela franziu a testa, visivelmente embaraçada. Ao menos seu enjoo pareceu fazê-la se esquecer do deslize do Servo Humano. Aprumou os ombros, voltando a seu papel de profissional impecável.

– Acabei de ver o senador Clarence e o vice-presidente, senhor Masters. Ambos estão bem, neste momento sendo protegidos pelo

Serviço Secreto. A principal preocupação deles é o seu bem-estar, evidentemente.

– Não há necessidade – Dragos a tranquilizou. – Estou certo de que o ferimento parece muito pior do que de fato é. – Para demonstrar isso, começou a levantar.

– Ah, não. Não creio que deva... – Ela se adiantou para auxiliá-lo, mas seu corpo estava mais desequilibrado do que o dele, e seu rosto voltou a empalidecer.

– Ficarei bem – Dragos lhe disse. Enquanto falava, o Servo Humano voltou ao salão de baile, gentilmente afastando Tavia para o lado enquanto informava a Dragos que o carro o aguardava conforme solicitado.

– Não acha que deveria esperar pela equipe médica? – ela perguntou, incrédula. – O senhor levou um tiro, senhor Masters. Perdeu muito sangue.

Ele meneou a cabeça de leve enquanto o Servo Humano o ajudava a dar alguns passos.

– É preciso mais do que isso para me deter, garanto.

Ela não pareceu muito convencida.

– O senhor deveria ir para o pronto-socorro.

– Meus médicos pessoais estão mais bem equipados para cuidarem de mim – respondeu imperturbável, enquanto era acompanhado pelo Servo e outro policial que se aproximara para ajudar. – Além disso, você tem outras tarefas mais urgentes para cuidar, senhorita Fairchild.

Apontou para a porta da frente aberta; o jardim já começava a ser tomado por vans de jornalistas e brilhantes holofotes. Tavia Fairchild endireitou o vestido vinho e levantou a cabeça, visivelmente se preparando para o ataque dos repórteres que já tentavam entrar na casa. Ao longe, a sirene da ambulância aproximando-se berrava.

Ao ser acompanhado para longe, Dragos ouviu a moça imprecar baixinho, mas, quando voltou-se para ela, Tavia Fairchild estava marchando para se encontrar com o agrupamento de abutres como o retrato da compostura e da tranquilidade.

– É verdade que o atirador estava esperando dentro da casa do senador? – alguém gritou na direção dela.

– Onde estão o vice-presidente e o senador agora?

E ainda outras perguntas carregadas de pânico, uma atrás da outra:

– O tiro foi um atentado contra o senador Clarence ou existem motivos para acreditar que o vice-presidente era o alvo pretendido?

– Isso poderia ser um possível atentado terrorista? Alguém viu o atirador?

– É possível que apenas um homem seja o responsável pelo ataque?

– A polícia ou o Serviço Secreto sabem quem pode ter feito isso, e por quê?

Dragos sorriu para si mesmo ao sair pelos fundos da casa. Talvez o caos inesperado daquela noite acabasse se mostrando útil. Talvez as perguntas frenéticas e a preocupação fossem bem o que ele precisava para bater o último prego do caixão da Ordem.

A bala que levara esta noite fora um tiro em sua proa. Um que ele estava mais do que disposto a retribuir.

Ao entrar na limusine, Dragos retirou o celular sujo de sangue do bolso do paletó do seu smoking. Bastava esperar pelo momento oportuno para desferir o golpe contra a Ordem. Era hora de acabar com eles. De uma vez por todas, se pudesse.

Com seu telefonema tocando ao norte do Maine, Dragos observou através das janelas escurecidas da limusine enquanto Tavia Fairchild permanecia sob as luzes de uma dúzia de câmeras, tranquilamente se dirigindo à multidão agitada.

Enquanto ela garantia a todos que tudo estava sob controle, Dragos dava a ordem para a missão que logo lançaria a cidade toda num completo estado de histeria.

Capítulo 30

Já passava das quatro horas da manhã quando chegaram ao local apontado por Gideon no Centro-Oeste rural da Geórgia. Corinne estava exausta, cansada pela longa viagem e pelo confronto emocional carregado que tivera com Hunter várias horas antes.

Contudo, mais do que qualquer coisa, era a ideia de realmente estar ali – a poucas centenas de metros do chalé antigo à margem do rio onde Nathan poderia estar morando – que deixava todas as suas terminações nervosas hiperalertas e tinindo.

Se estava nervosa antes, ansiosa pelo momento em que esperava olhar para o filho e prometer a vida que ela tanto desejava lhe dar, agora ela o temia com a mesma intensidade. A premonição de Mira mudara tudo. A descrição de Hunter e seu papel nessa visão a fazia duvidar de tudo o que antes tivera tanta certeza.

Tudo, exceto o amor de Hunter por ela.

Essa era a única coisa a qual podia se apegar, talvez tolamente, quando ele desligou o motor do caminhão e permaneceram dentro do veículo escuro, observando o chalé mal iluminado através dos dois hectares de floresta que o cercavam.

– Jura que vai voltar? – ela lhe perguntou. Ele a levara até o local, mas estabelecera o limite de não permitir que o acompanhasse até o interior da casa. – Por favor, tenha cuidado.

Ele assentiu, ao mesmo tempo em que prendia duas adagas na bainha que circundava sua coxa sobre o uniforme. A camiseta de mangas longas que ela lavara e secara na casa de Amelie completava sua transformação no antigo guerreiro que a acompanhara de Boston a Detroit não muito tempo atrás.

Mas agora ele era muito mais do que simplesmente estoico e indecifrável. Os olhos dourados acariciaram os dela com imenso afeto, ao mesmo tempo em que a mão forte se esticou para atraí-la para seu beijo.

– Eu te amo – ele disse com determinação. – Não quero que se preocupe.

Ela assentiu uma vez.

– Eu também amo você.

– Fique no caminhão. Fique longe de vista até eu voltar. – Beijou-a novamente, mais forte desta vez. – Não vou demorar.

Não lhe deu tempo para que discutisse ou o retardasse. Saiu da cabine do caminhão e desapareceu na escuridão circundante.

Corinne permaneceu sentada, esperando, imediatamente se arrependendo de ter se deixado convencer a ficar para trás. E se ele encontrasse problemas? E se fosse descoberto antes de ser capaz de determinar se Nathan estava mesmo morando naquela casa? Quanto tempo deveria esperar até que…

Um tiro rompeu o silêncio da noite.

Corinne se assustou. Uma súbita explosão laranja surgiu diante do chalé enquanto o som ricocheteava pelas árvores como um trovão.

– Ah, meu Deus. Hunter…

Antes de conseguir se deter, saiu do caminhão, correndo na direção do chalé. Não tinha plano algum a não ser procurar por indícios de que Hunter não estava ferido. Por mais invencível que parecesse ser, Hunter tinha seu coração nas mãos, e não havia nada que a impediria de ir atrás dele agora.

Sentiu o cheiro de pólvora ao se aproximar da varanda. Um homem morto estava largado ali, seu rifle longo ainda fumegando sobre o peito. O rosto estava congelado num sinal de alarme, o pescoço eficientemente fraturado.

Hunter.

Ele passara por ali.

E estava em algum lugar dentro do chalé.

Corinne entrou cuidadosamente. Logo ouviu sons de luta abaixo. No porão. Encontrou os degraus que levavam até a comoção no piso inferior, e, no instante em que se debatia com a idiotice de descer até lá, o painel de madeira pintada pareceu espontaneamente explodir por dentro.

A força da explosão a empurrou contra a parede. Quando abriu os olhos após o choque, viu-se diante de um par de olhos iguais aos seus – com as íris azul-esverdeadas circundadas por cílios negros e pálpebras amendoadas. Os olhos que a fitavam pertenciam a um garoto. Um rapaz magro e musculoso de quase 1,70 metro de altura, o rosto adorável ainda arredondado no maxilar com os últimos traços de infância.

Mas ela percebeu que ele não era um menino. Estava vestido com uma calça de moletom cinza e uma camiseta regata branca, a despeito da noite fria. A cabeça estava raspada, a pele coberta por *dermaglifos*. Uma coleira preta horrível circundava seu pescoço.

– Nathan – sussurrou.

O instante parou enquanto ele inclinava a cabeça em sua direção, sem nenhuma expressão no rosto.

Nenhum sinal de reconhecimento.

E a breve hesitação lhe custou, porque agora Hunter também estava no cômodo. Moveu-se com mais velocidade do que Corinne pôde acompanhar, parecendo se materializar em pleno ar logo atrás de Nathan.

Os sentidos do rapaz eram tão rápidos quanto seus reflexos. Virou-se para Hunter. Depois, movendo-se com a mesma inacreditável velocidade que o macho mais velho, Nathan estendeu a mão e Corinne viu que ele puxava uma barra de metal de um conjunto de equipamentos próximo do fogão a diversos metros.

Em vez de usar o ferro como uma arma, o rapaz o chocou contra a chaminé metálica acima do fogão.

O barulho reverberou pelo chalé. Então ele começou a se elevar, a se expandir. Ela sentiu o poder de Nathan – seu próprio poder transmitido ao filho pelo nascimento – quando ele envolveu as ondas sonoras em sua mente, aumentando-as, obrigando-as a se tornarem um barulho ensurdecedor.

Não tivera dúvidas de que aquele menino era seu, mas agora sentia um jorro de alívio e alegria. Aquele *era* o seu filho. Aquele era seu Nathan.

E esse menino – esse jovem e perigoso membro da Raça – estava agrupando seu poder psíquico, empurrando-o com toda a força na direção de Hunter, tentando fazer seu oponente cair de joelhos. O maxilar de Hunter se contraiu com força, os tendões se retesando como cabos no pescoço e nas faces conforme o ataque sonoro se intensificava.

– Nathan, pare! – Corinne gritou, mas sua voz se perdeu sob a estridência aguda do dom do filho. Tentou aplacá-lo com sua própria aptidão, mas o domínio dele era mais poderoso. Não conseguia silenciá-lo.

Em meio à cacofonia que criara, lançou-se sobre Hunter, homicídio reluzindo em seus olhos implacáveis. Oscilou o atiçador de fogo em sua direção numa sucessão de golpes, e qualquer deles poderia ter partido o crânio de Hunter se ele não fosse rápido para se desviar.

E era só o que ele estava fazendo, Corinne percebeu. Hunter não golpeava, apesar de ser capaz de subjugar o macho menor a qualquer instante, caso fosse sua intenção.

Mas Hunter apenas se defendia, como um leão experiente que afasta o filhote que tenta testar seu vigor. Aquilo era muito mais perigoso do que uma brincadeira; Corinne sabia que não podia esperar outra coisa. Hunter também sabia, e, apesar da violência direcionada a ele, não fazia nenhum movimento para ferir.

Corinne nunca o amou mais do que naquele instante.

Nathan seguiu atacando-o, incansável e calculista como seu treinamento o condicionara a ser. Corinne tentou uma vez mais abafar o barulho que ele produzia. Envolveu-o com a mente, tentou apropriar-se dele.

Percebeu o vislumbre de um golpe da barra de ferro de Nathan contra o ombro de Hunter. Oh, Deus. Ela morreria se um deles não saísse vivo daquela situação.

Concentre-se.

Obrigou-se a se concentrar no barulho, arrancando-o lentamente do controle de Nathan enquanto seus esforços se concentravam em matar Hunter.

Corinne atraiu o som para o seu controle.

Juntou-o e moldou-o... Depois lançou a carga psíquica na direção do filho.

A cabeça dele se ergueu subitamente. Encarou-a uma vez mais, a confusão e a surpresa reluzindo por trás do olhar determinado. Ela conseguiu entender a pergunta nos olhos adolescentes: *quem é você?*

Mas ele não se importou.

Retribuiu o golpe, lançando-o com força total sobre ela. Corinne gritou e segurou as laterais da cabeça. Seus tímpanos berravam de dor, como se estivessem sendo dilacerados. Caiu de joelhos, levada ao chão pela intensidade da dor.

No mesmo instante, ouviu o rugido de Hunter. Viu seu rosto se contorcer de fúria quando caiu. Vislumbrou um movimento quando Hunter recuou o punho e o lançou na direção de Nathan.

Não, seu coração exclamou. *Não!*

– Não! – ela berrou, e percebeu que o barulho agonizante subitamente cessara.

Hunter estava ao seu lado.

– Está ferida? Corinne, por favor, fale comigo.

– Onde está Nathan? – ela murmurou. Piscou para Hunter, aterrorizada pelo que poderia ver no rosto dele. Mas só havia afeto ali, a preocupação concentrada totalmente nela.

– Ele vai ficar bem. – Hunter se moveu para o lado para que ela pudesse ver o lugar onde o filho jazia no chão, como se estivesse dormindo. – Bati nele, mas ele está inconsciente, só isso. Venha comigo agora. Eu o levarei para fora daqui.

– Mira, não se afaste muito com os cães. Fique onde eu e Niko consigamos vê-la.

– Certo, Rê! – Mira respondeu em meio à escuridão dos jardins atrás da mansão da Ordem. As botas esmagavam a neve conforme ela andava. Voltou-se para Kellan Archer e revirou os olhos. – Eles acham que ainda sou criança.

Sua parca verde-oliva oscilou quando ele deu de ombros.

– Você é uma criança.

Ela parou de andar e apoiou as mãos enluvadas nos quadris, franzindo a testa.

– Para o caso de ainda não ter percebido, Kellan Archer, tenho oito anos e meio.

A boca dele se ergueu num dos cantos, como se ela tivesse dito algo engraçado. Era o mais perto de um sorriso que já vira nele, por isso, mesmo não tendo entendido a piada, voltou a andar ao seu lado. Seguiram a trilha que os cachorros deixaram na neve do jardim quando correram atrás do graveto que Kellan tinha jogado. Mira se esforçava para acompanhá-lo, sentindo-se um pouco como o terrier, Harvard, seguindo a cadela bem maior, Luna. Era difícil para as pernas curtas de Mira acompanhar as passadas largas de Kellan, mas ela dava duas para cada uma das dele, recusando-se a ficar para trás.

– A propósito, quantos anos você tem? – ela perguntou, com a respiração saindo em nuvenzinhas de vapor.

Ele deu mais uma das suas levantadas de ombro.

– Catorze.

– Ah. – Mira contou a diferença entre eles na cabeça. – Você é bem velho, não é?

– Não o bastante – ele disse, e de onde ela viu seu rosto pareceu bem grave. – Hoje perguntei a Lucan se poderia me unir à Ordem. Ele disse que tenho que esperar até os vinte, pelo menos, antes de pensar em pedir novamente.

Mira o encarou.

– Quer ser guerreiro?

A boca dele endureceu, os olhos se fixaram num ponto invisível adiante.

– Quero vingar minha família. Quero recuperar a honra que Dragos roubou de mim. – Soprou uma gargalhada falsa que nada tinha de engraçada. – Lucan e meu avô dizem que esses não são os motivos certos para eu me juntar à guerra. Se não são, não sei o que poderia ser.

Mira avaliou o rosto de Kellan, com o coração pesado ante a tristeza que enxergava nele. Nos poucos dias que passara com ele desde sua chegada ao complexo, Kellan não falara muito sobre a família ou sobre seus sentimentos. Vira-o chorando sozinho algumas vezes em seus aposentos, mas ele não sabia disso.

Também não sabia que ela tomara para si a tarefa de ser sua amiga, quer ele desejasse ou não. Todas as noites fazia uma oração para ele, um ritual que começara no momento em que ouvira que o rapaz fora sequestrado de seu Refúgio Secreto. Continuara rezando, mesmo depois do resgate, porque lhe pareceu que ele estivesse precisando de ajuda para se recuperar. Agora isso se tornara um hábito, que ela imaginava que só cessaria quando olhasse para Kellan e não visse mais tanta tristeza em seus olhos.

– Ei – ela disse, os dois avançando ainda mais no jardim quando continuaram seguindo os cachorros. – Talvez um dia eu possa pedir a Lucan para também me ligar à Ordem.

Kellan olhou-a surpreso e gargalhou alto. Ele tinha uma bonita gargalhada, ela percebeu, a primeira que ouvira dele. Também tinha covinhas, uma em cada bochecha. Elas apareceram enquanto ele ria e balançava a cabeça em sua direção.

– Você não pode se juntar à Ordem.

– Por que não? – perguntou, mais do que um pouco incomodada.

– Porque você é uma garota, pra começar.

– Renata é uma garota – ela observou.

– Renata é... diferente – ele respondeu. – Vi o que ela sabe fazer com aquelas adagas dela. Ela é rápida e tem uma mira letal. É bem durona.

– Também sou durona – Mira disse, desejando que sua voz não tivesse soado tão magoada. – Olha só, vou mostrar pra você.

Ela se desviou da trilha procurando alguma coisa para atirar. Atrás de um bom graveto ou uma pedra – qualquer coisa que pudesse usar para impressionar Kellan com suas habilidades –, Mira se meteu em meio aos arbustos e ao labirinto de sempre-vivas e esculturas espalhados pelo vasto jardim nos fundos da mansão.

– Só um segundo – ela lhe disse de trás da cobertura dos jardins. – Volto... já.

A princípio, ela não entendeu bem para o que estava olhando. Logo adiante, no terreno iluminado pelo luar, escondida pelas sombras dos pinheiros e das moitas, estava uma forma grande e escura. Luna e Harvard estavam junto dela, alternando-se andando e farejando ao redor da forma imóvel. O pequeno terrier ganiu quando Mira se aproximou.

– Venham aqui, meninos – ela ordenou aos cães, esperando que ambos se aproximassem. Seu coração batia a mil. Alguma coisa estava errada ali, muito, muito errada. Abaixou o olhar quando os cães circundaram seus pés, nervosos. As patas deixaram marcas na neve ao redor de suas botas.

Sangue.

Mira gritou.

Capítulo 31

Hunter levou o jovem assassino até o caminhão e deitou o corpo inconsciente no chão. Corinne estava ao seu lado, segurando a mão do filho, com lágrimas descendo pela face.

– Suas mãos são tão fortes – murmurou. – Meu Deus... Não consigo acreditar que seja ele.

Hunter não disse nada que estragasse aquele momento, mas sabia que aquele garoto estava ainda muito longe de estar a salvo. Fora um risco simplesmente retirá-lo da casa. A coleira de raios ultravioleta em seu pescoço estava programada para permitir apenas certa distância da célula designada ao assassino sem a permissão de Dragos. Com o Servo Humano morto na varanda, o risco da coleira ser detonada duplicava.

Como se o próprio rapaz pressentisse o quanto sua situação era tênue, recobrou lentamente a consciência. Começou a se debater, as pálpebras se erguendo. Corinne inspirou fundo, sua tensão e preocupação atingindo a pulsação de Hunter através do elo entre eles.

Hunter segurou o garoto pela coleira, os dedos prendendo o espesso polímero preto. Deu um aviso sacudindo a cabeça.

– Você tem que ficar parado. Não há lugar para onde ir agora.

– Nathan, não tenha medo – Corinne o tranquilizou com a voz gentil e carinhosa. – Não estamos aqui para feri-lo.

O olhar do rapaz passou entre os dois. Hunter suspeitava que o conhecimento do propósito da coleira era o que impedia o assassino adolescente de tentar fugir, mais do que a compaixão demonstrada por Corinne. As narinas de Nathan inflavam à medida que ele arfava sob o jugo de Hunter, o rosto tão desconfiado quanto o de um animal selvagem enjaulado.

– Temos que tentar tirar essa coleira para que o garoto tenha alguma chance de sair daqui – disse a Corinne. – Dragos já pode estar ciente de que seu cuidador está morto. Ele pode ter sensores e aparelhos de comunicação espalhados em toda a propriedade.

– Como podemos retirar a coleira? – ela perguntou, olhando-o preocupada. – Sei o que acontece se ele é danificado. Não podemos de modo algum nos arriscar a...

Quando ela não pareceu capaz de terminar o pensamento, Hunter disse com suavidade:

– Temos que tentar alguma coisa. Se não o fizermos, pode ser apenas uma questão de segundos antes que esta coleira detone em minha mão.

Ela desviou o olhar de Hunter, depois fitou o filho. Ele ouvia atentamente cada palavra que diziam, calado, porém absorvendo tudo o que o cercava. Calculando meios e oportunidades de escapar, como Hunter estaria fazendo se tivesse sido capturado por um par de desconhecidos.

– Estamos aqui porque queremos ajudá-lo – Corinne lhe disse. Seu sorriso era triste, esperançoso. – Você pode não se lembrar de mim, mas é meu filho. Eu lhe dei o nome de Nathan, que significa "presente de Deus". É isso o que você é para mim, desde o instante em que pus os olhos em você.

Ele a encarou longamente, piscando rápido, avaliando seu rosto. Em seguida, recomeçou a se debater, num movimento calculado, testando a força da pegada de Hunter na coleira.

– Houve uma época em que eu também usava uma dessas – Hunter disse, interceptando o olhar selvagem e prendendo-o. – Sou um Caçador como você. Mas encontrei minha liberdade. Ela também pode ser sua. Mas terá que confiar em nós.

O garoto ficou enlouquecido, e Hunter teve que se perguntar se tinham sido suas palavras que o aterrorizaram tanto – a menção à liberdade, um conceito tanto estranho quanto perigoso para tipos como eles –, até mais do que a ameaça da coleira.

Na luta de Nathan, o aro grosso de polímero preto de alta tecnologia se chocou com força no chão do caminhão. Ao fazer isso, uma pequena lâmpada de LED vermelha piscou.

– O que essa luz significa? – Corinne perguntou, o pânico deixando sua voz aguda. – Ah, Deus, Hunter... Não podemos fazer isso com ele. Você tem que soltá-lo... antes que ele se machuque. Por favor, estou implorando, solte-o, Hunter.

Um súbito *flash* da visão de Mira atravessou sua mente ante as palavras aterrorizadas de Corinne. Afastou-as da cabeça e se concentrou na tarefa que tinha em mãos.

– Se o soltarmos, ele morrerá com certeza. O detonador foi ativado. Ele não pode correr sem acioná-lo.

Agora a lâmpada de LED piscava, e tinham ainda menos tempo. Hunter olhou ao redor, procurando por algum instrumento para remover a coleira, mesmo sabendo muito bem que mexer no dispositivo somente apressaria a explosão.

Então se lembrou dos contêineres criogênicos.

O nitrogênio líquido.

– Levante-se – disse a Nathan. – Faça-o com cuidado.

Corinne o encarou assustada.

– O que está fazendo? Hunter, diga-me o que está pensando.

Não havia tempo para explicar. Andou com o garoto para perto dos tanques, a mão ainda ao redor do anel letal em seu pescoço.

– Hunter, por favor, não o machuque – Corinne suplicou, numa confirmação de que as premonições de Mira não podiam ser frustradas. – Não entende? Eu o amo! Ele significa tudo para mim!

Hunter se ateve à convicção de que estava fazendo o que era certo – a única opção viável – para quem sabe conseguirem salvar o garoto. Com a mão livre, segurou a mangueira que ligava o contêiner criogênico ao tanque de nitrogênio líquido e puxou-a, em meio a nuvens brancas.

– De joelhos – ordenou ao garoto, guiando-o com firmeza para o chão. – Tire a camiseta. Quero que a coloque sobre a cabeça como um capuz, enfiada entre sua pele e a coleira.

– Hunter – Corinne exclamou, chorando agora. – Por favor, apenas deixe-o ir. Faça-o por mim...

Seu medo o agarrou, mas ele não podia parar agora.

– É o único modo. É a única possibilidade para ele, Corinne.

Nathan obedeceu, calado, inseguro. Quando a camiseta regata estava ajustada no lugar, Hunter lhe disse:

– Deite-se de barriga para baixo.

Lentamente, o garoto se colocou no chão. Hunter envolveu uma mão na parte de trás da camiseta e segurou firme a coleira, com a mangueira de nitrogênio líquido na outra. Com uma imprecação baixa, aproximou a mangueira da nuca de Nathan e encostou a nuvem química congelante diretamente na coleira.

Nuvens de vapor brancas subiram no ar. Mesmo através das camadas de tecido protegendo a mão, sua pele queimou pela intensidade do frio que jorrava para o invólucro impenetrável e os circuitos da cruel invenção de Dragos.

Debaixo dele, o filho de Corinne estava absolutamente imóvel. Arfava rápida e silenciosamente, apenas um garoto aterrorizado tentando ao máximo se controlar no que poderiam muito bem ser os segundos finais de sua vida.

Logo o líquido começou a diminuir, saindo em engasgos da mangueira. Hunter gostaria de poder congelar a maldita coisa bem mais, mas o tanque estava esvaziando. Teria que se arriscar naquele instante, esperando que o melhor acontecesse.

– O que está acontecendo? – Corinne perguntou. – Está funcionando?

– Teremos que descobrir.

Largou a mangueira e segurou uma das adagas presas à coxa. Tirou-a e girou-a na mão, pronto para bater com o cabo na coleira congelada.

As mãos de Corinne seguraram seu braço.

– Espere. – Ela balançou a cabeça, o rosto tomado pelo medo. – Não faça isso. Por favor, você o matará.

Ele podia acabar matando o garoto e a si mesmo se sua aposta desse errado e o aparato detonasse naquele momento. Com Corinne chorando, implorando futilmente para que ele parasse – exatamente como Mira previra –, Hunter soltou o braço da pegada dela e abaixou o punho em direção à coleira.

Que se estilhaçou.

Os pedaços se soltaram, caindo ao redor da cabeça coberta de Nathan enquanto o dispositivo se desintegrava. Hunter levantou-se e se afastou do garoto. Corinne lançou os braços ao seu redor.

– Oh, meu Deus – ela inspirou, agarrando-se a Hunter, soluçando e gargalhando ao mesmo tempo. – Oh, meu Deus… Não consigo acreditar. Hunter, deu certo!

Nathan ficou imóvel por um momento, ainda deitado. Depois levantou a mão e puxou a camiseta da cabeça. Ficou de pé, virando-se de frente para eles. Os dedos tremiam um pouco quando subiram para tatear a pele nua de seu pescoço.

Nada além de um anel embranquecido onde o produto químico o queimara. A pele cicatrizaria em pouco tempo. O milagre era que ele estava livre.

– O q-que fizeram c-comigo? – perguntou, as primeiras palavras que dirigia a eles. A voz era grave, mas ainda carregava traços de adolescência.

– Você está livre – Hunter disse. – Ninguém mais pode controlá-lo. Graças ao amor de sua mãe, à determinação dela em encontrá-lo, você finalmente está livre para viver como preferir.

Corinne se afastou do lado de Hunter e estendeu as mãos para acolher o filho.

– Quero levá-lo para casa comigo, Nathan. Podemos ser uma família agora.

Ele voltou-se para ela. Reservado, desconfiado, franziu a testa e sacudiu de leve a cabeça raspada.

Antes que Hunter pudesse perceber a mudança no garoto, de precavido a acuado, Nathan se moveu. Num rápido movimento da Raça, apanhou um dos pedaços da coleira quebrada e o segurou ao encontro da garganta de Corinne. Ela arfou, totalmente despreparada para esse ataque.

Hunter grunhiu, os olhos fixos na lâmina afiada e improvisada apoiada sobre a carótida de sua Companheira de Raça. Fosse o garoto carne e sangue dela ou não, acabara de se declarar seu inimigo.

E Hunter não hesitaria em matá-lo se a ameaça aumentasse uma fração que fosse.

Mesmo enquanto Nathan recuava para as portas abertas do fundo do caminhão-baú, os olhos de Corinne imploravam pela misericórdia de Hunter.

– Nathan – ela disse, tentando uma vez mais alcançar a humanidade do filho. – Você não precisa ter medo. Vamos ser amigos. Vamos ser uma família. Só me dê uma chance de ser a mãe que deveria ter sido para você.

Ele se aproximou das portas sem dizer nada, com aquele maldito pedaço de metal ainda perto de sua veia.

– Nathan. Por favor, deixe-me amá-lo...

Ele a empurrou, numa rejeição violenta de tudo o que ela dissera e fizera por ele.

Em seguida saltou para fora do caminhão, fugindo para a floresta enquanto as primeiras luzes do dia já começavam a brilhar no horizonte.

Capítulo 32

Chase não esperava realmente acordar. Sua última lembrança fora a de disparar pela cidade, perdendo sangue demais pelo ferimento à bala na artéria da perna direita e do menor no ombro. Já tinha sido ferido com maior gravidade em combate, mas isso antes. Agora, seu corpo tremia fraco, sua quase indestrutível genética da Raça afetada pela doença que crescia dentro dele como um gemido de dor.

Tentou se sentar, mas não foi muito longe. Amarras metálicas o prendiam pelos pulsos e tornozelos a uma cama na enfermaria. Outra faixa larga de aço e couro o prendia pelo meio do corpo. Praguejou entre dentes ao dar um puxão forte nas algemas.

Conforme sua visão começava a ficar mais nítida, viu uma cabeça escura espiando-o do corredor através da janelinha da porta.

Dante precisou de um minuto inteiro antes de entrar. Quando a porta se fechou atrás dele, encarou Chase do outro lado do quarto e meneou a cabeça.

– Você é um tremendo idiota, sabia disso, Harvard?

Chase zombou.

– Obrigado pela preocupação. Espero que não tenha vindo até aqui só para me dizer isso.

– Não, não vim – Dante respondeu, sem morder a isca. – Estava no quarto ao lado, junto de Tess enquanto ela se recupera.

– Tess está na enfermaria? – Lembrando-se das últimas delicadas semanas da gestação da Companheira de Raça, Chase imediatamente se sentiu um cretino de primeira classe. – Ah, Cristo. Cara. Eu não sabia.

– E como poderia? Você não estava aqui.

Chase exalou um suspiro curto e assentiu. Não podia dizer que não merecia a fria recepção. Afinal, fizera basicamente tudo o que podia para ser considerado *persona non grata* junto à Ordem. Ainda mais no que se referia a Dante.

– Então, como ela está? Tudo bem com ela?

– Sim. Tess está bem. – Dante inclinou de leve a cabeça. – Assim como o bebê. Ele está dormindo com ela no quarto ao lado.

Tess já dera à luz? A novidade atingiu Chase com força duplicada. Não tinha como esconder sua surpresa, tampouco o arrependimento ao perceber que estivera ausente no evento que Tess e Dante tanto aguardavam havia meses. Inferno, ele mesmo esperava ansiosamente por esse acontecimento. Até chegara a pensar mais de uma vez se Dante estava pensando em convidá-lo para ser o padrinho do filho, uma honra que Chase dificilmente merecia, mas que teria aceitado com humilde orgulho na época.

Um milhão de anos atrás.

E, agora, a um milhão de quilômetros de seu alcance.

Era assim que sentia, olhando para a expressão séria e desapontada do outro guerreiro enquanto ele se aproximava da cama em que Chase estava amarrado.

– Bem, parabéns, Dante. Para você e para Tess. Quando o bebê nasceu?

– Ontem de manhã, alguns minutos antes do meio-dia.

Chase refletiu.

– Então foi o quê... Dez de dezembro?

– Dezessete – Dante respondeu, com o olhar ainda mais sério. – Cacete, Harvard. Qual é a merda em que está afundado? Estou falando sério. Não tente me enganar.

– Numa bem ruim – Chase admitiu. A garganta estava seca, a voz pouco mais do que um grunhido baixo. – Mas vou dar um jeito. E me sairia muito melhor se não estivesse preso aqui como um maldito criminoso. – Levantou as mãos presas até onde as algemas de aço o permitiram. Não muito.

– Isso não vai acontecer – Dante disse com gravidade.

Chase grunhiu.

– Ordens médicas?

– Ordens de Lucan. Ele precisou ser convencido a deixar que Niko e Renata o trouxessem para dentro depois que Mira o encontrou. Não ajudou muito o fato de seu rosto estar estampado em todos os noticiários como um maldito terrorista doméstico lunático. – Dante exalou uma imprecação. – O que foi que fez, posou para fotos antes de perder a cabeça e começar a atirar na festa de Natal do senador na noite passada?

– Do que está falando?

– Você foi identificado, cara. Havia uma testemunha que deu sua descrição para a polícia e para o maldito Serviço Secreto. Quem quer que o tenha visto o descreveu até o mínimo poro e fio de barba. Todos os canais de televisão estão mostrando o seu retrato falado.

– Merda – Chase murmurou, lembrando-se do olhar intenso da atraente assistente do senador quando ela o vira no balcão da galeria. – Não tinha como evitar, Dante. E não interessa o que acham de mim. Dragos estava lá. Ele estava tentando se aproximar do senador e do vice-presidente. Eles eram seus alvos.

Dante ficou calado, estudando-o como se não tivesse certeza de que podia acreditar em Chase.

– Você viu Dragos na festa do senador? Tem certeza disso?

– Maldição, claro que tenho. Vi o senador apresentá-lo ao vice-presidente no meio de um salão de baile repleto de humanos. Quando vi que estavam saindo para uma reunião privada, percebi minha chance e atirei.

Dante passou os dedos pelos cabelos negros.

– Você viu Dragos e não nos chamou? Era a Ordem quem deveria ter lidado com essa situação. No que diabos estava pensando?

– Uma coisa em que não pensei foi parar para dar um telefonema – Chase discutiu. – Eu não sabia que Dragos estaria lá. Eu não sabia que ficaria a poucos metros dele – perto o bastante para botar uma bala no filho da puta e acabar com ele. Eu só tinha uma intuição e a segui.

– Jesus, Harvard. Isso não é nada bom.

– Está me ouvindo? – Chase gritou, a raiva aflorando, acrescentando combustível à sua já grande fome de sangue. – Estou te dizendo que atirei em Dragos ontem à noite. Vi a bala atingi-lo e derrubá-lo no chão. Puta que o pariu, talvez você devesse me agradecer em vez de me crucificar por não ter seguido o protocolo. Estou dizendo que existem boas chances de eu ter matado o bastardo.

– Dragos não está morto – Dante respondeu com seriedade. – Ninguém morreu ontem à noite. Há relatos de alguns feridos, mas nenhum deles com risco de morte. Se Dragos estava lá, e se você atirou nele como disse, então ele conseguiu se levantar e sair andando de lá.

Chase sentia as têmporas latejar com a fúria crescente.

– Preciso sair daqui. Eu o encontrei uma vez, posso encontrá-lo de novo. Posso dar um jeito nisso…

– Não, Harvard, não pode. E não vai a parte alguma. Há muito em jogo para nós agora. Lucan quer o seu traseiro grudado aqui até ordem em contrário.

Chase não tinha como refrear o rosnado. Estava irritado por Dragos ter escapado e por Lucan, Dante ou qualquer outro deles acreditar que poderia prendê-lo contra a sua vontade. Recebera a mensagem em alto e bom som de que não era mais parte da Ordem, e maldito fosse ele se isso significava que eles podiam impedi-lo de ir atrás de Dragos por conta própria. Queria que Dragos fosse abatido tanto quanto os demais guerreiros.

E ele tinha outro motivo, de natureza mais pessoal, para querer se libertar de seu cativeiro no complexo.

– Preciso me alimentar – murmurou baixo. – O ferimento à bala na coxa não vai sarar muito rápido se eu não puser glóbulos vermelhos frescos no meu corpo. Preciso ficar livre para caçar, Dante.

O olhar do guerreiro mergulhou no dele como laser, não deixando nenhum esconderijo para os subterfúgios de Chase.

– Você mesmo disse, sua perna está mal. Não está em condições de caçar, mesmo se Lucan não considerasse um erro soltá-lo na superfície agora.

A sede começou a enterrar suas garras mais profundamente, retalhando-o por dentro. Ele suava, uma camada gelada que o fazia tremer enquanto o estômago se contorcia num nó apertado.

– Pode se arriscar a me deixar aqui? – perguntou, com voz áspera como areia, quase sinistra. – Posso acabar caçando dentro do complexo, já que agora existe uma humana morando aqui.

O rosto de Dante empalideceu, um pouco antes de seus olhos lançarem centelhas âmbar.

– Porque está sofrendo, vou fingir que você não disse isso. Vou lhe fazer o favor de também não contar a Brock, porque juro que aquele macho o matará com as próprias mãos se você apenas respirar perto de Jenna, ela sendo humana ou não. Inferno, fique forçando a barra, e posso ser capaz de poupá-lo desse esforço.

A espiral de angústia em suas entranhas fez com que Chase rosnasse ante a resposta de Dante.

– Se eu quisesse me soltar destas amarras, eu poderia. Você sabe disso.

– Sim, eu sei. – Dante se aproximou, movendo-se tão rapidamente que os sentidos entorpecidos de Chase não o acompanharam. Assustou-se ao sentir o beijo frio das lâminas afiadas pressionadas em sua garganta. As adagas curvas gêmeas de Dante afundavam em sua pele, uma de cada lado do pescoço, muito perto de rasgá-lo. – Você pode tentar se soltar das amarras, Harvard, mas agora você tem dois bons motivos para não fazer isso.

Chase se eriçou diante da ameaça, uma que ele sabia por experiência que seria melhor respeitar.

– Isso é uma demonstração dura de amor, ainda mais vinda de um amigo.

– Meu amigo se foi. Ele se foi há mais tempo do que quero admitir – Dante disse, a voz calma e controlada. Letal, sem a bravata costumeira do guerreiro. – Neste instante, estou me dirigindo ao viciado em sangue que olha para mim com as presas expostas e os olhos banhados em âmbar. É ele quem vai comer estas lâminas de titânio se achar que estou errado a respeito de ele estar andando na corda bamba da Sede de Sangue.

Não afastou as malditas adagas curvas nem mesmo quando Chase recuou lentamente, deixando a coluna encostar no colchão da cama da enfermaria. As lâminas afiadas o acompanharam na descida, perigosamente perto, testando a coragem de Chase.

Que não ousou complicar a situação.

Apesar de ele ainda não ser um Renegado, Dante tinha razão. Chase sentia a Sede de Sangue mordendo seus calcanhares. E ele não tinha como ter certeza se o titânio não agiria como veneno em seu sangue. Encarou Dante, mas não fez menção de tentar enfrentá-lo.

– Esta é a primeira decisão acertada que toma em muito tempo, Harvard.

Chase não disse nada, esperando para respirar até que as garras afiadas das lâminas se afastassem de sua garganta, e o guerreiro que até recentemente fora seu companheiro mais próximo o deixasse sozinho no quarto.

Capítulo 33

As longas horas do dia se arrastaram com uma lentidão excruciante. Corinne sentiu os minutos passarem como se cada um arrancasse com ele um pedaço de seu coração.

Nathan se fora.

Depois dos anos esperando pela oportunidade de vê-lo novamente, depois das infindáveis orações por um milagre que poderia de alguma forma lhe conceder a possibilidade de fugir da prisão e de reuni-la com seu filho, para que pudessem ser a família que ela tanto sonhara... ele se fora.

Escorregando pelos seus dedos, não por causa de nenhuma profecia, mas por escolha própria.

O fato de ele estar vivo e sumido doía só um pouco menos do que se o tivesse perdido para a visão descrita por Hunter. Nathan se fora, e com isso Corinne se sentia desolada.

Sentaram-se nos fundos do caminhão-baú, ambos esperando pelo pôr do sol e por mais uma chance de Hunter encontrar Nathan. Ele fora atrás do garoto nos minutos logo após sua fuga, mas a procura na área imediata fora infrutífera, e a aurora o obrigara a voltar para o caminhão de mãos vazias.

Desde então, moveram-se diversos quilômetros para longe do

chalé que servira como célula para Nathan. Hunter sentia que o risco de ser descoberto pelos operadores de Dragos era grande demais para continuarem mais tempo onde estavam. Corinne concordara relutantemente.

Agora só o que ela podia fazer era imaginar para onde o filho teria fugido, e rezar para que seu condicionamento como um dos soldados obedientes de Dragos não o fizesse retornar para o mal do qual Corinne quisera afastá-lo. Isto é, se o sol ardente do lado externo do caminhão não tivesse acabado com ele primeiro.

– Se você fosse ele, para onde iria?

Hunter esticou o braço e segurou sua mão numa pegada gentil, tracejando a marca de Companheira de Raça com o polegar.

– Ele é um sobrevivente, Corinne. É isso o que o treinamento o ensinou a ser. Ele é muito inteligente e está, tenho certeza, tremendamente familiarizado com o ambiente que o cerca. Encontrei algumas cavernas na busca. Ele deve estar escondido em uma delas. – Pensou a respeito, depois acrescentou: – Sem a coleira para restringir seus movimentos à área imediatamente ao redor do chalé, existe a possibilidade de ele estar em qualquer lugar.

Ela assentiu, agradecida pelo fato de Hunter não achar necessário esconder-lhe a verdade. Não haveria mais segredos entre eles, pouco importando se fossem pequenos. Isso foi algo que prometeram um ao outro durante o trajeto até o chalé isolado nas florestas da Geórgia na noite anterior, depois da revelação sobre a premonição de Mira que quase os afastou.

Corinne exalou tremulamente.

– Pelo menos conseguimos alterar o resultado da visão. Se não por outra coisa, pelo menos sabemos agora que nem tudo o que Mira vê vai se realizar.

Hunter meneou a cabeça.

– Não houve nenhuma mudança no que vi nos olhos de Mira. A

visão que ela me mostrou aconteceu exatamente como previsto. A minha interpretação é que foi equivocada.

– O que você quer dizer?

– Tudo o que você disse naqueles momentos finais fez parte da visão, Corinne. Você me pediu para que o poupasse. Implorou para que eu deixasse ir. Todas as suas palavras, assim como você as disse, fizeram parte da premonição de Mira. – Levantou os dedos dela até a boca e beijou-os com suavidade. – Quando levantei a mão, preparado para descer a adaga sobre ele, você fisicamente tentou me deter. E mesmo assim abaixei minha mão. Tive que fazer isso, era a única saída.

– Não entendo – ela murmurou. – Você não matou Nathan. A visão estava errada.

– Não – ele contestou. – O golpe que dei deveria tê-lo matado, e *teria*, se a coleira não estivesse desabilitada. Era isso o que eu não sabia, o detalhe que a visão não me revelou. Não percebi até o instante em que estava acontecendo que o golpe que desferi contra seu filho era para salvar a vida dele, não acabar com ela.

– Graças a Deus – Corinne sussurrou, curvando-se no amparo dos braços dele. – Mas Nathan se foi de todo modo. Eu o perdi mesmo assim.

– Nós o encontraremos – Hunter disse, a voz grave retumbando ao redor dela, baixa e tranquilizadora, tão forte quanto os braços protetores. – Eu lhe dou a minha palavra, Corinne. Não importa quanto tempo levará, ou o quanto terei que andar para que isso aconteça. Farei isso... por você. Faço tudo por você.

Ela virou a cabeça para retribuir o olhar, tocada pela promessa.

– Eu te amo – ele lhe disse. – Minha vida agora e pelo resto dos meus dias será dedicada à sua felicidade.

– Ah, Hunter – ela suspirou, a emoção presa na garganta. – Eu te amo tanto... Você já me mostrou uma felicidade que eu não considerei possível por muito tempo.

Ele se inclinou em um beijo na testa dela.

– E eu nunca havia conhecido nada das coisas que me fez sentir em nosso breve tempo juntos. Você me fez querer experimentar tudo na vida. E quero experimentar com você ao meu lado... Como minha companheira, se você me considerar à altura.

– Não quero viver nem um dia sem você – ela confessou. – Você agora é parte de mim.

– Eu quero isso – ele disse, capturando os lábios dela numa junção sensual e apaixonada. Quando se afastou, um momento depois, seus olhos brilhavam como carvão aquecido. As presas reluziam, as pontas afiadas se alongando mais na medida em que a fitava. – Não tenho como impedir o quanto a desejo. Quero saboreá-la de novo. Esse sentimento que tenho por você é mais do que intenso – confessou rouco. – É uma coisa possessiva, gananciosa. Olho para você, Corinne Bishop, e só o que consigo pensar agora é que você é *minha*.

– Sou sua – ela confirmou, afagando o maxilar orgulhoso, a face musculosa do macho que queria ao seu lado eternamente. – Sou só sua, Hunter. Para sempre.

Com um grunhido, ele a atraiu para mais um profundo beijo.

– Quero que pertença a mim – ele murmurou ao encontro da boca dela. – Quero saber que meu sangue vive dentro de você, como uma parte sua.

– Sim – ela arquejou, excitada com a ideia de se unir a ele agora e para sempre.

Com os olhos presos um no outro, ele levantou o pulso até a boca e afundou os caninos em sua carne. Aproximou-o dela, o presente mais precioso que poderia lhe dar. Corinne aproximou os lábios da veia aberta e sorveu seu sabor pela primeira vez.

O sangue atingiu sua língua como um fogo selvagem.

Espesso e forte, rugindo de poder, essa era a essência do que Hunter era. E agora aquela vitalidade a alimentava, enriquecendo suas células, preenchendo seus sentidos... Entremeando-se a cada fibra de seu ser. Ela sentiu o elo se firmando, a radiante e gloriosa conexão. Agarrou-se e deixou-se envolver por ela, deliciando-se com a completa saturação de alegria que a engolfava enquanto continuava bebendo de Hunter.

O sangue dele obliterava o horror pelo qual passara. A tortura foi deixada de lado, a degradação esquecida, tudo sumindo como poeira sob o poder do laço que agora se intensificava entre eles.

Conforme sugava mais da veia de Hunter, observou os magníficos olhos do seu companheiro se acenderem com paixão e sensação de posse... Com um amor tão intenso que a deixou sem fôlego. Ela ardia por ele agora, o próprio desejo amplificado pelo poder inebriante de seu sangue.

Corinne mal conseguia suportar a espera enquanto ele cuidadosamente removia o pulso e selava os ferimentos com a língua. Estava trêmula enquanto era despida, as roupas dele também descartadas no instante seguinte.

Cobriu o corpo dela com o seu e a possuiu, doce e completamente... um êxtase que ardia tão intensamente quanto o amor deles.

E, enquanto aquele momento de comprometimento e completude a preenchia além de qualquer medida, ainda havia um canto de seu coração que sabia que sofreria pelo filho desaparecido. Mas a promessa de Hunter de permanecer ao seu lado até que o encontrassem lhe deu fé. Talvez ele não estivesse perdido para sempre. Ainda não.

Com o amor de Hunter e o elo de sangue fluindo dentro dela, mais forte que uma tempestade, tudo lhe parecia possível.

Uma chuva pesada cobria a região quando a noite finalmente se instalou.

Hunter vestiu o sobretudo de couro, preparando-se para voltar a procurar Nathan uma última vez antes de voltarem para a Nova Inglaterra. Baseando-se no que ouvira em seu breve telefonema para a Ordem, a situação ia de mal a pior no complexo. Por mais que detestasse partir sem o filho de Corinne, Hunter também não podia ignorar seu dever para com os companheiros.

Mais do que isso, precisava se certificar de que Corinne estivesse num local protegido enquanto ele executava seus deveres, e não esperando por ele na parte de trás de um caminhão de entregas nada seguro.

– Ficarei bem – ela lhe disse, lendo a preocupação dele com uma facilidade que deveria incomodá-lo.

Mas não incomodava em nada. Era tranquilizador ver o quanto ela passara a conhecê-lo.

Era incrível o quanto o elo entre eles se tornara visceral, solidificado pelos sangues misturados.

Acariciou o belo e corajoso rosto.

– Ficarei ausente por somente umas duas horas. Devo cobrir toda a área próxima ao rio e o parque estadual nesse tempo.

– Obrigada – ela disse, depositando um beijo em sua palma. – Independentemente do que aconteça, se você o encontrar hoje ou não, apenas saiba que estou grata por querer tentar.

– Nathan é a sua família. Isso significa que ele também é a minha.

Corinne assentiu emocionada enquanto ele a abraçava. Quando fitou seus olhos cheios de confiança, Hunter sentiu um enorme desejo de construir uma família maior com ela – de lhe dar mais filhos para amar, depois que Nathan estivesse em segurança.

Juntos foram até as portas do caminhão. Hunter as abriu para o sibilo da chuva forte.

E Nathan estava ali, sob o dilúvio.

Estava ensopado, descalço e apenas meio vestido com as calças de moletom cinza que estava usando quando fugira no início do dia. Água escorria pela cabeça raspada, descendo pelos músculos definidos do peito coberto por *dermaglifos*. As mãos estavam relaxadas nas laterais do corpo, os dedos pingando água na lama sob os pés.

Corinne ficou muito quieta ao lado de Hunter, como se não confiasse nos próprios olhos e temesse que o rapaz fosse apenas uma ilusão, que poderia se estilhaçar se ela ousasse sequer respirar.

Nathan os encarou.

– Não tenho nenhum lugar para onde ir.

– Sim, você tem – Hunter respondeu.

E estendeu a mão.

Demorou um longo momento até que o garoto fizesse qualquer movimento. Em seguida, com um aceno leve, esticou o braço e segurou a mão de Hunter, subindo no caminhão.

Ao lado dele agora, Hunter ouviu os pulmões de Corinne soltarem um suave e trêmulo suspiro. Sua pulsação estava acelerada, batendo como um tambor, o sangue percorrendo as veias com tanta velocidade que ele sentia a excitação dela – a esperança – em suas próprias veias. Mas ela se conteve, fazendo tudo que podia para resistir ao impulso de lançar os braços ao redor do filho em sinal de alívio e júbilo. Ficou parada, esperando, observando o amado filho lentamente ir até ela primeiro.

– Tudo o que você disse é verdade? – ele perguntou.

Ela assentiu, as lágrimas já inundando seus olhos.

– Tudo.

Hunter tirou o casaco e o colocou sobre os ombros molhados do garoto. Nathan virou-se para ele, ainda incerto.

– Se eu for com vocês, para onde me levarão?

– Para casa – Hunter respondeu.

Olhou para Corinne então, compreendendo naquele momento o quanto aquela palavra era poderosa.

Casa.

Atingiu-o com a mesma força implacável de uma arma de aço, tão inquebrável quanto um diamante, tão firme quanto uma montanha.

Casa.

Algo que nem ele nem aquele assassino adolescente letal conheceram na vida. Algo que ambos encontraram naquela linda mulher, que, de alguma maneira, miraculosamente, abrira o coração gentil e valente para ambos.

Hunter passou o braço ao redor dos ombros delgados, fitando-a com todo o amor que fluía de seu coração. Inclinou-se e sussurrou, apenas para ela:

– Obrigado por me levar para casa.

Capítulo 34

– Vai ficar andando de um lado para o outro a manhã inteira, Lucan? Descansar um pouco vai lhe fazer bem, sabe?

Gabrielle deu um tapinha no lugar vazio ao lado dela na imensa cama de seus aposentos no complexo. Era o meio da manhã, de acordo com o relógio sobre a mesinha de cabeceira, mas ele permanecia de pé desde o dia anterior.

Incêndios demais para apagar. Vidas demais em suas mãos – sem contar o filho recém-nascido de Dante e Tess.

E também havia Sterling Chase, atualmente esfriando na enfermaria. Lucan e o restante da Ordem estavam em alerta máximo desde que ele aparecera no terreno da propriedade pouco mais de vinte e quatro horas antes, sangrando devido a múltiplos ferimentos a bala e carregando um alvo enorme na bunda.

Os canais de televisão ainda se deleitavam com seu retrato falado, que passava em cada noticiário – local, nacional e a cabo –, e se tornara um assunto permanente em diversos sites de notícias da internet desde o incidente na casa do senador. Lucan se questionava quanto tempo levaria para que o interesse da força policial humana por Chase diminuísse.

Não era nada bom que a Ordem estivesse abrigando um indivíduo procurado por diversas entidades da polícia local e também pelos malditos federais.

Por mais irritado que estivesse com Chase por ter permitido que Dragos escapasse e sido alvejado e identificado no processo, tinha que admitir que fora um palpite bom – admiravelmente bom – que colocara Chase na festa do senador. A despeito dos seus recentes problemas pessoais, os instintos de Chase se mostraram seguros, e, não obstante a execução fodida, sua intervenção pública impedira qualquer esquema que Dragos estivesse escondendo na manga.

E algo estava acontecendo, disso Lucan tinha certeza. O maldito filho da puta não fora lá para comer canapés e passar o tempo com conversas.

Odiou pensar no que Dragos pretendia, considerando o fato de que alguns dos funcionários do alto escalão do governo dos Estados Unidos estavam presentes.

Andou mais um trecho sobre o carpete.

– Alguma coisa grande está prestes a acontecer. Sinto isso em meus ossos, Gabrielle. Alguma merda vai bater no ventilador, e a menos que eu intervenha rápido, vai explodir bem diante não só do meu rosto, mas no de todo mundo.

– Venha cá – ela disse, afastando o lençol e o edredom para dar espaço ao lado do seu corpo nu na cama. Ela era linda e tentadora demais para ele resistir, apesar da gravidade de seus pensamentos. – Você está fazendo tudo o que pode – ela lhe disse, quando ele se deitou ao seu lado. – Vamos dar um jeito. Todos nós, juntos. Você não está sozinho nisso, Lucan.

Sentiu-se relaxar enquanto ela falava, seus problemas parecendo diminuir só pelo fato de ela estar próxima. Era um poder sobre ele que nunca deixava de maravilhá-lo.

– Como foi que a convenci a se tornar a minha companheira?

A risada suave vibrou no ouvido que repousava sobre o seio dela.

– Se bem me lembro, beijos participaram dessa decisão. Talvez um pouco de chutes e gritos. Da sua parte, principalmente.

Ele se afastou e fitou sombriamente seus olhos.

– Eu não chuto e, definitivamente, nunca grito.

– Talvez não – ela concedeu, com um sorriso de lado repuxando os lábios cheios. – Mas você não cede com facilidade. Isso, pelo menos, tem que admitir.

– Sou teimoso, segundo dizem. Na metade do tempo, nem sei o que é melhor para mim.

As sobrancelhas ruivas se mexeram.

– Felizmente para você, *eu* sei.

Ela o atraiu para um beijo, colando a boca na dele numa exigência lenta e penetrante que o deixou rijo como granito dentro da calça do uniforme. Com um rosnado de aprovação masculina, ele a segurou pela nuca e enfiou a língua entre seus dentes.

Ele já a tinha pressionada sob seu corpo quando a linha que o conectava ao laboratório de tecnologia tocou.

Os sinos de alerta na mente de Lucan dispararam como uma sirene quando ele se afastou do corpo quente de Gabrielle e levou o aparelho à orelha.

– O que foi, Gideon?

– Você por acaso está com a televisão ligada?

– Não.

A voz de Gideon não tinha a leveza costumeira. Nem perto disso.

– O inferno se abateu no centro da cidade, Lucan. É melhor vir rápido. Você precisa ver isto.

Chase levantou a cabeça do travesseiro na sua cama na enfermaria, esforçando-se para ver melhor a tela da TV afixada num canto do quarto. Ela estava sintonizada num daqueles programas matutinos sem sentido, em que um par de apresentadores conversa e ri de notícias enquanto toma xícaras grandes de café e mostra os dentes reluzentes para as câmeras. Mesmo no mudo, a coisa o entediava, mas deixara o aparelho ligado para dar algo para os olhos se concentrarem além das quatro paredes clínicas em que estava aprisionado dentro do complexo.

Ou isso ou se deixar ficar louco pela fome que ainda o agarrava por dentro. O viciado dentro dele queria muito sair de lá – precisava disso mais do que tudo –, mas ele sabia que, se tinha uma mínima chance de se afastar daquele declínio perigoso, teria que arrancar a Sede de Sangue de dentro dele. Não conseguia pensar num lugar melhor para tentar fazer isso do que ali, no complexo, junto aos únicos amigos que tinha.

Amigos a quem dera todo o direito de desertá-lo.

E que mesmo assim o acolheram.

Amarrado e preso dentro da enfermaria, que diabos, mas ele não pretendia olhar os dentes de um cavalo dado.

Mas agora, enquanto espiava o monitor, seu estômago se afundou ao ver o programa ser interrompido por um noticiário transmitido ao vivo. Tentou alcançar o controle remoto só para se lembrar de que estava amarrado, quando as algemas sacudiram, mas o mantiveram no lugar. Ele poderia tê-las arrancado, mas que porra, também poderia dar conta do volume sem isso.

Desejando com a mente que ele aumentasse, assistiu com terror abjeto enquanto uma filmagem em tempo real de uma explosão massiva em algum lugar de Boston tomava conta da tela. A voz de uma repórter descrevia o que estava sendo televisionado:

– ... *no prédio da ONU no centro da cidade. A polícia acabou de chegar ao local, e o Canal 5 tem uma equipe se deslocando para lá agora. Relatos iniciais parecem indicar que foi uma situação envolvendo algum tipo de bomba. Temos relatos de danos significativos ao prédio, e as ruas adjacentes num raio de dez quarteirões foram bloqueadas pela polícia local.*

Puta merda. Chase observou a nuvem de fumaça, o pó e as chamas subindo em direção à câmera do helicóptero que sobrevoava a área. Apesar de parecer impossível – sem sentido a não ser para a criação de pânico –, seus instintos lhe diziam que aquilo também tinha a assinatura de Dragos.

– *Outros relatos no local nos dizem que a polícia está perseguindo um carro neste momento. Acredita-se que o suposto suspeito, ou suspeitos, neste possível ato terrorista estejam nesse veículo, que foi avistado por testemunhas oculares deixando a cena pouco antes de a explosão acontecer. O helicóptero de notícias do Canal 5 está se deslocando para a cena da perseguição, e daremos mais informações assim que possível.*

Chase abaixou a cabeça e xingou para o teto. Se Dragos estava envolvido naquele esquema, que diabos estaria aprontando?

Queria se soltar da sua recuperação forçada e ir para o laboratório de tecnologia, onde certamente o restante da Ordem estava assistindo ao perturbador noticiário. Gideon monitorava constantemente os canais de notícias humanos, e merdas como esta – atos terroristas no meio da semana, perto das festividades de fim de ano – tendiam a chamar bastante atenção.

Mas ele já não tinha mais um lugar ao redor da comprida mesa do laboratório. Afastara-se da Ordem, e não merecia pedir que o aceitassem de volta até ter certeza de que tinha suas merdas sob controle.

Enquanto se condenava mentalmente pela sequência de fracassos e cagadas em suas missões mais recentes para a Ordem, a repórter voltou para a tela.

– *Vamos voltar para a imagem do céu do Canal 5, que mostrará cenas recentes da periferia da cidade, onde a polícia atualmente está em perseguição ao veículo que acredita-se esteja ligado ao terrível incidente desta manhã no prédio da ONU. Repito, se você está ligando a televisão agora, o Canal 5 foi o primeiro a chegar ao local, trazendo imagens de uma grande explosão, algum tipo de bomba, que foi detonada há alguns momentos...*

À medida que ela falava, Chase observava atônito – em seguida com suspeita crescente e terror – enquanto uma frota de viaturas da polícia local e vans da SWAT perseguiam um modelo recente de picape vermelha para fora da cidade, em direção a uma região de grandes propriedades particulares bem arborizadas.

Em direção aos domínios da Ordem.

Ele tentou se sentar e sentiu as mordidas das amarras nos pulsos e nos tornozelos. A faixa de couro reforçado por aço ao redor do seu tronco reclamou quando ele se esforçou para enxergar melhor o que estava acontecendo no monitor.

Não era nada bom.

A perseguição fez uma última curva, seguindo direto para a rua iluminada pelo sol na direção do perímetro externo da propriedade da Ordem. Para seu horror, nem um instante mais tarde, a picape vermelha rugiu em direção aos portões dianteiros da mansão.

Ah, Cristo.

Mãe do maldito Deus...

Faíscas se formaram quando o veículo bateu na cerca eletrificada e a atravessou. Diversos homens saíram da picape e começaram a atravessar o gramado coberto de neve a pé. Correndo em direção à mansão com uma dúzia ou mais de policiais em seus calcanhares.

Dragos os enviara para lá.

Ele sabia.

Sabia disso do mesmo modo como sabia que aquele era um ato de retaliação, não apenas uma bizarra coincidência. Aquilo era Dragos se vingando pelo que Chase fizera na noite anterior.

Ele causara aquilo à Ordem... aos seus amigos.

Com um rugido angustiado, soltou-se das amarras e escapou da enfermaria, usando cada pedaço da velocidade sobrenatural que tinha.

Lucan estava em companhia do restante da Ordem, todos reunidos no laboratório de tecnologia assistindo ao noticiário incredulamente.

Sua descrença não era nada se comparada com a sensação de terror – a primeira expressão de medo verdadeiro que Lucan vivenciava em muito tempo – quando a picape vermelha trazendo os terroristas suspeitos bateu nos portões da mansão.

Um silêncio tomou conta do laboratório de tecnologia naquele terrível instante.

Era dia claro do lado de fora. Não tinham como escapar. Estavam presos ali, sem nenhuma alternativa a não ser assistir à confusão acontecendo acima do complexo, esperando que a força policial fosse embora sem resolver farejar a propriedade e interrogar os proprietários.

E bem dentro do seu coração pesado, Lucan compreendeu que aquela havia sido a intenção de Dragos o tempo todo. Era por isso que ele implantara o aparelho rastreador em Kellan Archer. Era assim que ele planejara a queda da Ordem.

Não com as suas mãos, mas com as dos humanos.

– Sele todos os portais do complexo e tranque-os – disse a Gideon. – Se algum desses malditos criminosos ou os policiais fizer alguma estupidez como levar essa contenda para dentro da mansão, não queremos que fiquem curiosos com o que possa haver abaixo da casa.

Se fizessem isso, a Ordem não teria escolha a não ser matá-los à vista de todos.

Coisa bem difícil de esconder debaixo do tapete, ainda mais com a maldita perseguição transmitida ao vivo pelos noticiários.

– Tranque tudo agora – ordenou, socando a mesa e rachando-a no centro. – Isso é obra de Dragos. Foi ele quem os mandou para cá. Bem para a nossa porta.

– Os portais do complexo estão selados – Gideon informou. Depois sibilou uma imprecação, algo que Lucan não queria ouvir no momento. – Ah, Cristo. Não acredito nisso.

Virou a cabeça na direção de Lucan e apontou para uma das imagens de segurança do interior da mansão.

– Puta merda – Nikolai sussurrou de seu lugar em meio aos outros. – É o Harvard. Que diabos ele está fazendo lá em cima?

– Nos salvando – Dante respondeu. Não havia nenhuma inflexão em sua voz.

Observaram num silêncio atordoado enquanto Chase caminhava tranquilamente até a porta de entrada da mansão. Abriu-a para o jardim repleto de policiais uniformizados, integrantes da SWAT e agentes do Serviço Secreto. Ao levantar as mãos em sinal de rendição, a luz do sol brilhou ao seu redor, um halo delimitando sua silhueta como a de um anjo vingador.

Os humanos se apressaram em interceptá-lo, mais de um falando rapidamente no rádio enquanto davam uma bela olhada em Chase, sem dúvida reconhecendo-o do retrato falado que circulava em cada distrito policial entre Boston e Washington D.C.

Lucan observou, humilde e agradecido. Se não fosse pelo sacrifício de Chase, aqueles homens teriam levado abaixo toda a propriedade. Ainda poderiam fazer isso, mas a Ordem acabara de ganhar tempo. Em vez de um potencial ataque à luz do dia, eles talvez tivessem a oportunidade de se agrupar e sair de lá ao cair da noite.

Tudo graças a Sterling Chase.

– Cara, isso tudo está errado – Brock murmurou ao lado de Lucan. – Não podemos simplesmente permitir que o levem assim. Temos que fazer alguma coisa.

Lucan meneou a cabeça com gravidade, desejando haver uma maneira de ajudar.

– Harvard acabou de tirar essa opção das nossas mãos. Ele está sozinho agora.

Trecho do próximo livro:

Darker After Midnight

– Os explosivos estão a postos, Lucan. Os detonadores estão prontos, só falta você dar a ordem. Ao seu comando, tudo termina aqui.

Lucan Thorne estava calado de pé no escuro no jardim coberto de neve da propriedade em Boston que ele adquirira mais de cem anos antes como uma base de operações para ele e sua pequena irmandade de guerreiros. Por mais de cem anos, em incontáveis patrulhas, eles saíram daquele mesmo lugar para proteger a noite, mantendo a frágil paz entre os humanos despercebidos que dominavam as horas do dia e os predadores que se moviam entre eles secretamente, às vezes letalmente, na escuridão.

Lucan e seus guerreiros da Ordem distribuíam justiça rápida e letal, e nunca conheceram o sabor da derrota.

Aquela noite era amarga em sua língua.

– Dragos pagará por isto – ele grunhiu ao redor das pontas afiadas emergentes de suas presas.

Sua visão ardia em luz âmbar ao fitar a fachada de pedras da mansão gótica do lado oposto do vasto jardim. Um caos de marcas de pneus maculava o terreno por conta da perseguição policial que atravessara os altos portões de ferro do complexo naquela manhã, chegando à troca de tiros bem diante da porta de entrada da Ordem. Sangue sujava a neve onde os tiros da força policial abateram três terroristas que bombardearam o prédio das Nações Unidas em Boston, fugindo em seguida da cena do crime com uma dúzia de policiais e cada canal de notícias da região em seus calcanhares.

Tudo isso – do ataque à instalação governamental humana até a perseguição dos suspeitos coberta pela mídia terminando no terreno cercado do complexo – fora orquestrado pelo principal adversário da Ordem, um vampiro poderoso chamado Dragos.

Ele não era o primeiro da Raça a sonhar com um mundo em que a humanidade viveria para servir, e serviria com medo. Mas enquanto outros menos comprometidos antes dele fracassaram, Dragos demonstrara surpreendente paciência e iniciativa. Ele semeou cuidadosamente sua rebelião durante grande parte da sua longa vida, secretamente cultivando seguidores dentro da Raça e transformando em Servos Humanos qualquer um que sentisse ter a possibilidade de levar adiante seus objetivos perversos.

No último ano e meio, desde sua descoberta quanto aos planos de Dragos, Lucan e sua irmandade o mantiveram fugindo. Foram bem-sucedidos em fazê-lo recuar, frustrando cada um de seus movimentos e atrapalhando sua operação.

Até hoje.

Hoje era a Ordem quem recuava e fugia, e Lucan não gostava nem um pouco disso.

– Qual o tempo estimado para a chegada ao quartel-general temporário?

A pergunta foi dirigida a Gideon, um dos dois guerreiros que ficara para trás com Lucan para concluir as coisas em Boston enquanto o resto do complexo ia na frente para uma instalação emergencial ao norte do Maine. Gideon desviou o olhar de seu pequeno computador portátil na mão e encontrou os olhos de Lucan acima da armação dos óculos azul-prateados.

– Savannah e as outras mulheres estão na estrada há quase cinco horas, então devem chegar ao local em meia hora. Niko e os outros guerreiros estão um par de horas atrás delas.

Lucan assentiu, sério, porém aliviado que a mudança repentina tenha sido organizada tão bem quanto aparentava. Havia ainda alguns fios soltos e detalhes a serem resolvidos, mas, até ali, todos estavam a salvo, e o perigo que Dragos pretendera infligir à Ordem fora minimizado.

Um movimento se fez do outro lado de Lucan quando Tegan, o outro guerreiro ali, regressou de sua última checagem perimetral.

– Algum problema?

– Nenhum. – O rosto de Tegan não revelava nenhuma emoção, apenas propósito inflexível. – Os dois policiais na viatura disfarçada de tocaia próximo aos portões ainda estão em transe, adormecidos. Depois de ter apagado as memórias deles do jeito que fiz antes, é bem provável que só acordem na semana que vem. E, quando isso acontecer, estarão com uma tremenda ressaca.

Gideon grunhiu.

– Melhor apagar a memória de dois dos melhores policiais de Boston do que um derramamento de sangue público envolvendo metade dos distritos policiais da cidade, junto aos federais.

– Pode apostar – concordou Lucan, relembrando o enxame de policiais e repórteres que entrou pelos portões da propriedade naquela manhã. – Se a situação tivesse piorado e um daqueles policiais ou agentes federais tivesse resolvido vir bater na porta da mansão... Cristo, tenho certeza de que não tenho que dizer a nenhum de vocês com que rapidez a situação toda desmoronaria.

Os olhos de Tegan se mostraram graves na escuridão que só aumentava.

– Imagino que tenhamos de agradecer a Chase por isso.

– Pois é – Lucan respondeu. Vivera muito tempo: novecentos e tantos anos, mas, pelo tempo em que ainda caminhasse na Terra, sabia que jamais se esqueceria da visão de Sterling Chase saindo da mansão, colocando-se diretamente sob a mira de um jardim tomado por policiais e federais muito bem armados. Ele poderia ter morrido de diversas maneiras naquele momento. Se a adrenalina provocada pelo pânico de qualquer um dos homens armados reunidos no jardim não o tivesse matado ali mesmo, passar mais de meia hora debaixo dos raios diretos do sol matutino teria feito isso.

Mas Chase aparentemente não se importara com nada disso ao se permitir ser algemado e levado pelas autoridades. Sua rendição – seu sacrifício pessoal – concedera um tempo precioso à Ordem. Ele desviara as atenções da mansão e de tudo o que ela escondia, dando a Lucan e aos demais a oportunidade de proteger o complexo subterrâneo e mobilizar a evacuação dos seus moradores após o pôr do sol.

Depois de uma sequência de más decisões e cagadas pessoais, junto ao recente ataque fracassado a Dragos que resultara na inadvertida aparição do rosto de Chase no noticiário nacional, ele era o último dos guerreiros a quem Lucan procuraria para obter respostas. O que ele fizera naquele dia não era menos do que surpreendente, quem sabe suicida.

Pensando bem, Sterling Chase estava num caminho autodestrutivo já há algum tempo. Talvez aquele fosse seu modo de cravar o último prego no caixão de uma vez por todas.

Gideon passou uma mão no alto dos cabelos loiros espetados e expeliu uma imprecação.

– Maldito lunático. Não consigo acreditar que ele fez aquilo mesmo.

– Deveria ter sido eu. – Lucan olhou para Tegan e Gideon, o guerreiro que o acompanhara quando ele iniciara a Ordem na Europa e aquele que o ajudara a estabelecer o lar dos guerreiros em Boston séculos mais tarde. – Sou o líder da Ordem. Se havia um sacrifício a ser feito para salvar todos os outros, eu deveria ser aquele a dar o primeiro passo.

Tegan o fitou com seriedade.

– Quanto tempo você acha que Chase teria conseguido controlar a Sede de Sangue? Quer ele esteja sob custódia humana ou solto nas ruas, a sede agora o possui. Ele está perdido e sabe disso. Sabia quando passou por aquela porta hoje de manhã. Ele não tinha mais nada a perder.

Lucan grunhiu.

– E agora está sob custódia policial em algum lugar, cercado por humanos. Ele pode ter nos poupado de sermos descobertos hoje, mas e se sua sede levar a melhor e ele acabar expondo a existência da Raça? Um momento de heroísmo pode desfazer séculos de sigilo.

A expressão de Tegan ficou mais fria e séria.

– Imagino que tenhamos que confiar nele.

– Confiança – Lucan disse. – Isso é um bem que lhe faltou bastante nos últimos tempos.

Infelizmente, agora, não tinham muita escolha. Dragos demonstrara com bastante eficiência até que ponto estava disposto a levar sua inimizade em relação à Ordem. Ele não tinha respeito algum pela vida, seja a humana ou a da própria espécie, e a partir daquele dia deixara claro que levaria a guerra pelo poder das sombras às claras.

Agora era pessoal. Dragos ultrapassara um limite, e não havia como recuar.

Lucan olhou para Gideon.

– Está na hora. Aperte os detonadores. Vamos acabar com isso.

O guerreiro assentiu de leve e voltou a atenção para o computador portátil.

– Ah, droga... – murmurou, com um indício de sotaque inglês. – Lá vamos nós, então.

Os três machos da Raça ficaram lado a lado na escuridão fria. Acima deles o céu estava límpido e sem nuvens, um preto infinito salpicado por estrelas. Tudo estava parado, como se a terra e os céus tivessem congelado no tempo, suspensos naquele instante entre o silêncio de uma perfeita noite de inverno e o primeiro trovejar baixo da detonação acontecendo cem metros abaixo das botas dos guerreiros. Pareceu durar para sempre. Não um espetáculo bombástico de barulho ensurdecedor e labaredas de fogo e cinzas, mas uma aniquilação silenciosa, mas absoluta.

– Os aposentos pessoais foram selados – Gideon informou seriamente quando o trovão começou a se dissipar. Tocou a tela do seu equipamento e ouviram outra série de grunhidos muito abaixo do gramado coberto de neve. – A sala de armas e a enfermaria... não existem mais.

Lucan não se permitiu pensar nas lembranças ou na história abrigada no labirinto de aposentos e corredores sistematicamente implodidos ao toque do dedo de Gideon naquela tela minúscula. Levaram mais de cem anos para construir o complexo e transformá-lo no que se tornara. Não podia negar que sua destruição tão completa provocava uma dor fria em seu peito.

– A capela foi vedada – informou Gideon, depois de pressionar o detonador uma vez mais. – Só o que resta é o laboratório de tecnologia.

Lucan ouviu a emoção na voz do guerreiro. O laboratório de tecnologia era o orgulho de Gideon, o sistema nervoso central das operações da Ordem. Era onde se reuniam e criavam estratégias antes da missão de cada noite. Lucan não tinha que se esforçar para imaginar os rostos de seus irmãos, um grupo de machos da Raça honrados e corajosos reunidos ao redor da mesa de conferências do laboratório, cada um disposto a dar a vida pelo outro. Alguns deles o fizeram. E outros provavelmente o fariam num futuro ainda por vir.

Enquanto a suave percussão de explosivos continuou ecoando no subterrâneo, Lucan sentiu um peso em seu ombro. Olhou para o lado, onde Tegan estava, a mão grande do guerreiro permanecendo uma presença estável, os frios olhos verdes sustentando o olhar de Lucan numa demonstração inesperada de solidariedade enquanto o último dos trovões se calava.

– É isso – anunciou Gideon. – Foi o último. Acabou.

Por um bom tempo, nenhum deles disse nada. Não existiam palavras. Nada para ser dito na sombra escura da mansão agora vazia e seu subterrâneo destruído.

Então Lucan deu um passo à frente. Os caninos mordiam a ponta da língua enquanto ele olhava pela última vez o que fora seu quartel-general – o lar da sua família – por tantos anos. Luz âmbar enchia sua visão, enquanto seus olhos se transformavam com uma fúria borbulhante.

Girou para ficar de frente para os seus dois irmãos, e quando, por fim, encontrou palavras para falar, sua voz saiu dura de determinação:

– Podemos ter encerrado aqui, mas esta noite não marca o fim de nada. É apenas o começo. Dragos quer guerra com a Ordem? Então, por Deus, é o que o maldito conseguiu.